アメリカ銃の秘密

エラリー・クイーン
越前敏弥・国弘喜美代＝訳

角川文庫
18622

THE AMERICAN GUN MYSTERY
1933
by Ellery Queen
Translated by Toshiya Echizen and Kimiyo Kunihiro
Published in Japan
by KADOKAWA CORPORATION

アメリカ銃の秘密（ロデオでの死）

——ある推理の問題

ある理由からC・レイモンド・エバーリットに、
そして別の理由からアルバート・フォスター・ジュニアに捧《ささ》ぐ

目次

登場人物

バック・ホーン　ロデオのスター
キット・ホーン　その娘
ビル・グラント　ロデオの興行主
カーリー・グラント　その息子
ウッディー　ロデオのスター
マラ・ゲイ　ハリウッドの女優
ジュリアン・ハンター　その夫
トニー・マーズ　コロシアム経営者
トミー・ブラック　ボクサー
カービー少佐　映画撮影班のリーダー
テッド・ライオンズ　新聞記者
エラリー・クイーン　探偵
リチャード・クイーン　その父　警視

ジューナ　クイーン家の召使
トマス・ヴェリー　部長刑事
ヘイグストローム、フリント、リッター、ジョンソン、ピゴット　クイーン警視の部下たち

まえがき

わが友エラリー・クイーンの手になる新作を紹介するのはわたしにとってははなはだ畏《おそ》れ多い任であるが、この四年で六度目になる。『ローマ帽子の秘密』はわたしがエラリーを促して実際の事件を小説にしたもので、最初に出版されたクイーンの冒険譚《たん》であるが、その序文の執筆に取りかかったのがついきのうのことに思える。だが、あれからもう四年以上が経った！

新たな理論《オクラシー》を作ったのか、犯罪小説の新たな技法《メチエ》を生み出したのかはさておき、正真正銘の天才は広く認められるようになるもので、エラリー・クイーンはいまやアメリカ探偵小説における非凡さの象徴となっている。イギリスでは、《ロンドン・タイムズ》紙並みの権威とされる某批評家に「シャーロック・ホームズの正当なる後継者」と讃《たた》えられた。欧州大陸では（ヴィヴォディエール氏の華美ながら熱のこもった賛辞によれば）、「クイーン氏は文学の皮肉屋たちの砦を奪取した《ムシュー・クイーン・ア・プリ・デソー・レ・ランパール・デ・シニク・デ・レートル》」と評され、数か国語に翻訳された（そう、なんとスカンジナビア語にまで訳された）。その結果、エラリーの部屋の書棚には見慣れない題名の本がずらりと並び、書簡のやりとりによってエラリーの跡取り息子のもとに、たいして熱心でもないその幼き蒐集家《しゅうしゅうか》さえ喜ばせる外国の切手が着々ともたらされた。

こうして世間に認知されるに至り——〝名声を得るに至り〟と言いたいところだが、そんなことをしたら友を失う羽目になりかねない——いまさらわたしが何を書いたところで、ただの繰り返しにしかならない。だが、本書のもとになった事件について、エラリー本人がどう考えていたのかには、読者諸氏も興味があるにちがいない。

ここで、数か月前に届いた一通の手紙をそのまま引用する。

わたしの辛抱強い友J・Jへ

厄介なエジプト人が石棺に無事押しこまれて蓋《ふた》が閉じられたいま、ある問題に取りかかる時間ができたと言ってもいいかもしれない。その問題の実際の発端と解決については、過去のいきさつとわたしとの重要なやりとりから、きみもきっと覚えているはずだ。わたしはずっとホーン事件を取りあげたいと切望してきた。あの古強者《ふるつわもの》のバック・ホーンにまつわる事件、数年前にこの貪欲《どんよく》な脳みそを強烈に刺激した事件は、まったくとんでもないものだった！

つぎの作品でそれを書こうと思ったのは、鮮やかな手際で事件を解決したという自負からではない。たしかに、推理は興味深く、捜査にも見るべきところがあった。しかし、肝心なのはそこではなく、事件の背景の特異性だった。

知ってのとおり、わたしは根っから都会の人間だ。実のところ、芝よりアスファルトの地面のほうが足になじむ。ところが、あの競技場で起こった劇的な大混乱《デバークル》によって、わたしは信じがたい冒険をすることになり、美しい都会の慣れ親しんだガソリン混じりの空気から、強いにおい――厩舎《きゅうしゃ》と馬、それにアルカリ性土壌、牛、烙鉄《らくてつ》、牧場のにおい――が鼻を突く世界へほうりこまれたのだ。

つまるところ、J・J、こうしてきみに手紙を書いているわたしは、思いがけずある殺人事件を調査することになった。それは百年前に、たとえばテキサス州、あるいはそう、このドラマでおもな役を演じる多くの俳優たちの出身地であるワイオミング州で起こりえたような事件だ。馬のうろつく競技場で、いまにもパイユート族――インディアンとまとめていいのか？――が叫び声をあげながら現れ、血に飢えた斧《トマホーク》を振りあげてこちらへ駆けてきそうな気がしたものだ……。

ともかくJ・J、ここでことばを尽くして語っているのは、つぎなるわが著作《シェドゥーヴル》がカウボーイ、六連発拳銃《けんじゅう》、投げ縄、馬、飼葉、チャップス（カウボーイがズボンの上に穿く尻の部分のない革ズボン）を扱うということだ。そして、大陸分水嶺《ぶんすいれい》（ロッキー山脈のこと）の西へ行ったと勘ちがいされては困るから取り急ぎ付け加えるが、この広野の叙事詩の舞台は――現実に事件が起こったのは――ニューヨーク市の真ん中であり、美しき都会に、マスケット銃の音に合わせた古代ギリシャの合唱のごとく、晴れやかな喚声が響き渡ったのである。

草々

わたしは『アメリカ銃の秘密』の原稿を一心不乱に読んだ。すばらしい遺跡《レリーク》に新たな輝きを加えるものではないかもしれないが、エラリー・クイーンの燦然《さんぜん》たる看板は少しも曇りを帯びていない。わが友の知的偉業を描くこの最新の物語は、『ギリシャ棺の秘密』や『オランダ靴の秘密』、その他のクイーン作品に劣らず、玄人たちの興味を引く作品であり、そのうえ、独特の心地よい刺激に富んだ味わいを具《そな》えている。

J・J・マック

ニューヨークにて
一九三三年二月

「……いまこそ汝《なんじ》の心を注ぎ、運命の車輪の最初の鋭い動きを感じよ」

序章　スペクトル

「ぼくにとって」エラリー・クイーンは言った。「車輪は回転しないかぎり、車輪ではない」

「妙に実用主義めいた物言いだな」わたしは言った。

「なんとでも好きに呼んでくれ」エラリーは鼻眼鏡をはずし、光るレンズを力をこめて磨きはじめた。考え事をするときの癖だ。「実体のある物質として、それ自体《ペル・セ》を認識できないと言ってるわけじゃない。車輪として機能しはじめないかぎり、ぼくにとっては意味がないと言ってるだけだよ。だからぼくはいつも、犯罪を動きのなかで想像しようとする。直覚の人、ブラウン神父とはちがうんだ。あの善良な神父ときたら——なんとまあ！——車輪の輻《や》の一本にぼんやりと目を向けるだけでいいんだからね……。何を言おうとしてるかわかるだろう、J・J」

「いや」わたしは正直に言った。

「では、例をあげてわかりやすく説明するよ。あの魅力あふれる途方もない人物、バック・ホーンの事件を例にとろう。まず、事件の前に、さまざまなことが起こっていたんだ。そのことを、ぼくはのちに知った。しかし、問題は――なんらかの奇跡的な偶然によって――ぼくがもし、ささやかな前ぶれとなるそうした出来事の姿なき目撃者だったとしても、なんの意味もなかったはずだってことだ。推進力、つまり犯罪が欠けていた。まだ車輪は止まっていたんだよ」

「あいまいながら」わたしは答えた。「言いたいことがうっすらつかめてきたよ」

エラリーはまっすぐな眉《まゆ》をひそめたのち、肩の力を抜いて小さく笑い、長く引きしまった脚を暖炉のほうへ伸ばした。煙草に火をつけ、天井へ向けて煙を吐き出す。

「ここでぼくのいつもの悪癖を許してもらえるなら、たとえ話を披露しよう……。事件、すなわちホーン事件はわれらが車輪だ。それぞれの輻にひとつずつ容器がはめこまれていて、その容器に色のついた水が少しはいっている。

さて、ここに黒い水がある――バック・ホーンその人だ。そっちには金色の水がある――キット・ホーンだ。ああ、キット・ホーン」エラリーはため息をついた。「硬い火打ち石を思わせる灰色の水は――老ワイルド・ビル、そうワイルド・ビル・グラントだ。健康な褐色の水は――ビルの息子のカーリー。毒々しいラベンダー色の水は――マラ・ゲイ、たしか……なんて呼び名だっけ？　ハリウッドの蘭《らん》か。すごいな！……そしてマラの夫のジュリアン・ハンターは、われわれの分光器《スペクトロスコープ》においては、竜の毒々しい緑だな。で、トニー・マーズは——白かな？　プロボクサーのトミー・ブラックは——強烈な赤。そして、一本腕のウッディー——あの男は蛇の黄色だ。そのほかにもおおぜい」にっこりと天井を見あげる。「色とりどりの綺羅星《きらぼし》だ！　さて、これらの小さな容器をじっくり見てみよう。成分はまちまち、量もまちまち、重さと嵩《かさ》もまちまちで少ない。それぞれに異なる色水だ。どれもじっとして、なんの動きもない——それらはぼくにとってどんな意味があるのか。まったく無意味だ」

「おそらく、そのあと」わたしは口をはさんだ。「車輪がまわりはじめるわけだな」

「まあ、そんなところだ。小さな爆発、宇宙の悪臭のひと吹き——何かが原動力となって、最初の動きを促し、そして車輪がまわった。速く、とても速く。だが、そこで何が起こったか」エラリーは気怠《けだる》げに煙草を吸った。まんざら得意でないわけでもないのだろう。「奇跡だよ！　それらの色水、つまり成分も量もまちまち、重さと嵩もまちまちの色水——不動の宇宙を構成する恒星たちのごとく、ひとつひとつが異なる色水はどうなったのか。全部が溶け合ったんだ。それぞれの多彩な特色を失い、ひとつのきらめく塊になった。もはや個々の区別はない。だが、ひとつのなだらかな対称形の模様が、ホーン事件の全貌《ぜんぼう》を物語る」

「いつまでしゃべる気だ」わたしは痛む頭をかかえて言った。「つまり、それらはすべてあの男の死と関係が——」

「つまり」エラリーは答え、端整な顔を険しくした。「主要でない色は消えたってことだよ。ぼくはよくこう考える」低い声で言う。「ブラウン神父やシャーロック・ホームズなら、あの事件をどう解いただろうってね。どうだい、J・J」

1　進行中の作業

馬の強烈な体臭の満ちた巨大な地下の空間に、馬たちが鼻を鳴らし、地面を踏み鳴らす音が大きく響き渡る。一隅にコンクリートを削り落として造った小部屋があり、そこは鍛冶場《かじ》になっている。炉が赤々と燃え、火花の蛍が飛び交う。肌がつややかに黒光りして、腕に並はずれた力こぶのある半裸の小男が雷神《トール》の弟さながらに槌《つち》を振るい、その規則正しい打撃に合わせて金属が徐々に曲がっていく。石造りの部屋の枠組みをなす、低く平らな天井とむき出しの壁……。あれはペガソスだろうか。馬房で首を弓なりにして轡《くつわ》を噛《か》むその雄馬は、産まれ落ちたその日のままになんの装具もなく優美だ。そのまわりで、雌馬の群れが訴えるようにいななく。雄馬はときおり深紅の目を光らせ、アラブ種ならではの麗しい尊大さをもって藁《わら》敷きの床を掻《か》く。

馬は数十、いやもっと多くいる。従順な馬、曲芸のできる馬、荒っぽい馬。鞍《くら》のついた馬もついていない馬もいる。糞《ふん》と汗と吐息の鋭い臭気が、乳白色の霧となって濃密な空気のなかを漂う。厩舎《きゅうしゃ》の前で馬具がきらめく。脂じみた革についた輝く真鍮《しんちゅう》。

茶色い繻子《しゅす》にも似た鞍。まばゆい白金を思わせるあぶみ。卵形を描く黒檀《こくたん》のような端《は》綱《づな》。そして、杭《くい》に掛けられた投げ縄の輪、先住民の布地……。

そう、ここは王の厩舎だ。王の冠は派手やかなステットソン帽、王の笏《しゃく》は銃身の長いコルト、王の領土はアメリカ西部の砂埃《すなぼこり》舞う広大な平原だ。王を護《まも》る近衛《このえ》兵はケンタウロスのごとく馬に乗る、がに股《また》の男たちであり、男たちは間延びした妙な話し方をして、器用に煙草を巻き、皺《しわ》深い褐色の目に、本物の天空のもとで星を見る者ならではの穏やかな無限をたたえている。王の宮殿は延々とひろがる牧場で――ここから何千マイルも離れたところにある。

この奇妙な冠、風変わりな笏、珍妙な近衛兵を持つ王の厩舎は、なだらかに起伏する平原という本来の場所にはない。テキサスでもアリゾナでもニューメキシコでもなく、こうした王たちが統《す》べる風変わりな土地のどこでもない。これがあるのは、いかにもアメリカらしい建物の地下だ。と言っても、山や丘や谷、森やヤマヨモギや平原からなるアメリカではない。高層ビル、地下鉄、口紅を引いたコーラスガール、ホテル、劇場、パンの施しを受ける窮民の列、ナイトクラブ、貧民街、もぐりの酒場、電波塔、知識人《リテラティ》、タブロイド紙からなるアメリカだ。あるべき場所から遠いという意味では、イギリスの田舎家や日本の稲田と変わらない。ここから石を投げれば届く距離に、特異さでは劣らぬブロードウェイがあり、愛想なき笑い声が響くニューヨークを貫いて伸びている。頭上へ三十フィート、南東へ五十フィート行ったところに、大都市の喧噪《けんそう》がある。この地下室がある巨大な建築物の門の前を、一分間に千台の車が走り過ぎていく。

コロシアム。ニューヨーク最大の新たなスポーツの殿堂……。

野外生活の縦糸と横糸とも呼ぶべき馬たちが、ウサギのように木箱に詰められてははるばる遠くから運ばれ、西部と東部がここで出会う……。

こんなことはイギリスでは起こりえない。さまざまな制度が土壌に深く根をおろしているから、引き抜けば台なしになる。聖なる川が上流へと向かうのはアメリカだけだ。昔は西部のたくましい男たちがときおり物見遊山で遠方の各地から集まって、乗馬や投げ縄、それに去勢牛を扱う腕前などを披露したものだ。それは西部ならではの、西部人のための楽しみだった。それが今日では、西部のアルカリ性の大地から引き剝《は》がされて、まるごと――馬も投げ縄も去勢牛もカウボーイも、何もかも――東部の石の大地へ移植された。その名は――ロデオという名は――残った。目的は――素朴な娯楽という目的は――地に落ちた。観客は鉄柵《てっさく》の通路に列をなし、やり手の興行主に入場料を支払う。そして、いまここにあるのは、西部から東部への移植の最大にして究極の果実――すなわち、ワイルド・ビル・グラント・ロデオである。

　さて、厩舎のなかで、堂々たる雄馬の馬房のそばにふたりの男が立っている。背が低いほうは風変わりな男で、右腕は筋肉質だが、左腕は肘《ひじ》の上で断ち切られ、結ばれた派手な袖《そで》のなかで揺れている。痩《や》せた顔に浮かぶ表情が苦々しげなのは、照りつける太陽の黒い刷毛《はけ》になでられたせいなのか、それとも体内の大釜《おおがま》で煮えたぎる何かが飛び散ったせいなのか。この男のしぐさには、かたわらの雄馬の傲岸《ごうがん》さに通じるものがあり、薄い口唇は雄馬の冷笑に似た何かをたたえている。その無愛想な男は一本腕のウッディーと言い――英雄に妙な名前をつけたものだ！――仲間内のことばで〝一番手〟と知られる男だ。つまり、ワイルド・ビル・グラント一座のスターである。

　ウッディーの琥珀《こはく》色の目は残忍で、たくましい体は歳をとらないと噂されていた。

　もうひとりもふつうとかなり異なり、異様さがやはり桁外《けたはず》れだった。その背の高いカウボーイは、体の細さは松の木さながらで、ほんのかすかに背が曲がっているのも、強風を受けて立つ松の傾きを思わせた。ネヴァダの丘陵のごとく、古くからそのまま変わっていないように見える。髪はもつれて白く、顔は暗褐色で、時間に揉《も》まれた強さときびしく清冽《せいれつ》な空気が、薄い膜となって全身を覆っている。顔立ちに格別の特徴は認められない。だが、老齢ながら肉体はたくましく、全体としては堂々たる風采に見える。たとえて言うなら、積年の霧を透かしてぼんやりと見える古《いにしえ》の彫像だ。褐色の硬そうなまぶたがつねに垂れてほんのわずかな隙間を残し、そこからかすかにのぞく冷ややかで無表情な目が瞬《まばた》きもせずに前を見据えている。この別世界の男は、なんとも奇妙なことに、ごくありふれた東部風の服装をしていた。

老バック・ホーン！　苛酷《かこく》な平原とハリウッドの——そう、すべてを呑《の》みこむ神モロクのごときハリウッドの——生んだ賜物だ。あの伝説のカウボーイ、バッファロー・ビルが過去の時代の少年たちにとってそうであったように、バック・ホーンは現代のアメリカの少年たちにとって大いなる存在だ。バックは古き西部をよみがえらせた男である。この西部とは、フォードやトラクターやガソリンスタンドの西部ではなく、一八七〇年代の西部だ。ずっしりした六連発銃、ジェシー・ジェイムズ一味、ビリー・ザ・キッド、馬泥棒、酔いどれインディアン、牛泥棒、酒場、正面ばかりが立派な建物、板張りの道、戦う保安官、縄張り争い。バック・ホーンは映画という手段によって、それらを復活させる奇跡を成しとげた。自身も本物のカウボーイだったバックは、実にロマンチックに、過去をまるごと銀幕に再現した。いまの血気盛んな若者のだれもが、子供のころに全米のあまたの上映館で、ちらつく画面のなか、バック・ホーンが颯爽《さっそう》と馬にまたがって縄を投げ、銃を撃つさまに心を躍らせたものだった。

色つきのふたつの水。一本腕のウッディーと、老バック・ホーン。まだ車輪は静止したままだ。

一本腕のウッディーは外へ湾曲した脚を動かし、とがった顔をホーンの褐色の顔のほうへ一インチ突き出した。

「バック、あんたみてえなさもしい老いぼれは、東部の気どった連中を連れて映画のほうへもどるといい」ゆっくりした訛《なま》りで言う。

バック・ホーンは何も言わなかった。

「哀れだな、バック」ウッディーが言った。短い左腕がわずかに動く。「足を引きずってまわるのも無理なんじゃねえか」

バックは冷ややかに言った。「どういう意味だ」

ウッディーの目が光り、右手がベルトの端の真鍮の飾りにふれた。「目障りだって言ってんだよ！」

馬が一頭いないたが、ふたりはそちらを見もしなかった。やがて背の高い老バックの口からことばが静かに流れ出た。ウッディーの五本の指が短く震え、口もとがゆがむ。たくましい右腕が振りかざされ、老人が身を低くした……。

「バック！」

ふたりは糸を引かれた操り人形よろしく瞬時に身を起こし、はじかれたようにそろって振り返った。ウッディーが右腕をおろした。

キット・ホーンが廏舎の戸口に立ち、冷めた目でふたりを見つめていた。バックの娘だ！　もとは孤児の身で、バックの埃《ほこり》にまみれた血は受け継いでいないものの、バックが育て、その妻が豊かな胸から乳を与えた。妻は死んだが、キットは残った。

キットは長身で、バックとほぼ同じくらいの背丈があり、日に焼けた肌を持ち、野生の雌馬のように体がしなやかだ。目は灰色がかった青を帯び、小さな鼻孔がかすかに震えている。身につけているのは流行の服だ。ニューヨークではやりの垢抜《あかぬ》けたコートで、洒落《しゃれ》たターバン風の帽子は五番街で最新のものだった。

「バック、みっともない。ウッディーと喧嘩《けんか》なんて！」

ウッディーは顔をしかめたが、すぐに笑みを浮かべ、また顔をしかめてステットソン帽のふちをはじいた。不自然なほど曲がった脚でいきなり歩きだした。唇が動いたものの、声は発さない。そして鍛冶《かじ》場の向こうへ姿を消した。

「老いぼれだと抜かしたぞ」バック・ホーンが小声で言った。

キットは父の硬い褐色の手を握った。「気にしないことよ、バック」

「あの野郎。キット、あんな男に勝手なことを――」

「気にしないことよ、バック」

バックはにわかに笑顔になり、片腕を娘の腰にまわした。

名高い養父が十年から十五年前に若者だった連中によく知られているのと同じように、キット・ホーンはいまの若者たちに人気があった。牧場で育ち、馬上でしつけられ、カウボーイたちを遊び仲間に、ボウイナイフ（鞘付きの猟刀）をおしゃぶりに、なだらかに起伏しながら何エーカーもひろがる牧場を遊び場として育ち、おまけに養父は映画スター――そんなキットのそばにいたハリウッドの広報係が、けばけばしい伝説の薄布で飾ってやろうともくろんだ。バックのプロデューサーはこう考えた。バックは老いつつある。ふつうの娘たちより男っぽく、妖婦《ようふ》キルケより女らしくもあるキットは、きっとバックの代わりに映画スターになれる。それが九年前、当時キットは十六歳で、背筋のまっすぐなおてんば娘だった……。子供たちはキットに夢中になった。何しろ馬に乗れて銃も撃て、投げ縄を操って啖呵《たんか》を切ることもできる娘だ。おまけに、かならずヒーローが現れてキスも抱擁もする。かくしてカウガールの大スター、キット・ホーンが生まれ、その写真が法外な値で売れるようになった一方で、老バックはひっそりと忘れられていった。

バックとキットは廐舎《きゅうしゃ》から出て、傾斜路をのぼり、コンクリートのせまい通路を抜けて、楽屋のある広い翼棟に到着した。いくつもドアが並び、あるドアの上に金属の星がついていた。バックがそのドアを蹴《け》りあけた。

「星……スターだと！」バックは大声をあげた。「はいりなさい、キット。はいってドアを閉めるんだ……。それにしても、あの馬泥棒の舌を引っこ抜いてやらんとな！さあ、すわって」

バックはふてくされた少年のように椅子に体を沈め、眉《まゆ》をひそめながら褐色の手を握ったり開いたりした。キットは愛情をこめて父の白髪を掻《か》き乱し、小さく笑った。けれども、その灰色がかった青い目の奥には不安の色があった。

「どうどう！」キットが馬をなだめるかのようにやさしく言った。「ご機嫌が悪いのね、バック、苛々《いらいら》してる。しっかり自分の手綱を締めなくちゃ。このショーのことだけど——ヤマネコみたいにわめき立てないでよ！——これほどの刺激はちょっぴり荷が重すぎるんじゃない？」

「ばかなことを言うな、キット」

「ほんとうにだいじょう——」

「うるさいぞ、キット！だいじょうぶだ」

「困った人ね。一座のお医者さまの検査は受けた？」

「きょう受けた。合格だ」

キットは父親のヴェストのポケットから軸の長いマッチを取り出すと、慣れた手つきで椅子の背で擦って火をつけ、父が手巻きした細い煙草の先へ差し出した。

「もう六十五歳なのよ、バック」

バックは香り高い煙の奥から、おどけるような目を娘へ向けた。「おれはもうおしまいだって言いたいのか。いいか、キット、映画から遠ざかって三年になるが——」

「九年よ」キットが穏やかに言った。

「三年だ」バックは返した。「〈ナショナル〉で一度復帰したじゃないか。ほら、あのころと同じくらいぴんぴんしてる。この筋肉をさわってみろ！」バックが右腕を折り曲げ、キットは言われるままに父の力こぶを軽く叩《たた》く。岩のように硬い。「ほらな、キット——こんなの、なんてことはないんだ。ちょっと馬に乗って、ちょっと銃を撃って、少しばかり縄で曲芸をする——知ってのとおり、この九年だか十年、ずっと牧場で調整してきた。ワイルド・ビルとの仕事なんて、縄をかけた去勢牛に焼き印を押すくらい楽なものだ。ビルがおれを売りこんでくれるだろうし、そうすれば実入りのいい映画の契約が舞いこむさ……」

キットは父の額にキスをした。「わかった、バック。ただ——とにかく気をつけてね」

キットが戸口で振り返ると、バックは長い脚を化粧台に載せていて、真珠色の煙の幕越しに、鏡に映る自分の姿をにらみながら物思いにふけっていた。

キットはドアを閉めながら、女らしいため息をついた。それから長身を伸ばし、男のような颯爽《さっそう》とした足どりで通路を進んで、別の傾斜路をおりていった。

ポン！　と小さな銃声が響き、キットの耳にかすかに届いた。愛らしい顔が興奮して生気を帯び、キットは音のしたほうへ決然と急ぐ。顔なじみの面々とすれちがった。チャップスを穿《は》いてソンブレロ帽をかぶったカウボーイたちと、鹿革の上着に縁飾りつきのキュロットスカートというでたちのカウガールたちだ。革のにおいがして、訛りのあるゆっくりした低い話し声が聞こえ、手製の煙草の靄《もや》が漂ってくる……。

「カーリー！　まあ、すごいじゃない！」

キットは銃器室――銃身の長いウィンチェスターのライフル銃や、青みを帯びた鋼鉄のリボルバー、数々の標的がいくつもの棚に並んでいる部屋――の入口で、夢見るように微笑んだ。ワイルド・ビル・グラントの息子カーリーが――肩幅が広く、引きしまった腰をして、埃っぽいコーデュロイの服を着た若者だ――煙の出たリボルバーの銃口をさげてキットを見つめ、それから喜びの声をあげた。

「キット！　やった！　会えてうれしいよ！」

ふたたびキットが、いっそう夢見るように笑った。カーリーもキット自身と同じく、コロシアムでもブロードウェイでも場ちがいな存在だ。たしかに感じのいい人だ、とキットは思ったが、そう思うのはこれで千回目だった。カーリーがキットに駆け寄り、両手をとってにっこりと顔をのぞきこむ。キットはこの新たな空気——ジンと安物の飾りが混じった悪臭——にカーリーが毒されはしないかと考えた。カーリーにはロマンチックな英雄の要素はない。どう見ても美男ではなく、ひどい鉤鼻《かぎばな》のせいでお決まりの英雄とは言いがたい。だが、頭に敷物のごとく張りついた茶色の巻き毛《カーリー》には人を惹《ひ》きつける輝きがあり、目は自信に満ちて誠実そうだ。

「見ててくれ」カーリーは叫んで、もとの場所へ駆けもどった。

キットはかすかな笑みをたたえて見守った。

カーリーは奇妙な小型の装置のペダルに右足をかけた。ガラス玉の発射器だ。足指の付け根でペダルを試し、両手で銃身の長い中折れ式のリボルバーをあけて、輝く大きな弾薬を手際よく薬室に装塡《そうてん》する。それから回転弾倉をもとにもどして、発射器の溝に小さなまるい物体をいくつか詰めたのち、身構え、ペダルをすばやく踏みつけた。空中いっぱいに小ぶりのガラス玉が散る。ガラス玉が宙に飛び出すや、カーリーは手首を柔軟に動かしながら、事もなげに拳銃《けんじゅう》を操ってガラス玉を消し、煙と無数の破片に変えた。

キットが大喜びで拍手し、カーリーはリボルバーをホルスターにおさめてから、鍔《つば》広《びろ》の帽子をとって一礼した。

「なかなかのものだろう？　このちょっとした技を披露するたびに、バッファロー・

ビルのことを考えるんだ。親父から何度も話を聞いたよ。バッファロー・ビルもワイルド・ウェスト・ショーにいたころ、小さなガラス玉を撃ってたとか。ただ、射撃が下手で、鹿撃ち用の散弾を使ったらしい。だからぜったいにしくじらなかった……。またも伝説が打ち砕かれたわけさ！」

「あなたの腕はバックに引けをとらない」キットは微笑んだ。

カーリーがふたたびキットの手をとって、熱っぽく目を見つめた。「愛《いと》しいキット――」

「バックのことだけど」キットはほんのり顔を赤らめ、あわてて言った。「かわいそうなバック。父のことが心配なの」

カーリーはそっと手を放した。「あの雄牛が？」笑い声をあげる。「バックはすごくうまくやるさ、キット。ああいう昔の人は、生皮と鋼でできてる。うちの親父もそう《ムチョ》だ。ワイルド・ビルにきみから話したらどうだい、バックはもう昔のバックじゃねえって――」

「〝じゃねえ〟じゃなくて〝じゃない〟よ、カーリー」

「じゃないって」カーリーは素直に言いなおした。「とにかく悩むことはないよ、キット。少し前に、衣装をつけて最終リハーサルをこなしたのを見たから」

「失敗してなかった？」キットは間髪を入れずに訊《き》いた。

「しなかったよ、一度も。あの荒くれ者が六十歳を超えてるなんてだれも思わないさ！　インディアンみたいに馬を乗りこなしてた。今夜はきっと立派にやりとげるよ、キット。それに宣伝にも――」

「宣伝なんてどうでもいい」キットは穏やかな声で言った。「ウッディーと揉《も》めてなかった？」

カーリーは目を瞠《みは》った。「ウッディーと？　なぜそんなことを――」

背後で小さな足音がして、ふたりは振り返った。銃器室の入口に女がひとりいて、謎めいた笑みを投げかけている。

その女は鹿革とは無縁だった。絹と毛皮と香水ばかりだ。オオヤマネコの瞳《ひとみ》と、信じがたいほどつややかなエナメルの肌、そしてえも言われぬ曲線を描く太腿《ふともも》と胸を持つその美しき人は、マラ・ゲイだった。ハリウッドの人気女優で、主演をつとめた煽《せん》情《じょう》的な映画がつぎつぎと成功をおさめ、三度の離婚歴がある……。百万もの女店員たちの羨望《せんぼう》の的にして、百万もの男たちの甘美で悩ましい夢だ。

マラ・ゲイは国境のない王国の統治者であり、臣民たちを奴隷として屈従させていた。禁じられた夢が、絵に描いた薔薇《ばら》のごとき肉体に姿を変えたものにほかならない。それなのに、こうして間近で見ると、どこか安っぽいところがあった。あるいは、よくあることだが、目の焦点が合って幻想から覚めたせいなのか……。マラはつぎの映画撮影にはいる前の休養のために、東部へ来ていた。自然神話に見られる欲望と、キャベルの描いたアナイティス(アメリカの作家ジェイムズ・ブランチ・キャベルの作品『ジャーゲン』に登場する女神)の魅力とを具《そな》えた、手に負えぬほど貪欲《どんよく》な女だ。そしていま、この上なくたくましい男たちの世界をひたすら求めている。マラの背後には、入念にひげを剃《そ》り落とした、一分《いちぶ》の隙もない装いの三人の男が控えていた。そのうちのひとりは、やかましく鳴きわめくポメラニアンを腕にかかえている。

マラ・ゲイが石の床を進むあいだ、しばしの沈黙があった。とろかすような視線をカーリーへ向け、頑丈な体つき、無駄な肉のない腰、広い肩、巻き毛、埃《ほこり》まみれの服を見まわしていく。キットの華奢《きゃしゃ》な顎《あご》に力がこもり、微笑が消えた。キットは音を立てず、ほんの少し後ろへ注意深くさがった。

「ええと──やあ、マラ」カーリーはかすかに笑みを浮かべた。「ええと──キット。きみ、マラを知ってる?　マラ・ゲイ。きみと同じハリウッドの住人だ。あははは!」

オオヤマネコの目が、灰色がかった青い目と表情もないままぶつかり合った。

「ええ、ゲイさんのことは知ってる」キットが落ち着いて言った。「ハリウッドで何度か会ったことがあるから。でもカーリー、あなたとゲイさんが知り合いだなんて思わなかった。じゃあ、もう行くわね」

そして、キットは静かに銃器室から出ていった。

気詰まりな幕間《まくあい》があった。女優の後ろにいる完璧《かんぺき》な装いの三人の大男たちは、立ったまま微動だにせず、見て見ぬふりをしている。ポメラニアンの上品な鼻孔に、厩舎《きゅうしゃ》から立ちのぼる粗野なにおいが届いたらしく、やかましい吠《ほ》え声があがった。

「いやな女」マラ・ゲイが言った。「このあたしをばかにするなんて！　あの人、安っぽい西部劇に出てるくせに」美しい頭をあげ、魅惑の笑みをカーリーへ向ける。「ねえ、カーリー。あなた、とってもすてきよ！　いったいどこでそのもじゃもじゃ頭にしたの？」

カーリーは顔をしかめた。視線はさっきキット・ホーンが出ていったドアに据えたままだ。しばらくして、マラのことばが頭のなかで意味をなした。「いいかい、マラ」ぼやくように言う。「そういう戯言《たわごと》はよしてくれないか」髪はカーリーにとって生涯の悩みの種だ。手のつけられない巻き毛で、まっすぐにしようと長年試みてきたが、どうにもならなかった。

女優はカーリーの腕にそっと身をすり寄せた。純情ぶって目を大きく見開く。「とってもぞくぞくするわね！　ここにある恐ろしげな拳銃やなんか……。カーリー、あなた、撃てるの？」

カーリーは顔を輝かせ、マラ・ゲイからさっと離れた。「撃てるかだって！　きみの前にいるのは、まぎれもない射撃の名人《デッドアイ・ディック》なんだよ！」すばやく弾薬を装塡してリボルバーを構え、ふたたび発射器を操作する。ガラス玉がはじけて消えた。女優は歓喜の叫びをあげ、カーリーへ近寄った。

部屋の外で、キット・ホーンが足を止めた。その目はどこまでも冷ややかで青い。銃声につづき、ガラスが砕け散る音、マラ・ゲイの賞賛の叫び声が耳に届く。キットは唇を嚙《か》み、あわててその場を去った。

室内ではマラ・ゲイが言った。「ねえ、カーリー。そんなに恥ずかしがらないで……」オオヤマネコの目に捕食者めいた光が浮かぶ。マラはさっと背後を振り返り、三人の男たちに告げた。「外で待ってて」男たちが素直に出ていく。マラはカーリーへ向きなおり、虚構の世界の隅々まで知れ渡った笑顔を見せてささやいた。「キスして、カーリー。ね、お願い、キスを……」

カーリーは先刻のキットと同じように、音を立てずに注意深く一歩さがった。笑みが消え、目つきが険しくなる。マラはじっと動かない。「いいか、マラ。どうかしてるんじゃないか？　ぼくは人の奥さんを盗む気なんかない」

女優はカーリーに歩み寄った。いまやすぐそばに迫り、香水のにおいがカーリーの鼻孔を満たす。「ジュリアンのことを言ってるの？」マラは落ち着いた声で言った。

「ねえ、ジュリアンとはお互いのあいだに完全な合意があるのよ、カーリー。今風の結婚生活ってわけ！　カーリー、そんなに恐い顔をしないで。幸せな家庭を捨ててもこんなふうにあたしに見つめられたいと望む男は五百万人も――」

「でも、ぼくはそのひとりじゃない」カーリーは冷たく言った。「旦那《だんな》さんはいまどこ？」

「あら、上のほうのどこかで、トニー・マーズといっしょのはずよ。カーリー、ねえ、お願い……」

このコロシアムがスポーツ競技場の巨像《コロッサス》なら、創設者のトニー・マーズもまたスポーツ興行界の巨人だった。バック・ホーンと同じく、マーズは生ける伝説だ。ただし、伝説の種類がまったく異なる。トニー・マーズは懸賞ボクシングを百万ドルの興行に仕立てあげた男だった。また、レスリングを――倫理観に動かされたわけではなく、純粋に大きな事業として――磨きあげて光らせ、スポーツファンからの人気を回復させて、大きな出資と支援を取りつけた。ボクシング史上最大規模のヘビー級の懸賞試合をいつものニューヨーク州ではなくペンシルヴェニア州で催して、ボクシング委員会の鼻を明かしもした。アイスホッケーやインドアテニスの大会、自転車の六日間レースを普及させた人物でもある。このコロシアムは、世界最大の競技場を造るというマーズの生涯の夢の集大成だった。

トニー・マーズの事務室は広大な建物の頂にあり、四基のエレベーターが通じていた――ブロードウェイの評判を貶《おとし》めるおおぜいの寄生虫たちにとっては、この道を使わぬ手はない。みずからの要塞《ようさい》の深奥に坐《ざ》す男――それがトニー・マーズだった。ニューヨーク生まれ、ニューヨーク育ちで、日に焼けて鉤鼻《かぎばな》の目立つ老獪《ろうかい》な男。マーズは純粋に賛美すべき意味での〝さばけた〟男だ。ブロードウェイのだれよりも〝接触〟しやすいが、だれよりもだましにくい人物と評されている。いまは山高帽を長い鼻柱まで引きさげて、薄汚れた靴で貴重なクルミ材の机の化粧板をこすり、褐色の口もとに二ドルの葉巻をくゆらせていた。トニー・マーズは物思わしげに訪問客を見つめた。

客はこの界隈《かいわい》でよく知られた人物だった。洗練された装いで、襟のボタンホールに花を挿したこの男、ジュリアン・ハンターはマラ・ゲイの夫だが、そういう理由で有名なわけではない。ハンターは十以上のナイトクラブの所有者で、もとはブロードウェイの遊び人であり、ポロ用のポニーの群れと競技用ヨットを持つスポーツマンでもあって、なんと言っても百万長者だった。社交界はハンターに門戸を開いた。もともと上流階級の出だったからだ。ただ社交界は、選《え》り抜きの連中とハンターとはどこかちがうと見なしていた。目の下にはたるみができ、頬はピンク色で、よく手入れしているのにつねに疲れているのはいかにも遊び人らしいが、社交界の人間らしい点はそれだけだった。ジュリアン・ハンターならではの特徴を持つのは、社会構造のもっと下——あるいは上？——の層に属する者だけだ。その特徴とは、木彫りのインディアンのような無表情の顔である。つまり、根っからの賭博師《とばく》の顔だ。少なくともその意味において、ジュリアン・ハンターは机の向かいにいる男と、血を分けた兄弟だった。

トニー・マーズはしゃがれた低い声で告げた。「はっきり言おう、ハンター。よく聞いてくれ。バックのことだが——」急にことばを切り、両脚を中国製の絨毯《じゅうたん》の敷かれた床に勢いよくおろした。口もとに愛想のいい笑みが浮かぶ。

ジュリアン・ハンターがもの憂げに振り向いた。

戸口に男がひとり立っていた。胸と腕と脚ばかりが目立つ男。長身、それもかなり高く、しかもかなり若い男だ。頬骨の高い顔の上方にある、ふたつの細長い毛皮の切れ端のようなものは、青黒い眉毛《まゆげ》だ。念入りにひげを剃った頬も、輝く小さな目と同じく、青みを帯びた黒色に見える。その大男が破顔し、白い歯がのぞいた。

「はいってくれ、トミー、さあ！」トニー・マーズが楽しげに言った。「ひとりかね？　金の面倒を見ている例のマネージャーはどうした」

ボクシング界で注目されているヘビー級の新星トミー・ブラックはそっとドアを閉

め、その場で笑みを浮かべた。笑顔の陰に人殺しの獰猛《どうもう》さがひそんでいる。その顔はまさに、ジャック・デンプシーがトレドでジェス・ウィラードを血祭りにしたときのようだと言われている。どうやら専門家たちは、プロボクサーとしての成功には、この暗殺者の本能が不可欠だと考えているらしい。トミー・ブラックはその本能と凶暴さをたっぷり併せ持っていた。

　ブラックは絨毯の上を滑るように進んだ。猫を思わせる足の運びだ。そして、なおも微笑んだまま椅子に腰をおろした。並はずれた巨体が溶鋼のようにそろりと動きを止める。「やあ、トニーさん。元気かい」魅力のある声だ。「きょう町へ来たんだ。医者が言うには、調子は上々だってさ。仕上がってる」

「トミー、ジュリアン・ハンターを知っているかね。ハンター、この〝マナッサの人殺し（世界ヘビー級チャンピオン、ジャック・デンプシーの異名）〟以来最高のボクサーと握手を」

　伊達《だて》者ハンターと殺し屋ブラックが握手を交わした。ハンターは渋々ながら、ブラックはアナコンダよろしく握りつぶさんばかりに。一瞬、視線がぶつかり合った。そのあと、ブラックはまた静かに椅子にすわっていた。トニー・マーズは何も言わず、葉巻の先に見とれているふうだった。

「トニーさん、忙しいなら出てくけど」ブラックが穏やかに言った。

　トニー・マーズが微笑んで言った。「いや、ここにいてくれ。ハンター、きみもだ。

おい、ミッキー！」大声で言う。無愛想な大男が弾丸に似た頭を室内へ突き入れた。「会議中だ――だれも通すな。いいな」ドアがかちりと閉まった。ブラックとハンタトはすわったまま、動くことも、互いを見ることもしない。「ところで、トミー。チャンプとの試合のことだ。それで電報を打って、強化キャンプから来てもらった」マーズは思案げに葉巻を吹かした。ハンターは退屈顔だ。「調子はどうだ」

「だれ――おれのことかい」ブラックはにやりと笑い、分厚い胸を反らした。「元気だよ、トニーさん。元気いっぱいだ。あんなへなちょこ、片手で倒せるさ！」

「なかなかの強敵らしいじゃないか」マーズはそっけなく言った。「練習はどんな調子だ」

「上々だよ。医者のおかげで最高の状態に整ってる」

「それはけっこう」

「ただ、スパーリングの相手がいなくてちょっと困ってんだ。先週ビッグ・ジョー・ペダーセンの顎《あご》を砕いちまって、なんて言うかそのせいで、みんな臆病《おくびょう》風に吹かれてる」ブラックはまたしてもにやりと笑った。

「そうらしいな。《ジャーナル》紙のボーチャードから聞いた」マーズは長くなった白い灰を見つめた。突然身を乗り出し、机に置かれた銀色の灰皿に注意深く灰を落とした。「トミー、わたしはきみがその試合に勝つと思っている。冷静さを失わなければば、新チャンピオンになる」

「そいつはどうも、トニーさん！」

マーズがゆっくりと告げた。「わたしは、きみはその試合に勝たなくてはならないと言っているんだ」

嵐が吹き荒れる前のように、沈黙がおりた。ハンターは身じろぎもせず、マーズはうっすら笑みを漂わせている。

やがてブラックが恐ろしい形相で椅子から立ちあがった。「そいつはいったいどういう意味だ、トニー」

「かっかしないで、落ち着きなさい」そう言われて、ブラックが緊張を解く。マーズは穏やかな声でつづけた。「いろんな話が耳にはいってくる。この業界がどんなふうかは、きみにもわかるな。八百長のにおいが付きまとう。さて、遠慮なく言わせてもらおう――そう、父親のようにとでも言ったほうがいいか、きみにはないものだからな！　あのろくでもないマネージャーなら、きみにあることないことを吹きこんで不正をさせたがるかもしれん。トミー、きみは成功をつかんだ。幾多の若者が成功し、やがて思慮が足りぬ者は成功に呑《の》みこまれる。わかるか？　わたしの評判は知っているな、トミー――筋を通すんだ。それがわたしのやり方だ。きみもそういうやり方をすれば、ふたりでたっぷり稼げる。そうでなければ――」そこで文は完結したと言わんばかりに口をつぐむ。マーズのことばには、中国製の絨毯と分厚い壁でも吸収しきれない重みがあった。

マーズは悠然と葉巻を吹かした。

「じゃあ」ブラックが言った。

「つまり、そういうことだ、トミー」マーズは言った。「きみが勝つために、途方もない大金がつぎこまれている。きれいな金だ——やましいところはない。体の仕上がり、筋力、若さ、戦績——どこから見ても、きみがつぎのチャンプだ。まちがいなくやりとげてくれ。一度でも顎をとらえたら——楽勝だなんて高をくくるなよ——きれいにノックアウトするんだ。いいな？」

ブラックは立ちあがった。「ふん、何を心配してんのか、おれにはわかんねえよ、トニーさん」傷ついたような口調で言う。「おれを信じろって！　パンのどっち側にバターが塗ってあるかくらい、おれにもわかるさ！　じゃあな、会えてよかったよ、ハンターさん」ハンターが両眉を吊《つ》りあげて応《こた》える。「失礼するよ、トニーさん。二週間後に会おう」

「ああ、そうだな」

ドアが小さな音を立てて閉まった。

「あなたは」ハンターが言った。「プロボクシングの試合は公正じゃないと考えているんですね、トニー」

「何を考えるかは」マーズはにこやかに言った。「わたしだけの問題だ。しかし、これだけは言える。わたしの金歯を盗むような真似はだれにもさせん」マーズが見据えると、ハンターが肩をすくめる。「さて」興行主は輝きを放つクルミ材の机に両足を載せ、がらりと口調を変えてつづけた。「子供たちへの神からの贈り物、跳ね馬《バック》ホーンのことに話をもどそう。言っておくが、ハンター、きみはすばらしい機会を逃すことに――」

「わたしも口は堅いんですよ、トニー」ハンターは微笑みながら小声で言う。「ところで、この件にグラントはどう関係しているんです」

「ワイルド・ビルのことか」マーズはちらりと葉巻に目をやった。「何を期待してるのか知らんがね。ワイルド・ビルとバックは、シッティング・ブルがカスターの騎兵隊を破って以来、何十年来の仲間だ。ダモンとピュティアスの仲、無二の親友というやつさ」それを聞いて、ハンターが鼻を鳴らす。「ワイルド・ビルはその名に恥じない男だし、わたしとしてはあの男の邪魔をするつもりはない……」

ワイルド・ビル・グラントはトニー・マーズから与えられた豪華な事務室で机の前にすわっていた。この神殿から、ロデオ一座の複雑な組織全体を動かす神託が発せられる。机の上は散らかったままで、火が消えて冷えきった煙草や葉巻の吸いさしが、倒れた兵士さながらに机の端に転がっている。いまほど裕福でなかったころからの無意識の節約癖で、グラントがそこに置いたのだ。半ダースに及ぶ灰皿はほとんど汚れていない。

グラントは馬にまたがるような形で回転椅子にすわっていた。右の尻《しり》だけを椅子に載せ、左脚をぴんと伸ばしているので、馬に横乗りしている恰好《かっこう》だ。灰色の髪の固太りした老人で、セイウチを思わせる口ひげをたくわえ、薄墨色の目をしている。ざらついた煉瓦《れんが》色の顔は丈夫そうで、多孔質の石のように皺《しわ》とくぼみだらけだ。体が頑丈なのは、むき出しの二の腕についたたくましい筋肉を見ても、また胴まわりにいっさい無駄な肉がないことからも明らかだった。不恰好な蝶《ちょう》ネクタイを結び、驚くほど古めかしいステットソン帽を鉄灰色の頭の後ろ側にかぶっている。これがワイルド・ビル・グラント、若かりしころにインディアン特別保護区で連邦保安官として戦った男だ。そのグラントがトニー・マーズの事務室の輝く調度に囲まれているさまは、喫茶室にいるエスキモー並みに場ちがいだった。

グラントの前にはごちゃごちゃとした書類の山があった――契約書、請求書、注文書だ。グラントは苛立《いらだ》たしげにそれらを掻《か》きまわしたのち、嚙《か》みつぶした吸いさしの葉巻へ手を伸ばした。

若い女がはいってきた——きれいに化粧をした、洒落《しゃれ》てこざっぱりとした女で、種属はニューヨークの速記タイピストだ。「グラントさん、男のかたがおひとり、面会を希望なさっています」

「牛叩き《ワディー》かね」

「なんですか」

「カウボーイのことだ——仕事をくれと言うんだな？」

「はい、そうです。ホーンさんからのお手紙をお持ちだとか」

「そうか！　通してくれ」

女はほっそりした尻を小気味よくくねらせながら出ていくと、しばらくしてドアを押さえ、みすぼらしい服装をしたひょろりと背の高い西部男を通した。訪問者が踵《かかと》の高いカウボーイブーツでのろのろと進み、靴が床にあたってやかましい音を立てた。くたびれたソンブレロ帽を手に持っている。雨風で擦り切れた古いマッキノー（厚手の毛織地）の上着を身につけ、ブーツはたるんで下まで垂れている。

「はいって！」グラントが勢いよく言った。値踏みするような目を訪問者に走らせる。

「バックの手紙を持ってるって？」

男のきれいにひげを剃《そ》った顔には異様なところがあった。恐ろしいほどだ。顔の左半分が茶色がかった紫色になって、皮膚が引きつれていた。紫の変色は顎の下からはじまって、左眉《まゆ》の半インチ上まで及ぶ。右頰にひとつあるごく小さな紫の斑点《はんてん》が、火傷《やけど》だか酸性薬剤だかの傷に終止符を打っている。歯も悪く、糖蜜《とうみつ》のような褐色だ……。ワイルド・ビル・グラントは肩を小さくすくめて目をそらした。

「ええ、そうです」男の声は低くしゃがれていた。「バックとおれは古い仲間でしてね、グラントさん。二十年前、テキサスでロングホーン種の牛を追っかけたもんだ。バックはね、仲間を忘れたりしない男ですよ」上着のポケットを探り、皺だらけの封筒を取り出した。それを渡して、不安そうにグラントを見つめる。

グラントが手紙を読みはじめた。「〝親愛なるビル、この男はベンジー・ミラー、古い友達だ。どうしても仕事が要る……〟」手紙はさらにつづく。グラントは終わりまで読んだあと、それを机にほうって言った。「かけてくれ、ミラー」

「ご親切にどうも、グラントさん」ミラーは革張りの椅子の端に慎重に腰をおろした。

「葉巻は？」グラントの目には憐憫《れんびん》が浮かんでいた。男の姿が哀れを誘ったからだ。髪は薄茶色で白いものは交じっていないが、明らかに中年を過ぎている。

ミラーは口をあけ、褐色の歯を見せて笑った。「これまた、ありがたいことです、グラントさん。では、いただきます」

グラントが机越しに葉巻をほうると、ミラーはにおいを嗅《か》いで、上着の胸ポケットにしまった。グラントが机の脇のボタンを押した。タイピストの女がまた現れる。

「ダニエル・ブーン（アメリカの開拓者）をここへ連れてきてくれ。ハンク・ブーンのことだ」

タイピストはわけがわからない様子だった。「どなたですか」

「ブーンだ、ブーン。いつも酔っ払ってる、ちびのワディーだ。どこかそのへんで無駄話をしてるだろう」

タイピストは尻をくねらせながら出ていき、グラントはその後ろ姿を惚《ほ》れ惚《ぼ》れと見つめた。

グラントは短くなった葉巻を嚙んだ。「ロデオの巡業で働いたことはあるのか、ミラー」

ミラーは肩を震わせた。「いえ、ないです！ ずっと牧場にいました。そんなすごい経験は一度もありませんで」

「ブルドッグ（牛の角を押さえ、首をひねって倒すこと）は？」

「まあまあです。若いころはかなり鳴らしたもんですよ、グラントさん」

ワイルド・ビルはうなるように言った。「馬には乗れるのか」

ミラーは顔を赤くした。「ねえ、聞いてください、グラントさん――」

「気を悪くせんでくれ」グラントが間延びした訛《なま》りで言った。「そう、人手は足りてるんだ、ミラー。それにここには牧場のような馬の群れ《レミューダ》もない。つまり、その手のカウボーイは要らんというわけだ……」

ミラーはゆっくりと言った。「仕事をもらえないってことですか」

「そうは言っていない」グラントはすぐさま返した。「バック・ホーンの友達なら雇うとも。今夜はバックの隊についていくといい。馬具はあるのか。服は？」

「何もないです。そ――それが、トゥーソンの町でほとんど何もかも質に入れちまったもんで」

「そうか」グラントは崩れかけている葉巻にじっと視線を注いだ。ドアが開き、しなびたような小柄なカウボーイがはいってきた。がに股《また》の脚をふらつかせ、バンダナを粋《いき》に結んでいる。「ああ、ダニエル、この酔っ払いのはぐれ牛め！　はいれ、こっちだ」

小柄なカウボーイはひどく酔っていた。ステットソン帽を前へ傾け、よろめきつつ机へ近寄る。「ワイルド・ビル――ワイルド・ビル。呼ばれて参上……。いったいなんの用ですか、ビル」

「またしこたま飲んでるな、ダニエル」グラントは責めるような目で見据えた。「ダニエル、この男はベンジー・ミラー――バックの友達だ。新しく仲間に加わる。案内してやってくれ。まず縄を見せて――それから厩舎《きゅうしゃ》、寝床、競技場……」

ブーンはどんよりした目をみすぼらしい訪問者へ向けた。「バックのダチだって？　よく来たな、ミラー！　こりゃ――なかなかいいとこだぞ、ここは。おれらは――」

ふたりは事務室から出ていった。グラントはうなり、しばらくしてからバック・ホーンの手紙をポケットにしまった。

ふたりはコロシアムの中心へ通じる長い通路を、足音を立てて進んだ。ふらふらと歩くブーンに、ミラーが言った。「なぜグラントさんはあんたをダニエルと呼ぶんだ？　たしか、あの娘にはハンクと言ってたが」

ブーンが大声で笑った。「そそ――そそるだろ、あの小娘。まぐさとは比べ物にならねえくらい、ぴちぴちしてるからな！　ああ、そのことだがな、ミラー。も――もともとハンクだったんだが、親父が言ったんだよ。〝かかあ、おめえの一族はおれの息子を、ばあさんの二度目の亭主の弟にちなんでハンクって呼ぶが、冗談じゃねえ！　おれはダニエルと呼ぶ。インディアンと戦った、ブーンのなかで最高の男にあやかりてえからな！〟そんなわけで、それからずっとダニエルなんだ。ガッハッハ！」

「その話し方、北西部のどこかの出身かい」

小柄なカウボーイは重々しくうなずいた。「おれか？　そ――それが実は、親父がワイオミングでカウボーイをしててな。サム・フーカーってじいさんがよくこう言ってたよ。〝ダニエル、自分が生まれた州の名を穢《けが》してはいかん。さもないと、わしはおまえの親父さんといっしょに取り憑《つ》いてやるからな〟って。それからずっと、おれは付きまとわれてる——亡霊にな……。おっと、ミラー、着いたぞ。けっこうな広さだろう？」

　そこは数千のぎらつく電球に照らされた巨大な円形競技場だった。楕円形《だえん》に配された二万の座席は空っぽだ。楕円の競技場は横の長さが縦幅の三倍ほどあって、コンクリートの塀で観客席と区切られ、塀の内側にはタン皮殻を敷き詰めた十五フィートのトラックがあった。その楕円形のトラックの内側に、むき出しの広場《アリーナ》がひろがっている。そこでは、走る馬の上から投げ縄で雄牛を捕えたり、腕利きの馬乗りが暴れる野生馬を〝ならし〟たり、カウボーイたちがロデオでさまざまな技を披露したりする。楕円の両端——東と西——に、舞台裏へ通じる大きな出入口があり、いまミラーとブーンはその一方に立っている。コンクリートの塀にはほかにいくつも出口が設けられていて、馬を行き来させるための誘導ゲートを具《そな》えたものも多々あった。上のほうに——とは言っても、鋼鉄の梁《はり》を組んだはるか上方の屋根よりも下に——座席の列に沿って動く作業員たちの姿が小さく見えた。今夜の興行がワイルド・ビル・グラント・ロデオ一座のニューヨーク巡業の正式な幕あけであり、それに備えて会場の手入れをしているわけだ。

　土を踏み固めたアリーナの中央に、西部風のいでたちの男がおおぜいいて、うろうろと煙草を吸ったり話をしたりしている。

ブーンがふらつく足でアリーナへ進み出て、小さく悲しげな目を連れのほうへ向けた。「ロデオが本職なのか、ミラー」

「いいや」

「つきに見放されたとか」

「不景気だからな、カウボーイは」

「まったくだ！　よし、みんなに挨拶《あいさつ》するか。そうすりゃあ元気になる。ここの連中ははるばるリオ・グランデから着いたところだ」

ブーンとミラーは、チャップスとソンブレロ帽を身につけた男たちの一団から陽気に迎えられた。この小柄な醜男《ぶおとこ》は一座の人気者らしく、たちまち親しげな冷やかしや冗談を浴びせられた。その騒ぎでミラーは忘れ去られ、だまってそばにたたずんで待っていた。

「おっと――うっかり仁義を忘れるところだったぜ！」しばらくしてブーンが大声をあげた。「ワディーども、バック・ホーンの古いダチを紹介しよう。ベンジー・ミラーってのがこいつの名前で、この一座に加わる」

何十もの目が新入りを凝視し、話し声と笑いがやんだ。男たちはミラーのみすぼらしい服、曲がった足、ひどい傷のある顔をじろじろと見た。

「ジョック・ラムジーだ」ブーンは改まった口調で言い、長身で不機嫌そうな、上唇の裂けたカウボーイを紹介した。

「よろしく」ふたりが握手を交わした。

「テキサス・ジョー・ハリウェル」紹介を受け、ハリウェルがそっけなくうなずいて、煙草を巻きはじめる。「テキサスは女の扱いがそりゃあ得意なんだぜ、ミラー。こっちはスリム・ホーズ」ホーズはずんぐりしたカウボーイで、陽気な顔だが目は笑っていない。「レイフ・ブラウン。ショーティー・ダウンズ」ブーンがつぎつぎと紹介していった。ロデオの世界でよく知られた名前ばかりだ。みな、使い古した馬具を持ってこの大規模な一座についてまわっている。懸賞金を求めてロデオからロデオへ渡り歩くが、経費は自分持ちだったから、大半の者が文なしで、危険をともなう職業柄、傷を負っている者も多い。

しばし沈黙がおりた。やがて、色鮮やかな衣装を着た屈強な男、レイフ・ブラウンが笑みを浮かべ、手をポケットに突っこんだ。「巻くか、ミラー」そう言って、煙草の小袋を差し出す。

ミラーは顔を赤くした。「巻こうかな」紙と刻み煙草の一式を受けとり、無造作ながら器用にゆっくりと巻いた。

すぐに男たちが話をはじめた。ミラーは受け入れられたというわけだ。ひとりがズボンの太腿《ふともも》でマッチを擦り、ミラーの煙草の前へ差し向けた。ミラーは火をつけ、静かに煙草を吹かした。男たちが取り囲み、ミラーは溶けこんで群れの一部になった。

「いいか、このコヨーテには気をつけろ」頑丈そうな体つきのショーティー・ダウンズが、ごつごつした指を曲げてダニエル・ブーンを示した。「こいつがうろついてるときは、きつく腹帯を締めないと。人のズボンを盗むのなんてしょっちゅうだぜ、ダニエルは。こいつの親父は馬泥棒だったんだ」

ミラーは恐る恐る笑みを浮かべた。みながミラーを打ち解けさせようとしている。

「ところで」スリム・ホーズがいかめしい声で言った。「端綱《はづな》か水勒銜《すいろくぐつわ》かってのは、世界を揺るがす大問題だが、あんたはどっち派だ、ミラー。そいつを先に聞いとこう。さあ」

「端綱だ。野生の荒馬を慣らすときは、いつも銜がないのを使う」ミラーはにやりと笑った。

「新米じゃねえな！」だれかが大声で笑った。

「下手《したて》構えだぜ、きっと！」

「本題にはいろう」三番目の声がそう言いかけたとき、ダウンズが手をあげて制した。

「ちょっと待て」間延びした訛《なま》りのある口調で言う。「ダニエルの様子がおかしい。なんだか元気がないじゃないか、ダニエル。気分でも悪いのか」

「そう見えるか」小柄なカウボーイはため息をついた。「それもそのはずさ、ショーティー。けさ、おれのインディアンの矢じりがつぶれてな」たちまち沈黙が落ち、男たちの顔から笑みが消えた。子供のように目をまるくする。「あのやかましいパロミノ（体が黄金色の馬）が踏んづけた。縁起でもねえ！　いまに何かとんでもないことが起こるぞ！」

「大変だ！」三人の男が口をそろえて言った。ダウンズは目にさっと不安の色を浮かべ、シャツの下の何かをまさぐる。ほかの者たちはジーンズのポケットに手を入れた。おのおのが厄除《やくよ》けのために、そっとお守りにふれる。これはただごとではなく、だれもが不安の目でダニエル・ブーンを見た。

「まずいな」ハリウェルがつぶやいた。「えらくまずい。今夜は仮病を使ったほうがいいぞ、ダニエル。ジーンズに入れてる幸運のお守りが壊れたら、おれならサーカスのカイユース（小型の馬）にだって乗らねえ」

ラムジーがズボンの尻《しり》ポケットに手を伸ばして、フラスクを取り出し、心からの同情をこめてブーンに差し出した。

ベンジー・ミラーの紫色の頬がゆがんだ。ミラーはアリーナの向こうへ目を向け、木で組んだ足場の上の台を見た。そこでは、街の人間らしいごくふつうのいでたちの何人もの男が、妙な機具に囲まれて忙しく動いていた。

その男たちは映画撮影班らしかった。地上十フィートの高さの台上に、三脚、カメラ、録音機、電気設備のほか、さまざまな大きさの箱が散らばっている。下の地面に置かれた入り組んだ大型の機械からゴム被膜の太くなめらかなケーブルが何本かくねり出ていて、数人でそれを繰り出していた。どの機具にも、有名なニュース映画会社の名前が白い太字で記されている。

濃い灰色の服を着た小柄で痩《や》せた男が、土のアリーナに立って作業を指示していた。軍人風の口ひげは黒くつややかで、入念に整えられている。楕円の向こうの離れた場所にいる、奇抜な装いの西部の男たちのことはまるで眼中にないらしい。

「遠景撮影の準備ができました、カービー少佐」台上の男が叫んだ。

下にいるその小柄な男が、ヘッドフォンを装着した男に言った。「音のほうはどうだ、ジャック」

「まあまあです」相手がうなるように答える。「手こずりそうですよ、少佐。このひどい反響を聞いてください！」

「なるべくうまくやってくれ。客でいっぱいになれば、ましになるだろう。動きのある映像とロデオの狂騒の音がほしいんだ。社長から特別な注文が出てる」

「わかりました」

カービー少佐は輝く小さな目を、無人の観客席とむき出しのコンクリートへ向け、葉巻に火をつけた。

「そう、これが」エラリー・クイーンは思案げに紫煙を天井へ向けて吐きながら言った。「止まっている車輪だ。では、車輪がまわりはじめたとき、何が起こったかを見ていこう」

2 馬上の男

クイーン一家《メナージュ》の何より痛快な特徴は、その執事《メジャー・ドーモ》にある。北方人種ならではの剽窃《ひようせつ》の才をもってわれわれがスペイン語から流用したこの貴いことばは、堂々たる貫禄《かんろく》、厳粛さ、そして何より仰々しさをつねに喚起させる。真の執事とは、(長年のうちに培われた圧倒的な威厳に加えて)太鼓腹で扁平《へんぺい》足を持ち、死んだタラのごとく生気に欠け、皇帝のごとくにらみつけ、歩くときと言えば、教皇の行列とポンペイウスの凱旋《がいせん》行進を合わせたような鈍なる足どりと決まっている。そのうえ、ミシシッピの賭博《とばく》師の研ぎ澄まされた狡猾《こうかつ》さと、パリの下請け業者《マルシャンダール》の賢《さか》しい天稟《てんぴん》、それに猟犬の忠誠心を兼ね具《そな》えていなくてはならない。

クイーン家の執事の痛快なる特徴は、忠誠心を除いて、従来のどんな執事にも似ていないところにある。貫禄、厳粛さ、仰々しさどころか、見た目は大都市の貧民街をうろつく放蕩《ほうとう》児たちの顔から作ったモンタージュ写真を連想させる。太鼓腹があるべきところに、平らで筋肉質な引きしまった腹がある。脚はダンサーに劣らず細くて敏《びん》捷《しょう》に動く。瞳《ひとみ》は明るいふたつの月だ。体の動きは信じられないほど軽々とはずんでいて、草地の妖精《ようせい》を思わせる。

そして年齢は、かのイギリスの文人バラムのことばどおり〝大人と子供のあいだの青二才、背の低い太っちょで、力強い十六歳〟と言いたいところだが、さにあらず！　クイーン家の執事は背が低くもなければ、太っちょでもない。むしろ蜘蛛《くも》のようにひょろ長く、古代ローマの将軍カッシウスの青年時代並みに痩せている。

これがクイーン家の若き執事ジューナだ——エラリーはときに〝偉大なるジューナ〟と呼ぶ。早くから料理に関する天賦の才と、新たな美食の創造にかけての勘のよさを発揮し、クイーン父子の家事の問題を永久に解決した。孤児だったジューナは、エラリーが大学へかよっていたころ、さびしくひとり暮らしをしていたクイーン警視に拾われてきた。クイーン家に来た当初は、姓もなく浅黒い肌をした弱々しい少年だったが、明らかにロマの先祖から受け継いだ柔軟な狡猾さをも具えていた。

やがてジューナは、家のなかのことを取り仕切るようになり、けっして手を抜くようなことはなかった。

そしていま、運命とは不思議なもので、ジューナがいなかったら、謎の事件もなかったかもしれない——少なくともエラリー・クイーンがかかわることはなかっただろう。エラリーをコロシアムへ向かわせたのは、それと知らず駒を動かしたジューナの手だった。なぜそういうことになったのか理解するには、若者一般の性質について考察しなくてはならない。十六歳のジューナはまだ少年そのものだった。エラリーの巧みな指導のもと、ジューナは先祖からの暗い遺産を頭のクロゼットに押しこめて施錠し、成長していった。そして、品格のあるやんちゃ坊主になった。矛盾した言い方だが、いわゆる〝育ちのよい〟少年の真髄である。ジューナはいくつかのクラブに属し、野球、ハンドボール、バスケットボールに興じ、たっぷりもらう小遣いでもしばしば不足するほど熱心に映画を観にいった。ひと世代前に生まれていたら、ニック・カーターやホレイショ・アルジャー、アルトシェラーといった作家たちの作品をむさぼり読むことで、冒険への渇望を満たしたはずだ。ところがジューナは実在の人々を神と崇《あが》めた――銀幕の英雄たちだ。とりわけ、チャップスにステットソン帽といういでたちで、馬に乗り、投げ縄を操り、早撃ちを見せる英雄に憧《あこが》れた。

これでつながりは明らかだろう。ワイルド・ビル・グラントの広報係がニューヨークの各新聞社に手をまわし、一座の沿革や趣旨、意図、呼び物、出演者について過激な煽《あお》り記事をうんざり《アド・ナウジアム》するほど書き立てるように仕向けたが、それはふだん表に現れないおおぜいの客に向けてのことだった。サーカスが町に着くと、そういう客がはじめて表に姿を現し、甲高い叫びと、ピーナッツの殻を割る音と、子供のような驚きの声で大きなテントを満たす。ジューナの燃える黒っぽい目がロデオ開幕の広告を見つけた瞬間から、クイーン父子の平和は失われた。ジューナは、自分の目でこの伝説の人物、バック・ホーンを（その名を口にするときは崇敬の念をこめたささやき声で）なんとしても見る、と言い張った。ぜったいにカウボーイを見る。〝突進《バック》する野生馬〟を見る。スターを見る。何もかも見る、と。

そんなわけで、このあと事件が起こるなどとは夢にも思わず、リチャード・クイーン警視――自分でもすぐには思い出せないほど長いあいだ殺人捜査課の指揮をとってきた小柄な男――は、挨拶《あいさつ》を交わす程度の知り合いであるトニー・マーズに電話をかけた。そして、ジューナの知らぬうちに話が取り決められ、クイーン一家はロデオ開幕の夜、コロシアムでマーズの特別席から男たちの戦いを見物することになった。

はやるジューナの手綱を引きしめながらも、クイーン警視とエラリーは「早めに出よう、行くぞ！」と言わざるをえなかった。おかげで、マーズの特別席の客のなかでいちばん早く到着した。そのボックス席は、競技場の南側、楕円《だえん》の東コーナーのそばにあった。コロシアムはすでに半分の席が埋まり、何百人もが続々と建物に流れこんでいた。クイーン父子はフラシ天張りの椅子にゆったりと腰かけたが、ジューナの華奢《きゃしゃ》な顎《あご》は手すりから突き出され、その目は湯気を立てながら、下の広々とした地面を食い入るように見つめていた。アリーナの中央ではまだ作業員たちが土を固め、カービー少佐の撮影台ではカメラマンたちが忙しく機材を動かしている。ジューナの気づかぬうちに、新しい山高帽をかぶったトニー・マーズ御大が、茶色い歯で新しい葉巻を噛《か》みつぶしながらボックス席にはいってきた。

「また会えてうれしいですよ、警視。おや、クイーンくんも!」トニー・マーズは腰をおろし、隅から隅まで目を光らせている必要があるとでも言いたげに、広い会場へ小さな目をさまよわせた。「さあ、古きブロードウェイに新たなスリルというわけだ」

警視は嗅《か》ぎ煙草を一服した。「しかし」やんわりと言う。「ブルックリン、ブロンクス、スタテン島、ウェストチェスターなどならともかく、ブロードウェイではどうでしょうか」

「ここの観客の田舎じみた様子から判断すると、だいじょうぶそうですね、マーズさん」エラリーはにやりと笑った。売り子たちがすでに忙しく商売をはじめ、ピーナッツの殻を割るなじみの音が客席じゅうに響いていたからだ。

「今夜はここにブロードウェイのお偉方がおおぜい集まる」マーズが言う。「わたしは自分の客を知っています。ブロードウェイにはハードボイルドだのなんだの、粋《いき》がった連中がいっぱいいるが、根はみんなまぬけな、いいカモだ。やってきて、ピーナッツをかじって、おもしろ半分でわめき立て、田舎者みたいに出ていく。ステート劇場が昔の西部劇を公演したとき、そういう強者《つわもの》たちが朝から詰めかけたのをご存じかな。口笛を吹いたり床を踏み鳴らしたりして、お預けを食らったら泣きだしかねないほど西部劇が大好きなんですよ。今夜、バック・ホーンはきっと喝采《かっさい》を受ける」

魔法の名前が出て、ジューナは目立つ耳をぴくりと動かしたのち、振り返り、光り輝く尊敬の目でゆっくりとトニー・マーズを観察した。

「バック・ホーン」警視が夢見るような笑みを浮かべて言った。「懐かしのスターだ！　とっくに死んで墓のなかだと思っていた。あの男をこのショーに出すとは離れ業ですな」

「離れ業じゃありませんよ、警視。根まわしでしてね」

「というと？」

「ええ、ほら」マーズは思案げに言った。「バックはもう九年だか十年、映画から遠ざかっている。三年前に一本撮りましたけど、芳しくなくてね。しかし、トーキー映画が大流行のいまなら……。バックとワイルド・ビル・グラントは親しい。おまけにグラントはやり手の事業家でもある。つまり、こういうことです。ここでバックが一発あてて、もしここニューヨークで大成功すれば――ええ、そう、来季は銀幕に復帰するって噂でしてね」

「グラントと力を合わせて、バックを後押しするつもりだと？」

トニー・マーズは観衆へ目をやった。「まあ……興味がないとは言いませんせん」

警視はさらにゆったりと椅子に身を落ち着けた。「こんどの大試合のほうはどんな具合ですか」

「試合？ ああ、ボクシングの。ええ、上々ですよ、警視。前売りが予想以上に好調でして。たぶん――」

ボックス席の後方が少しざわついた。一同は振り返り、それから立ちあがった。そこには、黒いイブニングドレスに白貂《アーミン》の肩掛けを身につけたすこぶるつきの美女が微笑を浮かべて立っていた。その背後で、ソフト帽を斜めにかぶった目つきの鋭い若い記者たちが何やらまくし立てている。カメラを持っている者もいた。女がボックス席へ足を踏み入れると、トニー・マーズが慇懃《いんぎん》にその手をとって前方の席へ導いた。互いの紹介がおこなわれた。ジューナは、その女がはいってきたときには、ちらっと目をやっただけでまた競技場に見入っていたが、急に身震いした。

「ホーンさん――こちらはクイーン警視とエラリー・クイーンさん……」

ジューナが椅子を足で押しのけた。ほっそりした顔が引きつっている。「あなたは」びっくりしている様子の若い女にあえぎながら言う。「あのキット・ホーン？」

「え――ええ、そうよ」

「うわあ」ジューナは震える声で言って、背中が手すりにあたるまであとずさった。

「うわあ」もう一度言って、目を見開く。それから唇を湿らせ、かすれた声で言った。

「だけど、どこに——どこにあるんですか、いつもの六連発銃と、いつもの——あの暴れ馬は？」

「ジューナ」警視が小声でたしなめたが、キット・ホーンはにっこりと微笑み、大真面目な口調で言った。「ほんとに申しわけないんだけど、仕方なく家に置いてきたの。だって、そうしないと入場させてもらえないでしょ」

「ああ、残念」ジューナは言って、キットの輝くばかりの横顔を熱心に五分間じっと見つづけた。哀れなジューナ！　憧れの人がこんなに近くにいて、どうしたらよいかわからないのだ。大スターのキット・ホーンが自分に声をかけてくれた、この〝偉大なるジューナ〟に。そう——伝説のカウボーイ、バッファロー・ビルのおかげだ！　無機質な銀幕を飛びまわるその美しき幻は、北欧神話の侍女ワルキューレのごとく馬を乗りこなし、男まさりに銃を撃ち、卑劣な悪党を投げ縄で捕える……。やがてジューナは目をしばたたき、ゆっくりと名残惜しそうにボックス席の後方へ顔を向けた。

そこにトミー・ブラックがいた。

そばに連れがふたりいた——どんな男も一瞬にして味方につける、これまた輝くばかりの美女マラ・ゲイと、非の打ちどころのない服装のジュリアン・ハンターだ。ジューナは何もかもそっちのけにして、大スター、キット・ホーンのことさえ忘れ、目の前に思いがけず現れた驚くべき泡立つ霊薬を呑みこんだ。トミー・ブラック！　ボクサーのトミー・ブラックだ！　嘘だろ！　ジューナはすっかり物怖《ものお》じして棒立ちになったが、その瞬間から、ボックス席には眉《まゆ》をひそめたその大男以外、だれも存在しないように感じられた。大男はまわりの全員と握手をしたあと、さも当然だと言わんばかりにマラ・ゲイの隣の椅子にするりと腰をおろし、静かに会話をはじめた。

エラリーにとっては、少しばかりおもしろい光景だった。周囲で騒ぎ立てる記者。憧憬《しょうけい》のあまり口もきけないジューナ。冷静沈着なキット・ホーン、そのキットを慇懃無礼に見くだすマラ・ゲイ。ジュリアン・ハンターは口をつぐみ、無言で笑みを浮かべている。トニー・マーズは混み合う場内を心配そうに見つめ、ブラックの動きは流れるようで、身のこなしは蛇を思わせる――エラリーは、個性豊かな面々が集まったときの常で、暗流や逆流が渦巻いているのを感じた。そして、なぜハンターはあんなにぎこちない笑みを浮かべているのか、なぜキット・ホーンは急に黙したのかと考えた。しかしそれにも増して、マラ・ゲイに何があったのかと不思議に思った。このハリウッドの人気者はいまや世界屈指の出演料を誇る女優なのに、魔法のスクリーンで見るほど清らかでもあでやかでもなかった。たしかにいつものように服装は大胆だし、映画のなかで見られるとおり、瞳《ひとみ》は並はずれて潑剌《はつらつ》と輝いているが、顔にはこれまで気づかなかったやつれと衰えがある。大きな目もさほど大きく感じられない。そのうえ、ここでは――口うるさい監督からどう動けと指示されないところでは――見るからにそわそわしていて、水銀のごとく落ち着きがない。ふとある考えが浮かび、エラリーはそれとなくマラ・ゲイを観察した。

礼儀正しい会話が交わされていた。

そしてジューナは、周囲のボックス席に有名人たちがやってくるたびに、心臓を高鳴らせつつ首を左右に動かしていた。やがて当然ながら、アリーナでいろいろなことがはじまった。その瞬間、ジューナは俗っぽい現実への関心を失い、眼下のショーに夢中で見入った。

場内は騒々しく善良な人々でいっぱいだった。上流社会の人間がこぞって《アン・マス》やってきて、きらめく宝石をちりばめた姿で楕円《だえん》の板のように手すりを取り囲んでいる。アリーナで急な動きがあった。いくつかの小さい入口から、馬に乗った男たちが現れた。それぞれが色を帯びた回転する染みに見える——赤いバンダナ、革のチャップス、派手な色のヴェスト、灰褐色のソンブレロ帽、格子縞《じま》のシャツ、銀色の拍車。投げ縄を披露し、雷鳴をとどろかせて騎乗し、拳銃《けんじゅう》の音を間断なく響かせる。カメラマンたちが撮影台で忙しく立ち働く。タン皮のトラックを駆ける馬の蹄《ひづめ》の大きな音が会場を満たす……。きらびやかなカウボーイの衣装を身につけた長身のすらりとした若者が、アリーナの中央に立っていた。頭上のアーク灯が巻き毛を照らしている。かすかな煙がまわりを包みこむ。若者は発射器を足で操作し、銃身の長いリボルバーを振りまわして、小さなガラス玉を淡々と撃ち砕いた。叫び声があがる。「いいぞ、カーリー・グラント!」若者は頭をさげて、ステットソン帽をとると、茶色の馬を一頭つかまえて軽々と跳び乗り、トニー・マーズのボックス席へ向かってアリーナを早足で突っ切りはじめた。

エラリーは、マラ・ゲイをトミー・ブラックにまかせて、キット・ホーンのほうへ椅子をにじり寄せていた。ジュリアン・ハンターはボックス席の後方にひとりで静かにすわっている。トニー・マーズの姿はすでになかった。

「お父さんのことが好きなんですね」エラリーは、キットがアリーナじゅうへ視線をさまよわせているのに気づき、小声で言った。

「なんと言っても父は――ああ、こういうことって説明しにくいわね」キットは微笑んで、まっすぐな眉をしかつめらしく寄せた。「父への愛情は、たぶん――実の父ではないからこそよけいに深いのかも。孤児だったわたしを養女にしてくれた。最高の父親で、わたしにとってはとても大切な人で――」

「そうでしたか! 失礼しました。そうとは知らずに――」

「謝らないで、クイーンさん。別に失礼でもなんでもないから。わたしは心から誇りに思ってる。たぶん――」ため息をつく。「わたしのほうは、世界一の娘ではなかったけど。近ごろではバックに会うこともめったになくてね。ロデオのおかげでまたいっしょにいられるの。一年以上会ってなくて――ゆっくりとは」

「仕方がありませんよ。あなたはハリウッドで、ホーンさんは牧場にいたわけで――」

「なかなかむずかしくて。わたしはカリフォルニアのロケで忙しくて、ほとんど休みがないし、父はワイオミングに引きこもっていて……。訪ねることができるのは数か月に一度、せいぜい一日かそこらよ。父はずっとひとりぼっちだった」

「でも、なぜ」エラリーは尋ねた。「お父さんはカリフォルニアへ移らないんですか」

キットは褐色の小さな両手を握りしめた。「ええ、そうしてもらおうとしたの。だけど三年前、父が銀幕への復帰を図って――まあ、映画というのはボクシングと同じで、返り咲くのはむずかしいようね。それがかなり堪《こた》えたらしく、父は世捨て人みたいに、頑《かたく》なに牧場から出ようとしなかった」

「そして、あなたは」エラリーは穏やかな口調で言った。「お父さんの掌中の珠《たま》であり、退屈な牧場暮らしをさせるわけにはいかない」

「そう。父には家族も親戚《しんせき》もいない。ひどくさびしい暮らしをしているの。肌の黄色っぽい料理番の男の子がひとりと、わずかな家畜を追う古顔が何人かいるだけで、父は孤独に暮らしてる。実のところ、訪ねていくのはわたしとグラントさんだけよ」

「ああ、あの華やかなワイルド・ビル」エラリーは小声で言った。

キットはいささか奇妙な目でエラリーを見た。「そう、華やかなワイルド・ビル。ロデオ・ショーの合間に、ときどき牧場を訪れて二、三日泊まっていくようね。義理を欠いているのはわたしのほう！　バックはもうここ何年も体調がすぐれないの——どこが悪いわけでもないけど。たぶん、ただ歳をとったせいね。でも体重が減ってきていて——」

「おーい、キット、キット！」

キットは顔を赤くして、懸命に身を乗り出した。エラリーは半ば閉じた目で、マラ・ゲイが口を尖《とが》らせるのを見た。何が起こっているのかを目にするにつれ、マラ・ゲイの話す声が小さく途切れ途切れになる。ガラス玉の早撃ち師である巻き毛の青年の顔が、手すりの下から笑いかけていた。カーリー・グラントはひょいと鞍《くら》から跳びあがり、観客席の手すりをつかんでぶらさがった。残された馬はおとなしく待っている。

「もう、カーリー」キットが言った。「そんなこと——すぐにおりて！」

「きみだって女だてらに曲芸をするじゃないか」カーリーがにやりと笑う。「おりないよ。キット、説明したいことが——」

エラリーは気を利かせて、視線をそらした。

また新しい関心の的が現れた。背の低い軍人風のカービー少佐の姿が、トニー・マーズと並んでボックス席の入口にあった。マーズは不安が頂点に達している様子だ。カービー少佐は、手すりの上に顔だけ見えているカーリーに笑顔で会釈をし、踵《かかと》を小さく正確に鳴らして女たちに頭をさげつつ、男たちと静かに握手をした。

「若いほうのグラントをご存じですか」警視は、巻き毛の頭が手すりの下へ消え、キットが赤らんだ顔に微笑を浮かべて腰をおろすのを見ながら、少佐に尋ねた。

「ええ、知っていますとも」少佐が答えた。「どこへ行っても友ができる幸運な若者だ。別の方面で知り合いました」

「軍隊ですか」

「そうです。わたしの隊に所属していまして」カービー少佐は深く息をつき、汚れひとつない爪で黒い貧弱な口ひげをなでた。「それにしても、戦争というのは……。言うなれば、腐りきった出来合いの料理そのものだ」さらに言う。「ところで、カーリーは――そう、争いを決着させる大戦争(第一次世界大戦のこと)に召集された当時、たしか十六歳だったと思います。年齢を偽って入隊し、激戦地サンミエルで機関銃の一隊をひとりで撃破しようとして、愚かにも危うく命を落としかけた。若い連中は――向こう見ずでした」

「でも勇敢です」キットが穏やかに言った。

少佐が肩をすくめ、エラリーは笑いを押し殺した。戦争で勲功を立てたはずのカービー少佐が、戦うことの誇りについて幻想をいだいていないのは明らかだった。荒れ果てた土地を敵からあと二ヤードもぎとることにたいして意味があるはずもなく、そのために命を投げ出すのが栄誉だとは思っていないにちがいない。「わたしは目下、あのとき以上の大きな戦いのさなかにある」少佐は険しい顔で言った。「写真記事のスクープを追ってはじめて、どんな競争かがわかりましたよ。ご存じのとおり、自分は今夜ここでニュース映画の撮影班を仕切っています。当社の独占でしてね」

「ぼくは――」エラリーがいくぶん熱をこめて話しだした。

「さて、部下たちのところへもどらないと」カービー少佐はそっけなくつづけた。

「では、またあとで、トニー」ふたたび会釈をして、すばやくその場から去った。

「小さいが、たいした男だよ」トニー・マーズが低い声で言った。「見た目からは信じられないかもしれないが、陸軍きっての拳銃の使い手でね。まあ、昔の話だが。大戦時は歩兵隊にいた。それがいまや、ある種の専門家になった。ニュース映画だよ！」マーズは鼻を鳴らし、そわそわとアリーナへ目をやりながら時計を手探りした。

やがて、ややぼんやりした顔に張りつめた表情がひろがり、マーズは急に腰をおろし、獲物を見つけた猟犬さながら急に動きを止めた。全員がアリーナに注目した。

アリーナは空になりつつあった。カウボーイとカウガールたちが出口へ軽快に馬を進めている。まもなく、目に映るのは、だれもいないトラックと、蹄の跡が残る中央の土の部分と、ニュース映画の撮影台にいる男たちだけになった。カービー少佐の姿勢のよい小柄な体軀《たいく》が、横のドアから半ば走りこむようにして現れ、ドアが閉まった。少佐は跳ねるようにアリーナを横切ると、猿に似た動きで木の梯子《はしご》をのぼり、録音技師とカメラマンたちに混じって台上の持ち場についた。

観客が静まり返った。

ジューナが妙に旋律めいた音を立てて息をした。

西のメインゲートからかすかな音がして、制服姿の係員がゲートを押しあけると、馬に乗った男がひとり出てきた。ずんぐりしたたくましい体つきで、くたびれた古いコーデュロイのズボンを穿《は》き、ずいぶん年季のはいったステットソン帽をかぶっていた。右の腰には、ホルスターにおさめたリボルバーをさげている。馬を荒々しく疾走させてトラックを突っ切り、土の楕円《だえん》のちょうど中心で砂塵《さじん》をあげて馬を急停止させたのち、あぶみに足をかけて体を起こし、左手で帽子をとり、一度振ったあとまたかぶり、そのままの姿勢でにこりと笑った。

万雷の拍手喝采《かっさい》！　足を踏み鳴らす音！　ジューナの足音がひときわ高い。

「ワイルド・ビル」トニー・マーズがつぶやいた。顔が青ざめている。

「いったい何がそんなに心配なんです、トニーさん」トミー・ブラックが低い声で笑いながら尋ねた。

「こういう幕あけの日は、決まって小鳥みたいに落ち着きがなくなるんだ」興行主は不機嫌に言った。「静かに！」

馬上の男は手綱を左手に持ち替え、右手でホルスターからリボルバーを引き抜いた。鈍い青みを帯びた長い銃身が、アーク灯の光を受けて禍々《まがまが》しくきらめく。男が腕を天井へ向けて伸ばすと、咆哮《ほうこう》とともに撃発が起こり、銃が跳ね返った。男はぼってりとした皺《しわ》深い口をあけて叫んだ。「ユーフー！」狼の遠吠《とおぼ》えのように長く尾を引くその声は、屋根の垂木を伝って反響し、観客は驚いて押しだまった。

リボルバーがもとどおりホルスターに突っこまれた。ワイルド・ビルは鞍に腰をおろし、

「紳士淑女のみなぁぁぁさま！」大声で言う。そのことばははるか遠くまで伝わり、最上段の観客でもはっきりと聞きとれた。「ワァァァイルド・ビル・グラァァァント・ロデオの華々しい幕あけへようこそ！（拍手）世界最大のカァァァウボーイとカァァァウガールの一座でございます！（喝采）太陽の照りつけるテキサァァァスの平原から、起伏に富むワァァァイオミングの放牧地へ、広大なるアァァァリゾナ州からモンタァァァナの山々へ、わが一座の命知らずたちは、みなさまにお楽しみいただくため、渡り歩いてまぁぁぁいりました！（足を激しく踏み鳴らす音）命を賭《か》けた危険

きわぁぁぁまりない技、投げ縄、荒馬乗り、牛押さえ、射撃――いずれもみなぁぁぁ世界最高の娯楽となる離れ業――古きよき流儀のロデオでございまぁぁぁす！　そして紳士淑女のみなぁぁぁさま、今宵《こよい》はいつものショーに加え、大変光栄なことに、大都市ニューヨークにて、すばぁぁぁらしい特別な見世物を披露する機会をついに得たのでございまぁぁぁす！」

ワイルド・ビルはどこか誇らしげにことばを切った。その声は会場全体に朗々とこだまし、やがて沸きあがる歓呼の奔流に呑《の》みこまれた。

ワイルド・ビルは肉づきのよい手をあげた。「さぁぁぁて、みなさま、その男は恰好《かっこう》ばかりのいんちきカァァウボーイではありません！（笑い）みなさまがお待ぁぁぁちかねですから、これ以上よけいな時間は費やすまい。紳士淑女のみなさま、世界最高のカァァァウボーイ、懐かぁぁぁしき西部を銀幕に再現した男をご紹介します！……アァァアメリカの誇る映画界の巨星――唯一無二の男、バァァァック・ホーンです。さあ、走れ！」

観客の声が屋根を引き裂いた。そして言うまでもなく、一斉にあがったその怒号、咆哮、とどろき、絶叫、悲鳴からなる合唱を率いているのはまさしくジューナ・クイーンであり、顔をオリーブのようにつややかな緑にして叫んでいた。

エラリーはにやりと笑い、横目でキット・ホーンを見た。緊張して身を乗り出し、褐色の柔らかそうな顔に気づかわしげな表情を浮かべて、アリーナの東ゲートに不安げな灰青色の目を注いでいる。

彼方《かなた》でずいぶん小さく、弱々しく見える制服姿の係員がゲートを操作すると、ドアが開き、巨大な馬が円形競技場のまぶしい光のなかに走り出てきた。輝く引きしまった脇腹を持ち、誇らしげに首をもたげる屈強な生き物だ。その背に人がひとり乗っている。

「バック！」

「バック・ホーンだ！」

「いいぞ、カウボーイ！」

鞍上《あんじょう》で前傾し、楽々と優雅に馬に乗るホーンの姿は、まさに昔ながらの勇敢なカウボーイだ。ボックス席の並びの、縄で囲った区画で、楽隊が演奏をはじめた。この世のものとは思えぬにぎやかさだ。イリノイ州のカンカキーやオハイオ州のウェスト・タナーヴィルでサーカスが幕をあける夜を思わせる。ジューナは一心不乱に手を叩《たた》いていた。キットはふたたび椅子にもたれて笑みを漂わせている。

エラリーは身を寄せて、その膝《ひざ》を軽く叩いた。キットが驚いて振り向く。「立派な馬に乗っていますね！」エラリーは声を張りあげた。

キットは頭をのけぞらせ、大声で笑った。「それもそのはずよ、クイーンさん。五千ドルもしたんだもの」

「ええっ！　馬一頭が？」

「そう、馬一頭が。わたしの大好きな、すてきな愛馬ローハイド。バックが今夜はどうしてもローハイドに乗りたいと言ったの。幸運をもたらしてくれるからって」

エラリーはあいまいに微笑み、椅子に身を預けた。馬上の男は黒いみごとなステットソン帽を脱ぎ、右や左にお辞儀をしながら、膝を使って馬を前へ進め、トラックをほぼ一周したあと、楕円形の東コーナーのそばで停止した。マーズ一行がいる貴賓用ボックス席のすぐ右下のあたりだ。老いた神さながらに馬にまたがり、悠々と操っている。明るくともる照明が、鮮やかな西部風の衣装の金具や革、そして帽子の下からのぞく首筋の白髪に反射してきらめいている。馬はしなやかな右の前肢を優雅に前へ伸ばして、モデルのように気どってポーズをとっていた。

キットが立ちあがった。洒落《しゃれ》た装いの娘は、胸いっぱいに空気を吸って、赤い唇をあけ、遠吠えのような長い叫びを放った。エラリーはうなじの短い毛を逆立たせ、目をしばたたいて腰を浮かせた。警視が椅子の肘《ひじ》掛《か》けを握りしめる。ジューナが跳びあがる。それからキットはにっこりと静かに腰をおろした。喧噪《けんそう》のなか、馬上の男はだれかを探すかのように首を振り向けた。

エラリーの背後でだれかが毒のこもった声をあげた。「うるせえ女だな！」

エラリーはあわててキットに声をかけた。「野生の叫びというわけですね」

キットの笑みは消えていた。愛想よくうなずいたものの、褐色の小さな顎《あご》に力がはいり、背中が兵士のごとくこわばっていた。

エラリーはさりげなく振り返った。巨漢のトミー・ブラックが両肘を膝に突いて前のめりですわっていた。マラ・ゲイにささやきかけている。ジュリアン・ハンターは後ろのほうでだまって葉巻を吹かしていた。トニー・マーズは催眠術をかけられたかのように、アリーナを見つめている。

ワイルド・ビルは騒音のうねりに負けじと必死に叫んでいた。楽隊が音を奏でて、フォルティッシモで何度か〝タララ！〟とやり、制服姿の指揮者が激しく指揮棒を振る。やがて、バック・ホーンが片手をあげて静粛を求めると、荒波が甲板からさっと引くように、ほんの数秒後に音が徐々に静まった。

「紳士淑女のみなぁぁぁさま」ワイルド・ビルが声を張りあげた。「絶大なるご声援、ありがとうございまぁぁぁす。バックをはじめ、われわれ一同より厚く御礼申しあげまぁぁぁす！　さて、まずご覧いただくのは、アリーナをぐるりとめぐるにぎやかぁぁぁな追走劇でございます。バックが率いる四十人の乗り手たぁぁぁちによる決死の大追跡！　バックが映画のなかで卑劣な悪党たぁぁぁちを追った場面をそのままお目にかぁぁぁけましょう。それはほんの序の口、おつぎはバァァァックの本領発揮、馬術と射撃のすばらしい腕前を披露いたぁぁぁします！」

バック・ホーンは額にかかるほど強く帽子を下へ引っ張った。ワイルド・ビルがホルスターからリボルバーを抜いて、天井へ向け、もう一度引き金を引いた。それを合図に、東ゲートがふたたび開き、強靭《きょうじん》な西部馬に乗ったおおぜいの男女の一団が喚声をあげ、帽子を打ち振りながらトラックへなだれこんだ。先頭にいるのはカーリー・グラントだ。帽子をかぶらず、髪をきらめかせている。一本腕のウッディーは、登場するや満場の視線を集めた。乗っている葦毛《あしげ》の馬を片手で御する手並みがすばらしいからだ。そのあとから、喉《のど》もとにバンダナを巻いたチャップス姿の騎手たちが、さらに向こうの北側のトラックを駆け抜けて西へ向かう……。

エラリーは首をねじ曲げて警視に言った。「われらが友ワイルド・ビルは、大自然に関しては天与の才の持ち主らしいけど、算数のほうは勉強しなおさないとね」

「え？」

「さっきグラントは、この競技場での勇壮な大追走でバックの後ろにつづくのは何人だと言ってた？」

「そのことか！　四十人だろう？　おい、何が気になっているんだ」

エラリーは大きく息を吐いた。「なぜかいつもの癖で――たぶんグラントが数をはっきり口にしたからだろう――数えてたんだ」

「それで？」

「四十一人いるんだよ！」

警視は鼻を鳴らして椅子に寄りかかった。灰色の口ひげが怒りで震えている。

「おまえ——おまえは……。いいから口を閉じてろ！　まったく、エル、おまえというやつはときどき癇《かん》にさわることを言う。四十一人だろうが百九十七人だろうが、かまわないじゃないか！」

エラリーは落ち着いて言った。「血圧があがるよ、警視殿。それに——」

ジューナが苛々《いらいら》とささやいた。「もう、静かにしてください！」

エラリーはだまった。

馬に乗って旋回するカウボーイたちが、楕円《だえん》の南側に沿って整然と歩みを止め、またしても静寂が落ちた。一団はふたつの長い列をなしている。それぞれの先頭にカーリー・グラントと一本腕のウッディーがいて、さらにその三十フィート前にただひとりバック・ホーンがいる。

アリーナの中央で、尊大なサーカス団長さながら馬にまたがっていたワイルド・ビルが、あぶみに足を乗せて立ちあがり、大声で言った。「準備はいいか、バック」

その背後の撮影台では、カービー少佐がすべてのカメラを設定し終えていた。カメラマンたちは緊張し、微動だにせずに命令を待っている。

トラック上でひとり離れて先頭に立つバック・ホーンが少し体をひねって、右のホルスターから旧式の大きな銃を抜き、天井へ向けて引き金を引いた。銃声とともに叫ぶ。「撃て!」

バック・ホーンの後ろで、四十一本の手が四十一のホルスターにかかり、四十一挺《ちょう》の拳銃《けんじゅう》が取り出された……。ワイルド・ビルが、指揮をとっている場所から、まっすぐ上に向けて宙へ一度銃弾を放つ。すると、バック・ホーンは広い背をまるめてやや前かがみになり、右手に持った銃をなおも天井へ向けたまま、タン皮殻を敷き詰めたトラックの先へ馬を進めた。まさにその瞬間、騎馬隊全体が耳をつんざくカウボーイの叫び声をあげながら渦を巻き、騒がしいトーキー映画と化した。一団はトラックを疾駆し、時間の尾がすばやく打ち振られる一瞬のうちに、マーズのボックス席のほぼ真下まで来た。その四十フィートほど先にローハイドに乗った堂々たる姿があり、いま東側の端をまわった……。

後続の者は大きなリボルバーをみな上へ向け、一斉に発射した。その刹那《せつな》、馬も男も女も立ちのぼる硝煙に包まれた。一斉射撃の合図となったのは、前方で馬を駆る男の銃から放たれた一発の銃弾だった……。

二万人の目が、先頭の馬に乗る男に据えられていた。二万人の目が、つづいて起こった出来事をとらえたが、だれも自分が見たものを信じなかった。

一斉に銃声がとどろいたそのとき、鞍上のバック・ホーンの体が南側へ傾きはじめた。右手はリボルバーを頭上高く掲げ、左手は鞍《くら》の前側の上で手綱をつかんでいる。ローハイドの歩幅が大きくなり、いまやカーブを曲がりきって、後続の一団やマーズのボックス席のまっすぐ先の位置にあった。

まさにその瞬間、ローハイドのたくましい背にまたがる男の体が跳ねるように動き、力が抜け、鞍からずり落ちてトラックにぶつかり……そしてたちまち、あとから来た四十一頭の荒馬の蹄《ひづめ》に踏みつけられた。

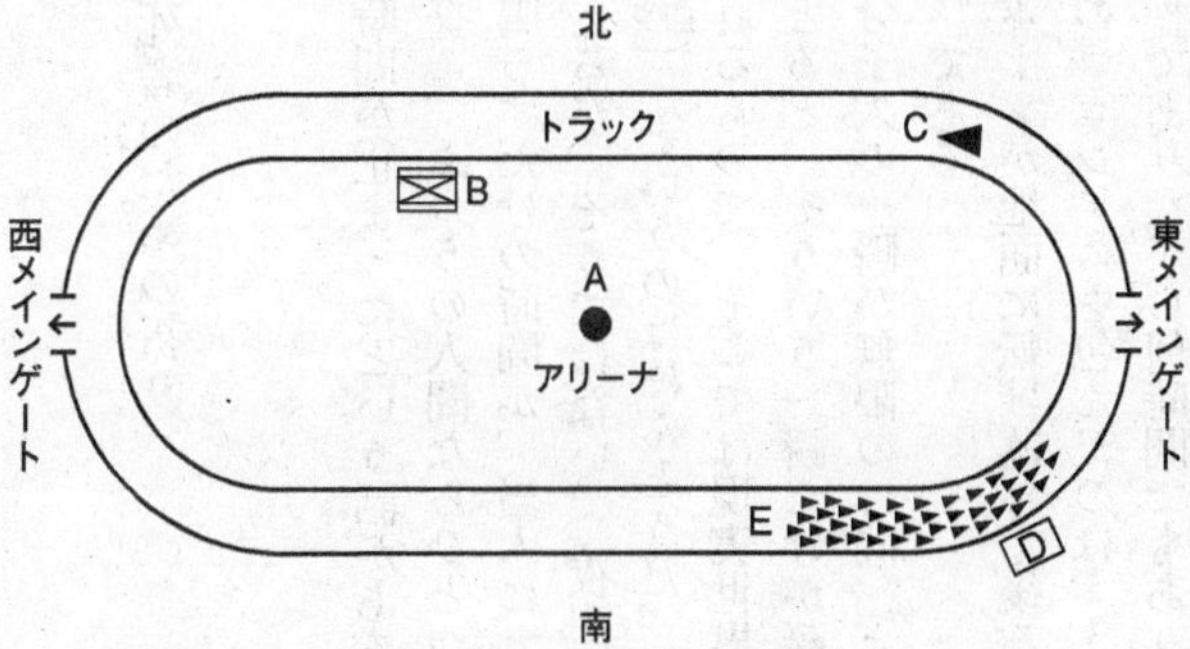

〈事件の瞬間のアリーナ平面図〉

A　ワイルド・ビル・グラントの位置

B　ニュース映画の撮影台

C　バック・ホーンの位置

D　マーズのボックス席

E　バック・ホーンに後続する一団の位置

3　死者のための祈り《レクイエスカト》

ある人の時間が止まったという話がある（H・G・ウェルズの短編「新加速剤」）。あるいは、その人の時間だけが延びて、ふつうの人間ならひとつ瞬《まばた》きをするだけ、ひとつ鼓動を打つだけ、ひとつ指を鳴らすだけの時間が、当人にとっては緩慢なまる一時間になる。荒唐無稽《こうとうむけい》な話に聞こえるが、そうではない。〝夜明けと日の出のあいだに庭園がある（ジェイムズ・ブランチ・キャベル『ジャーゲン』の一節）〟というのはほんとうだ。それはおそらく、まれにしかない無限の間《ま》にのみ見られるもので、そこでは現実世界の通常の動きがすべて静止する。人が集まる場を例にとると、そういう一瞬だけが凝固し、雑多な出来事を排して場を支配する。そのとき、分子大の一瞬が無限の〝間《ま》〟となる——集団が理解してから恐慌をきたすまでの〝間《ま》〟である。

　バック・ホーンが地面に転げ落ち、後ろ肢《あし》で立つ鼻息荒い馬の群れに呑《の》みこまれた瞬間、満員のコロシアムを包んだのは、まさにこの無限の〝間《ま》〟だった。その〝間《ま》〟はほんの一秒でありながら何時間でもあり、だれも息ひとつせず、筋肉ひとつ動かさず、かすかな音ひとつ立てなかった。すべてが固まって幻想の石となった絵図が下にあり、永劫《えいごう》の図が上にあった。もし広大な天井の頂から、眼下で石と化した数万の人間を観察する者がいたら、巨大な井戸の側面と底にとてつもない大理石の群像が張りついているように見えただろう。

やがて現実の世界が動きはじめ、その〝間《ま》〟はまたたくうちに永遠と溶け合った。ことばにならぬ音、冥界《めいかい》からの響き、混じりけのない恐怖のうなりが沸きあがる。それはじめ、音階の最低部《バッソ》で鳴っていたが、やがて人間の聴覚を超える叫びとなり、耳で聞くというより不気味な振動として感じられるようになった。カウボーイたちはがなり立て、馬は怯《おび》えたいななきをあげながら、落馬したバック・ホーンの見えない体を踏むまいとやみくもに努力した。

二万の観衆がいちどきに立ちあがり、コロシアムを土台から揺さぶった。

夢のなかでの出来事のように、その夢は過ぎ去った。

そのあとは、当然起こるべきことがつづいた。悲鳴があがり、細く鋭い声で質問が飛び交い、人々があわただしく出口へ移動する――そこかしこの人の流れを、ゲートと通路にびっくり箱の人形のごとく現れた係員たちがすぐさま押しとどめた。アリーナでは、秩序らしきものが形作られつつあった。馬が一頭ずつ引き離される。東ゲートから、黒い鞄《かばん》を携えたひとりの男が駆けこんできた。帽子はかぶらず、あわててひったくったインディアンのブランケットを小脇にかかえている。それと同時に、アリーナの中央にいたビル・グラントが——それまで馬も、帽子も、腕も、視線さえも動かさなかった男が——急に生気を取りもどし、混乱の核心へと馬を駆って進んだ。

マーズのボックス席にいた少人数の一団も、沈黙する大きな絵画の一部をなしていた——そこにいた全員がそうであり、ひとりの例外もない。だが、そのうちの四人が、いずれも重要な理由から、ほかの者たちより先にわれに返り、火急の事態に向けていち早く気持ちを立てなおした。まずはクイーン父子——父は磨きあげた靴の先まで警察官で、緊急事態への対応は慣れている。一方、息子はいかなる驚異によっても長く麻痺《まひ》しない頭脳機械だ。つぎにトニー・マーズ。このスポーツの殿堂を造った感性の鋭い男だが、いまやその建物は瞬時にして、あるスポーツマンの霊廟《れいびょう》に変わってしまった。そしてキット・ホーン。当然、ほかのだれより激しい苦悩を覚えているであろう人物だ。四人はボックス席の手すりから十フィート下のトラックへ、衝撃を受けるのを物ともせず、ふたりずつ跳びおりた。残された同席の者たちは、びっくりして身動きもできずにいた。ジュリアン・ハンターは、葉巻がとっくに口から落ちてしまったのに、ぽっかり口をあけたままだ。マラ・ゲイは細い体を震わせ、頰にはまったく血の気がない。ジューナはすっかりとまどっている。そしてトミー・ブラックは、朦朧《もうろう》としながらパンチの雨をかわすプロボクサーのように、爪先《つまさき》で立って体を揺らしていた。

カウボーイたちはすでに馬からおり、何人かは忙しく馬をなだめていた。

キットとエラリーが先を行き、十フィート余り遅れて警視とトニー・マーズがつづいた。キットは恐怖の翼に乗って惨事の現場へ飛んでいく。エラリーは突然の悲劇で額に皺《しわ》を寄せ、なおも目をしばたたかせながらすぐあとを追う。トラックで微動だにしない男に群がった人垣を掻《か》き分け、ふたりはぴたりと足を止めた。黒い鞄を携えた男がバックのかたわらにひざまずいていたが、キットの姿を見るとあわてて立ちあがり、地面に横たわる体にブランケットをかけた。

「ああ――ホーンさん」男はしゃがれ声で言った。「ホーンさん。ほんとうにお気の毒だが、親父さんは……亡くなった」

「先生、そんな」

キットはあまりにも静かに言った。落ち着いて正気を保っていれば、医師の宣告を覆せるかもしれないと思っているかのようだ。みすぼらしく無骨なロデオ一座付きの老医師は、かすかに首を振り、キットの蒼白《そうはく》な顔へ真剣な目を据えたまま、後ろへさがった。

エラリーはキットのそばに立ち、思案げにその様子を見守っていた。

キットがむせび泣きながら地面にひざまずき、ブランケットの端に手をかけた。生気のない顔をしたカーリー・グラントと、愕然《がくぜん》としているワイルド・ビル・グラントが、とっさにそれを制止しようとした。キットはろくに目を向けもせずに手を振ってそれを退け、ふたりは動きを止めた。キットがブランケットをほんの少しめくりあげる。さっきまで生きていた人間の顔があらわになった。一部が際立って青く、一部が際立って赤い。引きつって青みを帯び、死のためにゆがんで、血と泥がべったりと散ったその顔は、いわば不屈ながら痛ましい威厳をもって、光のない目でキットを見あげている。キットは有害なものだと言わんばかりにブランケットを手から落とし、だまってその場にうずくまった。

エラリーはカーリー・グラントのたくましい脇腹をこぶしでつついた。「ほら、ぼやっとしていないで」やさしく言う。「その人を外へ連れていくんだ」カーリーはぱっとして顔を赤くし、キットのそばに両膝《りょうひざ》を突いた……。

エラリーは振り返り、父と向かい合った。警視は北風の神ボレアスのように荒々しく息を吐いている。

「これは――これはどういうことだ」警視が息を切らして言った。

エラリーは答えた。「殺人だよ」

警視は目を見開いた。「殺人！　だが、どうして――」

ふたりは顔を見合わせたが、しばらくしてエラリーの目に濁ったものがひろがった。エラリーはゆっくりとあたりを見まわしはじめた。いつもの癖で口にくわえていた煙草が、砂と血にまみれた地面のほうへ垂れさがる。それを口から離し、指でつまんで火を消しながら、あえぐように言った。「ああ、ぼくはなんてまぬけなんだ！　父さん……」煙草の吸いさしをポケットに落とす。「殺人だということに疑いの余地はない。横っ腹の上のほうを撃たれてる。心臓を貫通したにちがいないよ。医者がブランケットをかけるときにこの目で傷を見たんだ。これは――」

警視の灰色の頰に血の気がもどり、鳥のような目が瞬きをした。警視は人だかりへ突進した。

人の群れが割れて、警視を呑みこんだ。

カーリー・グラントの広い肩が、うつむいたキット・ホーンの輝く髪を隠していた。

ワイルド・ビル・グラントは、どれだけ見ても満足できないと言わんばかりにブランケットを凝視している。

エラリーは胸を張って、深く息を吸い、競技場の北西へ向かって大きく一歩を踏み出した。

4　糸口

　エラリーは踏み固めた土の上を駆けながら、すばやく周囲の動きのいくつかを感知した。背後では、死んだ男とすすり泣く娘を囲んで、見知らぬ地の異邦人たちによる物言わぬ輪ができていた。頭上の騒然とした観客席で、興奮したアリのように人々が右往左往し、女の細い悲鳴と男のしゃがれ声に加えて、無数の足音がくぐもった雷鳴となって響いている。遠方の壁のあちらこちらに設けられた出口には、いつの間に現れたのか、青い制服姿の小さな人影があり、真鍮《しんちゅう》のボタンが四方八方に延びる光の矢を受けている――砦《とりで》を守るべく、建物の奥から至急呼び出された警官たちだ。警官は観客を座席へ追い返し、だれひとり外へ出ることを許さなかった。すばらしい判断だ、とエラリーは思い、走りながら頬をゆるめた。

　エラリーは速度をあげて進み、高い撮影台の下で止まった。そこに小柄なカービー少佐の姿があった――青ざめてはいるが落ち着いた様子の少佐は、血走った目でカメラをのぞく男たちを静かに指揮していた。

「少佐！」エラリーは喧噪《けんそう》のなか、相手に聞こえるよう声を張りあげた。

カービー少佐が台の端から顔をのぞかせた。「え？　ああ――クイーンくんか」

「そこから動かないでください！」

少佐はちらりと笑みをのぞかせた。「それなら心配は要らないよ。なんたって、めったにない機会だから！　ところで、あっちで何があったんだね。あのご老体、失神の発作にでも襲われたのかい」

「ご老体を襲ったのは」エラリーは険しい口調で言った。「銃弾でした。殺されたんです、少佐――心臓を穿《うが》たれて」

「なんと！」

エラリーは深刻な顔を上へ向けた。「もう少しこちらへ寄ってください、少佐」カービー少佐が身を乗り出して、小さな黒い目を輝かせる。「撮影隊のカメラは一部始終を撮っていたんですか」

黒い目のなかで何かがきらめき、少佐が言った。「なるほど！　なるほどな！」なめらかな頬にかすかに赤みが差す。「奇跡だよ、クイーンくん、なんたる奇跡だ……ああ、撮っていたとも、一秒の隙もなく」

エラリーは間髪を入れずに言った。「完璧《かんぺき》ですよ、少佐、すばらしい。探偵の守護神からのこの上ない贈り物だ。では、引きつづきカメラをまわして、できるかぎり何もかもを撮ってください――これから起こる出来事を映像で完璧に記録してもらいたいんです。もういいと言うまでつづけてください。わかりましたか」

「ああ、よくわかった」少佐はいったんことばを切ったのち、つづけた。「だが、時間はどのくらい――」

「フィルムの心配ですか」エラリーは微笑んだ。「その必要はないと思いますよ、少佐。会社にとっては、警察に貢献するまたとない機会だ。映画会社がどれほど浪費しているかを考えたら、余分のフィルム代は費やす価値のある金だと言えるでしょう。その価値はありますよ」

少佐は考えこむような顔になり、小さな口ひげの先にふれたあと、うなずいて身を起こし、部下たちにそっけなく話しかけた。あるカメラは死体を取り囲む一団に焦点を合わせていた。別のカメラは機械のキュクロプス(神話に登場するひとつ目の巨人)さながら、目玉をゆっくりめぐらせて観客席をぐるりと写している。三台目は、競技場のほかの部分を細かく撮影中だ。音響ブースにいる技師たちも、忙しく立ち働いている。

エラリーは蝶《ちょう》ネクタイを直し、真っ白なシャツの胸から一片の埃《ほこり》を払ったのち、アリーナを駆けもどった。

クイーン警視は要職にある徳人で、警察官としての峻厳《しゅんげん》なる栄光に身を包まれている。ニューヨークでただひとり、悪い意味ではなく〝うるさ型〟と呼びうる人物だ。とるに足りない細部の粗探しをするのは、まさしく警察官という職業の特性である。警視は枝葉《しよう》の科学者であり、末節の熱烈な信奉者だった。それでも、全体を見渡すことができなくなるほど地面に鼻を押しつけたことは一度としてない……。今回の任務は、クイーン警視の気質にふさわしいものだ。二万人が詰めかけたコロシアムで殺人事件が起こった。百を二百倍した数の人々全員に、バック・ホーン殺しの犯人である可能性がある！　警視は鳥を思わせる灰色の小さな頭をぐいっと前へ突き出し、古い褐色の嗅《か》ぎ煙草入れにひっきりなしに手を突っこんで、口から適切な命令をつぎつぎと発した。そのあいだずっと、聡明《そうめい》に輝く小さな目は、それ自体が独立したものであるかのように場内をさまよい、配置した部下たちの入り組んだ動きをひとつ残らず追っていた。警察本部からの援軍——直属の部下たち——を待つ間に、多数の警官を広大な建物の要所要所に置くことができたのは、運がよかったと言えるだろう。事件が発生したときにその建物にいた警官たちのほか、コロシアムの座席案内係や臨時警官たちも駆り出されてその任にあたった。出口という出口に厳重な見張りがついた。人っ子ひとり警戒線をすり抜けていないことが、口伝えによる数々の報告からすでに明らかになっていた。徹底した捜査が終わるまで二万人の観客はひとりとして外へ出さないと、警視は冷静に判断していた。

近くの分署の刑事たちが急報に応じて駆けつけて、アリーナを囲み、そこが作戦基地となっていた。ボックス席の手すりの上に数百の顔が並び、じっと視線を注いでいる。カウボーイとカウガールの一団は隔離され、ひとかたまりとなってアリーナの反対側へ移されていた。みな馬からおり、馬のほうもいまは落ち着いて、蹄《ひづめ》で土を掻《か》いたり、穏やかに鼻を鳴らしたりしている。短いながら全力で走ったあとだったため、馬の体は火照って光っていた。ふたつの——東と西の——メインゲートにひとりずつ臨時警官が配備されていたが、そこに数人の刑事が援軍として加わった。アリーナのすべての出口が封鎖され、見張りがつけられた。だれひとりアリーナから出ることも、アリーナへはいることも許されなかった。

エラリーが駆けつけると、警視は目がどんよりした、がに股《また》の小柄なカウボーイに険しい目を向けていた。

「グラントの話では、ふだんはおまえが馬の世話をしているそうだな」警視がきびしい口調で言った。「名前は？」

小柄なカウボーイは乾いた唇をなめた。「ダニエル——ハンク・ブーンです。おれはこの銃撃騒ぎのことはなんも知らねえよ、警視さん。ほんとだって、おれは——」

「馬の世話をしているのか、していないのか？」

「はい、旦那《だんな》、してます！」

警視は値踏みするような目で相手を見た。「今夜派手にわめきながらバック・ホーンの後ろを走ってたあの群れのなかにいたのかね」

「いませんよ、旦那！」ブーンは大声で言った。

「ホーンが落馬したとき、どこにいた」

「ずっとあっち、あの西の誘導ゲートの奥です」つぶやくように言う。「バックがくたばるのを見て、ボールディーに――ゲートの警備員です――通してもらったんで」

「だれかといっしょだったのか」

「いいえ、旦那。ボールディーとおれは――」

「もういい、ブーン」警視はひとりの刑事に首を振って合図した。「この男を向こうへ連れていって、馬をまとめさせろ。ここで暴れられてはかなわない」

ブーンはかすかに笑い、刑事とともに馬のほうへ早足で去った。アリーナの土の上に、水を張った槽が臨時に並べられていて、ブーンは馬を水飲みに連れていくのに忙しくなった。その姿を、近くのカウボーイやカウガールたちがじっとながめていた。

エラリーはその場に静かにたたずんでいた。こういう仕事は父親の受け持ちだ。エラリーは周囲に目を向けた。両膝《りょうひざ》に泥をつけて、消え入りそうな月のように蒼白《そうはく》な彫像と化したキット・ホーンが、インディアンの派手なブランケットで隠された、地面に転がる塊を無表情に見つめている。キットの両側に保護者が立っていたが、保護者としてはいささかお粗末と言うべきだろう。カーリー・グラントは、急に鼓膜が破れて音のない大混乱にほうりこまれた人間並みにおかしな顔をしていたし、一方、ずんぐりした大理石さながらの父親ビル・グラントは、前ぶれもなく麻痺《まひ》に襲われて、気が遠くなるほどの痛みに立ちすくんでいるかのようだったからだ。そしてやはり、このふたりも派手なブランケットに目を注いでいた。

鈍感な人間ではないエラリーもまた、ブランケットに視線を向けていた――キット・ホーンの見開かれた目とぶつかりさえしなければ、どこでもよかった。

警視が言った。「おい、きみ――分署の刑事か――二、三人連れて、場内の忌々しい銃をすべて集めてくれ。ひとつ残らずだぞ！　カードか何かを調達して、所有者の名前を書き、銃に札《ふだ》をつけるんだ。本人が所有者でない場合は、携帯していた者の名前を記す。提出しろと口で頼むだけではだめだ。場内にいる男も女も、全員の身体検査をしてくれ。こういう連中は銃を携帯しているものだからな。わかったか」

「わかりました」

「では」警視は、ブランケットで覆われた死体を無言で凝視する三人に輝く小さな目を向けながら、思案げに付け加えた。「この人たちからはじめるといい。その老人と、巻き毛の若者――それからその娘さんもだ」

突然何かを思いつき、エラリーは鋭く振り向いて、だれかを探した。死体を囲む一団のなかに目当ての人物はいなかった。探しているのは、先ほど巧みな手綱さばきを見せた一本腕の男だ……。エラリーはアリーナのはるか向こうに、一本腕のカウボーイの姿を見つけた。ぼんやりと地面に腰をおろし、手に持ったボウイナイフを器用に回転させている。上へ、下へ、上へ、下へ……。エラリーが振り返ると、ちょうどワイルド・ビル・グラントがぎこちなく両腕をあげて身体検査を受けているさなかだった。ビル・グラントの目はなおも苦悩によどんでいる。その分厚い胴まわりに巻かれたホルスターはすでに空で、刑事のひとりが銃に札をつけていた。カーリーは急に正気づいて顔を赤くし、怒って何か言おうとした。しかし、肩をすくめ、ほっそりしたリボルバーを差し出した。ビル・グラントも息子のカーリーも、ほかに武器は携帯していないことがすぐに明らかになった。そしてキット・ホーンの番が来た――

エラリーは言った。「やめよう」

警視が物問いたげな目を向けた。エラリーは親指でそれとなくキットを示し、かぶりを振った。警視は目をむき、それから肩をすくめた。

「ええと――おい、いまのところ、ホーンさんは調べなくていい。あとで対処する」

ふたりの刑事はうなずいて、アリーナの向こうへ歩き去った。キット・ホーンは身動きもせず、どんなことばも耳に届いていない様子で、ただずっと表情もなく恐ろしいほど集中して、ブランケットのジグザグ模様に見入っている。

警視は深く息をつき、両手をすばやくこすり合わせて言った。「グラントさん!」老座長が几帳面《きちょうめん》に頭を振り向ける。「息子さんとふたりで――キット・ホーンさんをそっちの脇へ連れていってもらえませんか。このあとは愉快なものではないので」

ビル・グラントはむせびながら大きく息を吸い、真っ赤な目をして、キットのむき出しの白い腕に手をふれた。「キット」そっと声をかける。「キット」

キットが驚いてビル・グラントを見た。

「キット。ちょっとあっちへ行こう、キット」

キットはブランケットに目をもどした。

グラントは息子を肘《ひじ》で軽く突《つ》いた。カーリーはしばらく疲れた顔で目をこすっていたが、やがてふたりでキットの体を支え、ぐるりと向きを変えさせた。キットの顔に恐怖の色がひらめき、叫び出したい衝動が訪れたが、それもすぐに消え去り、また打ちしおれた。グラント父子はキットを半ばかかえるようにしてアリーナを横切った。

警視はため息を漏らした。

「堪《こた》えているようだな、あの娘さんは。さあ、エル、仕事にかかろう。じっくり遺体を検分したい」

警視が合図をすると、刑事が数人進み出て、死体のまわりにみずからの体による堅固な壁を作った。エラリーはクイーン警視とともにその輪の内側に立った。警視は痩《や》せた小さな肩をそびやかし、景気づけの嗅ぎ煙草を一服したのち、タン皮殻敷きのトラックにしゃがんだ。そして落ち着いた手つきでブランケットをめくった。

かつてはきらびやかだった衣装が、土埃《つちぼこり》にまみれて血に染まっているのは、どこか皮肉を感じさせた。死んだ男は黒い服を着ていた。神秘的でつややかな黒。だが、その神秘の光沢は、ホーンが亡者の地へ落ちたことによって損なわれ、いまや錆《さ》びたような死の黒に変わっていた。両脚はねじれて奇妙な形に投げ出され、その先に踵《かかと》の高い黒革のブーツがある。ブーツは膝にまで達し、飾りの刺繡《ししゅう》が施されていた。動かぬ脚を覆うブーツの踵から、銀色の拍車が突き出ている。ブーツにたくしこまれたズボンは黒のコーデュロイだ。バンダナは黒だが、シャツは純白の綿繻子《じゅす》で、鮮やかな対比をなしている。シャツの袖《そで》を肘の上で引っ張って、黒いガーターできつく留めてあり、両の手首には、白い糸で刺繡をした精美な作りの黒革のカフスが巻かれていた。カフスにちりばめられた小さな銀の飾り鋲《びょう》は〝コンチョ〟と呼ばれるもので、ショーに出るカウボーイたちの憧《あこが》れの的だ。腰にはぴったりとした黒革のズボンベルトが巻いてある。さらに、弾薬を差しこむためのループをいくつも具《そな》えた、飾りつきのかなり幅の広いガンベルトが腰から尻《しり》を覆う。美しい黒革のホルスターがふたつ、左右の尻から太腿《ふともも》のあたりにさがっている。どちらのホルスターも中は空だ。

どれも当然あるべきごくふつうの品だった。クイーン父子は顔を見合わせたあと、より興味深いものはないかと死体に注意をもどした。

華麗で凜々《りり》しかったホーンの服は、馬の蹄鉄《ていてつ》に裂かれ、汚れていた。白いシャツの裂け目から、蹄《ひづめ》にえぐられた深い傷がのぞいている。左脇にあいた銃創は、何かの目印のようにくっきりと小さく鮮やかで、そこから心臓を貫いているのは明らかだった。傷口からの出血は驚くほど少なく、穿《うが》たれた綿繻子のふちが肌に張りつき、血糊《ちのり》がこびりついているだけだ。老人の痩せた顔は死の緊張をたたえ、白髪の頭は片方の耳の後ろが妙にへこんで見えた。荒れ狂う馬の蹄に蹴《け》られて頭の片側半分が陥没したのだと気づき、エラリーと警視は急に嫌悪を覚えた。けれども、顔そのものは、汚れて血しぶきが飛んでいる以外はほぼ無傷だ。遺体はありえない姿勢――つまり、生きている人間にはできない姿勢――で横たわっている。踏みつけた幾頭もの馬の重みで、あちらこちらの骨が折れているにちがいない。

エラリーはやや青ざめた顔で体を起こし、周囲を見まわした。かすかに震える指で煙草に火をつけた。

「まったくひどい」警視がつぶやいた。

「どうあろうと」エラリーは小声で言った。「いまは信心深くならざるをえないな」

「えっ？　どういうことだ」

「いいんだよ、気にしなくて」エラリーは嘆くように言った。「こういう血なまぐさい代物にはどうしても慣れなくて……。父さんは奇跡を信じる？」

「おい、いったいなんの話だ」警視は言った。そして、いちばん外の穴で締められ、ゆるみなく腰に巻かれたホーンのズボンのベルトをはずしはじめた。それから、重いガンベルトを苦労してはずす。

エラリーは死者の顔を指さした。「第一の奇跡。恐ろしい蹄がまわりをそこらじゅう踏みつけたのに、この男の顔には傷がない」

「それがどうかしたのか」

「やれやれ」エラリーはうなった。「どうかしたのか、だって？　どうもしていない。そこが肝心なんだよ！　どうかしていたら、奇跡でもなんでもないだろう？」

警視は戯言《たわごと》を聞き流した。

「第二の奇跡」エラリーは煙を短く吐き出した。「右手を見て」

警視はいくぶん渋々ながら、おとなしく従った。右腕は二か所骨折しているようだったが、手は健康そうな褐色のままで、かすり傷ひとつない。指できつく握りしめているのは、ついさっきホーンが振りまわしていた長銃身のリボルバーだ。

「それで？」

「奇跡どころじゃない。まぎれもない神の御業だよ。バックは落馬した。たぶん、絶命したあとに地面に激突し、四十一頭の馬がさんざん踏みつけただろう——それなのに、なんと手に銃を握ったままなんだ！」

警視は下唇を湿らせた。当惑顔になる。「なるほど、だが、それがどうした。まさかそこに重大な何かが——」

「ちがう、ちがう」エラリーはもどかしく言った。「こんな現象は人間の力で起こせるものじゃない。そして、あれを目撃した人間はうんざりするほどいる。だから奇跡だと言ってるんだ。これを成したのはどんな人間の手でもない。ゆえに神の手によるものだ。ゆえに頭痛の種を取り除くものは……。ああ、なんだか話がおかしくなってきた。バックのステットソン帽は？」

エラリーは人の輪を掻《か》き分けて、あたりを見まわした。しばらくして顔を輝かせ、土の上を足早に八フィートほど歩いた。そこに山高で幅の広い帽子がひとつ、埃にまみれてみじめに転がっていた。エラリーはかがんでそれを拾いあげ、父のもとへもどった。

「その帽子だ。まちがいない」警視が言った。「落馬したときに脱げて、ほかの馬に蹴飛ばされたんだろう」

ふたりで帽子を調べた。かつて優雅だった山は、それをかぶっていた頭と同じように押しつぶされている。なめらかで驚くほど柔らかなフェルトで作られた黒いステットソン帽で、鍔《つば》がかなり広く、ふちが跳ねあがっている。山のまわりに巻かれているのは、黒革を編んだ細い帯だ。帽子の内側には、金文字でBHという頭文字が押されている。

エラリーはそのステットソン帽を、押しつぶされた遺体のそばにそっと置いた。

警視は死んだ男の二本のベルトに目を凝らしていた。その様子を、エラリーがおもしろがるような顔で見守った。ホルスターのついたガンベルトは、つける者の体をふたまわりする作りなので、非常に長くて重かった。ほかの派手な装具と同じように、銀や金の鋲を飾った凝ったもので、弾薬を差しこむループが光を放っている。刻まれた銀の標章《モノグラム》は、BとHの渦巻き状の飾り文字だ。ガンベルトは柔らかくしなやかで、愛情をこめた指で申し分なく手入れされてきたものだとはっきり見てとれたが、年代物だというのもよくわかった。

「長く使っていたらしいな」警視が小声で言った。

「たぶん」エラリーは深く息をついた。「愛書家が大切な蔵書の手入れをするのと同じだね。ぼくがファルコナーの子牛革の装丁本にどんなに時間をかけて油を塗るか、父さんには見当もつかないだろう？」

ふたりでズボンのベルトを調べた。とても古いものだが、完全な保存状態だった。どれほど古いかと言うと、縦の皺《しわ》ができている個所――ふたつあって、ひとつは二番目の穴、もうひとつは三番目の穴――が長年使ったせいで擦り減って、革が薄くなっているほどだ。ポニー・エクスプレス（十九世紀中ごろに運行された、馬で郵便物を運んだ制度）の騎手が腰に巻いていたとしてもおかしくない。そしてガンベルトと同様、このズボンベルトにもホーンの頭文字を象《かたど》った銀の標章があった。

エラリーは父にベルトを渡しながらつぶやいた。「持ち主は西部の古物蒐集《しゅうしゅう》家のひとりだったにちがいないよ。学会《アカデミエ》のお偉方のひげに誓ってもいい！　だって、これは博物館ものだ！」

警視は息子の空想が飛躍するのには慣れたもので、そばにいた刑事に低い声で何か言った。刑事がうなずいて立ち去った。そして、少し気を持ちなおした様子のビル・グラントを連れてもどった。グラントはつぎの攻撃に身構えるかのように、やけに堅苦しい態度でいた。

「グラントさん」警視は鋭く言った。「さっそく捜査にかかります――細かいところからはじめて、大きいところはあとまわしだ。長くかかりそうですが」

グラントはしゃがれ声で言った。「なんでも訊《き》いてくれ」

警視はそっけなくうなずいて、また死体のそばにしゃがんだ。滅びた肉体の上で軽やかに指を動かし、三分と経たないうちに死人の服からひと山のさまざまな品を取り出した。そのなかに小ぶりの財布があり、紙幣で三十ドルほどはいっていた。警視はそれをグラントに渡した。

「ホーンさんのものですか」

グラントの頭が動いた。「ああ、そうだ。おれが――くそっ――おれが贈ったんだ、この前のあいつの……誕生日に」

「いや、それでけっこう」警視はあわてて言い、ロデオの座長の指から滑り落ちた財布を拾いあげた。ハンカチ一枚。〝ホテル・バークレイ〟という文字入りの木札がついた鍵《かぎ》がひとつ。茶色の煙草の巻き紙ひと包みと、安物の煙草の葉を入れた小さな袋がひとつ。軸の長いマッチがたくさん。小切手帳一冊……。

グラントは並べられた品を見て、無言でうなずいた。警視が何かを考えながら小切手帳をあらためる。「ホーンさんのニューヨークで使っていた銀行は？」

「シーボード。シーボード・ナショナル信託銀行。ほんの一週間ほど前に口座を開いたばかりだ」

「なぜそれを知っているんです」警視は早口で尋ねた。

「ニューヨークに着いたときに、どこがいいかと訊いてきたんでな。おれの取引銀行へ行かせたんだ」

警視は小切手帳を置いた。未記入の小切手には、シーボード・ナショナル信託銀行の名前がはっきりはいっている。控えの最後の記入によると、五百ドル以上残金があった。

「何かないだろうか」警視が尋ねる。「ここにあってはおかしいものがないかな、グラントさん」

グラントの充血した目が、こまごました所持品の山を見渡した。「ないな」

「何かなくなっているものは？」

「そいつはおれにはわからない」

「ふむ。服はどうですか。いつも身につけていたものでしょうか。何か気にかかる点はないか」

ずんぐりした男はこぶしを握った。「もう一度見なくちゃならんのか」首を絞められたような声で叫ぶ。「なぜこんなふうにおれを苦しめる？」

グラントの悲しみは本物らしかった。そこで警視は穏やかな声で言った。「落ち着いてください。われわれはあらゆることを調べなくてはならない。死体から手がかりが見つかることが多々あるんです。仲間を殺した犯人を見つける手伝いをしたくないんですか」

「したいとも！」

グラントは前へ進み出て、無理やり視線を下へ向けた。そして、投げ出されたブーツの先から、むごたらしく陥没した傷だらけの頭まで、視線を走らせた。長々と黙する。やがて、厚みのある肩を後ろへぐっと引き、断固として言った。「全部ある。消えたものなどない。これが映画に出るときのいつもの恰好《かっこう》だった。バックが映画に出てた当時、ここからサンフランシスコまで、どんな男だってこのいでたちを知ってたよ」

「けっこう！　すべて——」

「質問があります」エラリーが言った。「グラントさん、何もなくなっていないとおっしゃいましたね」

グラントが不自然なほどゆっくりと首《こうべ》をめぐらせた。堂々としたふるまいでエラリーと目を合わせたものの、その濁った目の奥には、多少のとまどいが——それに怯《おび》えが——あった。グラントは間延びした口調で答えた。「言ったよ、クイーンさん」

「そうですか」エラリーが息を吐くと同時に、警視が急に警戒して息子を横目で見る。

「おそらくグラントさんに非はありません。取り乱していらっしゃるせいで、いつもの観察眼が正しく働いていないんでしょう。しかし問題は——あるものがたしかになくなったということです」

グラントは急に向きを変え、もう一度死体を見た。警視は不安げな顔をしている。

グラントは首を左右に振り、困り果てて肩をすくめた。

「おいおい」警視は息子にきつい口調で言った。「それはどういうことだ。何がなくなったと?」

だが、エラリーは目を輝かせてすでに死体の上にかがみこんでいた。そして、細心の注意を払って死体の右手の指をこじあけ、バック・ホーンのリボルバーを持って立ちあがった。

美しい武器だった。生涯にわたって火器と深く付き合ってきた警視に言わせれば、エラリーが入念に調べているその品は、昔の鉄砲鍛冶《かじ》のすばらしさを示すこの上ない見本だった。最新の銃でないことはすぐにわかった。やや古めかしいデザインと、大切に扱われてきた金属の質感が、そうとうな年代物であることを物語っていた。

「コルトの四五口径」警視はつぶやいた。「シングル・アクション。銃身を見ろ!」銃身は長さ八インチ、細い死の筒だ。精巧な飾り文字が打ち出され、シリンダーにも同じ装飾が施されている。エラリーは考えこみながらその銃を持ちあげた。ずしりと重い。

ワイルド・ビル・グラントは話をするのがつらそうだった。唇を二度湿らせて、ようやく声が出る。「そう、ふつうの拳銃《けんじゅう》だよ」低い声を響かせた。「だが、立派なものだ。バックは――銃のおさまりにはうるさいほうだった」

「おさまり?」エラリーが怪訝《けげん》な顔で眉《まゆ》をひそめて訊いた。

「ずっしりしたもの、本物が好きだったんだよ。バランスがいいものってことだ」

「ああ、なるほど。この骨董品《こっとう》はゆうに二ポンドはあるはずだ。これで撃ったらどんな穴があくことか！」

エラリーは中折れの銃をあけた。ひとつを除いてすべての薬室に弾薬がこめられていた。

「空包だろうか」エラリーは父に尋ねた。

警視は弾薬をひとつ引き抜いて調べた。それから、ほかもすべて取り出した。「そうだ」

エラリーは弾を注意深く薬室にもどし、シリンダーを閉じた。

「おそらく、これはホーンの銃で」グラントに訊く。「あなたのものではありませんね？　つまり、ロデオ一座の持ち物ではないのでは？」

「バックの銃だ」グラントはうなるように言った。「いちばんの気に入りだよ。それ——そのガンベルトも——二十年ちょっと使っていた」

「へえ」エラリーは上の空で言った。銃身を調べるのに忙しかったからだ。その銃が使い古されたものであることはたしかだった。銃身の先端がこすれてなめらかになり、照準器のてっぺんも同じようになっている。台尻《だいじり》に注意を移した。そこにこの銃の最も奇妙な特徴がある。両側に象牙《ぞうげ》のはめこみ細工が施されていた——どちらの面にも雄牛の頭の意匠が彫られ、楕円《だえん》の真ん中にHの凝った飾り文字がはいっている。象牙の細工は歳月とともに摩耗し、黄ばんでいたが、台尻の右側のごく一部だけは変色を免れていた。エラリーが左手でリボルバーを持つと、象牙がもとの白さを保っている部分が、曲げた指の先と手のひらのふくらみとの隙間に相当することがわかった。エラリーは長いあいだ、まじまじとそれを見つめた。それから思案げにリボルバーをいじりまわしたのち、父に手渡した。

「この拳銃もほかの疑わしい武器といっしょにしておくといいよ、父さん」エラリーは言った。「念のためにね。弾道にくわしい連中が何を掘り出すか、わからないから」

警視は鼻を鳴らしてリボルバーを受けとり、暗い顔でしばらく見つめたのち、うなずきながらひとりの刑事に渡した。そのとき、東ゲートに動きがあり、見張りに立っていた刑事たちが大きなドアをあけて、数人の男たちを中へ通した。

短い行列の先頭にいたのは私服の大男で、鋼鉄の板を重ねて作ったような顔をして、大きな音でトラックを踏み鳴らしながら現れた。この巨人ゴリアテがヴェリー部長刑事である。クイーン警視の気に入りの助手で、頭こそ切れるほうではないものの、不言実行の頼れる男だ。

ヴェリーは刑事らしい視線を死体へ投げたのち、疲れてざわつく群衆がいる頭上の広々とした観客席に目をやって、マストドン級の巨大な顎《あご》をさすった。

「大事件ですね、警視」コントラバスのような声だ。「出口は？」

「ああ、トマス」警視は安堵《あんど》の笑みを浮かべた。「また群衆のなかでの殺人だ。出入口にいる警官を放免して、警察本部の人間を配置してくれ。放免した警官たちは、ふだんの持ち場へもどせ」

「だれも外へ出さないんですね？」

「わたしがいいと言うまで、だれひとり出すな」

ヴェリー部長刑事は勢いよく出ていった。

「ヘイグストローム、フリント、リッター、ジョンソン、ピゴット。待機しろ」

ヴェリーに同行してきた五人の部下がうなずいた。目の前の仕事の重要さに気づき、それぞれの目に刑事としての喜びが浮かんだ。

「このロデオ一座の医者はどこだ」警視が歯切れよく言った。

まじめそうな目をした、みすぼらしく無骨な老人が進み出た。「わたしが一座付きの医師です」ゆっくりと話す。「ハンコックと言います」

「なるほど！　こちらへどうぞ、先生」

医師は死体へ近づいた。

「この件について、知っていることをすべて話してください」

「知っていることをすべて？」ハンコック医師は不安そうな顔をした。

「つまり――落馬直後に診察なさいましたね。そのときの所見は？」

ハンコック医師は地面に横たわるねじれた体を真剣に見つめた。「たいして話すことはありませんよ。わたしが駆けつけたときには、すでに死んでいた……そう、死んでいました！　きょうも診察したばかりだが、そのときは申し分なく健康でした」

「即死ですか」

「そう言っていいでしょう」

「地面に落ちる前に絶命していたんでしょうか」

「ええ――そうだと思います」

「では、馬たちに踏みつけられても何も感じなかったわけだ」警視は嗅《か》ぎ煙草入れを手探りしながら言った。「それはせめてもの慰めだ！　銃創の数は？」

ハンコック医師は目をしばたたかせた。「ざっと調べただけですから……。傷はひとつ。銃弾は左のほうから心臓をまっすぐ貫いていました」

「ふむ。銃による傷にはくわしいですか」

「そのはずですが」医師は険しい顔で言った。「古い西部の人間なんでね」

「では、心臓を穿《うが》った銃弾の直径は？」

ハンコック医師はすぐには返事をしなかった。警視の目を見据えて言う。「ええ、それが妙でね。実に妙なんです。くわしく調べたわけじゃないが――あとでそちらの検死官がなさるでしょう――傷の穴の大きさから見て、二二か二五口径の銃で撃たれたにちがいない！」

「二二というのは――」ワイルド・ビル・グラントが鋭い声で言いかけて、口をつぐんだ。

警視の輝く小さな目が医師から座長のほうへ移った。「それで」疑わしげに言う。「それの何が問題だと？」

「二二口径と二五口径はですね、警視」ハンコック医師はかすかに唇を震わせて答えた。「西部の銃ではないんです。きっと警視さんもご存じでしょう」

「ほんとうですか」唐突にエラリーが言った。

グラントの目が喜色を帯びて光った。「はっきり言って」声を張りあげる。「一座の銃器室に豆鉄砲はないんだよ、警視！　ショーに出てる男も女も、だれもそんなものは持ってない！」

「豆鉄砲ですか」警視が楽しげに言った。

「そのとおり――豆鉄砲だ！」

「しかし」警視は冷静な声でつづけた。「グラントさん、一座の人たちがふだん二二口径を持ち歩かないからといって、今夜も持っていなかったことにはならない。今夜の出来事はふだんとはちがいます、まったくね。それにあなたもよくご存じのとおり、大型の銃で二三の弾薬を使うものがいくつかあります」悲しげにかぶりを振る。「それに、近ごろ銃を買うのがどんなに簡単かはだれでも知っている。グラントさん、いまの件だけで、あなたの一座の人たちが無関係だと考えるわけにはいきません……。さて、ほかにありませんか、ハンコック先生」

「ありません」医師は小さな声で答えた。

「ご協力に感謝します。まもなくこちらの担当者のプラウティ医師が到着するでしょう。もうお引きとりくださってけっこうですよ、ハンコック先生。あの連中——なんというか……あいつらときたら、ここはほんとにニューヨークなのか——あちらのカウボーイたちといっしょにいるといい」

ハンコック医師は小さな鞄《かばん》をつかみ、なおも目に真剣な光をたたえたまま、恐縮した様子で退いた。

死体は冷たくなって急速に硬直しながらも、その場に放置され、二万人の怒れる目にさらされていた。トニー・マーズは押しだまったまま、ぼろぼろに形が崩れるほど葉巻を嚙《か》んでいたため、褐色の湿った切れ端がいくつか薄い唇に張りついていた。警視はトニー・マーズに尋ねた。

「腹を割って話ができる場所はありませんか、トニー。そろそろいくつか質問をしたいんですが、ブルックリンとマンハッタンの人口の半分が見ている前でそうする気になれなくてね。なるべく近くて話ができる部屋はどこでしょう」

「案内しましょう」トニー・マーズが緊張した声で言い、歩きだした。

「ちょっと待ってください。おい、トマス！　トマスはいるか」

人間離れした能力によって同時にふたつの場所にいることができるのか、ヴェリー部長刑事がいきなり警視のそばに現れた。

「ついて来い、トマス。で、きみたち別働隊は」警視は五人の臣下に言い渡した。「ここにいてくれ。グラントさん、あなたはいっしょに来てください。ピゴット、例のスパゲッティ頭のカウボーイ――カーリー・グラント――とホーン嬢を、向こうにいる一団から連れてきてくれ」

マーズは楕円《だえん》の南側の壁に切られた小さな出口のひとつへ案内した。警視が何かを告げると、見張りの刑事がドアをあけた。一行は広々とした地下室に足を踏み入れた。いくつかの小部屋へと通じていて、そのひとつにマーズとあとにつづく一行がはいった。どうやら夜警か計時係が使う部屋らしい。

「エラリー、そのドアを閉めてくれ」警視がうなるように言った。「トマス、だれも中へ入れるな」警視はふたつある椅子の一方を自分のものと決めて腰をおろし、嗅ぎ煙草を一服して、灰色のこぎれいなズボンの皺《しわ》を伸ばした。そして、別の椅子の背をつかんでいるキット・ホーンを手招きした。キットはすでに放心状態から脱していた。カーリー・グラントに悩みをすべて吐き出したのか、動揺は残っていない。それどころか、きわめて冷静で、警戒しているようにエラリーには見えた。「さあ、すわって、ホーンさん」警視はやさしい口調で言った。「お疲れのはずだ」キットが腰をおろす。

「さて、グラントさん、話をしましょう」警視はいっそう歯切れよくつづけた。「ここにいるのはわれわれだけ、気の置けない者ばかりだ。遠慮なく思ったことを話せばいい。何か話したいことは？」

「ない」グラントが感情をこめずに言った。

「あなたの友人を殺した可能性のある人物に心あたりは？」

「ないな。バックは――」声が震える。「バックはまさに大きな子供だったんだよ、警視。あんな気のいい男は、どこにもいない。誓って、敵なんていなかった。知り合いみんなから好かれて――愛されてた」

「ウッディーはどうなの？」キット・ホーンが抑えた不穏な声で言った。目はグラントの血色のいい顔をしっかり見据えたままだ。

座長の目に困ったような色が浮かんだ。「ああ、ウッディーか。あいつは――」

「ウッディーというのは？」警視が訊《き》いた。

「一座でいちばんのカウボーイだ。ショーのスターだった――バックが一座に加わるまでのことだがね」

「嫉妬《しっと》か」警視は目を輝かせると同時に、キットをこっそりと見た。「きっと短気なんだな。で、何があったんです。何か事情があるはずだ。でなければ、ホーンさんがそんなことを言いだすはずがない」

「ウッディーというのは」エラリーが考えながら言った。「もしかすると、一本腕の男かな」

「そうだ」グラントが答えた。「なぜそれを？」

「理由はありません」エラリーはつぶやいた。「ただなんとなく」

「だが、特に事情なんてないんだ」グラントは疲れた声で言った。「たしかに、ウッディーのほうはおもしろくなかったかもしれないな、警視。ひょっとすると、バックとのあいだにわだかまりがあったのか……。ウッディーは片腕しかなくて、そのことを利用していた。馬に乗るにしろ、銃を撃つにしろ、なんの不自由もなく、本人もなんとなくそれを自慢にしてる。そこへバックが来て……。おれはウッディーに言ったんだ、バックがショーに出るのは一時的なもんだって。ああ、そう、バックが割りこんできて腹を立ててたとしても、ウッディーはぜったいに人殺しなんてばかなことをする男じゃないんだよ」

「それはいまにわかります。ほかにだれか言いたいことは？　きみ──巻き毛のきみはどうだ」

カーリーはどこか絶望したように言った。「警視さん、ぼくだって──ぼくらは力になりたいんです。でも、こんなのは──くそっ、人間のしわざじゃない。うちの一座のなかにこんなことのできる人間はひとりだって──」

「わたしもそう願うよ、きみ」警視は暗い顔で言った。落胆を和らげたい一心で希望をも呑《の》みこむような口ぶりだ。「あなたは？　ホーンさん」

「ウッディーを除いて」キットが冷たく言った。「バックの死を願うような人は知りません」

「ウッディーに容赦ないんだな、キット」ビル・グラントが眉《まゆ》をひそめて言った。

「だれであれ、犯人がわかったら容赦しないつもりよ、ビル」キットが砕けた口調で言った。全員の目がすばやくキットへ向けられたが、キットは床を凝視していた。気まずい沈黙がひろがる。

「ところで」警視が咳払《せきばら》いをして言った。「バック・ホーンがあなたのショーに出ることになったいきさつを聞かせてください、グラントさん。どこかから手をつけなくてはいけないんでね。バックは何をやっていたんですか、サーカス一座で」

「サーカス一座？」グラントが繰り返した。「うちは──まあいい。バックは九年か十年、世間の目から遠ざかっていた。たしか三、四年前にちょっと出てきて、映画を撮って復帰を狙ったんだがね。その映画がこけて、バックにはかなり堪《こた》えた。それでワイオミングの自分の牧場へ引っこんだんだよ」

「堪えたというと？」

グラントはがっしりした指の関節を鳴らした。「しょげこんじまったんだよ！　歳をとってきたのに、何しろ頑固な男で、負けを認めようとしなかった。そんなころにトーキー映画が現れて、元気を取りもどした。おれが牧場に寄ったときなんかは、自分は昔どおりに元気だから――もう一度映画を試したいなんて言いだしてな。あきらめさせようとしたんだが、こう言うんだ。〝ビル、おれはここにひとりきりでいると頭がおかしくなりそうなんだ。キットはハリウッドで忙しいし……〟だからおれは言った。〝わかった、バック。協力する、できるかぎり力になる〟とな。そうやって手助けを――バックを死なせる手助けをしてしまった」グラントは悲痛な声で言った。

「すると、今回のロデオへの出演は売りこみのためだったんですね」

「とにかく、何かしなくてはならなかった」

「あまり見こみはなかった、ということですか」

グラントはまた指の関節を鳴らした。「はじめは、バックにショーは無理だと思ってた。だが、先週――いけるかなと思いなおしたんだ。調子が出てきてね。新聞各紙がバックを取りあげた――映画界の大御所だのなんだのって、まあ、ちっぽけな記事だったんだが……」

「お話の途中ですみませんが」エラリーは言った。「その映画復帰は実際にプロデューサーのつてがあって計画したものですか」

「ただの夢物語だったのか、ってことか？」グラントはつぶやいた。「いや、そんな――プロデューサーのつてはない――連中は相手にもしやしないよ。けど――そう、おれが資金作りに協力するつもりだった。自分たちの会社を作って……」

「ふたりだけで？」警視が尋ねた。

トニー・マーズが静かに言った。「わたしも検討中だった。それにハンター――ジュリアン・ハンターも」

「ほう！」警視は言った。「ハンターというと、ナイトクラブの男ですね――さっき会ったマラ・ゲイという女の夫か。なるほど」小さな目が冷たく光る。「では、だれか説明してもらえませんか。ホーンの親友と、そしてトニー、あなたと、ハンターまでもが進んで金を出そうとしているのに――当のホーンの娘さんがいっさい出資しないのはどういうわけなのか」

グラントは唾《つば》を飲みこんだ。その顔は埃《ほこり》にまみれた煉瓦《れんが》塀と化している。カーリーがじれったそうに小さく体を揺すり、すぐにやめた。キットは背を伸ばしてすわっていた――ずっと前からその姿勢のままだ。目には涙があふれている――弱さの涙ではなく、混じりけのない怒りと口惜しさの涙だった。

「ビル・グラント」キットが息を詰まらせて言う。「プロデューサーはいなかったとこのわたしを目の前にして言うつもり？　じゃあなぜ、あんなふうに――」

クイーン父子は何も言わなかった。警視はこういう場面での思いがけないドラマを何度か経験したことがあり、好奇の目を輝かせて成り行きを見守っていた。

グラントが口ごもりながら言った。「キット、キット、ほんとうにすまなかった。でも、おれのせいじゃないんだ。そうしてくれとバックに頼まれたんだよ。バックはきみに損をさせたくなかった。プロデューサーがついてるってことにすれば、きみも金を出すと言い張ったりしないだろうってな。ビジネスとしての提案だ。バックもそう割りきってた。堅実な実業家たちを復帰映画に引き入れることができなかったら、そのときはすっぱりあきらめると言って」

「これも話したほうがいいよ、父さん」カーリーがだしぬけに口をはさんだ。「バックは父さんが金を出してるのも知らなかったってことを」

「おやおや」警視はつぶやいた。「完全におとぎ話だ。刻一刻と話がこんがらがってくるな。どういうことだね」

グラントは息子をにらみつけた。「おい、カーリー、訊かれもしないのによけいなことをしゃべるな」カーリーが顔を赤くして「わかったよ」と小声で答える。グラントは肉づきのよい右手を振った。「せがれがばらしてしまったから仕方ないな。たしかにバックはおれが金を出してるのを知らなかった。出すと言っても聞き入れなかったろう。ただ、マネージャーをやってくれと言われた。契約書に署名もしたよ。だからおれははったりを仕掛けざるをえなくなって——それでこのマーズさんを仲間に引き入れることにしたんだ。ただし、マーズさんにはこっそり、いっさいの費用を自分が持つと伝えた。どっちにしろ、はなからそうするつもりだったからな」

「ホーンさんはあなたのほんとうの考えに気づいていたと思いますか」

グラントはぼそぼそと言った。「なんとも言えんな。いつだってごまかしに乗るような男じゃなかったから。ここ二、三日はどこかそぶりが変だった。ひょっとしたら感づいてたのか。あの男は生涯、なんと言うか——施しのたぐいを受けるのをいやがってた。特に友達からはな」

キットがいきなり立ちあがり、グラントのすぐそばまで歩み寄った。互いに見つめ合ったのち、キットが告げた。「ごめんなさい、ビル」それだけ言って、自分の椅子へもどった。しばらくだれも口をきかなかった。

「いまのお話からわかるのは」エラリーが沈黙を破って快活に言った。「殺人事件というのは、互いの理解不足に最もよく効く薬だということですね。ホーンさん、お父さんの死を知らせる必要があるのはどなたですか」

キット・ホーンは低い声で答えた。「だれもいません」

エラリーは首を振り向け、グラントに視線を据えた。だが、グラントは重々しくうなずいただけだった。

「すると、あなた以外に家族はなかったと？」

「身内はひとりもいません、クイーンさん」

エラリーは眉をひそめた。「ひょっとしたら、娘さんが知らないだけかもしれない。しかし、グラントさん、あなたならご存じでしょう。ほんとうなんですか」

「ほんとうだとも。キットがいなかったら、バックは天涯孤独だった。六歳で孤児になって――ワイオミングに牧場を持つ叔父《おじ》に育てられた。隣がおれの親父の牧場でね。おれの親父とバックの叔父は同じ放牧地で家畜を飼ってた」声に苦悶《くもん》の響きがある。「こんなに――こんなふうにバックの死が堪えるとは思ってもみなかったよ。ともかく……。その叔父が死んで、血筋は途絶えた。バックはホーン家の最後のひとりだったんだ――北西部で指折りの古い家柄のね」

この説明を聞くあいだに、エラリー・クイーンの表情はカメレオンのように色を変えた。グラントのことばがなぜエラリーの心を掻《か》き乱したのかはわからない。ただ、動揺はしたものの、エラリーはやがて努力によって顔からすべての感情を消し去った。

警視はややとまどいながらその様子を見ていた。警視自身はじっと動かず、息子の脳で深遠な考えが飛びまわるのを――そんなことが起こっていればだが――見守って満足していた。やがてエラリーの肩が動き、唇にかすかな笑みが浮かんだ。

「あの最後の悲劇の行進でホーンさんにつづいた騎手を、あなたは口上のとき何人と言いましたか、グラントさん」

座長は物思いから覚めた。「え？　騎手？　四十人だが」

「でも、四十一人いました」

「四十だ。まちがいない。おれが雇ってるんだから」

それを聞いて、警視の目が険しくなった。「ついさっきアリーナで四十人と言ったのは」きびしい口調で言う。「端数を切り捨てたのでは？」

グラントは真っ赤になった。「端数なんかない。どういうことだ。四十と言ったら四十だ――四十一でも、三十九でも、百六十でもない！」

クイーン父子は目を輝かせて顔を見合わせた。それから警視がしかめ面で言った。

「エラリー、おまえ――まさか――おまえの数えまちがいってことはないのか」

「ぼくは学校じゃ優秀な数学者だったんだ」エラリーが言った。「四十一まで数を数えるのが、ぼくの計算能力で解けないほどの難問だとは思わないね。その一方で、〝けっして迷わぬ者がいる、《エスト・ギーヴト・メンシエン・ディー・ガール・ニッヒト・イレン》何ひとつ合理的に考えぬがゆえに《ヴァイル・ズイー・ズイッヒ・ニッヒツ・フェアニュンフティーゲス・フォーアゼッツエン》

（ゲーテのことば）〟とも言われるからね。とはいえ、ぼくはつねに合理的な生命体をもって任じてきたわけで……。よし、この些《さ》細《さい》な問題を実証してみよう」

エラリーはドアのほうへ歩きだした。

「どこへ行くんだ」警視は尋ねた。ほかの者は目を瞠《みは》っている。

「すべての殉教者と同様——処刑場《アリーナ》へ」

「なんのためだね」

「生き残った人間の頭数を数えるためだ」

一行はさっき地下室へはいってきたときに通った小さなドアから連れ立ってもどり、聖なるコロシアムのまばゆい明かりのもとへ出た。観衆のざわめきにも、いまや疲れの響きがはっきりと表れている。あちらこちらで刑事があくびをし、アリーナのカウボーイやカウガールの一団は落胆と無関心をさまざまな態度で表しながら、トラックに手脚を投げ出してすわっていた。

「それでは」全員でカウボーイの一団のほうへ早足で移動しながら、エラリーがきびきびと言った。「グラントさんが数えてください。ひょっとして、ぼくのこの頭が変なのかもしれない」

グラントは小さな声で何かぶつぶつ言い、衣装をつけた雇い人たちをにらみながらそのあいだを歩きまわって、声に出して数えた。大半の者は胸に顔をうずめてすわっていた。大型のソフト帽子が並ぶきのこの森を、老座長が歩く。

やがてグラントがもどってきた。その顔からは、バック・ホーンの死後にずっとせめぎ合っていた驚嘆と困惑と苦悩がすっかり消え去っていた。不機嫌そうな唇の下で、がっしりした顎《あご》が旗のように震えた。「おれも焼きがまわったもんだ、クイーンさんの言ったとおり、四十一人いる」グラントは警視に向かって大きな声で言った。

「あの醜い小男のブーンも数えましたか」警視がすかさず尋ねた。

「ダニエルかね。いや、あいつはあのなかにいなかったから。ダニエル抜きで、四十一人だ」うつむいていた男たちが日に焼けた顔をあげて、興味深げにグラントを見つめている。グラントはくるりと向きを変え、芝居気抜きで右手を腰にあてた。上着がめくれ、空のホルスターがのぞく。グラントはホルスターに銃がないことに気づいたらしく、顔をしかめてすぐに右手をおろした。それから声を張りあげた。「おい、薄汚いワディーども！　女もだ！　立ちあがって穢《けが》れた面《つら》をよく見せろ！」

水を打ったような静寂の刹那《せつな》ののち、エラリーの笑みが消えた。一瞬、ワイオミング一帯を仕切るワイルド・ビル・グラントがちょっとした革命でも起こそうとしているかに見えた。ひとりの大柄なカウボーイが——ふだんは陽気な紳士ショーティー・ダウンズだ——一歩大きく前へ出て怒鳴った。「もう一度言ってもらおうか、グラントさん。さっきのは聞きまちがいだよな」こぶしを棍棒《こんぼう》のように握る。
グラントは相手の目をにらみ据えた。「ショーティー、その口を閉じてよく聞け。ほかの者も——立つんだ！　このなかに、ひとりよけいなやつがいる。おれは卑怯《ひきょう》な犯人を見つけ出すまで戦う！」

一同は沈黙し、不満の声も消えた。男も女もすぐさま立ちあがり、周囲をさりげなく見まわした。グラントはみなのあいだに飛びこんで、低い声でたしかめた。「ホーズ。ハリウェル。ジョーンズ。ラムジー。ミラー。ブルージ。アニー。ストライカー。メンドーサ。ルー……。あっ！」

グラントは荒い息をひとつ吐いたあと、密集した人の輪のなかでしばし静止した。それから乱暴に腕を突き出し、ひとりのカウボーイ姿の男の肩を力いっぱいつかんだ。四肢をくった子牛を引きずるように、捕らえた男をすばやく引っ張り出す。男の青ざめて引きつった顔は痩《や》せていて、放蕩《ほうとう》による紫や茶色の影が差していた——大自然に生きる者とはまるでちがう。グラントにわしづかみにされ、痛さに顔をしかめていたが、知性あふれる小さな目にはどことなく横柄なところがあった。

ワイルド・ビルはクイーン警視の目の前に男を手荒に突き倒したのち、両脚を大きく開いて唾《つば》を吐き、凶暴なハイイログマのごとくうなった。

「こいつだ！」ようやく声が出るようになると、グラントは吠《ほ》えた。「警視、この迷い牛はおれの一座の人間じゃない！」

5　報道界の紳士

　捕らえられた男は立ちあがり、きらびやかな衣装から塵《ちり》を念入りに払い落としたあと、ワイルド・ビル・グラントの鳩尾《みぞおち》に器用に突きを入れた。ワイルド・ビルは「うっ！」と大きな声をあげ、痛みに体を折り曲げた。カーリーがばねのように跳び出し、男の口もとめがけて硬い褐色のこぶしを食らわせようとした。男は身をかわして、おもしろくもなさそうに笑い、警視の背中に隠れた。乱闘にならずにすんだのは、ひとえにヴェリー部長刑事の介入のおかげだった。ヴェリーがカーリーの両腕を若々しい背中の後ろへ無造作にひねりあげ、あいているほうの手でもうひとりの男の首を苦もなくつかんだので、ふたりは部長刑事の分厚い胸をはさんで、子供のようににらみ合うことになった。だれにでも想像がつくとおり、カウボーイたちがそちらへ一斉に押し寄せた。

　警視が怒鳴りつけるように言った。「みんなさがれ！　さもないと、まとめて逮捕する」全員が足を止める。「おい、トマス。そいつを絞めあげるのをやめろ。生かしておきたい。死なせるなよ」ヴェリー部長刑事がそれに従い、つかんでいた男たちを放す。ふたりは恥ずかしそうに体をさすった。思うところがあってグラントを観察していたエラリーは、革のような肌が死の影に似た黄色味を帯びているのに気づいた。つかまった男は煙草を取り出し、落ち着き払って火をつけた。「どうだい、ターザン」だまっている座長に、甲高いガトリング機関砲の声で言う。「報道界の勤勉なる一員に、その汚い手を出すべきじゃないってわかっただろう」

グラントが喉《のど》の奥で低くうなった。

「だまれ！」警視が鋭く言った。「いい加減にしろ。花火大会は終わりだ。わかるように説明しろ」

男はしばらく煙草を吹かしていた。痩せ型で金髪、年齢は不詳だ。疲れた目をしている。

「どうなんだ」警視は問いつめた。

「わかるような説明を考えているところですよ」男が間延びした口調で言った。

警視は薄笑いを浮かべた。「なるほど。ブロードウェイ流の皮肉か。どうりで場ちがいなやつがいると思った。話す気はあるのか？　なければ、警察本部へ連行せざるをえないが」

「いやいや、ぞっとしますね」男はにやりと笑った。「話しますよ、先生――だから棒《ロッド》で叩《たた》くのは勘弁してください――いや、この場合は馬の鞭《ロッド》ですかね。まずは自己紹介を。神が欺瞞の世《フロードウェイ》にもたらした恵みにして、ライオンズ夫人の寵児《ちょうじ》テディ――醜聞暴き、繁華街の常連、タブロイド紙の世界一名高いコラムニスト、そして裏の秘密をどこのだれよりも多く握っている男です」

ヴェリー部長刑事が機嫌の悪い野牛のような音を出した。こわばった唇からまぎれもなく無礼なことばが発せられ、空気を揺り動かす。

「テッド・ライオンズ」警視は考えながら言った。「ふむ、そうか。うまみのあるささやかな殺人事件に足を突っこんだというわけだな。では――」

「まあまあ」ライオンズは派手な飾りのついたジーンズをわざと勢いよく引きあげながら、陽気に言った。「ご挨拶《あいさつ》もちゃんとすんだから、よちよち帰りますよ。みなさんは楽しんだし、われらが友バッファロー・ワイルド・ビル・グラント氏は運動をして腹に一撃を食らい、テディ坊やはダウンタウンの血も涙もない新聞王のもとへ駆けもどって、今年最大の特ダネを書かなくちゃいけない。だからテディ坊やは――」

「テディ坊やはいくつか説明をする義務がある。そうだろう、テディ坊や」警視は微笑んだ。それから、がらりと調子を変えて言い放った。「吐け、ライオンズ。ひと晩じゅうおまえに付き合う暇はない！　ジェシー・ジェイムズみたいな扮装《ふんそう》で、ここでいったい何をしていた」

「おや」ライオンズは言った。「警視さんはご機嫌斜めですか。いいかい、親父さん、ぼくがだれだか知ってるかい？　テッド・ライオンズだ。ぼくが出ていくと言ったら、あんたの部下のまぬけなおまわりが束になってかかっても止められやしない！」

警視は眉《まゆ》を吊《つ》りあげてヴェリー部長刑事を見た。ヴェリーが一歩足を前へ踏み出す……。ライオンズは周囲を見まわした。二万の大観衆の前で、ささやかな活劇がはじまろうとしていた。

「わかったよ、相棒」ライオンズはうなだれて重々しく言った。「話そう。何もかも話す。ぼくがバック・ホーンを殺した。自前の豆鉄砲でね。背後から忍び寄ったんだ、相棒。それでこう言った。〝バック、みじめなコヨーテめ。おまえの皮を剝《は》いでやる〟って」

だれもがこのあきれた男の悪ふざけに仰天し、言い返すこともできなかった。例外は、キット・ホーンの目に漂う色に気づいたエラリーだった。進み出て低い声で言う。

「ライオンズ、きみはシラミのなかでも最低の部類のやつだ。しかも、自分が人間の屑《くず》だってこともわかってないのかもな。きみの下劣なことばのひとつひとつが、バック・ホーンの娘さんの耳に届くとは考えないのか」

「おっと、これは高潔なる円卓の騎士ギャラハッドくん！」ライオンズは即座に応じた。あとずさりし、目は殺気を帯びて光っている。「だれだか知らんが、くだらんことを言うな。ぼくは出ていく。止めようとするおまわりがいても――」

残りのことばは、沸きあがる怒りの声に掻《か》き消された。グラント父子、ヴェリー部長刑事、トニー・マーズ、そばにいた五、六人のカウボーイたちが、ライオンズめがけて突進した。ライオンズは狼よろしく歯をむき出しにして、醜悪で小さな武器をさっと取り出した――銃身を切りつめた、信じられないほど小さなオートマチック拳《けん》銃《じゅう》だ。飛びかかろうとしていた男たちは急に足を止めた。

「図体《ずうたい》ばかりでかい臆病《おくびょう》者ぞろいだな」ライオンズはすばやく周囲を見まわしながら言った。ヴェリー部長が投石器から発射されたように飛び出して、銃をライオンズの手から叩き落とした。「まったく、ふざけた真似を」淡々と言い、落ちた銃を拾いあげる。「こんなものを使うと、怪我人が出る」

ライオンズの顔から血の気が引いていた。

「なんにせよ、根性がないな」

だれもが驚いたことに、ライオンズが笑いだした。「わかった、わかった。テディは降参するよ。けど、ぼくの記事は――」

「その拳銃《ロッド》をこっちへ、トマス」警視は静かに言った。部長刑事が手渡す。警視は弾倉を引き出して薬室をのぞいた。弾薬はひとつもなくなっていない。

「二五口径だ」警視はつぶやき、目つきを険しくした。「しかし、発射されてもいないし、においも――」しばし銃口のにおいを嗅《か》ぐ。「残念だったな、ライオンズ。さあ、話せ。さもないと、警察官に銃を向けたかどで、神に誓って刑務所送りにしてやる!」

ライオンズは肩をすくめ、また煙草に火をつけた。「悪かった。謝るよ。二、三杯引っかけてきたんでね。別に頭がおかしくなったわけじゃないんだ、警視。世間をあっと驚かせてやろうと思っただけで」疲労の色が濃い目を半ば閉じる。

「どうやってここへまぎれこんだ」

「四十五丁目の舞台衣装店でカウボーイの服を借りたんだ。ショーのはじまる三十分前にここに着いた。守衛は通してくれたよ――ショーに出る人間だと思ったんだろう。ぼくはそこらを見てまわって厩舎《きゅうしゃ》を見つけたんで、老いぼれ馬を一頭選び、ほかの連中に交じって〈ベン・ハー〉の見せ場に加わった――そしていまここにいる」

「たちの悪い目立ちたがり屋なのはまちがいないけど」エラリーがつぶやいた。「こんなに無意味で愚かなことをして、きみにどんな得があるのかがわからない。ただ一座に加わるだけで――」

「ばかだな」ライオンズは言った。「ガキの遊びじゃないぞ。ボックス席のひとつにカメラマンをもぐらせておいたんだよ。なんとか口実を作ってぼくがホーンに近づき、ふたりで写真におさまるつもりだった。首尾よく行けば、自分も新聞社も万々歳ってわけさ。ところが、運の悪いことに、だれかがホーンを殺しちまった。ぼくがアレグザンダー・ウールコット（アメリカの有名なジャーナリスト）と肩を並べる前に！」

少し沈黙がつづいた。

「なるほど、なんともすばらしい」エラリーが冷たく言った。「きみの馬はバック・ホーンのどのくらい近くにいたんだ」

「近くなかったよ、賢明なる青年」ライオンズは言った。「たいして近くない」

「正確には？」

「まぬけなカウボーイの一団の最後尾にいた」

警視がヴェリー部長刑事をそばへ呼び、しばし打ち合わせてから言った。「ライオンズ、おまえが送りこんだというカメラマンはどの席にいる」

新聞記者は、マーズ一行がいた席からわずか数フィートしか離れていないボックス席をぞんざいに指さした。ヴェリー部長刑事が重い足音を立てて出ていく。まもなく、グラフレックス社製の小型カメラを持った、すっかり怯《おび》えて口に締まりのない若い男を連れてもどった。男は無言のまま、カメラとあらゆる所持品を調べられた。怪しいものは何ひとつ見つからず、男はもとの席へ帰された。

警視は思案しながら記者に視線を注いだ。「ライオンズ、どうもにおうんだ。何が起こるか、前もって情報をつかんでいたんじゃないのか」

ライオンズは不満の声を漏らした。「そんなはずないだろ！　そうだったらどんなによかったか！」

「ここのほかの連中といっしょだったのか。全員で舞台に登場する前だが」

「いや。見破られる危険は冒せない」

「じゃあ、何をしていた」

「まあ、ただぶらぶらしてたよ」

「何かおかしなことに気づかなかったか——捜査の参考になりそうなことに」

「これってことはなかったよ、親父さん！」

「さっき振りまわしていた二五口径のオートマチック拳銃はどこで手に入れた」

「ご心配なく、総監。携帯許可はとってる」

「どこで？」

「サンタクロースにもらった。いや、もちろん買ったんだ！　まさか——このぼくが殺したなんて思ってないだろうな」

「トマス、その拳銃に札をつけてくれ」警視は穏やかに言った。「それから、ほかの武器も取りあげろ。まったく、こいつは歩く武器庫だ！」

ライオンズの仮装衣装の洒落《しゃれ》たホルスターに、銃身の長い二挺《ちょう》のリボルバーがはいっていた。それを部長刑事がそっと抜きとった。そしてそれをすぐさま部下に渡し、テディ・ライオンズの衣装と体を手早くも徹底して調べた。ライオンズの唇からうなり声が漏れる。

「ほかにはありません、警視」ヴェリーは言った。

「この二挺の銃はどこで手に入れた」

「地下の銃器室だ。ほかの連中が持ち出すのを見て、自分もそうした……。けど、署長、ぼくは一発も撃ってない！」

警視は拳銃を調べた。「空包だ。弾もそこで手に入れたんだな。よし、トマス、この屑のなかの屑野郎をコロシアムの外へ連れ出せ。だが、気をつけてくれ――途中でだれかがこっそり何かを渡したりしないように」

「わかりました」部長刑事は愉快そうに答えた。そしてライオンズの腕をつかみ、〈内幕〉――通信社を通じて全国の紙面に載る、悪評高いライオンズのコラムの名だ――の饒舌《じょうぜつ》な執筆者にそれ以上ひとことも発する暇《いとま》を与えずに、小さな出口へ引っ立てた。ふたりの姿が見えなくなった。

6　事実はなお――

冷たい死体はいくつかの無骨で静かな手によってかかえられ、円形競技場の地下にある無数の小部屋のひとつに運びこまれた。クイーン父子、キット・ホーン、グラント父子は、ふたたび計時係の部屋に集まった。

「プラウティ先生が来るのを待つあいだに」警視は不機嫌に言った。「――また例によって遅れているがね！　――きょうの出来事をもう少し深く掘りさげよう」

一時間前からキット・ホーンの顔に張りついていた硬い仮面が、ひび割れて砕けた。

「もういいでしょう」キットが激して声を荒らげる。「お願いですから、行動を起こしましょう、警視さん！」

「まあまあ」警視はやさしく言った。「辛抱してください。われわれが何に突きあっているか、あなたはわかっていない。ホーンさんには敵はいなかったとだれもが断言していて――つまり、そちらの手がかりはなく――しかも手のうちに二万人の容疑者がいるんです。逃げ出した者はない。あなたからお話を――」

「話します、警視さん。なんでもお話しします。この恐ろしい――」

「ええ、だいじょうぶですよ。わかっていますとも。きょうのお父さんの様子は？　何かを心配するとか、困っている様子はなかったでしょうか」

キットは思い出そうと健気《けなげ》につとめた。目を伏せ、しっかりした声で、ウッディーとホーンの諍《いさか》いを仲裁した一幕について語った。

「体調は特に問題なさそうでした、警視さん。わたしが心配して、お医者さんに診てもらったかって訊《き》いたら……」

「ああ、そう、たしか前から具合が悪かったとおっしゃっていましたね」エラリーがぼそりと言った。

「そうなんです。ずっと――なんと言うか、体の調子が思わしくなくて。ここ二、三年のことです」キットはもの憂げに説明した。「どの先生からも、歳のせいだと言われました。もう六十五でしたから」声を詰まらせる。「父はがむしゃらに生きてきました。あの歳になったら、ペースを落とすのは当然です。わたしとしては、父に仕事にもどってもらいたくありませんでした。でも、父はそのほうが自分のためだ、体も鍛えられると言い張って。きょうも、ロデオのお医者さまに診てもらったかと尋ねたら、けさ診てもらった、どこもなんともないと言っていました」

「では、何か心配事があるようには見えなかったと？」警視は尋ねた。

「ええ。と言っても……。ほんとうのところはよくわかりません。取り乱したりはしていなかったけれど、たしかに何か気にかかることがあるふうにも見えました」

「それがなんだったか、見当はつかないんですね」

キットの目が警視を鋭く見据えた。「わかったらどんなにいいか！」

警視は座長のほうを向いた。「あなたはどうです、グラントさん。ホーンさんが何を気にしていたか、心あたりはありませんか」

「いや、さっぱり。例の映画の件で何か感づいたんじゃなきゃ、特にないね。キット、おおかた、おまえさんの思い過ごしじゃ——」

「おやおや」警視はすばやく言った。「どうか、そんなことで揉《も》めないで。お嬢さん、きょうのあなたの行動は？」

「わたし——わたし、ゆうべ遅くなって、けさは遅くまで寝ていました。バックとわたし——わたしたちは——西四十四丁目の〈ホテル・バークレイ〉のつづき部屋に泊まっています。一座のみんなもそのホテルです。父の部屋のドアをノックしたら、ドアをあけておはようのキスをしてくれました。とても元気そうでした。起きたのは何時間も前だと言っていました——そう、日の出とともに起きる習慣なんです。セントラル・パークを散歩して、朝食もすませたって……。わたしは軽い食事を頼み、バックも付き合ってコーヒーを一杯飲みました。そして二時ごろ、リハーサルのために歩いてコロシアムへ向かったんです」

「そうか。するとリハーサルがあったんですね、グラントさん」

「ああ。派手な衣装から何から全部つけてな。ただ、バックは例外だった——支度が面倒だと言ったんだよ。最後の確認のために、いつもの手順で通してやった」

「わたしはしばらく見てから」キットが言った。「ぶらっと外へ出て——」

「失礼」エラリーが眉《まゆ》をひそめて言った。「グラントさん、あなたもリハーサルに立ち会ったんですか」

「もちろんだ」

「それで、何もかもきっちり予定どおりに進みました？」

グラントは目をまるくした。「もちろんだよ。バックはなんとなくそわついてるように見えたな。また客の前に出ると思うとうれしくてたまらないと言ってた」

エラリーは唇をなめた。「いつもの手順というのは、どういうものですか」

「たいしたものじゃない。馬を全力で走らせてアリーナをまわり——今夜事件が起ったときのあれだ——そのあとバックがひとりで簡単な曲乗りを二、三やって——見栄えはするが、むずかしいもんじゃない——それから射撃を披露する。つぎはちょっとした投げ縄を——」

「激しい演目はなかったんですね。たとえば、牛を投げ縄で捕らえて引き倒すとか、荒れ馬を乗りこなすとかの必要はなかったわけだ」

警視は少し困ったように息子を見ていた。しかし、エラリーは矛盾する大量の思考の渋滞を掻《か》き分けて進んでいるさなかのようだった。興奮したり、つかみどころのない考えをまとめようと苦しんだりしているときの癖で、輝く鼻眼鏡をはずし、力をこめて無心にレンズを磨きはじめる。

「ないな」グラントは言った。「そんなことはいっさい――このおれがさせなかった。まあ、リハーサルのときにロングホーンに二、三度縄を投げたが、本式の牛倒しじゃないし、何も危ないことはなかった」

「でも、本人はやりたがったのでは?」エラリーは食いさがった。

「バックはいつだってなんでもやりたがった」グラントは疲労のにじむ声で答えた。「自分が年寄りだってことに頭がまわらないんだ。おまけに厄介なことに、やればできるんだからな! リハーサルのときは、バックの首に縄をかけて抑えるしかないほどだったよ」

「へえ」エラリーは言い、眼鏡を鼻の上にもどした。「なかなか興味深い」キットとカーリーが驚いてエラリーを見つめる。キットの目にほのかに希望の光が差し、日焼けした頬が赤らんで呼吸が速くなる。「するとグラントさん、ホーンさんは射撃を披露する予定だったんですか」

「ああ、リハーサルでも実際にやったよ。バックは正真正銘、射撃の名人だった」グラントが重苦しい声で答えた。「西部にこんな古い諺《ことわざ》がある――カウボーイは度胸と馬を持つ男だ。鉛玉を撃つ腕前は、その条件にはいってないんだ。いまどきの連中はただの牛追いにすぎん。昔は……」荒々しく体を揺すぶる。「おれは何度も見てきたよ。銃身の長い愛用のコルトを構えたバックが、百フィート先にある二インチの標的の中心に、弾を六発撃ちこむのをな。それもとんでもない早撃ちだ。銃を持たせたら、あの男にできないことはなかった。今晩バックが見せる予定だった曲撃ちは、名人芸そのものだったんだよ、クイーンさん。キット自慢の、額に星のある糟毛《かすげ》の雄馬を全速力で走らせながら、標的のど真ん中を射貫《いぬ》いたり、宙にほうりあげた硬貨を撃ったり――」

「なるほど」エラリーは微笑しながら言った。「バック・ホーンは並はずれた射撃の名手だったということですね。わかりました。さて、きょうのリハーサルで、何かいつもとちがうことは起こりませんでしたか。たとえば、手ちがいとか。どんな小さなことでもいいです」

グラントは首を横に振った。「時計のように正確だった」

「騎手は全員参加したんですか」

「ああ、ひとり残らず」

エラリーは苛立《いらだ》たしげにかぶりを振った——自分に腹を立てているかのようだ。

「ありがとうございました」小声で言うと、柔らかに光るぼんやりした目で煙草の先を見つめながら、後ろへさがった。

「リハーサルのあとはどうでしたか」警視が質問した。

「あの」キットが言った。「バックとウッディーが廐舎《きゅうしゃ》で言い争っているのを見たことは、さっきお話ししたとおりです。そのあとは——父の楽屋を出てからは——父を見ませんでしたが、わたしはこの建物を出る前にグラントさんの事務室に立ち寄ったんです。カーリーと別れてすぐでした」キットの声に苦しげな響きが混じり、カーリーは髪の根もとまで真っ赤にして床を蹴《け》りはじめた。警視にさりげなく目を向けられて、蹴るのをやめる。「そこにバックがいました。ビルと——こちらのグラントさんといっしょに」

「そうなんですか」警視は表情のない目で座長を見ながら尋ねた。

「そのとおりだよ、警視さん」

「つづけてください、ホーンさん」

キット・ホーンは力なく肩をすくめた。「でも、もう話すことはありません。父は小切手を書いていました。じゃあ、とひと声かけて、わたしはコロシアムを出て——」

「ちょっと待って」エラリーが愛想よく言い、ふたたび興味を示した。「その小切手はどういったものですか、グラントさん」

「たいしたことじゃない。バックが二十五ドルの小切手を現金にしてくれと言うんで、承知したんだ。それでバックが小切手を書き、おれが現金を渡した」

「なるほど」エラリーは抑揚のない声で言った。「それで、その小切手はどうしました？　まだ手もとにありますか、グラントさん」

「いや、ないな」グラントは間延びした口調で言った。「おれはそれからすぐ外出して、取引銀行――シーボード・ナショナル――に寄った。で、そのまま口座に入金した」

「たしかにたいしたことはありませんね」エラリーは認めて引きさがった。

警視は鋭い視線を息子へ送ったのち、グラントへ向きなおった。「それがバックさんに会った最後ですか」

「いや、銀行から帰ってきたら、この建物の入口でまたばったりバックに会った。帽子をかぶってコートを着てた。〝どこ行くんだ？〟と訊《き》いたら、〝ホテルだ〟って言ってたよ。〝今夜に備えて休んでおきたい〟とな。それだけだ。ほかにはひとこともやりとりしてない。夜、バックがここへ来たのは遅かったよ。なんとなく興奮してたみたいだった。おれに手を振りながら、楽屋へ駆けこんでいった。衣装に着替えて競技場へ出るのに、ぎりぎりの時間だったから」

警視とエラリーは顔を見合わせた。「それは重要かもしれないな」警視がつぶやいた。「ここへ来たのが遅かったんですね。〈ホテル・バークレイ〉へ行くと言って出かけたのは、何時ごろでしたか」

「だいたい四時ごろだった」

「ふむ。ホーンさん、ここから出たあと、またお父さんに会いましたか」

「はい。ここを出てまっすぐホテルへもどったんです。それから三十分ほどして父が帰ってきて、昼寝をすると言いました。わたしは着替えをして――それから階下へおりました。そして――」

カーリー・グラントがはじめて口を開いた。「そのあとは」挑むように言う。「この人はぼくといっしょでした。ホテルのロビーで会って、午後じゅうふたりで出かけてました」

「そのとおりです」キットがささやいた。

「それで、お帰りになったときには？」警視は尋ねた。

「バックはもう出かけていました。わたしの部屋のナイトテーブルに伝言のメモがあって。それで、わたしは夜用の服に着替えて、タクシーでコロシアムへ来ました。つぎに見たのは」キットの声が震える。「アリーナで馬に乗っている姿でした」

「ほう。するとあなたもここへ来るのが遅かったんですね」警視がゆっくりと言った。

「どういう意味ですか」

警視は微笑し、なだめるように手を振った。「いやいや、なんでもありませんよ！」嗅《か》ぎ煙草をつまみ、激しく吸いこむ。「ただ——グラントさんの——（へっくしょん！）グラントさんの話だと、お父さんが来るのが遅かったそうなので、きっとあなたはもっと遅かったんだろうなと思ったんです。ええ、ただそれだけのことですよ」

カーリーが一歩前へ出た。「どうも」不満げに言う。「その言い方は気に入りませんね。さっき、ホーンさんはぼくといっしょだったと——」

「そうか、するときみも遅くなったのか」

グラントが冷たい目をすばやくキットから息子へ移動させる。カーリーは顎《あご》をこわばらせて言った。「いや、ちがいます。ぼくはコロシアムの前でキットと別れました。ホテルまで送らなくていいとキットに言われて——」

警視は立ちあがった。「わかりました。もうけっこうですよ、ホーンさん。グラントさんも——」

ドアをノックする音が響いた。

「なんだ？」クイーン警視が鋭い声で言った。

ドアが蹴りあけられ、青ざめたマキアヴェリのような男が気むずかしい顔ではいってきた。黒い顎ひげを生やして、固い山高帽をかぶり、いかにも出来損ないの、いやなにおいのする葉巻をくわえている。手に持っているのは黒い医療鞄《かばん》だ。

「来たぞ」男が言った。「遺体はどこだね」

「あ、ああ――以上でおしまいです、ホーンさん、グラントさん。ご協力に感謝します」警視はあわてて言い、グラント父子とキット・ホーンを部屋から追い出した。ヴェリー部長刑事が外の壁の暗がりから姿を現し、だまってその三人に合流した。「アリーナへもどってくれ、トマス！」警視が叫び、ヴェリーがうなずいた。

「さて、アフリカの呪術医《じゅじゅつ》の血を引く怠け者め」警視は黒い顎ひげの男にとげとげしく言った。「殺人事件なのに二時間も待たせるなんて、いったいどういうつもりだ。それから――」

「もういいよ」マキアヴェリが苦笑いをした。「いつもの御託はな。で、遺体《ステイッフ》はどこだね」

「ああ、わかったよ、サム。隣の部屋で、どんどん硬化《ステイッフ》している」

「ちょっと待ってください、プラウティ先生」エラリーは、向きを変えて出ていこうとする医師を呼び止めた。ニューヨーク市で殺害された人間の半分を検死してきた〝解決の神《デウス・エクス・マキナ》〟が足を止める。エラリーはプラウティ医師の肩に手を置いて、熱心に何か話した。警察の検死医はうなずき、激しく燃える葉巻をいっそう固く嚙《か》みしめて、急ぎ足で出ていった。

　クイーン父子だけがあとに残った。

　父と子は憂鬱《ゆううつ》そうに顔を見合わせた。

「どうかな《ウェル》」警視が言った。

「そうとう深い井戸《ウエル》だね、まったく」エラリーはため息を漏らした。「今回もまた、最もクイーンらしい手法の犯罪捜査だな——貨車単位で数えるほどの容疑者がいる。あの厄介なフィールド事件を覚えてるかな。犯人の可能性がある人間が劇場いっぱいいた事件だ！*フレンチ殺害事件は？　百貨店は客でごった返していた。**ドールン老夫人の奇怪な死は？　病院には医師、看護師、患者、神経症の人間がおおぜいいた。***そしてこんどは競技場だ。このつぎの事件の犯人は」想像をめぐらせながら言う。「犯行現場にヤンキー・スタジアムを選ぶにちがいない。そうなると、七万人を選《よ》り分けるのにニュージャージーの予備の警官隊に応援を頼まないと！」

「べらべらしゃべるな」警視は苛立って言った。「まさにそこを心配しているんだ、まったく。二万人を永久に足止めすることはできない。さいわい、警察委員長はいまニューヨークにいない。そうでなきゃ、こんなふうにニューヨークの人口の半分を缶詰にして、ただではすまされないとも。ヘンリー・サンプソンがいないのも、まあ、喜ばしいことだ」

「でも、警察委員長と地方検事がどうあれ」エラリーは断固として言った。「やるべきことはやらないと」

「さっきプラウティに何を話していたんだ」

「尊敬すべき検死官補殿に、ホーンの遺体から弾を掘り出してくれと頼んだんだよ」

「なんだ、それなら急ぐことはない！あのロデオの医者が――なんという名前だったか――二二口径か二五口径だと言ってたじゃないか」

「もう少し科学的に行こうよ、警視殿。ぼくはその小さな死の使いに大いに関心がある。弾の件がはっきりするまでは、ひとりの観客も――というより、だれであれ――この建物から出さないでくれ」

「出すつもりはない」警視はそっけなく言い、それきりふたりともだまりこんだ。

エラリーが悲しげな曲をハミングしはじめた。

「エル……何を考えてる」

ハミングがやんだ。「かわいそうなジューナのことを考えてる。いまもあのハリウッドの面妖《めんよう》なご婦人とトミー・ブラックといっしょに、あのボックス席にいるはずだ」

「しまった！」警視が叫んだ。「ジューナのことをすっかり忘れていた！」

「あわてることはないよ」エラリーはすげなく言った。「楽しく過ごしてるさ。今夜は神々がジューナににっこり笑いかけてるからね。それより、さっき何を言いかけたんだい」

「この件をどう考える？」

エラリーは低く白い天井へ向かって、思案げに紫煙を吹きあげた。「妙な言い方だけど、いろいろだよ」

警視の口が開いた。しかし、ことばによる大災害は、ドアが開いてプラウティ医師がふたたび登場したために回避された。医師はこんどはコートも帽子も身につけず、シャツの袖《そで》を肘《ひじ》までまくりあげていて、不吉な戦利品か何かのように、ガーゼにくるんだ血まみれの小さなものを右手に載せていた。

警視は指に血がつくのもかまわず、プラウティの手から無遠慮にそれをひったくった。エラリーはすばやく前へ出た。

「ほう！」警視はその物体を熱心に調べながら言った。「二五口径――オートマチックだ。まちがいない。ロデオの医者が言ったとおりだよ。かなりいい状態だな、エラリー」

円錐形《えんすい》の銃弾は、ほとんど原形のままだった。小さくて、見た目には特に恐ろしくもなく、べったりついた血には赤い塗料ほどの禍々《まがまが》しさしか感じられない。

「ほぼまっすぐはいってたよ」プラウティ医師が勢いよく葉巻を噛みながら、ぼそぼそと言う。「心臓をぶち抜いたんだ。穴もきれいにあいてる。肋骨《ろっこつ》ひとつ砕いてない。うまくかすめ通ったんだ」

エラリーは指で銃弾をもてあそびながら、目を遠くへ向けていた。

「ほかに何か興味を引くことは？」警視がむっつりと尋ねた。

「たいしてないな。肋骨が四本折れ、胸骨が砕け、腕と脚に数か所骨折があって、頭蓋骨《ずがいこつ》が陥没してる――全部あんたも見ただろう――幾頭もの馬に踏まれたと、ここへ来る途中できみの部下の部長刑事から聞いたんだが、それですべて説明がつく」

「ほかの傷はないのか――ナイフや銃による傷は？」

「ない」

「即死か」

「地面に落ちた時点で死んでたよ。氷漬けのサバに劣らずな」

「さっきの話だと」エラリーがゆっくり訊《き》いた。「銃創の穴はきれいなんですね、先生。それは入射の角度がわかるほどですか」

「いまから話すところだったよ」プラウティ医師はつぶやくように言った。「わかるとも。あの鉛の弾は向かって右、本人から見て左から体にはいった——そして、心臓のほうへ進んだんだ——下向きに、地面に対して三十度の角度で」

「下向き！」警視は叫んだ。目を見開き、それから片足で一度跳ねる。「いいぞ、すばらしい！　サム、いいやつだな、命の恩人だ——これまでポーカーをしたなかで最高の悪党だよ。下向きなんだな？　三十度だって？　おい、エル、これであの観衆を引き止める口実ができたぞ！　観客席は、いちばん下の列でも、ホーンが撃たれたアリーナの地面から少なくとも十フィート高いところにある。犯人がすわるか、しゃがむかしていたとしても、さらに三、四フィート高かったはずだ……。つまり、十三フィートか十四フィート。観客にちがいないだろう？　そう、これはすごい！」

プラウティ医師は自分の仕事を褒められても平然としたまま腰をおろし、印刷した紙片に象形文字のようなものを走り書きして、警視に渡した。「衛生局の連中に渡してくれ。まもなく死体を運び出しにくるはずだ。解剖はどうする？」

「必要だと思うか」

「いや」

「でも、やってくれ」警視はおごそかに言った。「万が一ということもある」

「わかった、わかった。小うるさいじいさんだ」プラウティ医師は無愛想に言った。

「それから」エラリーが言った。「胃の内容物に特に注意してください、先生」

「胃？」警視が解《げ》せない顔で訊いた。

「胃です」エラリーは答えた。

「了解だ」プラウティ医師はうなるように言い、ゆっくり出ていった。

警視がエラリーのほうを向くと、エラリーは血染めの銃弾に夢中で見入っていた。

「おい、こんどはなんだ」警視は尋ねた。

エラリーは悲しそうに父親を見た。「最後に映画を観にいったのはいつだい？　まったく、救いがたい現実主義者だな、父さんは」

警視は目を瞠《みは》った。「それとなんの関係がある」

「覚えてるだろう。二か月ほど前、ジューナにせがまれて近所の映画館へ行って、館主がいみじくも〝二本立て〟と称しているものを見たのを」

「それで？」

「二本のうちの――なんというか――つまらないほうはなんだった？」

「くだらん西部劇――ああ、そうか！　あの映画にキット・ホーンが出てたな、エル」

「そのとおり」エラリーは手のなかの銃弾をじっと見つめた。「あの大作映画の一場面で、麗しきヒロインが馬に乗って丘を駆けおりて――そうか、あれはローハイドだったんだ、そうだよ、同じ馬だ！――六連発銃をホルスターから抜いて、それから

「それから縄を撃ち抜いた、悪漢がヒーローを締めあげていた縄を」警視は興奮して大声を出した。

「まったく同じことをやったんだ」

警視は渋い顔になった。「映画はそう見せかけてるだけだ。特にむずかしい技術じゃない。映画にはあらゆる演出がされている」

「そうかもしれない。だけど思い出してくれ。カメラはあのとき、キット・ホーンの後ろから撮ってただろう。キットの姿は終始はっきり見えていたし、手に持ったリボルバーも、投げてた縄も映ってた。とはいえ、演出の可能性があることはぼくも認め――」

「ずいぶん殊勝じゃないか。ともかく、それがどうしたんだ」

「思うんだが……。キット・ホーンが育ったのは――そう、幼いころから過ごしたのは――大いなる狭間《はざま》に――失礼、開けた空間と言ったほうがいいか――ある牧場だ。保護者である有名人のバックは、射撃の名手だった。そんな環境で、命がけの曲芸の数々をキットに教えたのに、射撃だけ手ほどきしなかったとは思えない。うーん……。それに、あのわれらが若きロキンヴァー（ウォルター・スコットの物語詩『マーミオン』に登場する騎士）――西部出身の潑《はつ》剌《らつ》とした巻き毛の英雄カーリー。あの男が愛用の銃で小さなガラス玉を消し去る腕前を見たかい？　そう、そう！　それに、そのカーリーの父親であるロデオの大興行主のことだけど――インディアン特別保護区でならず者やインディアンと戦った、十九世紀の有名な連邦保安官だったたって、どこで聞いたんだったっけな」

「いったい何が言いたいんだ」警視はうなり、それから目を大きく見開いた。「驚いたな、エル！　考えてみると――われわれがいたボックス席、あのマーズのボックス席は――ぴったり弾道上にあるはずだ！　サムが言うには、下向き三十度の角度だが……。おい、やっぱりそうだ！　自分は算数は苦手だが、観客席のちょうどあのあたりになるじゃないか。バックの馬がコーナーをまわりかけたとき、銃弾が体の左側からはいって心臓を貫いた――まちがいない、エル、まちがいないぞ！」警視は急に口をつぐんで、真剣に考えこんだ。

エラリーは血に染まった小さな銃弾を無造作にもてあそびながら、目を細くあけて父をながめていた。「なんてみごとな犯行なんだろう」小声で言う。「術策といい、大胆さといい、きわめて冷静な手際といい……」

「だが、わからないのは」警視はそれにはかまわず、口ひげの端を噛《か》みながら小声で言った。「だれであれ、どうすればあんなに近距離で撃つことができたのかということだ。われわれの耳にはなんの音も――」

「必要なのは？　ひとつの死だ。使ったのは？　ひとつの銃弾だ。簡潔で、正確で、無駄がない――まったく惚《ほ》れ惚《ぼ》れするよ。そう思わないかい」エラリーは父が明らかに興味のある様子を見せはじめると、涼しい笑みを漂わせた。「ところが、ひとつ厄介な問題がある。標的は生きていて、疾走する馬の背の上で揺れていた。一瞬たりともじっとしていない。高速で動く標的を撃つのがどれほどむずかしいか、考えたことがあるかい？　にもかかわらず、犯人は二度以上撃つ気はなかった。一発で完全に目的を達したんだ。申し分なく完全に」立ちあがって、あたりを行き来しはじめる。「つまり、警視殿《ヘル・インスペクトア》、ぼくがとりとめなく、もってまわった言い方で伝えようとしたのは――だれがバック・ホーンを殺したにせよ、その人物は悪運がとてつもなく強いか、あるいは……並はずれた射撃の名手かのどちらかだということだ！」

（原注）

＊『ローマ帽子の秘密』

＊＊『フランス白粉《おしろい》の秘密』

＊＊＊『オランダ靴の秘密』

7　四十五挺の銃

マーズのボックス席から否応《いやおう》なく呼び出されたジュリアン・ハンターが、花崗岩《かこうがん》のように頑丈なヴェリー部長刑事を背後に従えて、戸口に現れた。目の下のたるみがいつにも増してカエルのようにふくらんでいた。薄く赤らんだ頬の色味がより際立ち、もともと表情のない顔がさらに無表情になっている。

「どうぞ、ハンターさん」警視がぶっきらぼうに言った。「椅子にかけて」

目の下のたるみがしぼみ、鋭い目が一瞬ぎらりと光った。「いや」ハンターが言った。「このままでけっこう」

「ご自由に。ホーンさんとはどの程度の知り合いだったのかね」

「おっと」ハンターは言った。「尋問か。ねえ、警視さん、ちょっとどうかしてるんじゃありませんか」

「何を――。答えるんだ！」

ナイトクラブのオーナーはきれいに手入れされた指を振った。「どうやら、わたしをあの事件で——えぇと——あそこで落馬した勇敢な老紳士を殺した容疑者だと考えてるらしいですね。まったく、ばかばかしい」

「ふん。いい加減にするんだ、ハンター。そんな態度をとっても何もならない」警視は鋭い口調で言った。「さあ、質問に答えて。手間をかけさせないでくれ——われわれには大仕事があり、きみとここで言い争ってなどいられないんだ。さあ、ほら」

ハンターは肩をすくめた。「たいして知りませんでしたよ」

「それでは答になっていない。いつからの知り合いだ」

「きっかり一週間前からだ」

「ふむ。すると、ホーンさんが今回ロデオのために、この街に来て、はじめて会ったわけだ」

「そうですよ、警視」

「だれを通じて？」

「トニーですよ、トニー・マーズ」

「どういういきさつでだ」

「いくつかあるわたしのナイトクラブのひとつに、トニーがあの人を連れてきたんです」

「〈クラブ・マラ〉へ？」

「ええ」

「そのとき一度会ったきりなのかね。つまり、今晩までに」「ううん、実のところ、そうとも言いきれないな」ハンターは落ち着いた手つきで煙草に火をつけた。「あのあとホーンが〈クラブ・マラ〉へ来た可能性もあるから。わたしにはたしかなことはわからない」気怠《けだる》げに煙を吐く。

警視はハンターをにらんだ。「そんなのはもちろん嘘だ」

薄く赤らんだ頰に濃い紅色がじわじわとひろがる。「いったいどういう意味ですか」

警視は音を立てて舌打ちした。「ちっ！　これは失礼、ハンターさん。悪気はなかったんだ。考えがつい口から出てしまっただけで」そばにいるエラリーが怪しむような笑みを浮かべる。「実は、わたしはきみがトニーと取り決めをしているのを――いや、していたというべきかな――知っている。ホーンさんの映画復帰に出資する件でね。だからてっきり、二度三度と打ち合わせを持ったはずだと――」

「そうですか」ハンターは静かに深く息を吸って言った。「なるほど、たしかに。そう考えるのも無理はない。でも、さっきのわたしの話はほんとうなんですよ、警視。それにいま、ホーンさんの計画を金銭面で支援するために〝取り決め〟をしていたとおっしゃったが、それはちがう。マーズとグラント――ふたりから話を持ちかけられたんです。わたしはただ、申し出を検討していただけでね。そう、ちょっとばかり、自分の専門外ですから」

警視は嗅《か》ぎ煙草を吸う神聖な儀式をした。「すると、きみはホーンさんがこのロデオに出てどういう反響があるか、様子をうかがうつもりだったわけだ」

「そう、そう！　まさにそのとおりです」

「なるほど。何も怪しい点はないってことだね、ハンターさん」警視は微笑み、古い褐色の嗅ぎ煙草入れをポケットへもどした。

部屋は静まり返った。ハンターの喉《のど》と左のこめかみの血管が急に大きく脈打ちはじめた。ハンターがかなりくぐもった声で言う。「まさか本気でわたしを……。だって、警視、今晩はずっとあなたと同じボックス席にいたんですよ。そんなことをできるはずが――」

「ええ、もちろん」警視はなだめるように言った。「もちろんだよ、ハンターさん。落ち着いて。これはちょっとした挨拶《あいさつ》――ほんの形式上のものでね。では、マーズのボックス席へもどって待っていてくれ」

「待つ？　無理ですよ――まだ――」

警視は細い腕をひろげて訴えた。「知ってのとおり、われわれは法の僕《しもべ》なんだよ、ハンターさん。申しわけないが、待ってもらうしかない」

ハンターは深呼吸をした。「はあ。そうですか。わかりました」そう言って、煙草を吸いながら背を向けた。

「ところで」そばに控えていたエラリーがゆっくりと言った。「ホーン嬢――キット・ホーンさんをよくご存じですか、ハンターさん」

「ああ、ホーンの娘さん。いや、よく知っているとは言えないな。一、二度会ったことがある――一度はハリウッドで、たしかミセス・ハンターに紹介されて――ミス・ゲイと言ったほうがいいかな……。だが、それだけだよ」

ハンターはつぎの質問を期待するかのように待った。しかし、質問はなく、しばらくすると軽く頭をさげて退出した。

警視とエラリーは謎めいた微笑を浮かべて顔を見合わせた。

「なぜ絹の手袋をつけて扱うんだ、警視殿」エラリーが尋ねた。「父さんが証人に対してあんなふうに手ぬるいのは見たことがないよ!」

「自分でもわからない」警視はつぶやいた。「まあ、勘かな。あの男は何かを知っている。あいつを見かぎるのは、それがなんなのかを突き止めたあとだ」戸口から首を突き出す。「トマス! 女房のほうを連れてこい――マラ・ゲイという偉ぶった女だ」警視はにっこり笑って振り返った。「さて、ところで、なぜおまえはキット・ホーンのことを訊《き》いたんだ」

「自分でもわからないよ、父さん。まあ、勘かな」エラリーは笑みを返したが、そこに柳の香漂う絹の衣を着たマラ・ゲイの姿が現れ、ありふれた戸口が木陰のある額縁に変わった。

女はポーシャ（『ヴェニスの商人』の女性主人公）を思わせるほっそりとした長身を前へ進め、エリザベス一世のごとく超然とやけにもったいぶって腰をおろし、メドゥーサのごとき毒々しさで警視をにらみつけた。「それにしても」きれいに髪を整えた頭を反らせながら、尊大に言う。「これはほんとうにあんまりよ！　ほんとうに、滑稽《こっけい》なくらいあんまりよ！」

「何があんまりなんです」警視が気のないていで言った。「まあまあ、ゲイさん。どうかそんな口のきき方をしないで。お願いですから——」

「お願いですって！」ハリウッドの蘭《らん》は息巻いた。「あたしに何か〝お願い〟するなんて、お願いだからやめて、なんたらかんたら警視さん！　あたしは自分の好きなように口をききますわよ、よろしくって！　じゃあ」——女が息もつかずにまくし立てるので、警視はいささか驚いて抗議のことばを呑《の》みこむ——「お願い、ちゃんと説明して。どういうつもりで、こうまで不愉快で、こうまで非礼な仕打ちをするのか！　あたしを何時間も何時間も、あんなおぞましい場所に押しこめたままで、お——お手洗いにも行かせないなんて！　いいえ、最後まで言わせて。あたしにとって、とんでもなく悪い宣伝になるってことがわからないの？　宣伝がまずいと思ってるわけじゃないの。もちろん、効き目はある。でも――」

「甘い効き目がね」エラリーがシェイクスピアを勝手に引用してつぶやいた（『お気に召すまま』第二幕第一場より）。

「なんのこと？　たしかに効き目はある。でも、これは――こんなのは、あんまりひどい！　あそこにいる記者たちは、この騒ぎになってからずっと新聞社に電話をかけつづけてるのよ。あすは全国で一面を飾るあたしの顔を見ることになるでしょうね。それも――ああ、神さま――殺人事件がらみだなんて。あたしの広報係は大喜びするでしょうけど、あの人はほんとうに野蛮でね！　あたしをすぐに――いいこと、すぐによ！――ここから出さないと、弁護士に電話をして――それで――」

マラはことばを切り、唾《つば》を飲みこんだ。

「くだらない」警視がぴしゃりと言った。「さあ、聞いて。この忌々しい事件について、あなたは何をご存じなんですか」

映画界の大物たちをひるませてきた女の瞳《ひとみ》が燃えあがったが、石綿でできた警視の面の皮にはなんの効力もなかった。そこで女はダイヤをちりばめた口紅の容器をイブニングバッグから取り出して、露骨に挑発するように唇をすぼめた。「何も知らないの」ささやき声で言う。「すてきな警視さん」

エラリーはにやりとし、警視は怒りで顔を赤くした。

「その手には乗らないぞ！」大声を出す。「いつバック・ホーンさんに会ったんですか」

「あの西部劇の人？　ええと」考えをめぐらせる。「先週ね」

「ハリウッドでは会っていない？」

「クイーン警視さん！　あの人は十年も前に映画から離れたのよ！」

「そうか。当時まだあなたは赤ん坊だったでしょうしね」警視はとげとげしく言った。

「では、どこでホーンさんに会ったんです」

「〈クラブ・マラ〉で。ご存じのとおり、夫が持ってるちっちゃな店よ」

そのちっちゃな店は、コロシアムの六分の一もある巨大なもので、使われている大理石と金箔《きんぱく》の量は、ブロードウェイ随一の映画館より多い。

「そのとき、ほかにだれがいましたか」

「夫のジュリアン、カーリーのお父さんのグラントさん、それにトニー・マーズ」

「ホーン嬢のことは昔から知っていますか」

「あの馬好きのおてんばのこと？」蔑《さげす》むように鼻を鳴らす。「西海岸で拝顔させてやったけど」

「ほう、拝顔ですか」警視は小声で言った。「あなたの――その顔をね。わかりました、マラ・ゲイさん、これでおしまいです。わたしは忙しい」

女はそこに大冒瀆《レズ・マジエステ》の響きがあるのに愕然《がくぜん》とし、大きく息を呑んだ。「ちょっと、あなたねえ――」

ヴェリー部長刑事が女の腕を人差し指と親指で慎重につまんで椅子から立たせ、部屋の外へ連れ出した。

エラリーが勢いよく立ちあがった。「わけのわからない話《マンボ・ジャンボ》はすっかりすんだのかい」

「いや、まだだ。つぎは――」

「つぎは」エラリーはきっぱりと言った。「ほかならぬカービー少佐に話を聞くんだろうね。ニュース映画の撮影隊の神に」

「カービー？　いったいなんのためだ」

「いまわれわれにいちばん必要なのは、銃器にくわしい人物だと思う――そういう状況を想像できるだろう」

警視は鼻を鳴らした。「銃器の専門家が要る、だから映画屋を選ぶというのか。ずいぶんな理屈じゃないか」

「ぼくが聞いた話では、少佐は一流の撃ち手であるばかりでなく、何かのちょっとした権威なんだとか――たぶん銃器のじゃないかな。トニー・マーズの言うことだから、正直なところ、あてにならないけど——ほら、考えてみると、騒ぎの前にカービーがボックス席に来たとき、マーズがそんなことを言ってただろう。とにかく、カービーを呼びにやれば、マーズの話がどこまで信用できるのかすぐにわかる」

そこで、ヴェリー部長刑事が少佐を呼びに派遣された。

「だが、なんのために専門家が必要なんだ」警視は顔をしかめた。

エラリーは深く息をついた。「父さん、ねえ、今夜は頭がどうかしたのかい。われわれの手もとに銃弾がひとつあるじゃないか」

警視は見るからにむっとした。「ときにはぼんやりもするさ、エル……。専門家に銃弾を調べさせてほかと比較するくらいの捜査手順は、わたしにだってわかると思わないか？　それにしても、なぜそう急ぐ。いったい——」

「いいかい、四十五挺《ちょう》の拳銃《けんじゅう》を即刻調べる必要があるんだ——いずれそのうちにじゃなく、いますぐにだよ、父さん」

「四十五挺って？」

「だって、四十五挺あるだろう」エラリーはもどかしげに言った。「ぼくが見たところ、ホーンの後続の一団は、騎手がそれぞれホルスターをひとつずつ着けていた——つまり、銃はひとり一挺だ。ここまでで四十挺。ほかに、テッド・ライオンズが三挺——二五口径のオートマチック一挺と、ロデオの銃器室から持ち出した四五口径が二挺。これで四十三挺だ。ワイルド・ビル・グラントとバック・ホーン本人がそれぞれ一挺。計四十五挺だよ。どこに異論の余地が？　わかるだろ、父さん、すぐに調べる必要があるんだ」

警視の苛立《いらだ》ちが消えた。「おまえの言うとおりだ。早ければ早いほどいい……。なんだ、ヘス」

警視の部下のひとりで、がっしりした体格のスカンジナビア系らしき男が、小さな目を興奮で血走らせて飛びこんできた。「警視、上で大騒ぎが持ちあがっています。引き止めようと全力でがんばっていますが、観客が帰りたがっているんです！」

「わたしだって帰りたい」警視はうなるように言った。「制服の連中に、やむをえない場合は警棒を使ってもいいと伝えてくれ、ヘス。ひとりも外へ出すな。骨の髄まで調べるんだ」

ヘスは目をまるくした。「二万人の身体検査をするんですか」息を荒くする。

「無理な注文なのは承知している」警視は不機嫌に言った。「しかし、やらざるをえないんだ。そこで、ヘス、リッターに伝えてもらいたいんだが……」

警視は小さな町の人口まるごとを調べあげるのに必要な指令をひとつひとつ確認しながら、ヘスと連れ立って廊下へ出た。警視にとって、こうした作業はひそかなごちそうであり、表情は幸せそうですらあった。

「今夜じゅうかかる」警視が帰ってきて言った。「あすは呼び出しを食らうことになるかもしれないが、かまうものか！　やるべきことをやる……。おや、少佐、どうぞはいって！」

カービー少佐は疲れた様子だったが、それでもかろうじて興味を示した。エラリーに一瞥《いちべつ》を投げる。

「まだカメラをまわしているんですか」

カービーはかぶりを振った。「とっくにやめましたよ。まいったな、どれだけフィルムを使ったか本社が知ったら、戦争になる！　さいわいフィルムはどっさり持ちこんでいます。ところで、警視、どういったご用件ですか。こちらの部長刑事さんの話では、わたしに折り入って話があるとか」

「話があるのは、わたしではなく」警視は言った。「息子です。話しなさい、エル」

「何もかも」エラリーはいきなり言った。「あなたにかかっているんです、少佐。われわれが得た情報によると、あなたは大戦中、拳銃の名手として名を馳《は》せたらしい。それはほんとうですか」

少佐の小さな黒い目が、小さな黒い石と化した。「それはいったい」歯切れよく言う。「どういう意味だね」

エラリーはじっと見つめたあと、声をあげて笑った。「いやいや、殺人の容疑者として誘導尋問をはじめようってわけじゃありません！　まったく別の理由で、ぜひうかがいたいんです。事実ですか、事実じゃないんですか」

表情が揺らぎ、カービーは微笑んだ。「まあ、事実だね。勲章を二、三受けたよ」

「銃器全般の専門家だとも聞きました。ほんとうですか」

「弾道の研究をしたことがあるんだよ、クイーンくん。専門というより趣味だな。まさか自分のことを専門家だとは——」

「〝汝《なんじ》の謙虚さが汝の美点を照らす（イギリスの小説家ヘンリー・フィールディングのことば）〟ですね」エラリーはまた笑った。「少し専門的な助言をいただけませんか」

カービー少佐は落ち着きなく口ひげをなでた。「もちろん、喜んで」小声で言う。

「ただ、その、会社に対する義務があってね。撮影したフィルムは——」

「ご心配には及びません。こちらから話を通しておきます。階上の撮影隊のなかに、あなたの代理をつとめられる人がいますか」

「ああ。チーフ・カメラマンがいる。ホールという男だよ」

「よかった！　では——」

「まずわたしからホールに話すべきだろう。われわれは今夜ここでちょっとした特ダネを撮ったんだよ、クイーンくん。この仕事はスピードが第一でね」慎重に考えながら言う。「こうしよう。部下たちをすぐに帰してもらえるなら、わたしは何もかもほうり出して、きみの手伝いをする。部下たちが撮影したフィルムは、現像、焼きつけ、編集をしたうえで音を合わせ、あすの朝までにブロードウェイの各劇場に配給される。それにはフィルムをどうしても持ち出さなくてはならないんだ。そういうことで話をつけないか」

「決まりです」警視が急に口をはさんだ。「しかし、あなたと撮影隊のみなさんには、外へ出る前に型どおりの身体検査を受けていただかなくてはいけません」

少佐の態度が冷ややかになった。「その必要がありますか」

「そう申しあげたいですね」

カービーは肩をすくめた。「わかりました。事を進めるためならなんなりと。よし、クイーンくん、きみを手伝おう」

警視はヴェリー部長刑事に快活に言った。「トマス、特別な任務を頼む。上へ行って、カービー少佐と撮影隊全員の身体検査をし、道具も残らず調べてくれ」

少佐は面食らったようだった。「しかし、それは――」

「形だけのものです、少佐、形だけですから」警視は愛想よく言った。「さあ、ふたりとも行って。わたしには自分の仕事がある」

二十分後、作業は終わっていた。ニューヨークの警官のうち、人に敬意を示さぬことにかけてはだれにも負けないヴェリー部長刑事が、みずから身体検査の監督にあたった。カービー少佐のほっそりした体も、カービー少佐が身につけていたこざっぱりした服も、カービー少佐の気が荒く野次好きなカメラマンや録音技師たちも、カービー少佐のカメラも、カービー少佐の（言ってみれば）オームとワットと調節器からなる機材も――つまり、カービー少佐と撮影隊に関するものは何もかも、ケーブルの最後のひと巻きまで、選び分け、精査し、手でふれ、つまみ、押し、中身を出し、分解し、切り離し、ばらばらにされた。

それでも何ひとつ発見されなかった。撮影台の上からも、台上の人々の体からも機材からも、オートマチック拳銃にわずかでも似ているものすら見つからなかった。そこで、ニュース映画撮影班の一団は、会社の担当者宛にカービー少佐があわてて走り書きした手紙を持って、特別な護衛つきでコロシアムから送り出された。

少佐が最後に身体検査を受けた。潔白だとわかると、すぐに横の出口から建物の外へ出され、エラリーに引き渡された。エラリーは四十五挺のさまざまな銃と、数百発の弾薬を入れた大型の警察用鞄《かばん》を足もとに置いて、歩道で待っていた。

警視がふたりを見送った。エラリーがまじめな顔で言う。「銃のことで何かわかったら、本部にいるぼくたちにも弾を飛ばしてもらいたい」

「まかせろ」

警視は何やら考えながら、走り去るタクシーを見つめた。それから、二万人の身体検査を監督するために、ひどくいかめしい顔でコロシアムのなかへもどった。

8　弾道学の問題

タクシーは轟音《ごうおん》をあげてダウンタウンを走った。鞄は足もとに具合よくおさまっていて、エラリーはそこにあるのをたしかめるように、ときどき足先で突《つつ》いた。エラリーが何を考えているのかは車内の暗闇に隠され、ときおり煙草の先端にオレンジ色の光がともるばかりだ。しかし、闇のなかでも、少佐の考えははっきりと光を放っていた。

というのは、車がダウンタウンに向かって八番街へ曲がるや、少佐が明るい口調でこう言ったからだ。「考えてみると、今夜のわたしはかなり運がいいな」

エラリーは小さく笑って相槌《あいづち》を打った。

すさまじい排気音のなか、少佐の笑い声がかすかに沸き立つ。「ふだんはオートマチック拳銃《けんじゅう》を持ち歩いているんだ――戦争以来、どうしても抜けない癖でね」

「ところが、今夜は持っていなかったんですね」

「そう、今夜は持っていなかった。そのとおりだ」カービー少佐はしばし黙した。

「なぜ家に置いてくる気になったのか、自分でもわからない。虫の知らせかな」

「かのエマーソンが『ペルシャ詩集』で直感について語ったことばを覚えていますか」

「えっ？　いや、わからないな」

エラリーは深く息をついた。「まあ、たいしたことじゃありません」

どちらも口をきかずにいるうちに、タクシーはセンター街の真っ暗な要塞《ようさい》の前に停まった。警察本部だ。


エラリーが気をきかせて出発前に電話をかけておいたため、いかにも教授然として角縁の眼鏡をかけた、ひょろりと背の高い紳士が階下のロビーでふたりを待ち受けていた。色あせた茶色の服を着て、サイズふたつぶん大きい滑稽《こっけい》な帽子をかぶり、乾燥して皺《しわ》の刻まれた顔と、〝禁酒法の父〟を思わせる厳格そうな角灯形の顎《あご》をしている。

この驚くべき人物は、エラリーに親しみをこめて会釈したのち、蛇がとぐろを解くようにして長椅子から立ちあがった。「これはどうも」男は響き渡る大声で言った。「こんな夜更けに何をする気ですか。クイーン一族のかたがたは早寝だとばかり思っていましたが」

「まだ耳に届いていませんか」

「何がです」

「今夜コロシアムでちょっとした殺人事件がありました。それでお呼び立てしたんです。夜中の一時に叩《たた》き起こしてすみませんね、警部補――」

「ポーカーをしていましたから」長身の男はそっけなく言った。

「それならよかった。警部補、弾道学のお仲間を紹介します――カービー少佐です。少佐、こちらは警察本部の弾道学の専門家、ケニス・ノールズ警部補」

ふたりの専門家は目を合わせて握手をした。

「あなたの持ち場へ行きましょう」エラリーは待ちきれずに言った。「まいりましたよ、この鞄、何トンあるんだ！　仕事を片づけなくては」

三人は一一四号室へ行った。ドアには〝弾道鑑定室〟と記されている。ノールズ警部補は書類整理棚が並ぶこぎれいな事務室を通り抜け、ふたりを実験室へ案内した。

「さて」エラリーは鞄を下に置いて開きながら、きびきびと言った。「問題は簡単です。カービー少佐に立ち会いをお願いしたのは、弾道学に通じたかただからなんです、警部補。権威者がふたりいたほうが、ひとりよりいいに決まってる」

鞄のなかに大量の拳銃が雑然と詰まっているのを見て、職業上の興味を覚えた警部補の眼鏡が光った。「むろん、少佐がいてくだされば心強い。しかし、何を――」

「ぼくは」エラリーは言った。「銃器についてはまったくの無知です。たとえば――

ルガーと榴弾砲《りゅうだんほう》の区別もつかない。科学的な情報がほしいんですよ。まず、この弾を見てください」ブラウティ医師の手で死体から掘り出された真っ赤な銃弾を差し出す。

「警視は二五口径の拳銃のものだと言う。それをたしかめたいんです」

小柄な少佐と長身の警部補は小さな弾の上にかがみこんだ。「警視のおっしゃるとおりです」ノールズがすぐさま言った。「二五口径のオートマチック拳銃のものだ。どうです、少佐」

「まちがいない。レミントンの弾薬らしい」カービー少佐がつぶやいた。「ほう！　ホーンの命を奪ったのはこれなんだね」

「そうだと思います。これは検死官補が死者の心臓から摘出したものです」エラリーは眉間《みけん》に皺を寄せた。「この弾から何がわかりますか」

ふたりの男は笑い声をあげた。「いやはや」ノールズ警部補が小さく笑いながら言う。「奇術師ではありませんからね。顕微鏡で調べもしないで、ひとつの弾からたいしたことはわからない。だけど、つきはありますよ、クイーンさん――少佐、あなたのご意見は？　発射された銃弾を顕微鏡検査にかけるのに、これほど状態がいいものを見たことがありますか？」

「たしかに、損傷が少ないな」カービーは銃弾を指で注意深くひっくり返しながら小声で言った。

「いいですか」ノールズ警部補はとっておきの講義口調で、低音を響かせて言った。「専門家なら発射された銃弾の〝指紋〟をとることができると思われているが、それはかならずしも正しくない。その弾の状態しだいでは、特徴をじゅうぶんに写しとれない場合もあります。ひどく破砕してつぶれた弾を何度か調べたことが――」

「ええ、ええ、わかりました」エラリーはすばやく言った。「この弾の特徴を説明してもらえますか――つまり、もともとの姿を。発射される前は、どんな形だったんでしょうか」

「それが役に立つとは思えませんが」警部補は意外そうに言った。

「クイーンくんはわからないままで訊《き》いているんだろう」カービー少佐が微笑みながら言う。「二五口径のオートマチック拳銃に合う弾薬は――たとえば、この弾がそうだが――火薬を五十グレイン詰めて、金属薬莢《やっきょう》で包んである。むろん、内側は鉛で、ニッケルと銅の合金からなる被甲が覆う。たとえば、二十五フィート地点での速度は――ええと――毎秒七百五十フィート、初活力は六十二フィート・ポンドで……」

「もうけっこうです」エラリーは力なく言った。「正しい道筋を進んでいないようですね。別の道を試しましょう。では、この弾――つまり、この二五口径の銃弾――は、二五口径オートマチック拳銃でしか発射できないんでしょうか」

「できない」ふたりの男が同時に答えた。

「でも——二二口径のリボルバーでは？」エラリーは弱々しい声で言った。「もちろん、銃はかなり小さくなります。二五口径の弾だと——」

ノールズ警部補がその場を離れ、三個の弾薬を持ってもどった。「まず、はっきり説明したほうがいいでしょう」ノールズは言った。「非常に小さな二二口径の拳銃があり、言うまでもなく、それには二二口径の弾薬を使う。その場合、その弾は〝二二ショート〟と呼ばれます。これがそうです」極小の弾薬を見せる——せいぜい半インチの長さで、きわめて細い。「このちびは、二五口径オートマチック拳銃では撃てません。つぎは、これを見てみましょう」またちがう弾薬を掲げた。最初の小型の弾と太さは同じだが、長さが二倍ある。「これは、二二ロング・ライフルと呼ばれるものです」警部補は説明をつづけた。「二二口径にはちがいないが、それより大型の銃に合うよう作られています。これが作られたのは、二二口径の弾を使って、三八口径銃の〝感触〟を求める者が多いからでした。この二二ロング・ライフル弾を使うのは、ショートのものより大きい銃——三八口径か、それ以上の大きさの銃です。では、つぎにこれ」警部補は三つ目の弾薬を見せた。「二二ショートより太く、二二ロング・ライフルより短い。「これはプラウティ医師が死体から探り出した小さな弾の兄弟です。二五口径オートマチック拳銃の弾。わたしの知るかぎり、これは二五口径オートマチック拳銃に適した唯一の銃弾です。そうですね、少佐」

「同じ意見です」

「ということは、つまり」エラリーはうなるように言った。「ぼくは無駄骨を折ったわけだ」銃の詰まった警察鞄《かばん》を荒っぽく蹴《け》る。「言い換えれば、ホーンを撃った弾は、二五口径オートマチック拳銃《けんじゅう》から発射されたと考えてまちがいない――そういうことですね？　ほかの型、ほかの大きさの銃から撃ったものではありえない、と」

「わかったようですね」警部補はにやりとして、コートの内側に右手を突っこんだ。そして、トミー・ブラックの腰のように平たい、青光りする小ぶりな拳銃を取り出した。ノールズの大きな手のひらにすっぽりとおさまる小ささだ。「全長はわずかに四インチ半」唇を鳴らして言う。「銃身二インチ、重さ十三オンス、弾倉にはがっしりした六個の小さな弾薬、安全装置――スライド・ストップとグリップ・セイフティ――もついている。まったく、このちっぽけなコルトのみごとなことと言ったら！　わたしもこれを持ち歩いているんです。見てみますか。犯人もこれとそっくりのものを持ってたんですよ、クイーンさん！」

　エラリーはすばやく手を伸ばした。「おっと」ノールズ警部補がにっこり笑って言う。「ちょっと待って。わたしのペットの牙《きば》を抜いておこう。あなたのような人は、うっかりしてわたしの腹に弾をぶちこみかねないから」警部補は弾倉を開いて六個の弾薬を手のひらに出し、七個目の弾薬を薬室から引き抜いた。それから弾倉をもとにもどして、銃をエラリーに渡した。

「へえ」エラリーは拳銃を注意深く持ちあげた。想像していたより少し重いものの、ふだんから制式のリボルバーを見慣れていて、ときには手にとることもあるエラリーにとっては、比べ物にならないほど軽い。銃は手のひらにこぢんまりとおさまった。

「わからないな」エラリーは半ばひとりごとのように言った。「なぜ犯人はもっと大きくて威力のある銃じゃなく、これを使ったんだろう」

不意に少佐が小さく笑った。「威力のある？　いいかい、クイーンくん、いま手にしているそのちっぽけな道具がどれほど有能なのか、きみはわかっていない。そいつを使えば、かなり離れた距離からでも二インチの板をぶち抜くことができるんだ」

「まして、柔らかい人間の肉ならなおさらか」エラリーはつぶやいた。「なるほど。威力の問題じゃない。すると、便利さか。小さいし……」拳銃をノールズ警部補に返し、手に持った鼻眼鏡をじっと見る。「さて！」眼鏡をふたたび鼻にかけた。「この鞄の中身を取り出す前に、もうひとつ質問があります。早撃ちで弾倉を空にするのに、どのくらい時間がかかるものなんでしょう」

「わたしの記録は二秒半です。それも錆《さ》びた古いストップウォッチで計ってね」ノールズ警部補は声高に言った。

「二秒半！」エラリーは口笛を鳴らし、またしばし考えこんだ。「すると、犯人は射撃の名人という線がふたたび浮上する。一発で事足りたわけだから……。ええ、よくわかりました。では、サンタクロースからの贈り物を見てみましょう」

エラリーは床にしゃがんで、鞄から拳銃をほうり出しはじめた。警部補と少佐はだまってそれを見ていた。鞄が空になると、エラリーは顔をあげてふたりを見、ふたりも視線を返した。三人とも数分間、口をきかなかった。

やがて、全員が同時に視線を床へ向けた。エラリーの手で、オートマチックとリボルバーが区分けされていた。リボルバーの山をなすのは四十四挺《ちょう》の銃身の長い銃で、オートマチックの山のほうは山でもなんでもなく──小さな証拠物件がぽつりとひとつだけ置かれていた。エラリーは引き金の覆いにつけられた札を調べた。〝デッド・ライオンズ〟と記されている。

エラリーはなおも無言のまま、弾薬の山を掻《か》きまわした。二五口径オートマチック拳銃の弾はひとつも見あたらない。

「やれやれ」エラリーは穏やかに言って立ちあがった。「たいした収穫はありません。どうやら、競技場にいた者のうち、ホーンを殺した弾を撃つことのできる武器を持っていたのは、あの新聞記者ただひとりらしい。ライオンズのオートマチック拳銃を試すしかなさそうだ」

　エラリーが悲しげな曲をハミングしながら室内を歩きまわるあいだに、ノールズ警部補がカービー少佐の手を借りて、唯一の疑わしい銃器を調べる準備をした。ノールズは得体の知れない奇妙な外見の標的を、射撃場にせっせと据えつけた。それから少佐とふたりで部屋の反対側の隅へ退き、何やら熱心に話し合いながら、テッド・ライオンズの拳銃から取り出した七個の弾薬を調べた。

「空包ではありません」やがてノールズは言った。「自分は射撃が下手でしてね。少佐、あの的を撃ってもらえませんか」

「いいとも」カービーは答えると、標的から二十フィートほど離れた地点まで行き、小さな銃の狙いを定めて、ほとんど無造作に引き金を引いた。耳を聾《ろう》する銃声がせまい実験室に立てつづけに鳴り響き、エラリーは跳びあがらんばかりになった。エラリーが落ち着きを取りもどしたとき、カービーは微笑し、鼻を刺すにおいの煙は薄れ、標的はスイスチーズのように穴だらけになっていた。

「みごとな腕前ですね、少佐」ノールズが感心して言った。「円形に撃ったんですね。これでいくつか標本がとれる。さあ、忙しいぞ」

　ノールズは油じみた黒い膜に包まれた六個の銃弾を手でもてあそびながら、標的から引き返してきた。テーブルまでもどると、銃弾に鋭い目を注いだ。「こいつらを調べましょう」

ノールズはコートを脱ぎ、手ぶりでエラリーに椅子を勧めたあと、ごく単純な作業に取りかかった。奇妙な見慣れない形の作業台に、見慣れた器具が載っている。珍しいタイプの顕微鏡だ。

「比較顕微鏡ですよ」ノールズは説明した。「見てのとおり、ふたつの比較接眼レンズがついています。少佐、あなたはご存じですね」

カービーはうなずいた。「よく知っているよ。陸軍でもしばらく使っていたし、道楽のために家にも一台置いている」

エラリーは不安げにふたりを見守った。ノールズ警部補は血まみれの銃弾を溶液に浸《つ》けたあと、そっとぬぐった。銃弾はすっかりきれいになり、鉛色が現れた。ノールズはそれを顕微鏡で調べ、しばらくして頭をあげて、カービー少佐にレンズをのぞくよう身ぶりで促した。

「きれいな線条痕《せんじょうこん》だ!」少佐が顔をあげながら言った。「きっとこれなら標本との比較が苦もなくできるでしょうね、警部補」

「ええ、おそらく。では、いましがた少佐が撃った弾と突き合わせてみましょう」ノールズは軽快に言い、また顕微鏡をのぞいた。殺人に使われた弾は置いたまま動かさず、先ほど標的に撃ちこんだ六発のほうを順にゆっくりと入れ替えていく。調節ねじをまわしたり、標本の向きを慎重に変えたり、いくつも作業があった。ふたりはたびたび話し合い、ノールズが所見を出して少佐がそのたびに確認した。やがて、ふたりは力強くおごそかにうなずき、ノールズがきっぱりとエラリーのほうを向いた。

「確実なのは死と税金だけだとよく言われますがね。ひとつ確実なことがありますよ、クイーンさん――被害者を殺した銃弾は、ライオンズのこのオートマチック拳銃から発射されたものではないということです。測微顕微鏡を使うまでもない。線条痕は一致しません」

エラリーはしばしそれを咀嚼《そしやく》したのち、立ちあがって室内を歩きはじめた。「ふむ。揺れ動く世界で、たとえひとつでも揺らがぬものの例を見つけるのはすばらしいことです。ともかく、おふたりとも絶対の確信をお持ちなんですね？」

「疑う余地はないよ、クイーンくん」カービー少佐が熱をこめて言った。「われわれがある結論に達した以上、それでまちがいないと信じてもらっていい。発射された銃弾の調査は、いまや精密科学の域にある。そう、現代の銃器にはすべて施条《しじよう》が彫られている――その意味するところは、おそらくきみも知っているね。銃身の内側に――なんと表現すればいいか、螺旋《らせん》状に見える溝が彫られているんだ。二五口径オートマチックの銃身の内側には、六つの溝と六つの山があって、左巻きにねじれて見える――複雑そうに聞こえるが、実はきわめて単純なものだ。この螺旋というかねじれは、銃身の内側に端から端まで彫りこまれている。その彫りこみによってできたへこみを溝と言い、彫りこみのあいだに残ったへこんでいない部分を山と呼ぶ。さっき言ったとおり、溝も山も六本だ。ところで山には、顕微鏡で見なければわからない微小なちがいがかならずある。当然ながら、発射されて銃身を通過する弾は、溝に沿って回転し、山の特徴が弾に残されて……」

「なるほど。だからふたつの弾を顕微鏡で見れば、線条痕が同じかどうかわかると？」

「そのとおり」警部補が言った。「両方の標本の焦点を合わせて、ふたつをひとつにする——つまり、ふたつの弾の左半分同士を、切れ目を合わせて並べてひとつに見えるようにするんです。すると、線条痕が一致するかしないかが簡単にわかります」

「そして、今回は一致しないんですか」

「ええ、一致しません」

気落ちしたエラリーがそのとき何を言おうとしたにせよ、急に邪魔がはいって、ことばが喉《のど》に押しもどされた。長身でたくましい体つきの男が小ぶりの鞄《かばん》を持って、実験室に飛びこんできた。

「おや、リッター」エラリーは高揚した声で言った。「また拳銃《けんじゅう》かい」

刑事は鞄を作業台に置いた。「警視からです、クイーンさん。持っていけと言われました——至急だと。観客の所持品だとのことです」

そして刑事は出ていった。

エラリーは震える指で鞄をあけた。「すごいぞ、大あたりだ！」銃をつぎつぎと取り出しながら、大声をあげる。「これを見てください――オートマチック拳銃が一ダースはある！」

正確に言うと、十四挺のオートマチック拳銃だった。十四挺のうち――それぞれに所有者の名前と住所を記した札がついている――四挺が問題の二五口径で、長さ四インチ半の小さな拳銃だった。リボルバーも三挺交じっていたが、そちらにはだれひとり目もくれない。

カービー少佐とノールズ警部補がふたたび射撃場に引っこむと、標的へ銃弾を撃ちこむ音がしばらく室内に響き渡った。ふたりは札をつけた四個の弾を持ってもどってきた。どれもリッターがコロシアムから持ってきた鞄にあった二五口径オートマチック拳銃から発射されたものだ。それらをひとつずつ比較顕微鏡で調べる。少しのあいだ、実験室には呼吸以外の音がしなかった。

検査が終わったとき、エラリーは結論を尋ねるまでもなかった。ふたりの専門家のしかめ面を見れば、四個の弾がいずれもバック・ホーンを殺した銃弾と合致しなかったのは明らかだった。

鞄の底に手紙がはいっていた。こう書かれていた。

エル。客の所持品からいくつか豆鉄砲が見つかった。必要なのは二五口径だけだとわかっているが、ともかく全部持っていかせる。調べは観客の半分もすんでいない。こんなにおおぜいが今夜拳銃を携帯していたなんて信じられるか？　追加はあとで届ける──あればの話だが。

クイーン警視の署名があった。

「警部補、あなたはここに残ってもらえますか」エラリーは散乱した拳銃をながめながら、異様なほど静かな口調で尋ねた。

「まだほかにあるということですか。わかりました。仲間を集めてポーカーでもやっていますよ。おやすみなさい、少佐。お会いできてよかった。近いうちにお電話ください。個人で銃器を蒐集《しゅうしゅう》していましてね、いつかお目にかけたい」

「蒐集を？」カービーが大きな声を出した。「わたしも少々集めていましてね！　手持ちのいちばん古い銃は？」

「一八四〇年の──」

エラリーは少佐の肘《ひじ》をつかんだ。「さあ、行きましょう、少佐」なだめるように言う。「好人物の警部補とは、別の機会に親交を深めてください。いまは火急の仕事がぼくたちをコロシアムへ呼んでいます」

9　皆無

エラリーと少佐がコロシアムにもどったのは夜中の三時過ぎだった――エラリーの記憶にあるなかでも格別に暗い夜だ。

「今夜は月がないから、昔風に〝月が血に染まっている！〟なんて叫んで意気をあげるわけにもいかない」エラリーは顔見知りの刑事に押しこまれながら言った。「殺しの場に見合う懐かしき暗闇をつねにわれに与えん」

「ここにはじゅうぶん明かりがある」少佐が乾いた声で言った。

たしかに、じゅうぶんすぎるほどの明かりが、なんとも風変わりな舞台を照らしていた。群衆の怒りが解き放たれた光景も恐ろしいが、群衆の憤りが権力に抑えこまれた光景ほど気の滅入《めい》るものはない。コロシアムの観客席には沈黙の憤怒《ふんぬ》がうごめいていた。ほとんどが不機嫌に目をぎらつかせ、おとなしい者はくたびれ果てている。これが近代警察史上最も大がかりな捜査だとすれば、同時に最も不愉快な捜査でもあった。視線で人を殺せるなら、二百人の制服警官と私服刑事は床に倒れ、冷たく硬直していただろう。

だが実際には、二万人の身体検査は静かに、迅速に――そしてなんの実りもないままに進められた。

エラリーとカービー少佐は、クイーン警視がアリーナの中央に玉座のごとく置かれた小さなテーブルから――疲れていても冷静に――ナポレオンさながらに捜査の指揮をとっているのを見た。報告がひっきりなしに警視のもとにもたらされる。いくつもの出入口で、刑事たちが観客をひとりずつ送り出し、疲労困憊《こんぱい》の市民たちはいくぶん放心のていで建物の外の歩道へ出た。近くの分署から急いで招集された女の警官たちが女性客の体を調べた。身体検査の列からときおりひとり引き抜かれて、さらに厳重に検査され、護衛つきでようやくアリーナへ連れもどされる場面もあった。女性もこの特別な査問の対象になった。こうしてつかの間の注目の的となった者たちは、即座に警視の前に引っ立てられ、尋問を受け、さらに徹底的に検査された。リッター刑事が警察本部へ運んだ銃は、この少数ながら選ばれた一団から押収したものだった。これらの〝不審人物〟は、裏の世界で名の通った連中で、刑事や警官たちはよく顔を知っていた。

「驚いたな」少佐は、警視が眠そうな目をした屈強な男の尋問をすますのを待ちながら言った。「こういうありふれた群衆のなかに、どれだけの種類の人間がいるものかなんだろう」

「どれだけの種類の悪党がいて」エラリーは小声で言った。「どれだけの種類の殺人者がいるのかは、神のみぞ知る……。やあ、父さん！　もどったよ」

警視がすばやく立ちあがった。「それで」軽く熱をこめて言う。「何か見つかったか」

「父さんのほうは？」

警視は肩をすくめた。「何もない。今夜は銃使いの連中がおおぜい来ている。忌々しいことに、町じゅうから集まっているらしい。しかし」力なく手を振る。「検査にまわす銃がまたひと山できたんだ。ノールズは本部で待機しているのかね」

「してるよ。その山のなかに二五口径のオートマチックは？」

「一、二ある」

「ノールズのところへ届けてもらいたい。ホーンの命を奪った凶弾は向こうにあって、ノールズは必要なら徹夜で作業する準備をしてるから」

「この連中を調べ終わるまで待とう。ところで、エル！　何か見つかったかと訊《き》いたはずだが」

「ちょっと席をはずしてもらえますか、少佐」エラリーは無言の連れに小声で言った。

「いいとも」

「近くで待っていてくださるとありがたいんですが。お力を借りる必要があるかも――」

「喜んで手伝う」カービーは背を向けて歩き去った。

「お手あげだよ、父さん」エラリーは低い声で早口に言った。「あの弾を発射したのは二五口径のオートマチック以外にありえないと、ノールズとカービーは明言した。ところが、カウボーイのなかで二五口径を持っていた者はいない。四十五挺《ちょう》のうち四十四挺は、四四口径、四五口径、三八口径のどれかだった。最後の四十五挺目は、ヴェリーがテッド・ライオンズから取りあげたオートマチックだ。でも比較検査の結果、凶弾を発射した銃ではないとわかった」

「そうか」警視はうなった。

「ぼくが本部を出る前にノールズが別の興味深い事実を発見したんだ。ワイルド・ビルのリボルバーと、ライオンズが所持していた三挺を除くと、ロデオの連中の拳銃《けんじゅう》はどれも一発しか射ってなかったそうだ――したがって、ホーンが鞍《くら》から落ちたときの一斉射撃だと考えられる」

「装塡《そうてん》されていたのは全部空包なのか」

「そうだよ。もちろん、どの銃にしても、発射した一発だけが空包じゃなくて実弾だった可能性も理論上はあるけど、二五口径の拳銃はひとつもなかったわけだから、なんの意味もないんだ。グラントのリボルバーは、弾薬が三個なくなっていた。でもこれは、ぼくの記憶では、殺しがある前にアリーナの真ん中で撃たれた号砲の数と一致する。それに、グラントの拳銃は四五口径だから、凶弾を発射した可能性はない。ライオンズについては、自身のオートマチックも、銃器室から持ち出した二挺の大型拳銃も、一発も撃っていなかった——銃器室は調べたのかい」

「調べた」警視は浮かない顔で答えた。「何もなかったよ」

「二五口径オートマチックはなかった？」

「ひとつもなかった」

「でも、そんなはずはないぞ！」エラリーは苛立《いらだ》たしげに叫んだ。「ありえないよ。どこかにまちがいなくオートマチック拳銃があるはずなんだよ。持ち出すのは不可能だ。この会場は、殺人があった瞬間から、太鼓の皮よりしっかり締めあげてあるんだから」

「観客の検査が終わるまでに見つかるかもしれない」

エラリーは指の爪を嚙《か》み、それから疲れた様子で額をさすった。「いや、見つかるとは思えないな。そううまくはいくまい。この事件にはひどく奇妙な——そして、そう、ひどく巧妙なところがあるんだよ。ぼくにははっきりとした感触が……」急に目をしばたたかせ、それから鼻眼鏡のレンズを磨きはじめた。「ふうむ。ちょっと考えがあって……。父さんは、もちろん、まだここにいるんだろう？」唐突に尋ねる。

「ああ。なぜそんなことを？」

「ぼくが出かけるからさ！　いま思い出したんだ。なんとしてもやらなきゃいけないことがある」

「なんとしても？」

「そうだ。〈ホテル・バークレイ〉のバック・ホーンの部屋を調べなきゃいけない」

「なんだ」警視はがっかりしたようだった。「それはあとまわしにしたんだ。もちろん、調べる必要はある。ジョンソンをあっちへ送って、見張らせたよ。だが、何も特別なことは――」

「いや、そこにはまちがいなく特別なことがあるんだ」エラリーは険しい顔で答えた。「手遅れになる前に調べたい」

警視はしばし息子を見つめ、それから肩をすくめた。「わかった。だが手早く頼むよ。おまえがもどるまでには、観客の検査も終わっているかもしれない。トマスを連れていくかね」

「必要ない――いや、やっぱりそうするよ！　それから……行く前にもうひとつ。キット・ホーンも連れていきたい」

「あの娘を？　まだ検査がすんでいないんだ」

「じゃあ、先にすませてくれ」

「ついでに、マーズのボックス席にいるほかの連中もだな。マーズ自身も含めて」警視は言った。ふたりは競技場の南東へ急いだ。そのボックス席にいる者たちは、数時間前の華やかな陽気さをすっかり失っていた。大半が押しだまり、疲れて元気がない。ただひとり平然としているのは、元気者のジューナだった。もっとも、それは椅子のなかでぐっすり眠っていたからだ。

警視が言った。「みなさん、申しわけないが、まだお帰しできません。ホーンさん――」

キットの目の下が腫《は》れている。「はい？」キットは気怠《けだる》げに言った。

「こちらへおりてきてもらえますか」

それを聞いて、みなが顔をあげた。マラ・ゲイの目に炎が燃えあがる。

「それから、グラント――きみ、カーリーくんだ」エラリーが明るく言った。

ボックス席のワイルド・ビル・グラントとその息子は目を瞠《みは》り、期待をこめてエラリーを見た。カーリーがさっと立ちあがり、手すりを跳び越えて下へおりたのち、キットに両手を差し伸べた。キットは苦もなくそのあとにつづき、スカートで優雅な放物線を描きながらトラックへ舞いおりた。小さな衝撃とともにカーリーの両腕に着地し、ほんの一瞬そのままとどまる。若きロキンヴァーは腕に抱いたかぐわしき乙女を手放しがたいふうだった。キットの髪がカーリーの鼻孔をくすぐり、そよ風に漂う蔓《つる》のように揺れ動く。だが、キットはそっと体を離して警視に言った。「どんなことでも――覚悟はできています」

「たいしたことではないんですよ、ホーンさん。これからホテルへお送りします。ただ、その前に――そう、記録をしっかり残す必要がありましてね。あなたが気づかないうちに、だれかが何かを忍びこませた可能性もあり――ほかのかたがたと同じように、身体検査を受けていただかなくてはならない」

キットは突然感情を高ぶらせた。「まさか、わたしのことを……」それから笑顔を作り、首を左右に振った。「かまいません。なんなりと」

一行は固まって小さな出口のひとつへ向かった。警視の合図を受けて、ヴェリー部長刑事が一団の後ろに加わったほか、体格を見るかぎり、警官隊の二百ポンド級の男たちの母親と言ってもおかしくない女傑の警官があとに従った。

地下の小部屋で、その女性警官が――手加減はしないものの丁重に接するよう、じゅうぶん注意を受けて――キットの身体検査をした。隣の部屋では、ヴェリー部長刑事がカーリーに同じことをした。型どおりの義務が果たされ、若いふたりがものの数分で出てきた。犯罪との関与を示すものは何ひとつ――いくら探しても出てこない二五口径オートマチック拳銃はもちろんのこと――発見されなかった。

警視は中央の出入口まで四人を送っていった。そこでそろって立ち止まり、エラリーが小声で言った。「ほかの人たちもすぐに解放するつもりかい」

「ああ。さっそく身体検査をさせる」

「くれぐれも慎重に頼むよ、父さん。それから――ほんとうに、ジュールナを家へ帰してやらないと。かわいそうに、ひと晩でじゅうぶん興奮したんだから。あすは病気になる」

「ピゴットかだれかに家まで送らせよう」

「それと――グラントさんをぼくがもどるまで引き止めておいてくれ」

「グラントを？」警視はうなずいた。「わかった」

ふたりの目が合った。「じゃあ――成果があるといいな」警視が言った。

「あるはずだよ」エラリーが小声で言った。「あ――そうそう、カービー少佐はもう一度調べたら帰してもいいよ。念のためにいてもらっただけだからね。ノールズが本部で待機してるし、今夜はもう必要ないと思う」

「ああ、わかった」警視は気のない返事をした。そして、いかにもひどく疲れた手つきで嗅《か》ぎ煙草を吸った。「ところで、今夜ずっと気にかかっていることがあるんだがね、エル。宵の口におまえは、ホーンの体からなくなっているものがあるとグラントに言ったが、あれはいったいどういう意味なんだ」

エラリーは頭を後ろに反らし、声を出さずに笑った。「まったく、いつも驚かせてくれるな、父さん。適切なときに適切な質問をすることにかけてはかなわないよ」

「そう焦《じ》らすな」警視はうなるように言った。「で、どういうことだ」

エラリーは笑うのをやめ、またすっかり冷静になった。煙草で親指の爪をゆっくりと叩《たた》く。「わかりきったことさ。バック・ホーンがつけていたガンベルトに気づいたかい」

「それがどうした」

「そのベルトにはいくつホルスターがあった？」

「ええと、ひとつ……。いや、ちがう、ふたつだ！」

「そのとおり。それなのに、身につけていたのはリボルバーひとつだけだった。片方のホルスターにリボルバーはなかったわけだ。そこで質問しよう——ホルスターがふたつある愛用の古いガンベルトをつけていながら、リボルバーをひとつしか持っていなかったのはなぜなのか。そして、そちらのリボルバーも愛用の古いものだったのか」

「もう一挺《ちょう》あるにちがいない」警視は驚いた顔をして言った。「そうとも、まちがいない！　それがホーンの手にあったみごとな象牙《ぞうげ》の握りのついた拳銃《けんじゅう》と対だったとしても、なんの不思議もない」

「まちがいなく対なんだよ」エラリーはつぶやき、いきなり歩道へ足を踏み出して、キットとカーリーとヴェリー部長刑事の一団に加わった。

夜気は冷たく、骨の髄に染みた。警視は一行が縁石のほうへ進むのを見ていた。客を探していたタクシーが近寄ってきて、四人が乗りこむのを見た。エラリーの唇の動きを見つめ、車が八番街を走り去るのを見送った。そして、何も見るものがなくなったあとも、長いあいだその場にたたずんで目を見開いていた。

10　第二の銃

〈ホテル・バークレイ〉のバック・ホーンの部屋を監視すべくクイーン警視から送りこまれたジョンソン刑事は――冴《さ》えない外見をした灰色の髪の小男で、誠実な商人を思わせる雰囲気ながら、いかにも刑事らしい目つきをした男だ――エラリーのノックに応《こた》え、ドアをさっと大きくあけた。エラリーを見て、緊張した表情をゆるめ、笑みを浮かべて後ろへさがった。一行はぞろぞろと中へはいり、ヴェリー部長刑事がドアを閉めた。

「何かあったか、ジョンソン」部長刑事が低い声を響かせた。

「ありません。靴を脱いでひと眠りしようかと思っていたとき、クイーンさんに安眠の機会を奪われたわけです」

キットがふらふらと更紗《さらさ》張りの椅子へ歩み寄り、腰をおろした。手袋をとらず、コートを着たままだ。西部風の衣装の上にコートを着たカーリーは、ベッドにどさりと体を沈めた。ふたりとも何も言わなかった。

広い部屋は、ありきたりのホテルと同じで特に個性もなく、ベッドがひとつ、椅子が二脚と、化粧台、クロゼット、ナイトテーブルがひとつずつあった。

エラリーはヴェリー部長刑事に微笑み、キット・ホーンに言った。「楽にしてください、ホーンさん」薄手のコートを脱ぎ、帽子をベッドに投げて仕事にかかる。

ジョンソンとヴェリーはやや退屈そうにエラリーを見守っていた。

たいして時間をかけず、エラリーは手早く捜索した。クロゼットにはバック・ホーンの衣装が几帳面《きちようめん》に吊《つる》されていた――よそ行きのスーツが数着、予備のコートが一着、ステットソン帽がふたつ。化粧台の抽斗《ひきだし》には、つまらないものがわずかにあるだけだ。ナイトテーブルの抽斗も同様だった。エラリーは思案しながら背筋を伸ばし、詫《わ》びるような笑みを浮かべてキットを見た。

「あなたの部屋を調べてもかまいませんか、ホーンさん」

カーリーが気色ばんだ。「おい、きみ、そんなことは――」

「カーリー」キットが言った。「かまいませんよ、クイーンさん。どうぞ調べて。何を探しているのかわかったら――」

「ほんとうに、たいしたことじゃないんです」エラリーはすばやく言い、共同のバスルームまで行ってドアをあけた。小声で何か言っていたが、ドアを閉めると外へ響かなくなった。バスルームを抜けて、キットの寝室へはいる。そして三分後に、困ったように顔をしかめてもどってきた。

「たしかにあるはずなんだが……。そうか、ベッドにちがいない！」エラリーは驚き顔のカーリーの足もとに両膝《りょうひざ》を突き、ベッドの下をのぞいた。それから奥へ手を伸ばして引っ張った。ややあって、顔を赤くしながら意気揚々と顔をあげる。腕の先に、役者たちが持つ平らな小型のトランクを持っていた。

それを引きずって床の真ん中へ運び、もったいぶることなくあける。一瞬、中を掻《か》きまわしたあと、目を爛々《らんらん》と輝かせて体を起こした。右手にリボルバーが一挺握られていた。


「あら、それ！」キットが叫んだ。「なぜもうひとつの銃を探していると言わなかったの、クイーンさん。知っていたら――」

「すると、あなたは知らなかったんですね」エラリーは銃を見ながらゆっくりと言った。

キットの誠実そうな眉《まゆ》のあいだに、かすかな皺《しわ》が現れる。「だって、ええ、そうよ。ほんとうに気がつかなかった――すっかり興奮していて。てっきり父はふたつとも持っていたとばかり思ってた。でも――」

「いつも二挺持つ習慣だったんですか、ホーンさん」エラリーはやんわりと尋ねた。

「かならずそうすると決めていたわけじゃないの」少し涙声になる。「無頓着《むとんちゃく》で有名な人だったのよ、父は。二挺持つときもあれば、一挺だけのときもあって。ほんの二、三日前に、トランクのその抽斗に二挺ともはいってたのを見た覚えがある。きっとひとつだけ持って出たのよ、今夜は――いいえ、もうゆうべね。ああ、もう、わたしひどく混乱して、ひどく疲れてしまって……」

「無理もありませんよ」エラリーは同調した。「肩の力を抜いて、ホーンさん。この数時間は大変だったでしょう……。持っていたのは対のリボルバーの片方だけだったのに、ホルスターをふたつつけたままだったのは変だと思いませんか」

キットはびっくりした顔でエラリーを見た。それから驚いたことに、笑いはじめた。「クイーンさん！」あえぐかのように言う。笑い声が興奮のあまり甲高い。「西部の装具のことをあまりご存じないようね。それに、あのガンベルトをよく観察しなかったんでしょう。大半とまでは言えないけど、ホルスターを取りはずせるガンベルトはたしかに多い。でも、あれは――父のガンベルトは特別にあつらえたものだった。ホルスターはどうしたってふたつつけることになるのよ。ガンベルトそのものを置いていかないかぎり」

「そうでしたか」エラリーはかすかに顔を赤くして言った。それからうつむいて、いま発見したばかりのリボルバーを調べた。

それは象牙の握りのついた四五口径シングル・アクションのコルトで、死者の手に握られていたリボルバーと対をなすものであることは、疑いの余地なく明らかだった。長い銃身には、もう一挺《ちょう》と同じように繊細な模様が彫りこまれ、弾倉にも同じ装飾がある。台尻《だいじり》の両側に小さく精巧な象牙のはめこみ細工が施されていて、対の銃と同じように雄牛の頭の意匠が彫られ、両側の楕円《だえん》の中央にHという凝った飾り文字が刻まれている。ただ、象牙の細工はすり減って黄ばみ、やはり長い年月を経ていることを物語っていた。ただ、台尻の左側のごく一部だけは変色がなく、エラリーが右手でリボルバーを握ると、象牙がもとの白さを保っているこの部分が、曲げた指の先と手のひらのふくらみの隙間に相当することがわかった。銃身の先端と照準器のてっぺんがともにこすれてなめらかになっているのも、ひとつ目のリボルバーと同じだった。

「もう一方の銃と同じくらい古くて、よく使いこまれている」エラリーはぼんやりとつぶやいた。その目にはきらめきがあったが、ヴェリー部長刑事が急に前進し、とぐろを巻いていたカーリーが勢いよくベッドから飛び出したときに消え去った。

激しいすすり泣きが聞こえた。キットだった。並ぶ者なき大草原のカウガール、数えきれない活劇のヒロイン、西部きっての勇敢で向こう見ずな娘……。そのキットが身も世もなく嘆き悲しみ、涙に濡《ぬ》れた両手に顔をうずめてすすりあげるたびに、肩を小刻みに震わせている。

「おやおや、これはいけない」エラリーは声をあげ、リボルバーをベッドへほうり投げて駆けだした。しかし、カーリーのたくましい肩から伸びる、長くがっちりした腕に押しもどされた。ヴェリー部長刑事さえ、賢明にも分別に従って引きさがった。カーリーはキットの涙に濡れた褐色の小さな手を、涙に濡れた褐色の小さな顔から引き離し、耳にささやいた。魔法のことばだったにちがいない。あっという間に肩の震えが静まり、すすり泣きが小さくなって、しまいにどちらもやんだ。カーリーは顔をしかめてうれしさを隠しながら、ベッドにもどって腰をおろした。

キットは三度洟《はな》をすすってから、ハンカチで涙を拭《ふ》いた。「ごめ――ごめんなさい。もう、ばかみたいね。赤ん坊のように泣いたりして！　どうしちゃったのかしら、わたし――」キットはハンカチをしまい、エラリーの気づかわしげな目を見つめた。「もうだいじょうぶよ、クイーンさん。すみません、取り乱したりして」

「ぼくは――いえ――」エラリーはこの上なく流暢《りゅうちょう》に答え、顔を赤くした。それからリボルバーを拾いあげた。「まちがいありませんか」きびしい口調で言う。「これはバック・ホーンさんの拳銃《けんじゅう》ですね」

キットはゆっくり頭を振った。「そのとおりよ」

「そしてもちろん、競技場で見つかったのと対をなすものですね」

キットは悲しそうな顔で言った。「わたし――わたしは父がどちらを持っていったのか、気づかなかった。でも、たぶん――もうひとつのほうだと思う」

「二挺のリボルバーのほかにもお持ちだったんですか」エラリーは間髪を入れずに尋ねた。

「いいえ。つまり――」

「混乱なさってるんでしょう」エラリーはやさしく言った。「あなたはご存じですか、グラントさん」

「もちろんだよ」カーリーが不満げに言った。「気の毒なこの人をそっとしてあげたらどうなんだ？　それはバックが大切にしていた二挺の拳銃の片方だ。二十年以上も前から持ってた。インディアンと戦った勇士がバックに贈ったものだと、親父がよく言ってたよ――バックのために特別に作ったもので、イニシャルなんかもはいってる。みごとな銃さ！」声が急に熱を帯び、カーリーはエラリーからリボルバーを受けとって、愛《め》でるように持ちあげて重さを量った。「この重みだよ、クイーンさん。申し分ないだろ？　バックが手放そうとしなかったのも当然だ――ずっと使ってたよ。バックは射撃の達人だった――もちろん、もう耳にしてると思うけど――アニー・オークリー（バッファロー・ビルの一座で活躍したカウガール。射撃の名手）みたいに銃のおさまりにうるさかったんだ。だからこいつをそこまで気に入ってた。手にしたときのバランスが完璧《かんぺき》だったわけさ」

部屋の隅にいるジョンソン刑事が雄弁そうに目をくるりとまわし、かすかにうなって顔をそむけた。ヴェリー部長刑事はたくましい足を小刻みに動かしている。キットまでが弁士に非難の目を向けた。だが、エラリーは非常に興味を持った様子だった。

「つづけて」エラリーは低い声で言った。「実におもしろい」

「つづけろって?」カーリーは驚いた。「もう何もねえけど――」

「何もない、でしょ」キットがつい口走り、ふたりして顔を赤くした。エラリーはおどけたしぐさでふたりに背を向け、ふたたびリボルバーの上にかがみこんだ。以前にも役に立った仕掛け――絹のハンカチでくるんだ鉛筆――を使って、エラリーは長さ八インチの銃身のなかをていねいに掃除した。出てきたハンカチには小さな埃《ほこり》以外に怪しいものは付着しておらず、それもごくわずかな量だった。けれども、油の染みはたっぷりついていた。

「最近掃除したばかりだ」エラリーはだれにともなく言った。

キットがまじめな顔でうなずいた。「別に珍しいことじゃないのよ、クイーンさん。父はその銃を亡くなった祖母の形見のように大事にしていたから。二挺とも、ほぼ毎日のように手入れをしていた」

エラリーは弾倉をあけて薬室をのぞいた。弾は装塡《そうてん》されていない。またトランクの抽斗《ひきだし》を搔《か》きまわし、ひと箱の弾薬を見つけた。四五口径の弾で――長さ二インチほどの禍々《まがまが》しいものだ。ためらったのち、弾の箱をトランクにもどしたが、拳銃のほうはポケットにしまった。

「ほかには何もないと思う」エラリーは明るく言った。「部長刑事、ぼくが重要な書類か何かを見落としていないか、もう一度よく調べてくれ。でも、引きあげる前にもうひとつやることがあってね。すぐに取りかかりたい」

エラリーは微笑し、ナイトテーブルの上の電話へ歩み寄った。「ホテルの交換台ですか。フロントへつないでください……。夜勤の受付係かい？　ゆうべも勤務を……。それはいい。八四一号室へ来てください。こちらは──ええと、警察の用です」

部屋を捜索したが成果はなかったとヴェリー部長刑事が報告し終えたとき、ドアをノックする音がし、ジョンソン刑事がドアをあけると、ひどくおどおどした若い男が現れた。従業員であることを示すカーネーションを下襟に挿している。

「はいって」エラリーは愛想よく言った。「ゆうべ勤務に就いてたんだな。出勤は何時だった」

「ええ──七時です」

「へえ、七時か！　いいぞ、運に恵まれてる。ニュースは聞いてるだろうね」

若い男ははた目にわかるほど身をすくませた。「は──はい。あの──ホーンさまの件ですね。恐ろしいことです」目の隅でこわごわとキットのほうをうかがう。

「そこでだ」エラリーはのんびりした口調で言った。「当然われわれとしては、この数日のあいだにバック・ホーンさんの部屋を訪ねてきた客がいたかどうかを知りたい。手がかりになるんじゃないかと思ってね。だれか来たかい」

男は虚栄心をくすぐられ、ふだんの調子にもどって応じた。しかつめらしい雰囲気を漂わせ、女っぽい爪の先でそっと額を掻くと、しばらくして両頬に太陽がのぼった。男は声を張りあげた。「はい、ありました！　ええ、たしか……。おとといの夜、ひとり来ました！」

「何時に？」エラリーは静かに尋ねた。キットは両手を膝《ひざ》の上で重ねて静止し、カーリーはベッドの上で身じろぎもしない。

「ええ、十時半ごろです。わたしは――」

「すまないが、ちょっと待って」そう告げたあと、エラリーはキットのほうを向いた。「おとといの夜、〈バークレイ〉に何時にもどったとおっしゃいましたか、ホーンさん」

「言いましたっけ？　たぶん、そうじゃなくて――遅く帰ったら、父はもう寝ていたと言ったんじゃなかったかしら。ええ、そうよ、クイーンさん。帰ったのは真夜中すぎでした。グラントさんと外出していたんです」

「カ、カ、カーリー・グラントさんですね」

「はい」

そのカーリー・グラントは喉《のど》の調子でも悪いのか、またうなり声を出した。

「どうぞつづけて」エラリーは受付係に言った。「十時半に訪問者があった。それで？」

「ホーンさまは九時ごろロビーにいらっしゃり、フロントで鍵《かぎ》をお受けとりになりました──それで覚えているんです──おそらく、そのあと上へ行かれたと思います。十時半に、男の人がひとり受付に来て、ホーンさまの部屋の番号を尋ねました。男──たぶん男の人です」

「どういう意味だ──たぶん男というのは？」しばらくだまっていたヴェリー部長刑事が、はじめてことばを使って捜査に貢献した。「まだ性教育を受けてないのか？きみが男と女を区別できないのか、それともその男におかしなところがあったのか」

受付係はふたたび怯《おび》えた様子を見せた。「い──いいえ。よく覚えてませんが、ただ、その──ほんとうにぼんやりした印象しかなくて。ええ、忙しかったものですから……」

「どんな外見だったか、なんでもいいから思い出せないかな」エラリーが強い口調で訊《き》いた。

「はい、あの、背は高いほうだったと思います。大柄で、それから──」

「それから？」

受付係はドアまであとずさりした。「思い出せません」弱々しく言う。

「ああ、じれったい！」エラリーはつぶやいた。「まあいい！　仕方がないな」また目に希望の光がもどる。「フロントにほかの従業員がいて、その男に気づいたってことはないかな」

「いませんでした、あいにくですが。その時間、フロントにいたのはわたしひとりだけです」

ヴェリー部長刑事が小声で悪態をつき、エラリーは肩をすくめて言った。「ほかに何かないか」

「それで、わたしが〝ホーンさまのお部屋は八四一号室です〟と言うと、その人は館内電話をとって、話をしました。ホーンさまに呼びかけるとき、ファーストネームを使っているのが聞こえて、そのあと〝いまあがっていく、バック〟と言ったと思います。そしてそのまま立ち去りました」

「ファーストネーム？　ふむ、それは興味深い。で、上へあがったんだね。この部屋へ？」エラリーは上唇を噛《か》んだ。「しかし、もちろん、それはきみにはわかりっこないわけだ。協力ありがとう。このことは他言無用で頼むよ。これは命令だ」

受付係はそそくさと出ていった。

エラリーはヴェリー部長刑事とジョンソンにうなずいた。「では——ホーンさん、ぼくらは引きあげます。あなたにあまりつらい思いをさせていなければいいんですが。とにかく、ほんとうに助かりました。さあ、行こう、諸君！」

「ぼくは残る」カーリーが挑むように言った。

「お願い、そうして、カーリー」キットがささやいた。「わたし——ひとりでいたくない。眠りたくない……」

「わかってる」カーリーは小声で言い、キットの手を軽くなでた。

エラリーとふたりの刑事はだまって部屋を出た。

「いいかい、ジョンソン」エラリーは指を鳴らして言った。「あの恋人たちの邪魔はせず、しかしふたつのドアから目を離すな。悪いけど、これからひと晩じゅう廊下で見張ってもらうことになる。何か変わったことがあったら、コロシアムにいる警視に電話をかけてくれ。すぐに応援をよこすから」

エラリーは部長刑事の雄牛のような脇腹と棍棒《こんぼう》のような腕のあいだに片腕を差しこみ、ふたり並んで四銃士の半分であるかのように堂々と歩き去った。

11　不可能

エラリーにとっては、無邪気な夕べを期待してジューナや警視といっしょにトニー・マーズのボックス席に呑気《のんき》に腰をおろしてからすでに幾年も経ったように感じられた。部長刑事とともにコロシアムへはいり、立ち止まって時計に目をやった。四時十分だ。

「もし仮に」無言の連れに尋ねる。「アインシュタイン先生がいなかったら、いったいわれわれはどうしていたんだろう。かの比類なきチュートン人のおかげで、われわれはいかに時がはかないものであるかを理解した——万物の仕組みのなかで時間が占める位置のなんと不安定なことか。〝われの語るこの一瞬はすでに遠くなりにし《ル・モモン・ウ・ジュ・パルル・エ・デジャ・ロワン・ドウ・モア》〟。ボワローにくわしくはなさそうだね。十七世紀のフランスの諷刺《ふうし》詩人だよ。〝時は《ル・タン・》逃げ去り《フュイ》、われわれをともに引きゆく《エ・ヌ・トレヌ・アヴェク・ツワ》——〟」

「よくしゃべりますね」部長刑事は急に含み笑いをした。

エラリーはすぐさま口を閉ざした。

数時間前に二万人の客がいた、ぐるりと層をなす広大な観客席に——世にも不思議なことに！　——まったく人影がないことにふたりは気づいた。通路にごみが落ちているのを除けば、人がいた痕跡《こんせき》もない。砦《とりで》からの撤退が——細かいものまで引っくるめて——記録的な速さで完遂されていた。

警官と刑事たちと、数人の疲れきった市民と、ロデオ一座の連中がいるばかりで、コロシアムは空っぽだった。

「何を見つけたんだ」エラリーと部長刑事がアリーナに姿を現すと、疲れのせいで灰色の大理石のような顔になった警視がしゃがれ声で訊いた。それでもことばにはそれなりの熱がこもっている。

「これだけだ」エラリーはそう言って、ホーンの対の銃の二挺目《ちょうめ》にあたるリボルバーを差し出した。警視が奪うように受けとった。

「弾ははいってない」警視はつぶやいた。「二挺でひと組だな、たしかに。なぜこれを部屋に残していったんだろう」エラリーが辛抱強く説明する。「そうか、なら、これも論外か。ほかに何か見つからなかったのか」

「書類も手紙もありません」部長刑事が報告した。

「訪問者がひとりいた」エラリーが言い、〈ホテル・バークレイ〉の夜勤受付係の証言をそのまま伝えた。警視は受付係の嘆かわしいまでの観察力の欠如に、案の定、発作を起こした。

「まったく、その訪問者がホーン殺しの犯人だったかもしれないのに！」警視はすさまじい形相で叫んだ。「そのまぬけは――訪問者についていて何ひとつ覚えていないというのか」

「背が高くて大柄だそうです」部長刑事が言った。

「ふん！」

「ところで」エラリーは妙に苛立《いらだ》って言った。「こっちで何があったか話してくれるかな」

警視は苦笑した。「ゼロより悪い。見てのとおり、客は外へ出した――最後のひとりを五分前に通りへほうり出したところだ。例の二五口径オートマチック拳銃《けんじゅう》は見つからなかった」

「二五口径がひとつもなかったのかい」エラリーは大声で言った。

「それは五、六挺あった。大半は一時間ほど前に見つけて、本部のノールズへ届けたよ。何分か前にノールズから電話があったところだ」

「それで？」

「今夜観客の持っていた二五口径はどれも、ホーンを殺した弾を発射したものではありえないと言うんだ」

「どれも？」

「どれもだ。問題のオートマチック拳銃は見つからなかった」

「まいったな」エラリーは土の上を行き来しながらつぶやいた。「まったく最高の事態だよ。そう、こんなことになるんじゃないかって気がしてたんだ」

「これからわたしが何をしようとしているか、わかるか」すぐに警視が哀れを誘う声で尋ねた。

「察しはつくよ」

「隅から隅までここを調べる！」

エラリーは脈打つこめかみを押さえた。「どうぞご随意に。ここは――ここはマウソロスの霊廟《れいびょう》（小アジアのカリア国の王、マウソロスの霊廟。古代の世界の七不思議のひとつ）だ！　止めないさ。探すといい。問題の銃はぜったいに見つからない。宝箱が空っぽだというほうにジューナのドーナツを一個賭《か》けるよ」

「ばかなことを言うな！」警視は強い口調で返した。「銃はこの建物の外へ出ていない。抜かりなく対処したからな。銃が歩いて外へ出るはずもなかろう？　つまり、このなかのどこかにあるにちがいないんだ」

エラリーはうんざりしたふうに手を振った。「筋の通った言い分なのは認めるよ。でも、銃は見つからない」

熱意あふれる小柄な警視は、立派な、英雄的でさえある努力をしたと言えるだろう。警視はただちに行動を起こし、数少ない捜査陣をいくつかの班に分けた。ヴェリー部長刑事はアリーナそのものを受け持つ班の長に就く。ピゴット刑事は階段状の観客席を捜索する班を率いる。ヘス刑事は五人の助手とともに、楽屋、廏舎《きゅうしゃ》、控え室、事務室を調べる。リッター刑事は廊下、傾斜路、通路、地下室、物置、ごみ入れなど、残りのすべての場所を受け持つ。その割りあては、訓練された人材を最も周到かつ巧みに配置するものだった。各班は与えられた任務へときびきびとした足どりで散った。

エラリーは所在なげにたたずみ、うずく頭で考えをめぐらせていた。

部下を配置する大仕事に時間を食われて苛つきながらも、警視はそれまで見落としていた二、三の細かい仕事を手あたりしだいに片づけはじめた。まず、アリーナの門番ふたりを呼び出した。東と西のメインゲートに立つ者たちだ。ふたりの証言は簡潔そのもので、まったくどこへも導いてくれなかった。ふたりとも──ワイルド・ビル・グラントが信を置く、昔からのロデオ一座の人間だが──自分たちの目を逃れてアリーナへ忍びこむことはだれにも不可能だったと述べた。そして、ロデオ一座付きのハンコック医師とダニエル・ブーンは別として、カウボーイの服装をしていない者はひとりも中へ入れなかったと言った。テッド・ライオンズについては、一座の者を装って馬に乗っていたから気づかなかったという。だが、それよりはるかに重要だったのは、凶弾が発射されたあとは、だれひとりメインゲートを通ってアリーナから出ていないとふたりが力強く断言したことだ。

そうなると、楕円《だえん》を描くコンクリート壁の南北に無数に設けられた小さなドアからこっそり抜け出した者がいなかったかどうかを、できるものならたしかめる必要がありそうだった。簡単に決められる問題ではないが、これはエラリーの指摘によって一《いっ》蹴《しゅう》された。すなわち、アリーナはアリーナであり、ワイルド・ビル・グラントが入場してからホーンの殺害後までアリーナにどれだけの人がいたのかをみんなが正確に知っていて、現在その全員がここにいて所在がはっきりしているのだから、逃げ出した者がいるはずがないというわけだ。

捜査はつづいた。ショックで放心のていのカウボーイとカウガールの一団は、いまなおアリーナに囚《とら》われたまま、列をなしてすわっていた。警視は集団でも個別でも尋問をしたが、石筍《せきじゅん》の群れを相手に情報を引き出そうとしているようなものだった。いっさい反応がなく、だれもが防御の構えをとった。警視の疑念を感じとって、堅表紙本のように殻を閉じ――静かに、動かず、漠とした険難な雰囲気を漂わせていた。

「さて、訊《き》きたいのは」警視は声を張りあげた。「きみたちのだれでもいいが、あの発砲の前、喚声をあげて馬でトラックを駆けていたとき、特に不審な動きに気づかなかったかということだ」

返事はなかった。だれも顔を向けようとさえしない。たくましい筋肉とたるみのない肌の怪物ショーティー・ダウンズが、警視にかからないよう注意して唾《つば》を吐いた。茶色っぽい液が、警視から十二インチ足らずの宙を飛び、小さな音を立ててトラックに落ちた。それが反抗の合図となったのか、一同のあいだにさざ波が走り、どの目もいっそう陰鬱《いんうつ》で鋭くなった。

「話すつもりはないってことか。グラントさん、ちょっとこっちへ来てください」警視が言うと、座長は隅に固まって立っていた小さな集団から離れて、重い足どりで言われるままに進んできた。エラリーはその小集団にカービー少佐が交じっているのに気づき、いささか驚いた。まだいたのか！　思ったより好奇心の強い人らしい、とエラリーは考えた。

「それで《ウエル》？」グラントがため息混じりに言った。

「かなり《ウエル》だって？　どのくらい知っているんですか」警視がすかさず返した。

「さあね」

警視は血管の浮き出た細い手を打ち振り、ずらりと並ぶカウボーイたちの顔を示した。「どのくらいこの連中を知っていると？」

グラントの表情がセメントのように固まり、何か冷たいものに覆われた。「じゅうぶん知っているとも。このなかにバックを撃つようなやつがいないとわかるくらいに！」

「それでは質問の答になっていません」

「みんな古くからいる――」グラントは氷のような声で言いかけたが、そのとき氷が融《と》け、いっさい何も通さぬ鋼鉄になった。険しい目に不安の影がよぎる。「古くからいる者ばかりだ」グラントは繰り返した。

「おいおい、グラントさん、年寄りをごまかそうってのか」警視は小声で言った。「古くからいる者ばかりだと言いかけて、途中で口をつぐんだ。なぜか。どう見ても、古くからいる者ばかりではないことを急に思い出したからだ。話しなさい！」鋭い口調で言う。「新顔が何人かいるんですね。名前は？」

かすかなため息が一団のなかを伝わり、険悪な視線が遠慮なく警視へ向けられた。

グラントはしばらくじっとたたずんでいたが、やがてがっしりした肩をすくめた。

「いま思い出した」小さな声で言う。「なんでもないんだよ、警視。たしかにきょう、ひとり新しく人を雇い入れて――」

前列に腰をおろしていたスリム・ホーズという男が、あざけりと嫌悪の入り混じったうなり声をあげた。グラントは顔を赤くした。

「名前は？」警視は尋ねた。

グラントは一団のほうへ歩み寄った。「おい、ミラー」抑揚のない声で言う。「出てこい」

片頰が紫色になっている男が一団の真ん中で立ちあがり、ためらったあと、列を離れてよろめきながら前へ出た。警視は一瞬その男を見つめたのち、目をそらした。無残に損なわれた左頰は正視に耐えなかった。その男は明らかに猛烈な不安に駆られていた。唇が震えて糖蜜《とうみつ》のような茶色の歯がのぞき、前へ進み出る途中で三度も唾を――煙草の汁の長い槍《やり》を吐いた……。ブーンが服を与えたらしく、男はもうみすぼらしい恰好《かっこう》ではなく、ぴかぴかの新しい衣装をつけていた。

「何か」男はグラントの視線を避けながらぼそりと言った。

座長は唇をなめた。「警視、この男はベンジー・ミラー。日暮れ前に雇い入れた。ただ、言っておくが――」

「わたしにまかせてもらおう。さて、ミラー、申し開きをすることがあるかね」

男は目をしばたたかせた。「おれが？　申し開き？　いや、なんにもねえです。気の毒なバックが死んだ件に関しちゃ、おれはなんにも知らねえですよ、旦那《だんな》。見ていて恐ろしかった、馬がバックを踏みつけるさまと言ったら。おれとバックは昔の仲間で――」

「ほう！　では、ホーンを知っていたんだな。グラントさん、なぜこの男を急に雇ったんですか」

「バックの紹介で来たんだよ、警視」グラントは毅然《きぜん》として言った。「バックが何かに使ってくれと言うから雇った」

「途方に暮れてたんですよ、旦那」ミラーが真剣そうに言った。「ひどい目にあってね。何か月も仕事にありつけなかった。ニューヨークへ出てきて――グラントさんのロデオがここにいると聞いて――働かせてもらえねえかと思ったんです。ちょうどバックもショーに出てるとわかった。バックとは昔のカウボーイ仲間だったんで、訪ねたんですよ。バックは――バックは二ドルばかり金をくれて、おれをここのグラントさんに紹介してくれました。それだけです、旦那。おれには見当もつかねえですよ、旦那。何しろ――」

警視は何かを考えながら、男のかすかによだれの垂れた口もとをしばし見つめたのち、言った。「わかった、ミラー。もどっていい」

安堵《あんど》が目に見える波となって一団のあいだを伝わった。ミラーはよろめきながらもすばやくもとの場所へもどり、腰をおろした。

やがて警視が言った。「おい、ウッディー、こっちへ来てくれ」

一本腕の男はしばらくじっと動かなかった。やがて立ちあがり、重い足音を立てて進み出た。ブーツの高い踵《かかと》がトラックにあたって虚ろな音を立てる。薄い唇に短くなった煙草をくわえた赤褐色の傲慢《ごうまん》な顔が、冷笑にゆがんでいた。

「おつぎはおれの番かい」からかうように言った。「はてさて！　一本腕のウッディーに縄をかけて、焼き印を押し、手足を縛ろうって？　旦那、おれにはなんの弱みもねえよ」

警視は笑みを漂わせた。「なぜ演説をぶつんだね、ウッディー。こっちから何も訊いていないのに。だが、わたしがおまえを絞りあげる気だと思っているようだから、それなら手きびしくいこうじゃないか。おまえとホーンがきょうの午後、やり合ったというのはほんとうかな――いや、きのうの午後、リハーサルのあとだ」

「ほんとうだとも」ウッディーはつっけんどんに答えた。「だから、おれがあいつを撃ったっていうのか」

「そうは言わない。だが、そうじゃないとも言えない。おまえが吸っていたうまい汁をホーンが脇からなめたんで、腹を立てていた。そうだろう？」

「ああ、やぶにらみで肺気《はいき》腫《しゅ》持ちの荒馬以上にな」ウッディーは認めた。「そう言われてみれば、その場で撃ち殺してやりてえくらいだったよ」

「ユーモアのある男じゃないか」警視は静かに言った。「ホーンとはどの程度の知り合いなんだ」

「昔から知ってたよ」

「ホーンのあとを走っていた群れのどのあたりにいたんだ、ウッディー」

「先頭の内側だ。カーリー・グラントと並んでたよ。おい、よく聞いてくれ」ウッディーは醜悪な笑みを浮かべて言った。「おれがバック・ホーンの体に穴をあけたと思ってるなら、そいつはとんでもねえまちがいだよ。賭《か》けてもいいが、ホーンが撃たれたときは千人かそこらの目がおれに向いてたんだ。おれはほかの連中といっしょに撃ってたろ？　右腕を上にあげてたよな？　おれには左腕がねえから、撃つときは膝《ひざ》で馬を操るしかない——まちがってねえだろ？　ホーンをやったのは二五口径で、おれが持ってたのは四五口径だ——そうだろ？　引き返すんだな、警視さん。あんたは袋小路を進んでる」


アリーナはゆっくりと空になっていった。カウボーイたちの一団は男と女に分けられたのち、女は地下へ連れていかれて身体検査を受け、男たちはその場で調べられた。二五口径のオートマチック拳銃《けんじゅう》はだれからも見つからなかった。そこで、厳重に監視されて建物から送り出され、ホテルへ追いやられた。

コロシアムの係員たちも検査を受けた。二五口径のオートマチック拳銃は見つからなかった。係員たちも家へ帰された。

グラントのロデオ一座のほかの従業員たちも——そこには、がに股《また》でふらふら歩く小柄なブーンも含まれる——馬やほかの動物の世話がすんだあと、身体検査を受けた。二五口径のオートマチック拳銃は見つからなかった。従業員たちもつづいて外へ送り出された。

外に面したドアはすべて錠がおろされた。マーズとグラントとカービー少佐を除き、コロシアムに残っているのは警官だけになった。

エラリーは傍観のていでぶらつきながら、オートマチック拳銃の捜索がつぎつぎと失敗するたびに、ひとりいかめしくうなずいていた。

マーズの誘いに応じ、一同はだまって階上へ向かった。マーズの事務室でみな腰をおろしたものの、なおも無言のままだった。マーズが売店へ調達に出向き、サンドイッチと沸かし器に入れたコーヒーを持ってもどった。みなで感謝して飲み食いし——そのあいだもひとことも口をきかなかった。話すことがあるとは思えなかった。

しばらくすると、報告が届きはじめた。最初の報告を持ってきたのは、ピゴットという痩《や》せたはにかみ屋の刑事だった。

ピゴットは申しわけなさそうに咳払《せきばら》いをした。「観客席の捜索が終わりました、警視」

「ごみも全部調べたか」

「はい、警視」

「何も見つからなかったのか」

「見つかりませんでした」

「部下を連れて、家へ帰っていい」

ピゴットはだまって出ていった。

五分後、第二の報告がもたらされた。こんどは警視の配下でもたくましい体つきのリッター刑事だった。

「廊下、地下室、物置、売店、露店、通路」単調な声で言う。「何もありませんでした、警視」

警視はくたびれたように手を振って、リッターをさがらせた。

リッターのすぐあとに、金髪のヘスが淡々とした様子で——ふだんにも増して感情を表に出さず——現れた。

「楽屋を徹底的に調べました、警視」穏やかに言った。「抽斗《ひきだし》から部屋の隅々まで。厩舎《きゅうしゃ》、馬具、動物たちの檻、部屋という部屋、控え室、事務室……。見つかりませんでした」

「この部屋も調べたのか、ヘス」

「はい、警視。ほかの部屋と同じです」

警視は不満の声をあげた。トニー・マーズは磨きあげられた机に両脚をあげたまま、瞬《まばた》きさえしない。

「わかった、ヘス……。おや、トマス!」

大男のヴェリー部長刑事が、足を踏み鳴らして部屋を揺るがせながらはいってきた。鉄のごとく厳格な顔の輪郭が、熱をあてられたかのようにわずかにたるんでいる。椅子に勢いよく腰をおろし、無表情に上司を見つめた。

「で、どうだった、トマス?」

「アリーナをくまなく探しました」ヴェリーは言った。「神に誓って、一平方インチ刻みで。ええ、熊手まで使いましたよ。念のために、かなり深くまで掘りました……。拳銃は見つかりませんでした、警視」

「ふうん」警視はぼんやりと言った。

「しかし、これを見つけました」ヴェリーはそう言って、棍棒《こんぼう》並みの人差し指をヴェストのポケットに突っこみ、つぶれた小さな金属を取り出した。

みなが立ちあがって机のまわりに集まった。

「空薬莢《やっきょう》だ!」警視が叫んだ。「しめた、こいつはすごい――ただ、薬莢が見つかって、銃が見つからないとはな!」部長刑事の手からとって、一心に調べる。それは真《しん》鍮《ちゅう》らしき金属片で、ほぼ平らにつぶれ、蹴《け》飛《と》ばされるか踏みつけられでもしたように大小の傷がいくつもついていた。少量の黒い土――アリーナの土――がこびりついている。「どこで見つけた、トマス」

「アリーナです。だれかに踏みつけられたみたいに、一インチほど土にめりこんでいました。トラックから五ヤードばかり離れたところで――そう――マーズのボックス席の近くです……。アリーナの南東側の」

「ふむ。少佐、これは二五口径の薬莢ですか」

カービー少佐は金属片をちらりと見た。「まちがいない」

「南東の端付近か」警視はつぶやいた。「しかしな、だからどうだというんだ。どうにもならない！」

「おれには」グラントが目をしばたたかせて言った。「どこで薬莢が見つかったかは、ひどく重要に思えるがね、警視」

「そうかな。重要だとしても、たいした意味はありませんよ。部長刑事が薬莢を見つけた地点が、犯人が発砲した場所だとどうしてわかりますか」警視はかぶりを振った。「見てください――つぶれて、蹴飛ばされている。たしかに、アリーナにいただれかのものかもしれない。だが、観客席から投げ入れられた可能性、あるいは最前列のボックス席から落ちた可能性もある。だめですね、グラントさん。なんの意味もない」

「その点では」エラリーが喉《のど》の奥で小さくつぶやいた。「父さんと完全に同じ意見だ……。まったく、こんなのは信じられない！」全員がエラリーのほうを向く。「重さ十三オンス、長さ四インチ半の物体が跡形もなく消え去るわけがない。ぜったいにここにあるはずなんだ！」

だが、特別な訓練を受けたおおぜいの警官が、ありそうな場所もなさそうな場所も、徹底的かつ入念に、骨を惜しまず捜索したにもかかわらず、バック・ホーンを殺した二五口径オートマチック拳銃はやはり見つからなかった。

見つからないという事実が、悲痛なほど明らかに突きつけられた。何もかもを調べた――文字どおり、何もかもだ。ひと目見てわかるところはもちろん、タン皮殻を敷き詰めたトラックも、座席も、取りはずしできる床材も、すべての事務室の書類整理棚と机と金庫、通路という通路、馬具、厩舎、馬の水桶、銃器室、鍛冶場《かじ》、炉、すべての売店、倉庫、荷とトランク、あらゆる隅と隙間、廊下、傾斜路まで……。探っていない場所はひとつもないように見えた。コロシアムの外の歩道さえ、窓から拳銃が投げ捨てられた可能性もあるという漠然とした考えから捜索された。

「答はただひとつ」トニー・マーズが顔をしかめて言った。「ゆうべここにいただれかが銃を外へ持って出たんです」

「ばかな！」警視が鋭く言い返した。「それはないとわたしが保証します。すべてのポケット、すべての包み、すべての鞄《かばん》、ここにいたすべての人たちのすべての切れ端まで調べました。ありえませんよ、マーズさん。そう、銃はまだこの建物のなかにある……。マーズさん――笑わずに聞いてください――ここを建てたのはあなたですか」

「どういうことですか。もちろんそうです」

「まさか――まさか、秘密の通路とか、そういうおかしなものを造ったりしていませんね」警視は顔を赤くして言った。

マーズは苦い顔で含み笑いをした。「警視、もしこの硬いコンクリートに穴のひとつでも見つかったら、わたしはその穴に這《は》い入って、甘んじて悪臭弾を受けましょう。お望みなら設計図をお見せしますよ」

「それには及びません」警視はあわてて言った。「単に苦しまぎれの思いつきで――」

「やはり青写真をお持ちしましょう」マーズは壁の金庫へ行き――すでに入念に調べが終わっていた――筒にまるめた設計図をつぎつぎと取り出した。警視はやむをえず目を通した。ほかの者はそばにすわって見守った。

三十分後――そのあいだに、考えうる隠し場所をマーズがいくつか教え、ヴェリー部長刑事が最後の確認に出向いた（そして、なんの収穫もなく帰ってきた）――警視は設計図を押し返し、震える手で眉《まゆ》をこすった。

「今夜はもうじゅうぶんだ。まったく頭ががんがんするよ。いま何時かな、だれか――」警視が言い、マーズが暗青色の日よけをあけると、窓から明るい日差しが流れこんだ。「さあ、みんな少し寝たほうがいいな。わたしは――」

「気づいてたかい」エラリーが太い紫煙の輪の弾幕越しに小声で言った。「コロシアムのなかにあって、取りはずしができる二要素をまだ調べてないって」

警視は目を瞠《みは》った。「どういうことだ」

エラリーは腕を振って、トニー・マーズとワイルド・ビル・グラントを示した。

「おふたりとも、どうか気を悪くしないでいただきたい……」

「マーズさんとグラントさんのことか」警視は小さく笑い声を立てた。「ずっと前に調べたとも。わたしがみずから」

「もう一度調べたらいい」グラントが冷ややかに言った。

「それもいいかもしれませんね。トマス、おまえがやってくれ。悪く思わないでくださいよ、トニーさん」そう警視が言い、ヴェリー部長刑事がだまって実行した。それからトニー・マーズにも同じ儀式を繰り返した。だれもが思っていたとおり、何も見つからなかった。

「おやすみなさい」マーズが疲れた声で言った。「コロシアムは立入禁止にするんでしょうね、警視さん」

「銃が見つかるまで」

「わかりました……では、また」

マーズは部屋から出たのち、ゆっくりドアを閉めた。

少佐も立ちあがった。「では、失礼しよう。ほかにわたしにできることはないですか、みなさん」

「ありません、少佐」警視は言った。「ご協力に感謝します」

「そうそう」エラリーが微笑んで言った。「結局、最後まで残ることにしたんですね。こういう状況ですから、無理もないと思います。ところで、ふたりだけで少し話したいんですが」

カービーは目を見開いた。「いいとも」

エラリーは少佐といっしょに廊下へ出た。「実はですね、少佐、これまでにも増して、さらにお力添えを願いたいんです」熱心に言う。「会社は協力を渋るでしょうか」

「もちろん、そんなことはない——ニュースになるならね」

「なるかどうかはわかりません」エラリーは肩をすくめた。「ともかく、ゆうべアリーナと観客席を撮ったニュース映画の映像を観られるよう、取り計らってもらえませんか」

「ああ、いいとも。いつがいい？」

「では――午前十時ということで。二、三時間眠りたいんですよ。少佐も少しお休みになりたいでしょう」

小柄なカービー少佐は微笑んだ。「まあ、わたしはフクロウのようなものだがね。十時に見せられるよう準備するよ、クイーンくん」にっこり笑い、心をこめて握手をしたのち、しっかりした足どりで階段をおりていった。

エラリーは事務室へ引き返した。戸口で、出ていくグラントとぶつかった。座長はいとまごいらしきことばをつぶやき、ゆっくりと階下へ向かった。

エラリーは事務室へ駆けこみ、コートのボタンを留めているさなかの父を驚かせた。「急いで、父さん！」大声で言う。「グラントに人をつけるんだ！」

「グラントに？　グラントを尾行しろというのか」警視は目をしばたたかせた。「いったいなんのためだ」

「いまは訊《き》かないでくれ、父さん、頼むよ。すごく重要なんだ！」

警視が部長刑事にうなずくと、ヴェリーは姿を消そうとした。しかし、警視は呼びもどした。「トマス、ちょっと待て。エル、どの程度までやればいい」

「何もかもさ！　グラントの動きを細大漏らさず監視してくれ――電話は盗聴し、手紙は開封して読み、内容を書き留め、接触した者をすべて報告してもらいたい」

「聞こえたな、トマス。だが、慎重にやれ。グラントに悟られるなよ」

「わかりました」ヴェリーは言い、こんどは姿を消した。巨大な建物のなかにクイーン父子だけが残った。わずかな骨組だけになった捜査陣がコロシアムの前の歩道でふたりを待っていた。

「ところで」警視は不服そうに言った。「おまえは自分のしていることがわかっているんだろうな。だが、わたしにはさっぱりわからない。何を考えている」

「まだ漠然としすぎてるよ。キット・ホーンにも監視をつけたね？」

「おまえの注文どおりにな。しかし、わたしには見当もつかない」

エラリーは苦心してコートを着た。「だれにも見当なんかつかないよ」エラリーは鼻眼鏡をかけなおし、父と腕を組んだ。「行こう、プロスペロー（シェイクスピア『テンペスト』の主人公）。おそらく、この捜査の成功は、ワイルド・ビル・〝ゴージャス〟・グラントとキット・ホーンに、相手の影よりぴったり張りつけるかどうかにかかってる！」

警視は鼻を鳴らした。息子の暗号主義には慣れていた。

12　内輪の試写

聖書の「コヘレトのことば」には、〝労する者は快く眠る(第五章第十一節)〟とあるが、これはおそらく、筋肉より頭脳をもって労せんとする者たちへのきびしい箴言《しんげん》だろう。というのは、ゆうべ脳細胞を酷使したあと、エラリー・クイーンがベッドから這い出したとき、痛みは癒《い》えず、骨がうずき、口が乾いていたからだ。しかも、カービー少佐との約束の時間にすでに十五分遅れていた。

エラリーは生卵をふたつと、湯気の立つコーヒーを一杯と、ジューナのおしゃべりな口から興奮気味に流れ出るゆうべの出来事の反芻《はんすう》とを飲みくだしたのち、ダウンタウンのタイムズ・スクエアへ急いだ。

大手映画製作会社の傘下にあるいくつものニュース映画会社が、蜂の巣を思わせるビルの十二階に事務所を構えていた。エラリーは息を切らしてエレベーターから飛び出し、四十五分遅刻して応接室にはいった。

カービー少佐があわてて出てきた。「クイーンくん！　きみの身に何かあったのかと思ったよ。準備はすっかりできている」なんと驚くべき男なのか、少佐は徹夜の作業の痕跡《こんせき》などまったく見せず、こぎれいで潑剌《はつらつ》としていて、きれいにひげを剃《そ》った頰が血色もよく、健康そうに見えた。

「寝すごしました」エラリーは嘆くように言った。「少佐はお元気ですね。ところで、フィルムの使いすぎで編集者と揉《も》めませんでしたか、少佐」

カービーは小さく笑った。「いや、ぜんぜん。向こうは大いに喜んでいるよ。わが社がこの街のどの会社よりも先んじたんだからね。こっちだ、クイーンくん」

少佐はエラリーの先に立ち、おおぜいが集うにぎやかな広い部屋を進んだ。煙草の煙がもうもうと立ちこめ、タイプライターが爆竹さながらの音を響かせている。ひとかたまりの男たちが相場表示機に似た変わった形の大型機械を見つめ、若い男たちが忙しそうに出入りしている。

「新聞社そっくりですね」エラリーは人々を掻《か》き分けるようにして歩きながら言った。

「もっと悪い」少佐が乾いた声で言う。「ニュース映画の事務所だからな。この手のカメラマンは新聞記者の十倍は非情《ハードボイルド》だ。タフな連中だが、引っかけた女にはめっぽう甘い」

ふたりはその部屋から出て、ドアが並ぶかなり陰鬱《いんうつ》な廊下を歩いた。どこかから機械の重いうなりが聞こえた。上着を脱いだ男たちが急ぎ足で通り過ぎる。

―ここだ」少佐が告げた。―いくつかある試写室のひとつでね。ここで下見をする。はいって、クイーンくん。このにおいは平気だね？　映画のフィルムのにおいなんだ」

壁にはなんの飾りもなく、移動できる椅子が二列に並んでいた。後ろの壁には、四角い小窓がいくつかあいていて、そこに映写機の鼻面がおさまっている。正面の壁は、その大部分を純白のスクリーンが覆っていた。

「かけてくれ」少佐はあたたかい口調で言った。「準備はできているから、きみさえよければ――」

「少しだけ待ってもらえませんか。けさ警視はぼくが起きる前に本部へ出かけたんですが、伝言を残していて、抜け出せたらここに寄りたいと言っていたので」

「きみがボスだ」少佐は壁を背にして小型机の前に着席した。机にはいくつものスイッチがあり、小さいながら強力な明かりに照らされている。「何か新たにわかったことは？」

エラリーは痛む足を伸ばした。「残念ながらありません」沈んだ声で答える。「少佐、われわれはきわめて難解な謎に直面しています。まさに現代の魔術だ！　問題は、バック・ホーンを殺した弾を発射したオートマチックがどうなったかです。コロシアムの外に持ち出されたはずがないのに、あそこにない。いや、ないように見える、と言うべきですね。その点を解明する必要がある」

「『千一夜物語』にありそうな話だな」少佐は微笑した。「たしかに難問だ。しかし、わたしはマーズさんと同じ意見だ――やはり、それ以外には筋が通らない！――とにかく、犯人はなんらかの方法でコロシアムから銃を持ち出した。自分で持って出たか、あるいは共犯者を使って」

エラリーは首を横に振った。「われわれはたしかな証言により、事件の直後以降、あの場からだれひとり抜け出した者はいないと断定できます。そのあとは、すべての人間が――そう、ひとりの例外もなく――入念に身体検査を受けた。少佐、答はあなたが考えるよりずっと複雑です。実のところ」顔をしかめる。「ぼくもそんなふうに単純な事件だったらいいのにと思います。白状しますが、問題の銃がどうなったのか、皆目見当がつかないんです……。おや、父さん！　おはよう！」

いつもよりさらに小さく、さらに痩《や》せて、さらに白髪が増えたように見えるクイーン警視が、ヴェリー部長刑事とヘス刑事を脇に従えて試写室の戸口に現れた。「おはよう、少佐。エル、おまえもようやく目を覚ましたんだな」疲れた様子で椅子に腰をおろし、腕を振って部下たちにもすわるよう促す。「寝返りを打ったり、うなったりしていたから、きっと悪夢を見ていたんだろう……。では、少佐。そちらがよければお願いします」

カービー少佐は首をひねり、後ろの壁のいちばん大きな窓に向かって叫んだ。「ジョー!」

眼鏡をかけた顔が四角い窓からのぞいた。「なんですか、少佐」

「ジョー、準備ができた。映してくれ」

すぐに明かりが消え、一同はビロードのようなまぎれもない闇に包まれた。背後の映写室から、機械が重くうなり、カタカタと鳴る音がした。突然、スクリーンにタイトルが浮かびあがり、葬送歌を思わせる耳慣れたはじまりの音楽がけたたましく響いた。タイトルはこうだ。

バック・ホーン殺害さる!

戦慄《せんりつ》の殺人事件

ニューヨークの新たな競技施設、コロシアムで!

タイトルが消えて、つぎに現れたのは——長い字幕だった。

製作者より——ホーン射殺事件はこの映像によって、はじめてスクリーンで公

開される。ハリウッドで最も愛された西部劇スター殺害事件前後の生々しい模様を、独占映像によってお見せしよう。これは当社の取材と、ニューヨーク警察本部のご厚情によって可能になったものである。

字幕が消えると、まず昨夜のコロシアムの光景がスクリーンに浮かびあがり、ニュース映画解説者の声が聞こえはじめた。

「ご覧のとおり、コロシアムを埋める大群衆」解説者の声が響き、カメラが円形競技場の観客席をゆっくりと移動する。「運命の銃弾が発射される直前です。ニューヨーク市の世界的に有名な競技場で、ワイルド・ビル・グラントのロデオが華やかに初日の幕をあけたそのとき……。二万人の観客が華やかなショーを楽しんでいました。馬が跳ね、カウボーイが喚声をあげ――」説明の声が途切れ、アンプからいきなり音が流れると同時に、カメラが向きを変え、ゆうべクイーン父子も見た冒頭のショーの場面と音をとらえる。カーリー・グラントが歯を見せて笑いながら、銃身の長いリボルバーで小さなガラス玉を無造作に撃ち砕く一幕も少し映し出された。そして突然静かになり、アリーナから人影が消えた。カメラが横へ振られ、西のメインゲートで止まる。ワイルド・ビル・グラントが馬を駆って躍り出ると、カメラもそれを追って楕円《だえん》形の中央へ移動する。そしてカメラは一部始終をとらえた。グラントが馬を疾走させる、馬を停止させて盛大に土くれを飛ばす。西部風の帽子を打ち振る。微笑む。観客が拍手喝采《かっさい》して足を踏み鳴らす。グラントが天井へ向けて号砲を放つ。静粛を求めて血もたぎるようなカウボーイの叫びをあげる。さらにグラントによる開幕の口上がつづく。「紳士淑女のみなぁぁぁさま！　ワァァァイルド・ビル・グラァァァント・ロデオの華々しい幕あけへようこそ！　世界最大の――」グラントが吠《ほ》えつづける。それから、名馬ローハイドにまたがったバック・ホーンの劇的な登場。四十一人の騎手たちが、喚声をあげながら入場。号砲。タン皮殻を敷き詰めたトラックをまわる大疾駆のはじまり……。

前夜の出来事が驚くほど忠実にスクリーンで再現されるのを、一同は張りつめた顔で身を乗り出して見た……。震えながらのため息が漏れるなか、スクリーン上で、万雷の斉射――入り乱れた長々しい一斉射撃――があり、すぐにバック・ホーンの体がねじれて鞍《くら》からずれ、落下し、旋回していた馬たちが恐慌をきたし、観客が悲鳴をあげる……。著名人たち、マーズのボックス席、馬からおりたカウボーイたち、ロデオの医者、ブランケットでくるまれた死体が映し出されるのを一同は無言で見つめた……。

明かりがついても、しばらくはだれも動かなかった。やがて少佐が低い声で言った。「よし、いいぞ、ジョー。終了だ」その声で呪縛《じゅばく》が解けた。

「仕事が速いでしょう？」少佐がすごみのある笑みを浮かべて言った。「このニュースはもうステート劇場で上映していますよ」

「やり手だな」エラリーは上の空でつぶやいた。「ところで、この映画は何分ぐらいですか。ふつうのニュース映画より長い気がしましたが」

「そのとおりだよ。特報だから当然だな。重要度としては」少佐は小さく笑ってつづけた。「地震や戦争と同じ扱いだ。まる一巻近い長さになる。時間にして十分半ほどだ」

警視が小さく体を揺すった。「われわれがつかんでいない情報は何もなかった。エラリー、わたしにはわからないんだが――」

エラリーは物思いに深く沈んでいて、答えなかった。

「どうだ、何かあるか」

「え？　いや、ないよ。まったく父さんの言うとおり」エラリーは深く息をついた。カービーのほうを向いて言う。「すばらしい働きでした、少佐。あと少し、あなたの会社のお金を使ってもらいたいんです。会社の装置を使って、スチール写真を作っていただくことはできますか――大写しを――体に銃弾を受けた瞬間のバック・ホーンの」

カービーは眉《まゆ》をひそめた。「うーん……不可能ではない。ただ、かなり不鮮明だがね。フィルムを引き伸ばすとどうしてもそうなるんだ。それに、あれは遠景撮影で――

大写しのために焦点を合わせていないから……」

「それでもどうしてもほしいんです。なんとかお願いします」

「いいとも、仰せのとおりに」カービー少佐は立ちあがり、静かに試写室から出ていった。

「ここの連中はたしかに仕事が速い」ヴェリー部長刑事が低い声で言った。

「エラリー」警視が言った。「いったい、なんのためにこんなわけのわからないこと《ホカス・ポカス》を？　わたしは忙しいんだから――」

「重要なことなんだ」

そして、四人は待った。そこに幾人かの男たちが顔をのぞかせた。一度など、独裁者めいた肥満体の大男が試写室に踏み入ってきて、ニュース映画会社の責任者だと名乗り、クイーン警視に、今回の射撃事件について〝何かひとこと〟マイクでしゃべってもらえないかと言った――廊下を二、三歩歩いたところにスタジオがあるから、と……。警視は首を横に振った。

「悪いな。警察委員長の許可が必要なんだが、委員長はいま街を離れていてね。部下が勝手に表に立つのをきらうんだ」

「へえ、そうでしたっけ」肥満した紳士が皮肉っぽく言った。「その規則は、委員長ご本人にはあてはまらないようですね。あの人が目立ちたがり屋なのは承知していますから。失礼しました、警視。ではいつか、お偉いさんのご機嫌が麗しいときに。またお会いしましょう」男は『不思議の国のアリス』の白ウサギよろしく部屋からすばやく飛び出していった。

四人は待ちつづけた。エラリーは沈思の海に沈んでいた。ヘス刑事は目を閉じて両手を組み、頭を椅子の背に預けて、すぐ眠りに落ちた。そしておかまいなしにいびきをかいた。ヴェリー部長刑事は上司に目配せをして、自分もこの機に乗じると決め、ひと眠りしにかかった。

外は混乱の巷《ちまた》だった。室内は静まり返っていた。

カービー少佐がもどったとき、八インチ×十インチの生乾きの写真を数枚、誇らしげに手で振っていた。ヴェリー部長刑事がはっと目をあけた。ヘス刑事はなおもいびきをかいていた。

クイーン父子は生乾きの写真の上へ身を乗り出し、食い入るように見つめた。

「できるだけ努力はしたんです」少佐は申しわけなさそうに言った。「ぼけるだろうと言いましたが、鮮明なまま、できるかぎり引き伸ばしましたよ」

それは十枚ひと組の連続写真で、被写体の姿勢がほんの少しずつ変わっている。写真の周囲にフレームがあるので、映画のフィルムから拡大したものだとわかる。写真は全体にややぼやけていて、焦点が合っていないせいで灰色の靄《もや》のようなものがかかっていたが、細部を見分けることはできた。

一連の写真は、ローハイドに乗ったバック・ホーンの死の前後をとらえたもので、カメラへ真正面から向かってくる形だった――そのため、一枚目の写真では、馬の堂々たる顔がレンズを正視し、乗り手がその後ろにぼんやりと写っていて、やはりカメラに正対している。どの写真も中距離で焦点を合わせてあり、馬の全身が見える。死に至る銃撃のあいだじゅう、長い銃身を思わせるローハイドの胴がトラックと平行の位置を保っていたのは、この写真から明らかだった。

十枚のうち五枚が、死の直前のホーンの姿をとらえていた。それらをつづけて見れば、動きは一目瞭然《りょうぜん》だった。一枚目で、被害者は上体を完全にまっすぐ起こしている。二枚目で、鞍の左側へ体を倒しはじめる。三枚目で傾きがさらに大きくなる。四枚目も同じで、五枚目でホーンの胴はなおもカメラのほうを向きながら、背がぴんと伸びたまま左へ三十度傾いている。それに比べ、ローハイドのほうは一枚目の写真とほぼ姿勢が変わらず、左への傾きも微々たるものだ。残りの五枚のうち三枚は、死の瞬間のホーンをとらえ、あとの二枚は、鞍上《あんじょう》でくずおれて地面に滑り落ちかけたところを撮っていた。どの写真でも頭に帽子があり、左手は手綱をつかんで持ちあげ、右手はリボルバーを頭上高く振りかざしている。

「記憶に残っているあの光景では」エラリーが生乾きの写真を見つめながらつぶやいた。「ホーンの体は、ローハイドがトラックの北東のコーナーをまわった直後に鞍から傾きはじめました。それは、これらの写真で、ホーンがはっきり右へ――本人から見れば左へ――かしいでいることからわかります。これはつまり、遠心力に対するバランスの補正ですね、少佐。それとも、ぼくはまた滑稽《こっけい》なほど非科学的なことを言っていますか?」

一同は、まさしく死の瞬間のホーンをとらえた三枚の写真に注目した。被害者が純白の綿繻子《じゅす》のシャツを愛用していたおかげで、銃弾の影響を仔細《しさい》に観察することができた。三枚の写真のうち、最初の一枚には、ホーンの曲げて掲げた左腕の下、心臓の高さのやや正面寄りに、小さな黒い点があるのが見えた。二枚目には、同じ場所に一枚目よりわずかに大きな点があり、三枚目でさらに大きくなっている――もっとも、三つの点の大きさはほんのわずかしかちがわない。黒い点が銃弾による穴であることに疑いの余地はなかった。

後半の五枚にはどれも、ホーンの顔に衝撃、緊張、ゆがみ、激痛の表情が浮かんでいた。死神のにらみつける目に抗するかのようにまっすぐカメラを見据えながら、ホーンは一同の前でふたたび死んだ。

エラリーは顔をあげた。その目はベールで覆われている。「ぼくはなんてまぬけだったんだ」考えをめぐらせながら言う。「あまりにも単純な問題じゃないか」

だれもが驚いて沈黙し、カービー少佐は口をわずかにあけていた。

「というと？」警視は大声で言った。

エラリーは肩をすくめた。「わからないことがふたつある」悲しげに微笑んで言う。「そのふたつが重要きわまりないんだ。それに説明がつかないかぎり、事件は解決しない。でも、わかっていることがひとつある。そう、たしかにわかっていて、それが真実であることには一点の疑いもない……」

警視は唇を引き結び、苦い顔をした。

だが、カービー少佐は勢いこんで言った。「というのは？　何がわかっているんだね、クイーンくん」

エラリーは落馬しかけている男をとらえた最後の写真を、なんの感情も交えず指先で軽く叩《たた》いた。「だれがこの気の毒な目立ちたがり屋を殺したのか、ぼくにはわかってるんですよ！」

13
重要な訪問

「だれがホーンを殺したのか、わかっているって？」警視は息を呑んで言った。「おい、そうか、ではさっそく逮捕しよう！」

「でも、わからないんだ」エラリーは沈んだ声で言った。

少佐と警視はエラリーを見つめた。「いい加減にしろ！」警視は声を荒らげた。「また小ざかしいことを言う気か。どういう意味だ――わからないというのは。わかっていると、いま言ったばかりじゃないか！」

「誓ってもいい」エラリーは小声で言った。「からかってやしないよ、父さん。言ったとおりの意味だ。わかってる、だけどわからない。そう言うより仕方がないんだ。逮捕すると父さんは言うけど、正直なところ、いまこの建物から出ていっても、犯人のもとへ案内できるわけじゃない。でも、だれが気の毒な男を殺したのかわかってるのはたしかだよ――かのジム・ブルーゾ（ジョン・ヘイの詩の登場人物。炎上する船から命を懸けて乗客を救った英雄）が〝職務を理解していた〟のと同様にね」

警視は両手をあげた。「ほらね、少佐。わたしが一生をかけて育ててきてこのとおりですよ。こういうのを——ほら——」

「詭弁家《きべん》だって？」エラリーが横から悲しげに口を出した。

警視は息子をにらみつけた。「謎めかした演説が終わったら、ダウンタウンの警察本部で会おう。失礼しますよ、少佐。ご協力に感謝します」警視が憤然と出ていくと、ヴェリー部長刑事と、まだあくびをしているヘス刑事が従順にあとを追った。

「父さんも大変だな」エラリーは大きく息を吐いた。「ちょっとまわりくどい言い方をすると、かならず腹を立てる。だけど、少佐、これ以上わかりやすく話すことなんてできません。これは大真面目に言ってるんです」

「しかし、きみはわかっていると言ったじゃないか」カービーは困惑した様子で言った。

「少佐、表面的な真実がわかっているというのは——実のところ——この恐ろしい事件のたいして重要な特徴ではありません。いまわからないふたつのことがわかれば、どんなにいいかと思いますよ。厄介なのは、いまはわからない、そしていつかわかるとしても、それがいつになるかは神のみぞ知るってことなんです」

少佐は小さく笑った。「まあ、わたしの手には負えんね。さて、そろそろ仕事にもどらないと。覚えておきたまえ——わたしはいつでも協力するよ、クイーンくん。特にきみがそのふたつの謎の答を見つけたいときにはね！」

「つねにニュース屋だってわけですね。写真はもらってかまいませんか」

「いいとも」

エラリーは写真を入れた封筒をかかえてブロードウェイを進んだ。額には、昔の洗濯板さながらの皺《しわ》が刻まれている。煙草をくわえているものの、火をつけ忘れていた。エラリーははっとわれに返ると、通りを示す標識を探して自分の位置をたしかめ、立ち止まって煙草に火をつけたのち、脇道へはいり、八番街へ向かって足早に歩を進めた。曲がり角から百フィートのところで足を止める。目の前にあるのは、大理石の壁と、鉄格子と、深々と刻まれた文字とが目を引く小さな建物だ。記されていた文字は〝シーボード・ナショナル信託銀行〟。エラリーは回転ドアを通り、支店長に面会を求めた。

「ホーン殺害事件の捜査にあたっている者です」快活に言い、特別に発行された警察の身分証をちらつかせた。

支店長は落ち着きなく瞬《まばた》きをした。「なるほど！　そうですか。どなたかお越しになるんじゃないかと思っていました。実はホーンさまのことはほとんど存じあげませんで——

―それでも用は足ります」エラリーは微笑した。「それとは別に、いまもぴんぴんしている顧客について話をうかがいたいんです」

「はあ」支店長はわけがわからない様子で言った。

「ウィリアム・グラント――小切手にはそう署名してあると思いますが」

「グラントさま！　ロデオのかたですね。ワイルド・ビル・グラントさまですか」

「そうです」

「ふむ」支店長は顎《あご》を強くこすった。「グラントさまについて、どんなことをお知りになりたいんですか」

「ホーンが二十五ドルの小切手を振り出しました」エラリーは辛抱強く説明した。「殺された日の午後にね。グラント宛です。その小切手を見せていただきたい」

「なるほど」支店長はふたたび言った。「それで――グラントさまはそれをお預け入れになったんですか」

「そうです」

「少々お待ちください」支店長は立ちあがって、出納窓口に通じる格子扉から姿を消し、五分後に横長の紙を持ってもどった。「これです。ホーンさまとグラントさまはおふたりとも当行のお客さまなので、出納係が決済ずみにして、写真を撮り――ご存じのとおり、小切手はすべて写真を撮ります――ホーンさまの月次残高報告のために保存しました」

「ええ、ええ、よくわかりました」エラリーは歯切れよく言った。「ちょっと見せてください」

支払いずみ小切手を支店長から受けとり、ていねいに調べた。しばらくして、小切手を机に置く。

「大変けっこうです。では、ホーンの取引記録を見せてもらえませんか」

支店長はためらった。「しかし、ご存じのとおり、そういったことは個人情報でして――」

「警察ですよ」エラリーがきびしい口調で言うと、支店長は素直に頭をさげて、ふたたびその場を離れ、大判の硬い記録カードを持ってもどった。

「ホーンさまが当行とお取り引きくださるようになったのがまだほんの数日前でして」そわそわと言う。「記入もわずか数回――」

エラリーはカードに目を通した。記載は五つだけだった。そのうち四つは金額が小さく――細かい支出のための個人小切手らしい。だが、五つ目の記載を見てエラリーは口笛を吹き、支店長はますます落ち着きを失った。

「三千ドル!」エラリーは大声を出した。「口座を開設したときに預け入れたのが五千ドルだけだったのに! 興味深いですね。その小切手を見せてください。決済した出納係のかたからも話を聞きたい」

少し待たされたのち、どちらも準備された。

小切手は持参人への現金払いの形になっていて、ホーンの自筆による適切な署名があり――もとの洗礼名を太古の霧のなかへ捨て去り、いつも姓の前に〝バック〟と書いていた――またホーンによる裏書も適切になされていた。

「ホーン自身がこの小切手を現金に換えたんですか」エラリーは出納係に尋ねた。

「はい、そうです。わたしが処理しました」

「応対中、ホーンはどんな様子だったか覚えていますか。何かに気をとられていたとか、機嫌がよかったとか、そわそわしていたとか――どんなふうだったでしょう」

出納係は思案している様子だった。「気のせいかもしれませんが、何か心配事があるようにお見受けしました。なんだか上の空で――こちらの言うこともほとんどお聞きにならず、わたしが紙幣をそろえるのを一心に見つめていらっしゃって」

「ふむ。支払いについて、何か特別な注文をつけませんでしたか」

「はい、三千ドルを小額紙幣でほしいとおっしゃいました。二十ドル札以下で」

「それは二日前――つまり事件の前日ですね」

「はい。午前中でした」

「わかりました。ありがとうございます――おふたりとも。では失礼します」

エラリーは眉根《まゆね》に皺を寄せて銀行から出た。ホーンの遺体からは三十ドルしか見つからず、〈ホテル・バークレイ〉のホーンの部屋にもまったく金がなかったことを思い出した。少したものち、煙草屋に寄って電話をかけた。

警察本部を呼び出し、クイーン警視につないでくれと頼んだ。警視は不在だった。どうやら、ニュース映画会社の事務所からまだ帰っていないらしい。

エラリーは外へ出て、あたりを見まわし、ブロードウェイを横切った。電信局を見つけて中へはいる。十分ほどかけて、カリフォルニア州ハリウッド宛の長い電文をしたためた。それから料金を払い、局内の電話室を見つけて、もう一度スプリング三一〇〇番を呼び出した。こんどは警視につながった。

「父さん？　エラリーだ。コロシアムのバック・ホーンの楽屋にあった所持品について、完全な報告は届いてるかな……。このまま待つよ……。そうか、で？　ホーンの部屋に現金はあったんだろうか……。ぜんぜんなかった？　うん……。いや、別になんでもないんだ。ぶらぶら歩いてたところだよ……。これからまっすぐそっちへ行く」

エラリーは電話を切って外へ出、地下鉄のほうへ向かった。

二十分後、エラリーは父の執務室に腰かけて、銀行でわかったことをもの憂げに説明した。

警視は並々ならぬ興味を示した。「三日前に三千ドル引き出したって？　そうか、そうか。そいつはどうもくさいな」大きな笑みを浮かべる。「気づいたか？　ホーンのホテルに謎の訪問者があったのと同じ日だな」

「ああ、完全にね。どうやら順序は――一連の出来事だとしての話だけど――こうなりそうだ。ホーンは五千ドルを預け入れたわずか数日後に銀行へ行き、小額紙幣で三千ドルを引き出す。同じ日の夜、謎の訪問者がある。そしてその翌日、ホーンが殺害される……」眉をひそめる。「どうもしっくりこないね」

「殺しの部分がな。だが、わからないぞ」警視は考えながら言った。「仮に――いいか、仮にだぞ――仮に三千ドルの引き出しと謎の訪問者のことを考え合わせると、恐喝のにおいが強くなる。だが、もし恐喝だとしたら、なぜ殺したのか。恐喝する相手を殺すだろうか。まあ、そういうこともときにはある。だが、たいていはそんなことはしない――搾れるだけ搾ったあとは別だが……」苛立《いらだ》たしげに首を振る。「調べなくてはな。訪問者を見つけようとしているんだが、どうもむずかしそうだ。ところで、けさサム・プラウティから検死解剖の結果が届いた」

エラリーは目を瞠《みは》った。「すっかり忘れてたよ！　なんと言ってた？」

「何もない。まったく何も」警視はぼやいた。「現場で話していた内容に付け加えることは何ひとつない」

「ああ、そういうことか！」エラリーは片手を振りながら言った。「そっちじゃないんだ。胃だよ、父さん、胃袋——関心があるのはその中身なんだ。プラウティは何か書いてたかな」

「ああ」警視はむっつりと言った。「たしかに書いてあったとも。ホーンは死の六時間も前から——あるいはもっと前から——何も食べていなかったらしい」

エラリーは目をしばたたかせた。それからすばやく指の爪を調べはじめた。「そうなのか」小声で言う。「へえ、それなら……」

「それなら、なんだ」

「え？　いや、なんでもない。ほかに何か？」

「これを見ろ」警視は机を掻《か》きまわし、開いて折りたたんだタブロイド新聞を取りあげた。表になったページに、赤鉛筆で大きな丸がついている。「見せる前に言っておく。プラウティはホーンの内臓には毒物の痕跡《こんせき》が認められなかったと報告している」

「毒物？　毒物だって？　たいした人物だな……。で、手に持ってるのは？」

「読んでみろ。けさサンタクロースから届いた」

「ライオンズかい」エラリーは長い腕を伸ばしながら、気のない様子で尋ねた。

「うむ」警視はうなった。「このライオンズという男は、殺人捜査課が束になってもかなわない。すべてを見て、すべてを知り、すべてを耳にしている。あのろくでなしの首を絞めてやりたいよ！」

ライオンズの担当する、噂話とブロードウェイの無駄話から成るコラムには、予想どおり、ホーン殺害事件に関して読者の興味をそそるこまごました情報が盛りこまれていた。だれに対しても容赦なく、中でも警視にはきびしかった。関係者たちそれぞれの名前が記事のなかで大きく浮かびあがっていた——キット・ホーン、ワイルド・ビル・グラント、トミー・ブラック、ジュリアン・ハンター、トニー・マーズ、マラ・ゲイ……。かなりおもしろおかしく書かれている部分もあった。〝堅物のクイーン警視は、記者が——この坊やが——おむつにちっちゃな銃を入れていたというだけで、偉大なる威張り屋バックを殺したのではないかと疑った。休むといいよ、ご老体は、休みたまえ！　休息が必要だ〟。

「これはまた」エラリーは低く笑いながら言った。「名高いブロンクス流の挨拶《あいさつ》だな。これはなんだろう」目を細くして見る。コラムの下のほうに何気ない一節があり、よく読むと辛辣《しんらつ》な言いまわしが含まれていた。

〝きわめて通俗で猥雑《わいざつ》なショーを売り物にするナイトクラブの大物とは何者なのか〟。テッド・ライオンズはあざけるように問いを投げかけていた。〝その男は、きのうの午後のコロシアムで、正体不明の闘士が天下に名だたるバック・ホーンを倒したその瞬間に居合わせた——この男は、消え入りかけていたその人気スターをばかげた映画に復帰させんと投資の準備をすっかり整えたばかりか、カリフラワー耳の並ぶ世界で期待の新星を隠然と支えるダークホースでもある〟。

「驚いたな」警視がきびしい口調で言った。「ライオンズのやつ、どうやってそんなことを嗅《か》ぎつけたんだ」

「もっとびっくりしたことがある」エラリーはつぶやいた。「トニー・マーズは知ってるんだろうか。ハンターがブラックを後押ししてるってことだろう？　それも内密に。いろいろ見えてきた気がするな……。さて、父さん」勢いよく立ちあがった。

「ぐずぐずしてはいられない。ノールズに会いにいかないと」戸口へ向かう。

「ちょっと落ち着け。けさの発言はどういう意味なんだ。だれが殺したかわかっていると――」

「どうかお許しを、父上」エラリーはあわてて叫んだ。「あのとき言うべきじゃなかった。そのうちわかるよ。いまこの先を話しても、頭がおかしくなったと思われるのが落ちだからね。じゃあ、あとで」そう言って、警視の執務室から飛び出した。

エラリーは一一四号室へ向かった。そこではノールズ警部補が色つきのカードを忙しく整理していた。

「厄介だな、この整理方法は」弾道学の専門家は顔もあげずにうなり声をあげた。

「しかし、法廷で大いに役に立つからな！　おや、クイーンさん、何か吉報でも？

また銃ですか」

「戦争からは逃れられませんよ」エラリーは笑い声をあげ、早朝にホテルのバック・ホーンの部屋で見つけた、象牙《ぞうげ》の握りがついた四五口径のリボルバーをコートのポケットから取り出した。

「あ、この銃は前に見たことがありますね」ノールズ警部補は鋭い声で言って、銃を持ちあげた。エラリーがかぶりを振るのを見て、ノールズはつづける。「だったら、きっと双子の片割れだ。コロシアムから持ちこまれた山のなかに、これとそっくりなのが一挺《ちょう》あった！」

「そのとおり。たしかに、双子なんです。二挺ともホーンのものですが、こっちはホーンの衣装トランクに残されていました」

「立派なものですね」ノールズは感心して言った。「古い銃のなかには、ときどきこういうすばらしいものがある。型やデザインがちょっと古いが、言うなれば切手と同じです。そう、わたしは素人の切手蒐集《しゅうしゅう》家でしてね。切手は古ければ古いほうがいい。わたしの持っている――」

「わかった、わかりました」エラリーは辟易《へきえき》して言った。「切手蒐集家の人には何度も会ったことがあります。ぼくが知りたいのは――」

「この銃でホーンを殺した弾を撃てたかどうか、でしょう？」ノールズは首を横に振った。「前にも言ったように、二五口径で、しかもオートマチック拳銃《けんじゅう》でしか撃てません」

「ええ、ええ、それはわかってる」エラリーは警部補の実験用のテーブルに腰かけた。「これの相棒が手もとにありますよね」

「整理棚にありますよ。全部札をつけてある」警部補は大型の整理棚へ近寄り、抽斗《ひきだし》をあけてホーンの一挺目のリボルバーを持ってもどった。「で、何が知りたいんです」

「ふたつのリボルバーを持ちあげてください」エラリーは奇妙なことを言った。「片手に一挺ずつでお願いします、警部補」

かなり怪訝《けげん》な顔をしながらノールズは従った。「それで?」

「ぼくの思い過ごしでしょうか。一方がもう一方よりわずかに重い気がするんですが」

「このノールズに、いつもあまりに珍妙な質問ばかりなさるんですね」警部補は突然笑いだした。「やれやれ、クイーンさん、それだけですか。それのどこがそんなに深刻なんです? すぐにはっきりしますよ。たしかに一方がもう一方よりほんの少し重い気がしますね。確認しましょう」

ノールズは一挺ずつ秤《はかり》に載せた。それからうなずいた。「やっぱりそうだ。札のついてるこっちのほうが、まる二オンスばかり重い」

「そうか——」エラリーは満足そうに言った。「ああ、よかった」

ノールズは横目でエラリーを見た。「この二挺の拳銃の正式な所有者について疑う余地はないんですね？　つまり――二挺ともホーンのものにちがいないと」

「はい」エラリーは言った。「疑う余地はまったくありません。もしその秤でどんなことが確認されたかを知ったら、きっとびっくりしますよ、警部補」そして手のひらをこすり合わせた。「大成功だ！」大きく息を吐いて、ほくそ笑む。「警部補、そのふたつ目の銃にも、整理と照合のための札をつけておいたほうがいいでしょう。たぶん、まもなくどちらも返さなくてはいけませんから。それまで保管してください。さて」エラリーはきびしい顔をした。「その札のついているほうの銃は、もう一方より故意に重く作らせたものだと思いますか。ふたつは同時に作られました――バック・ホーンのために特別に」

「おそらくそうです」ノールズ警部補は同意した。「もし、ホーンが二挺拳銃使いなら――ふたつひと組で持ち歩いて使っていたなら――たぶん左右それぞれの手にしっくりなじむものを望んだでしょう。かならずしもそうとは言えませんが」すぐに付け加える。「作るときにたまたまそうなったとも考えられます。古い拳銃には、そこまで注意して作られていないものもありますから」

「この二挺は細心の注意を払いつつ作られたものでしょうね」エラリーは言った。「では、警部補、ありがとうございました。貴重な十分間でしたよ。いつかまた」

エラリーは急いで弾道鑑定室を辞した。廊下へ出ると微笑むのをやめ、しばし鼻眼鏡のレンズを磨きながら考えをめぐらせた。

14　懸案事項

犯罪を追う捜査官と探偵が広くゆるやかに結びついた団体が、ある架空の午後、五次元空間の首都に集まって、みずからの組織のスローガンとして、ヴレブローシア（十九世紀イギリスの首相ディズレーリの著書に登場する島。イギリスのこと）の楯《たて》に刻まれた不滅の銘句〝いまに何かが現れる〟を採用するのは悪いことではない。楯の紋地に古代英語で記すか、赤色で象徴的に飾るかすれば、とりわけ立派に見えるだろう。統計によって明らかにされているわけではないが、この世界の探偵の半分は何かが現れるのを待っていて、残りの半分の探偵はすでに現れた何かの痕跡《こんせき》を忙しく嗅ぎまわっていると言っても、あながち嘘ではない。いずれの場合も、標語の精神を遵守している。

しかし、待つ期間はかならずしも活動のない時間ではない。それどころか、激しい活動の時間であり、それでも〝待つ〟と言われるのは、ただ何も達成せず、どこへも行き着かないからだ。つまり、待つという活動は実りのないものだが、その一方で、現れるはずの何かは、時を——おそらく、行動を起こす潮時を——待っている。この激しくも益のない待つという活動のさなかにあって、大半の探偵が冷静な達観を保てるのは、天賦の才によるものだ。それは運命論に根差す諦観《ていかん》である。待つという活動は、責務という古来の要件を果たすための動物的エネルギーにすぎない。

エラリー・クイーンは遠くからこうした兆候を見てとり、腰を据えて——果たすべき責務という古来の要件などなかったものの——ストア哲学者の落ち着きをもって待った。だが、尊敬すべき警視は、治安の番人として市から五千九百ドルの年俸を受けとっている以上、動きつづけざるをえなかった。警視を動かす力のひとつが、古強者《ふるつわもの》の警察官たちを悩ます妖怪《ようかい》とも呼べる警察委員長だった。ホーン事件が磁気を帯びて反響したために、フロリダでの砂遊びから引きもどされた委員長は、休暇を奪った原因と考えたのだろう、その鬱憤《うっぷん》を警視にぶつけた。警視は委員長の前では沈黙して青くなり、殺人捜査課にもどると饒舌《じょうぜつ》で赤くなった。関係者すべてにとって、試練のときだった。

型どおりの捜査はすんでいた。殺される数週間前からのバック・ホーンの行動が何度も繰り返し調べられ、捜査班の者たちは報告書を書くことに、徐々に辟易していた。「一ダースぶん複写しとけばいい」不満屋として知られるリッターがこぼしたが、それも無理からぬことだった。十二回目の調査でも、最初の調査以上の成果が見られなかったのだから。被害者はこの世での最後の数週間を、デンマーク王妃マチルダのごとく清らかに過ごしていた。手紙類も残らず調べたが、数は少なく、内容にやましいところもなく、搾ったあとのレモンのように乾ききっていた。東部の友人や知人からも話を聞いたが、重要な証言は何ひとつなかった。ワイオミングとニューヨーク、ハリウッドとニューヨークを結ぶ電話で、質問と応答が盛んにやりとりされたものの、結果はゼロのn乗だった。

バック・ホーンの命を狙う動機をわずかなりとも持っている人物すら、天にも地にもひとりとしていないように思えた――唯一の例外が一本腕のウッディーだったが、この男も肉体上の理由から除外された。

ホーンが殺される前夜、〈ホテル・バークレイ〉のホーンの部屋を訪ねた人物の素性は、依然として謎のままだった。

そして、コロシアムはずっと閉鎖されていた。クイーン警視がうんざりするほど言い張ったためであり、ウェルズ警察委員長が焦燥を募らせていたためでもある。バック・ホーンの鼓動を止めた弾を発射したオートマチック拳銃は、長時間に及ぶコロシアムの捜索にもかかわらず、いまだに発見されていなかった。ワイルド・ビル・グラントは髪を掻《か》きむしり、わめき、呪いのことばを吐いて記者たちの恰好《かっこう》のねたになり、金輪際ニューヨークではロデオをやらないと誓った。警視は神妙ぶってそれに同意し、警察委員長はそれを聞いて脱臼《だっきゅう》しそうな勢いで肩をすくめた。

調査のひとつの方面は――ホーン事件の捜査に巻きこまれて迷惑する市民たちに尋問、反対尋問、再尋問をいたずらに繰り返した結果――いくらか見こみがありそうだった。それはバック・ホーンの金銭事情についてである。記者たちにそのことを尋ねられると、警視は口が重くなり、何も言おうとしなかった（あるいは言うことができなかった）。その一方で、リッター、ジョンソン、フリント、ヘス、ピゴットの面々が秘密裏に捜査を進めていた。問題は、殺される二日前にホーンが小額紙幣で銀行から引き出した三千ドルがどうなったかということだった。その金の行方は皆目つかめていなかった。

目のつけどころはいいものの、解くのはとてもむずかしい（むずかしく見える）問題だった。

エラリーの待機は、社交上の娯楽という形をとった。大学卒業以来はじめてのことだろうが、放蕩《ほうとう》生活にいそしみはじめたのである。防虫剤の山から燕尾《えんび》服を引っ張り出して、磨きあげられたダンスフロアを気まぐれに飛びまわった。シャツの硬い胸あてとウィングカラーのせいで、洗濯代がぐんとかさんだ。深夜に少しばかり酔っ払って、きついハイボールのにおいをさせながら千鳥足で西八十七丁目のアパートメントへ帰るようになった。そんな夜は、体が疲れきっているうえに、アルコールの催眠効果も手伝って、深い眠りに落ちた。そして朝になると、ブラックコーヒーを何杯も飲み、けば立つ舌を焼き清めようとむなしい努力をした。道徳心の篤《あつ》いジューナが小言を言っても無駄だった。

「すべて科学のためだ」エラリーはうめきながら言った。「神よ、われらはときに殉教者たらん！」

ちょうど卵に取りかかろうとしていた警視が不機嫌に鼻を鳴らし、それから父親らしい心配そうな顔で息子を観察した。

「夜な夜な出かけて、いったい何をしている」警視は尋ねた。「遊び人の真似か」

「ふたつ目の質問への答は、ノーでもあり、イエスでもある」エラリーは答えた。「ひとつ目の質問への答は——いろいろなことだ。登場人物についてだんだんわかってきたところでね。これは一大ドラマなんだよ、父さん！　たとえば、ハンター夫婦を考えると——」

「勝手に考えればいい」警視は不満げに言った。「わたしはご免だ」

けれども、エラリーがマーズのボックス席にいた人々と親交を結びはじめていたのは事実だった。エラリーはキット・ホーンと多くの時間を過ごした。キットはどんな社交の場でも感情のない笑みを浮かべてやり過ごしたが、柔和な目はどこか遠くを見つめて、物思わしげに光っていた。エラリーはキットと連れ立ってあちらこちらのナイトクラブ〈出入りした。しばしばグラント父子といっしょになり、しばしば〈クラブ・マラ〉へ行った。〈クラブ・マラ〉では、女王然としながらどこかやつれたマラ・ゲイ――あのハリウッドの蘭《らん》――と、ジュリアン・ハンターを観察する機会を得た。トニー・マーズとも数回会い、二度ばかり、ロデオ一座のおもだった顔ぶれがジュリアン・ハンターの店の給仕が運べるかぎりの酒を陽気に飲みつくす場面を目にした。この時期は、昼にも夜にも輝きがあった。非現実的な苦しみを覆い隠す、作り物の光沢だ。エラリーは夢のなかの人のように生き、呼吸し、笑い、話し、動いた。すべての時間を新たな友とばかり過ごすわけにはいかない。毎朝、警察本部へ出向き、キット・ホーンとワイルド・ビル・グラントの行動を監視している刑事たちからの報告を読んだ――そもそも、これはエラリーの指示によってつけられた監視である。グラントについては、この老齢の西部男の行動がどこまでも潔白なのを知り、エラリーは苛立《いらだ》った。グラントにスパイをつけて行動を観察し、だれと接触したか、電話でどう話したかを探らせることで何を突き止めようと考えたにせよ、これまでのところそれがむなしい望みであるのはたしかだった。グラントはしたたか酒を飲み、一座を掌中におさめ（それは容易なことではない）、息子とキットに油断なく目を光らせ、そのうえ警視とウェルズ警察委員長にロデオ再開の許可をしつこく迫った。

キットに関する報告は、それに比べるともっと見こみがあった。キットが遠くを見るような視線の陰に冷静な目的を隠しているのがわかった。キットの見張りにあたる刑事からのある朝の報告には、興味深い出来事が記されていた。

殺人事件から数日後のある夜、その刑事はキットを尾行して〈ホテル・バークレイ〉から〈クラブ・マラ〉へ行った。日に焼けたほっそりした体を白いイブニングドレスに包んだキットが、給仕頭に冷ややかに訊《き》いた。「ハンターさんはいらっしゃる?」

「はい、ホーンさま。事務室にいらっしゃいます。ご案内いたし――」

「いいえ、けっこうよ。ひとりで行くから」

キットは個室の列を通り過ぎて奥へ向かった。そこに、ハンターの豪奢《ごうしゃ》なつづき部屋がある。刑事はすでに帽子とコートを預けて、奥に近いテーブルを無理に頼み、ハイボールを注文していた。時間が早いにもかかわらず、クラブは混んでいた。ハンターおかかえの有名なジャズ・オーケストラが、アフリカのテンポと野性味で評判高いキャブ・キャロウェイの新曲を演奏していた。薄暗いダンスフロアでは、何組もの男女がぴたりと体をからませて踊っている。人目を引かずに捜査を進めるのにじゅうぶんな騒々しさと暗さだった。

刑事はすでに音を立てずにテーブルから離れ、キット・ホーンのあとを尾《つ》けていた。刑事はキットが〝ハンター私室〟と記されたドアをノックするのを見た。しばらくしてドアが開き、申し分のない装いのハンターの輪郭が、明るい室内を背に浮かびあがった。

「ホーンさん！」ハンターが心のこもった声で言うのを、刑事は聞いた。「さあ、どうぞはいって。よく来てくれました。わたしは——」ドアが閉まって、あとは聞こえなくなった。

刑事はあたりを見まわした。いちばん近くにいた給仕は暗がりに消えていた。だれにも見られていないのを確認して、刑事はドアに耳を押しあてた。

声は聞こえたが、話は聞きとれなかった。この刑事は高度な訓練を受けた盗聴の専門家だった。かろうじて聞こえた単語が不鮮明で何を言っているのかわからなくても、感情を読みとることができるというのが自慢だった。そんなわけで、その刑事の報告は、我流の心理学の研究じみていた。

「はじまりはなごやかだった」報告はつづいた。「H嬢は、声が冷静だったことから判断して、どんなことにも心構えができていて、何かの決意をしてきたようだ。J・Hの声がとどろいた。親しげだが、どこか怪しく、嘘っぽい感じで——大げさな口ぶりだった。ふたりで実戦開始の前にスパーリングをしているといった印象を受けた。

そのうちに、H嬢が腹を立て、しだいに声が高くうわずり、ことばを激しく叩きつけた。何かに関して、ハンターを怒鳴りつけていた。ハンターは友人であることを忘れたのか、声が氷より冷たくなり、あざけりの響きが混じった。ことばを矢継ぎ早に放ったあと、いったんゆっくりになったものの、また嘲笑《ちょうしょう》で不安を押し隠すかのように早口になった。H嬢はますます激昂《げっこう》していたため、そのことに気づかなかった。これは本物の打ち合いになる、とわたしは一瞬思った。止めにはいろうとしたとき、話し声がやんだ。わたしはあわててドアの前を離れた。直後にドアが勢いよく開き、H嬢が走り出てきた。顔がはっきり見えた。青白く、目は怒りに燃え、唇を固く引き結んでいた。息づかいは荒い。すぐそばを通ったのに、わたしに気づかなかった。一、二分後にJ・Hが戸口に現れ、暗がりにH嬢を探したが、もう姿はなかった。J・Hの顔は見えなかったが、指の関節が白くなるほどドアノブをしっかり握っていた。J・Hは室内へ引き返した。H嬢はタクシーを拾って〈ホテル・バークレイ〉へもどり、昨夜はそれきり外出しなかった」

警視は電話のひとつへ手を伸ばした。「ついに見つかった」早口で言う。「ごまかしをすべて暴いてやる。おまえのひいきの西部娘を呼び出そう！」

物思いにふけっていたエラリーがわれに返り、手で電話を押さえた。「父さん！だめだ！」

警視は意外そうな顔をした。「なんだ？　どういうことだ」

「頼むからやめてくれ」エラリーは早口で言った。「何もかも台なしになる。お願いだから、引っこんでてくれ。待つんだ。まだそんな――」

クイーン警視は当惑顔で体を後ろへ引いた。「わざわざ尾行をつけて、せっかく何かを嗅《か》ぎつけたのに、何もしないというのはどういうわけだ」

「ちょっとわかりにくいけど」エラリーは――戦いに勝ったと知り――にやりとした。「筋道の通った質問だね。答は、尾行を頼んだ時点では、ハンターとキット・ホーンにつながりがあるかもしれないとは考えていなかったからだ」

「そうだろうとも」警視は皮肉っぽく言った。「そりゃ、おまえだって何から何まで見通せるわけじゃない。だがいま、ハンターとあの娘のあいだになんらかの関係があるとわかった。新しい手がかりをつかめるかもしれないのに、なぜ手をこまねいて機会を逃すんだ」

「わけはこうだ。ぼくだって、予想外のこのキットとハンターの関係がはらむ重要性を軽んじているわけじゃない。理由はふたつある。ひとつは、おそらくどちらからも何も聞き出せないから。もうひとつは――こっちのほうがはるかに重要なんだが――われわれの切り札をさらしてしまうことになるから」

「切り札とは？」

「キット・ホーンを尾行していることだよ。いいかい」エラリーは辛抱強く言った。「絶えず監視されていることを本人が知ったら、せっかくの——」

「せっかくの？」

エラリーは肩をすくめた。「それに答えてどうなるんだ。まだ何もわかる見こみがないのは認める。でも、あらゆるものを犠牲にしても、万一の事態に備えて道をあけておくべきなんだ——それが到来したとき、すぐに気づくようにね」

「大学へ行ったくせに」警視がこぼした。「言うことは、おたふく風邪にかかったケンタッキーの山男みたいだ」

さらに警視を苛立たせたのは、ある朝、食事のときにエラリーに届けられた一通の電報だった。こうした状況下においては、警視の知るかぎり、電報にすばらしい手がかりとなる情報が含まれている場合がある。ところが、エラリーはさっと目を通したのち、顔色ひとつ変えず、居間の暖炉で燃える火にその電報をほうりこんだ。自尊心を傷つけられた警視は、何も尋ねなかった。エラリーのほうも、父が機嫌を損ねたのに気づかなかったはずがないのに、説明しようとしなかった。電報の発信地がカリフォルニア州ハリウッドになっていることに警視が気づいていたら、自尊心を抑えこんで、説明を求めることにしたかもしれない。だが、実際に警視が電報の内容を知ったのは、最後の最後のことだった。*

テッド・ライオンズはホーン事件にかかわった有名人たちについて、活発にゴシップ記事を書きつづけた。

ちょうどそのころ、別の厄介事が持ちあがったため、それがトニー・マーズの頭に白髪を加え、ワイルド・ビル・グラントの罵言《ばげん》の語彙《ごい》を増やし、クイーン警視の顔に新たな皺《しわ》を刻んだ。グラントとマーズが交わした契約では、コロシアムは四週間グラントに貸されることになっていた。よって契約の条件に従えば、グラントには四週間から一日を引いた期間――この一日は運命の開幕の日だ――コロシアムを使う権利があった。ところが、三週間経っても、コロシアムはいまだ警察の手で閉鎖されたままだった。それでもトニー・マーズの別の計画とかち合わなければ、問題はなかっただろう。つまずきの石は、トミー・ブラックが挑戦するヘビー級の選手権試合だった。この取り決めは数か月前に署名がすみ、日どりも決定していた。選手権試合は、ワイルド・ビル・グラントのロデオが最後の興行をすませたあとの金曜日の夜、コロシアムでおこなわれることになっていた。その日が一週間後に迫り、マーズは困った立場に追いこまれた。入場券はとっくに刷りあがっていたし、チャンピオンのマネージャーと取り巻きは頑として譲ろうとしなかった。グラントはどんな議論にも耳を傾けず、警察がコロシアムの閉鎖を解きしだいロデオを再開すると言い張った……。何本もの強力な糸がセンター街を引っ張りはじめていた。

マスコミは色めき立った。先頭に立ったのはテッド・ライオンズだ。ライオンズはマーズとグラントとセンター街の対立について、ゴシップの最後の一滴まで搾りつくしたのち、トミー・ブラックに矛先を向けた。

爆弾を破裂させたその記事は、ある朝、なんの前ぶれもなくライオンズのコラムに現れた。〝紳士のジム（ジェームス・J・コーベットのこと。世界へビー級王者で、近代ボクシングの父と呼ばれる）とマナッサの人殺し（同じく世界へビー級を征したジャック・デンプシーのこと）の魂よ！　いかに時代は変わったことか……。拳闘《けんとう》のマストドン級王者戦に挑まんとする逸材がトレーニングの糧にするは、ジャズと、オレンジブラッサムなるカクテルと、蘭《らん》の花だとか。さて、その蘭の亭主《ベターハーフ》は――むしろ笑い《ラーフ》者と言うべきか――いったい何をしているのか。先の二流ボクサーに女房を寝とられ、ブロードウェイの物知り顔の連中はみなそれを承知だというのに。ほらほら、大変、おうちが火事だ〟。

爆発の最初のこだまは、ダウンタウンの峡谷の崖《がけ》を響き渡り、三十分後に警察本部に達した。ジュリアン・ハンターはライオンズのタブロイド新聞社の編集部に乗りこみ、あざける記者の面々を喜ばせた。ハンターは使われていないタイプライターの上にダービー帽とステッキをていねいに置き、ライオンズの聖所のドアを蹴《け》りあけて中へはいり、コートを脱ぎ、コラムニストに向かって、柱《コラム》もどきの腕をあげろと迫った。ライオンズは得意の無礼なことばを吐いたのち、まさにこうした非常事態のために手近に設けてあったボタンを押した。つぎの瞬間、ハンターはライオンズの用心棒をつとめるたくましい男の手で部屋の外へほうり出され、床に倒れていた。ハンターはコートや帽子を取り返し、目に殺気をたたえて引きあげた。そして翌朝、ライオンズの記事は、露骨なあてこすりの弾幕砲火を浴びせつづけた。

第二のこだまは、その日の夜に響き渡った。爆発が起こったのは、ほかでもない〈クラブ・マラ〉の聖域だった。

警視は老けこみつつあった。事件は長引き、顕微鏡でしか確認できないほど小さく消えかけていた。エラリーはますます苛立《いらだ》ちを募らせ、無口になった。マスコミは行動を求めてわめき立てた。センター街では「異動があるぞ、おい、大異動だ！」とひそかにささやかれた。ライオンズが愉快な特ダネを暴露し、いまやジュリアン・ハンターはすっかり腹を立てていたため、警視は藁《わら》にもすがる思いでハンターに注目した。「ずっと言ってきたとおり」その夜、警視は低い声でエラリーに言った。「ハンターは証言した以上のことを知っている。ホーンのことをな。エラリー、早くどうにかしないと」

エラリーの目には同情の――そして、いまなお秘密の――色があった。「待つべきだ。することは何もない。時だよ、父さん。時間だけが解決できる」

「今夜あの男のクラブへ行くぞ」警視は声を荒らげた。「おまえもいっしょに来るんだ」

「なんのために？」

「ハンターについていろいろ見つけた。それが理由だ」

深夜零時になる一時間前に、クイーン父子は〈クラブ・マラ〉の入口にいた。山を思わせるヴェリー部長刑事の姿が、通りの向こう側の歩道にぼんやり見える。警視は冷静だった。それに比べてエラリーは胃にむかつきを覚えていた。ふたりは中へはいり、警視はハンターに面会を求めた。最初は拒まれた。警視が夜会服を着ていなかったせいらしい。だが、輝く小さな警察のバッジを呈示すると（エラリーのほうはふさわしい装いだった）、あとはすんなり行った。

ハンターはダンスフロアのそばの大きなテーブルにいて、ライ・ウィスキーの瓶と無言で心をかよわせていた。ヤギのように蒼白《そうはく》な顔をして、緊張している。目の下のたるみさえすぼんで小さくなっているように見えた。ハンターがグラスをじっと見つめ、給仕がときおりだまってそれに注ぎ足す。

連れの者たちの注意が自分に向けられても、ハンターは何千マイルも遠くにいるかのようだった。同じテーブルに蘭の花のようなマラと、眉《まゆ》の濃い大男のトミー・ブラックもいて、ふたりで笑い声をあげたり、遠慮なく膝《ひざ》をふれ合わせたりしていた。毛深いボクサーの手が女の華奢《きゃしゃ》な手にそっと押しあてられている。ふたりはハンターの前で大っぴらにいちゃついていた。それどころか、ハンターがいることに気づいていないかのようだった。この奇妙な一団の第四の人物はトニー・マーズだ。体に合わない夜会服を着て、警察委員長の手だとでも思っているのか、葉巻をしきりに嚙《か》んでいる。

警視は居心地の悪そうなエラリーを後ろに従え、そのテーブルへ歩み寄って言った。「みなさん、こんばんは」大いに親しみのこもった口調だ。

マーズが立ちあがりかけ、また腰を沈めた。マラ・ゲイはさえずりのように響く笑い声を途中で切り、小柄な警視を見つめた。「あら、だれかと思えば!」甲高い声を発した。少し酔っていて、目が異様な輝きを放っている。極端に襟ぐりの深くあいたドレスから、ほっそりした上半身の曲線がむき出しになっている。「それにシャーロック・ホームズさんまで! さあ、こちらへどうぞ、シャーロックさん――さあ、あなたもどうぞ。おじいちゃま。ほら!」

ジュリアン・ハンターがグラスを置いて、静かにたしなめた。「だまるんだ、マラ」

ブラックが両のこぶしを握りしめて、目の前のテーブルクロスの上に置いた。大きな肩がわずかに緊張する。

「やあ、警視」マーズがくぐもった声で言った。「ああ、会えてよかった！　一日じゅうあなたに電話をかけていたんですよ。わたしのところの閉鎖を解いてもらわないと……」

「その話は別の機会にしましょう、トニー」警視は微笑んだ。「ええと――ハンターさん――少し話をしたいんだが」

ハンターはやや顔をあげ、すぐに目を伏せた。「あす来てください」

「たぶん、あすは忙しいんでね」警視は穏やかに言った。

「厄介ですな」

「わたしは厄介者だと言われてきたんだよ、ハンター。どこかふたりきりで話せるところはないかな。それとも、ここでぶちまけたほうがいいか」

ハンターは冷ややかに言った。「好きにすればいい」

エラリーがすばやく一歩前へ踏み出したが、警視が細い腕を突き出して制止した。

「わかった。では、友人たちの前で話そう。きみのことを調べあげたんだ、ハンター。そして実に興味深いことがわかった」

ハンターはかすかに頭を動かした。「まだ見当ちがいの捜査をつづけてるのかい」

あざけって言う。「わたしをホーン殺しで逮捕して、けりをつけたらどうですか」

「ホーン殺しで逮捕する？　なぜそんなふうに考えるんだね。そういうことじゃないんだ、ハンター」警視はなだめるように言った。「それとは別だよ。賭《と》博《ばく》場の件だ」

「なんの件だって？」

警視は嗅《か》ぎ煙草を吸った。「この上で賭博場を経営しているね」

ハンターはテーブルの端をつかんで立ちあがった。「もう一度言ってもらおう」押し殺した低い声を出す。

「きみはこの階上に、ニューヨークでも指折りの高級な賭博場を持っている。おまけに指折りの大物連中の引き立てを受けている」警視は愛想よく言った。「まあ、こんなことを言うと、わたしの警察バッジが危うくなるのはわかっているんだがね。きみの賭博場は――それも一軒じゃない――市当局の悪党たちの庇《ひ》護《ご》を受けている」

「まったく、ばかなじいさんだな」ハンターがしゃがれた声を出した。目が怒りに燃えて赤くなっている。

「そればかりじゃない。きみはボクシングにからむ不正で大儲《おおもう》けをしている連中のひとりだ。マーフィー対タマラのいかさま試合を仕組み、ピューリージとぐるになってレスリングの不正にも手を染めている。トニー・マーズを意のままに操っているという話さえある。それに関しては、信じていないがね。トニーはまっとうな人だから。

それに、ハーカー対ブラックの試合で大がかりな八百長を企てているともっぱらの噂だ。トニーがそんなことをするわけがない……。おとなしくすわってろ、ブラック。ここでこぶしを使っても、おまえのためにならない」

ボクサーは小さな黒い目を警視の顔から離さなかった。トニー・マーズはすわったままじっとしている。

「まったく、やかましいネズミだ！」ハンターが怒鳴り、指を曲げてよろめきながら前進した。マーズがすばやく立ちあがって押しもどす。マラ・ゲイはいまやすっかり酔いが覚め、蒼白になって身を硬くしている。トミー・ブラックは瞬《まばた》きひとつしない。

「いいか、あんたなんか警察から叩《たた》き出してやる……。このしなびたまぬけじじいめ……。喉《のど》を絞めて――」

エラリーは笑顔の父を押しのけ、冷淡に言った。「酔っ払ってるとばかり思ってたけど、頭がいかれてるんだな。いまのことばを取り消せ。それとも、ぶちのめしてやらなきゃいけないのか」

事態が一気にこみ入り、険悪な雰囲気が漂った。給仕たちが飛んできた。オーケストラが騒々しい曲を一段と激しく演奏しはじめる。まわりの客は首を伸ばして見物していた。騒音が高くなる。ブラックが立ちあがり、マラの腕をとって、静かに人混みのなかへ歩き去った。つかの間、ハンターの注意がそれた。顎《あご》からよだれを伝い落としながら、大きく目をむき、ブラックのほうへ突進しながら叫ぶ。「おい、おまえもだ、屑野郎《くず》！　きさま――」マーズが手でハンターの口を押さえ、椅子へ引きもどした……。

エラリーは父と並んでブロードウェイへ向かって歩道を進んでいた。自分自身と、世の中と、世のあらゆることに対して、ほとほと嫌気が差していた。妙なことに、警視は相変わらず微笑を浮かべている。ヴェリー部長刑事はだまってふたりに歩調を合わせていた。

「あのばか騒ぎを聞いたか、トマス」警視が含み笑いをした。

「ばか騒ぎですって！」

「まあ、そんなものだ。社交界だと！」警視は冷笑した。「名門が聞いてあきれる！　ひと皮むけば、どいつも悪党ばかり、中身はまるっきりただの鼻つまみだ。ハンターめ……。ふん！」

「何かわかりましたか」部長刑事がしかめ面で尋ねた。

「いや。だが、あの男はこの事件にどこかでかかわっている。命を賭《か》けてもいい」

エラリーはうなった。「ハンターから何かを引き出そうとしたのなら、父さんは正反対のことをした」

「まさか」警視は笑った。「おまえはああいうことにかけては素人だ。わたしはやつの化けの皮を剝がしたんだ。たしかに、あの男は酔っ払っていた。だがいいか、父親のことばを注意して聞くんだ。やつはまもなく、用心ってものを忘れる。じきに事件の全貌《ぜんぼう》がわかるぞ、エル。そう、わたしの言ったことを覚えておけ。忘れるなよ」

警視が幸運な予言者であったのか、鋭い心理学者であったのかはさておき、熟成期間が終わりに近づきつつあったのは事実だった。

敵意を駆り立てられたのか、ハンターはもはや否定しようがないほど、躍起になって糸を操った。事態が動きはじめた。

ふたつの出来事が立てつづけに起こった。ひとつは、その翌朝にウェルズ警察委員長がコロシアムの閉鎖解除を命じたことだ。

もうひとつは、夕刊各紙がつぎのように報じたことだ。来たる金曜の夜、トミー・ブラックとヘビー級王者ジャック・ハーカーの選手権試合が、もとの予定どおりコロシアムでおこなわれることになった。そして翌日の土曜の夜には、トニー・マーズが記者たちに語ったことばを借りれば〝たちどころ〟に、リングと、リングサイドの座席と、ほかのボクシング用の設備をすべて撤去する離れ業を披露し――〝三週間前に悲運の幕あけをした怪物級の西部ショー〟ワイルド・ビル・グラント・ロデオが、子供たちを啓発し、物見高い人々を満足させるために、二度目の盛大なる開幕をおこなう、と。

（原注）

＊クイーン氏は共同で力を注ぐ必要のある状況で、警視と協力せずに一見薄情に思える態度をとり、読者からしばしば非難されてきた。精神科医なら、おそらくただちに事の真相に気づくはずだ。簡単に説明するには、興味を持った読者に対して『ギリシャ棺の秘密』を参照するよう指示するだけでいい。あの事件の捜査はクイーン氏がごく初期に手がけたもので、きわめて頭脳明晰《めいせき》な犯人に繰り返し出し抜かれたことをご記憶だろう。適切だと思う解決を何度も提示して、のちにそれが完全にまちがいだったとわかるという経験をして、クイーン氏は自分の推理がなんの疑いもなく正しいという絶対の確信を得るまでは、推理をけっして人に話すまいと誓った。――J・J・マック

15　ボクサーの王

「ラジオをお聞きの紳士淑女のみなさん、こちらニューヨーク市によみがえった現代のコロシアム、トニー・マーズの大競技場のリングサイドです。このすばらしき金曜の夕べにお届けするのは、大決戦、いやいや、世紀の大決戦と言うべきでしょう、ハハハハハ……。この番組は、みなさまがよくご存じの××放送会社のご厚意によって全国に中継され、またイギリス、フランス、ドイツでも放送されることになっています……。

まもなく試合開始の時刻、そうですね、ちょうどあと十二分、いましばらくお待ちいただきましょう、ハハハハハ……。この会場の盛りあがりはおそらく、ドイツ《ドイチュラント》にも届いているでしょう。ニューヨークじゅう、それにシカゴの大半の人間が、ボクシング史に残るこのイベントを観るために集まっているかのようです……。二万人を収容できるこのコロシアムも、天井までぎっしり埋めつくされています。ダフ屋についてもれかかっているなどと、だれに言えるでしょう、ハハハハハ……。

またしかり、きょうは書き入れどきだったようです。この実況席のすぐ後ろの列におすわりのかたは、喧嘩《けんか》の見物のためにアメリカの金を百ドルも払った、世知辛い世の中だ、と先ほどおっしゃっていました……。

ええ、その紳士が投じた大金に見合う試合を望みます。いや、すばらしい試合になることでしょう。さて、開始まであと八分、途中からお聞きのみなさん、こちらでは、王者ジャック・ハーカーと挑戦者トミー・ブラックのヘビー級タイトルマッチ戦をお伝えします。この番組は××放送会社のご厚意によって海外にも中継されております。場内は大変な興奮で、何かが起こってもほとんどわからないような状態と申しますか、ハハハ……。おっと、ただいまふたりの若者が愛の営みを、いやいや冗談。前座試合がおこなわれていまして、いま聞こえたのは十三ラウンドの開始を告げるゴングです。試合は十五ラウンド制、〝ジョージアのブラック・ボーイ〟の異名をとるジョージ・ディケンズに対するは、ボストンの〝闘士〟ベン・ライリー。なかなかいい試合で、終始ややライリーが優勢か、ああ、ちょっとお待ちください、いま何が起こっているのかよくわかりません、それに歓声が大きくて何も聞こえない、まるで民主党全国大会だ、ハハハ……。

今夜のリングサイドは貴族、いや、名門の出のかたがたが燦然《さんぜん》と居並び、メトロポリタン歌劇場の初日の夜さながら。ご婦人がたは佳麗をきわめ、その胸もとを飾るのは、パリで言うラヴァリエ……。あれはだれでしょう、ああ、そうです、ハリウッドの蘭《らん》と言われる美しき有名映画スター、マラ・ゲイさん。ひときわあでやかな姿です。その隣はご主人のジュリアン・ハンターさんだ。社交界の著名人で、ブロードウェイのナイトクラブの所有者でもあるその人がリングサイドに姿を見せています……。華麗なマラさんはトミー・ブラックに声援を送っていますね。ブラックはそう、たしかカリフォルニア生まれだったかと……。そして、ハンター夫妻のすぐ隣には、トニー・マーズさん。マーズさんはこの世界では最も著名な古くからのスポーツ振興者で、ご存じのとおり、この殿堂を建てたかたです……。それから、かつて西部の名高い保安官であったワイルド・ビル・グラントさんと、そのご子息のカーリーさん、それに西部劇映画のスター、キット・ホーンさんもいます。そして……。あ、ちょっと待ってください（おい、ビル、ホーンさんの隣にいる背の高い若者はだれだ？　あの鼻眼鏡をかけた、鋭い目鼻立ちの男だよ。そうか、ありがとう）、警察本部のクイーン警視のご子息、エラリー・クイーンさんもお越しです。警察の幹部もおそろいのようで、リングの向こう側ではウェルズ警察委員長がクライン主任警視と話をなさっています……。

きょうの午後におこなわれた計量後の公式発表によれば、ブラックは百九十二ポンド、チャンピオンは……」

「ふたりがリングに登場します。このすさまじい大歓声をお聞きください。来ました、チャンピオンです。古参の名チャンピオン、ジャック・ハーカーがリングにあがりました。おなじみの縞《しま》模様のガウンに身を包み、マネージャーのジョニー・オールドリッチとセコンドが付き添っています。ジャックは調子がよさそうですね、よく日に焼けた顔で、直前まで調整に励んでいたらしく、やや疲れた様子も見えますが、ひげをきれいに剃《そ》っている、ええ、みなさんご存じのとおり、験《げん》かつぎです。さて、トミー・ブラックだ——トミー・ブラックの入場です。なんという大喝采《かっさい》、ラジオをお聞きのみなさんの耳に届いているでしょうか……。万雷のごとく、大観衆がトミーに声援を送っています、ハハハ……。この人気者はずいぶん生きがよく、新調した黒いサテンのガウンを着て、バンデージを巻いた両手は鋼鉄の塊さながらだ。この試合、ずっと賭《か》け率がおかしかったようですが、ぎりぎりになって挑戦者のオッズがさがり、いまは五分五分だとか……。おや、お待ちください、いまジム・スタインクがアナウンスの準備をしています……。さあ、すべて整いました。両選手がリングの中央へ進み、レフェリーの〝イーグル・アイ〟ことヘンリー・サンプターから最後の注意を受けています。いま、両者がグローブを軽くふれ合わせました……。どちらも自信たっぷりです……。特にトミーは少し顔をしかめているものの意気揚々で、かつての〝マナッサの人殺し〟にますます似てきましたね。あのデンプシー流を髣髴《ほうふつ》させるウィービングで、パンチの威力もほぼそれに迫るかと――。

ゴングが鳴る、セコンドがリングからおりる、トミーが先に仕掛ける、まさに一閃《いっせん》、左が顎《あご》の真ん中をとらえる、ガードがあがる……。たいして効かなかったのか、チャンピオンのジャックは笑みを浮かべています。ジャックを軸にして、ふたりがリングをまわっている。チャンピオンはまだ一度もパンチを出していませんね。互いに相手の隙をうかがっている、おっと、トミーがまた攻める……。電光石火の攻撃……。強烈な左がふたつ、顎に炸裂《さくれつ》、ジャックが顔をゆがめる。そうとう効いたが、持ち堪《こた》えたようです……。いやあ、トミー・ブラックは実にいいボクサーだ。チャンピオンのパンチはまだ一発もはいっていませんね……。出た、必殺の右！　いまのがトミーの顔にきれいに決まっていたら、幕引きだったでしょう……。しかし、そこにトミーの顔はありませんでした。

おお！　待て、ちょっとお待ちください、いま……。おお！　みなさん、いまトミー・ブラックが左ストレートを八発、立てつづけにチャンプの顎に浴びせ、さらについ右ショートフックを一発顎に見舞いました。ジャックはふらふらで、膝《ひざ》が崩れそうだ……。防戦一方、クリンチで逃れますが……。レフェリーがふたりを分けようとしています。トミーは殺し屋の形相でレフェリーに従うが、チャンピオンは蛭《ひる》のようにくっついて離れない……。やっと離れた。打ち合いだ。トミーは歯をむき出しにして不敵な笑みを浮かべ、攻撃の手をゆるめない。冷静に、容赦なく襲いかかります……。来たぞ！　また左、右、左、右、左……。

ジャック、ついにダウン、ダウンです……トゥ、スリー、フォー、ファイブ、シックス、セブン、立ちあがろうとする、エイト、ナイ……。前かがみで跳びすさりながら立ちあがったものの、トミーが追いかけ、レフェリーのヘンリー・サンプターがすぐあとを追う……。

おーっ！　チャンピオン、またもダウン。ものすごい歓声をお聞きください。大観衆が熱狂しています……。ファイブ、シックス、セブン、エイト、ナイン……。テン！　ノックアウトです。世界ヘビー級の新チャンピオンだ……。放送をお聞きのみなさん、世界ヘビー級の新チャンピオンが、ボクシング史上初の一ラウンドKOという快挙によって誕生しました……。

トミー、トミー、こっちへ、マイクにひとこと頼むよ！　トミー！」

それは一連の出来事が新たなラウンドを迎えるにあたり、幸先《さいさき》のよいはじまりとなった。つぎつぎと何かが起こるたび、事態は好転していった。エラリーはプロボクシングという蛮行を少し胸の悪くなる残忍な見世物としか思っていなかったため、リング上のボクサーより、自分のまわりの連中のほうに注意を向けた。リングを囲んでひしめき合う何百もの人のなかで、エラリーだけがジュリアン・ハンターの苦々しげな渋面や、トニー・マーズの冷ややかで計算高い目の光を見てとった。また、チャンピオンがノックダウンされて体を痙攣《けいれん》させていたとき、トミー・ブラックがうつ伏せの相手から凶暴な目をけっして離さず、ニュートラルコーナーで――まさに饒舌《じょうぜつ》なアナウンサーのことばどおり――〝冷静に、容赦なく〟体を上下に躍らせたとき、それを見るマラ・ゲイの美しい顔に恍惚《こうこつ》として荒々しく高ぶるような表情が現れたのにもエラリーは気づいた。

エラリーは帰らずに残っていた。理由があってのことだ。機に乗じることにかけて非凡な才能を持つトニー・マーズは、最初の騒ぎがおさまるとすぐ、新チャンピオンのために今夜〈クラブ・マラ〉で〝盛大な祝賀会を開く〟と発表した。八百長負け、つまりトミー・ブラックが賭博《とばく》師たちの言いなりになってチャンピオンにわざと負けるのではないかと案じていたが、それが回避できたから、マーズもそんな椀飯《おうばん》ぶるまいをする気になったのだろう。何しろマーズは、衝動的に気前がよくなることはあるものの、金には慎重な男として知られている。いずれにせよ、それは広く開かれた宴となった。新聞協会の代表者たち、著名なスポーツ記者、興行主たち、グラント父子、キット・ホーン、ロデオ一座の全員(みなボクシングの試合を熱狂しつつ観戦した)――だれもが招待された。

真夜中の〈クラブ・マラ〉は奇妙な恍惚に支配されていた。ドアは閉めきられた。広々とした部屋は、さまざまな花とボクシングのトロフィーで飾り立てられていた。いつものように冷静で愛想のよいマーズが宴を取り仕切った。酒は惜しげなくふるまわれた。中央のテーブルに、たくましいシレノス(ギリシャ神話の酒神ディオニュソスの養育者で、いつも酔っている)さながら、トミー・ブラックが石膏《せっこう》で型をとったような夜会服に大きな体を包んですわり、傷もなく落ち着いた様子で微笑を浮かべていた。

エラリーは静かに室内を歩きまわった。ワイルド・ビル・グラントを探したが、見つからなかった。それとなくマーズから聞き出したところによると、グラントは丁重に招待をことわったとのことだった。疲れたし、あすの夜のロデオ開幕のことも考えなくてはならないから、と。だが、カーリーは出席していた。それにキット・ホーンもいた――輝く目をしたその娘は、きわめて冷めた態度で、微笑みかけられれば微笑み、話しかけられれば話をするものの、ほとんどずっとジュリアン・ハンターから目を離さず、嫌悪と魅力を同時に感じさせる奇怪な生き物でもいるかのように見つめていた。

室内にはさまざまな音が響いていた――瓶の栓を抜く音、グラスのふれ合う音、人々がわめく声。浮かれ騒ぎの中心にいるのがブラックであり、先頭に立つのがマラ・ゲイで、肌を露出したドレスを着て、この世のものとは思えぬ美しさだった。マラはひどく酔っていた——酒そのものよりも、ブラックへの賞賛と、ブラックの成功、肉体、性的魅力にだ。グラント一座の四十人は、ワインとウィスキーの飲み放題に驚き、気前のよさに感謝しつつ、陽気に騒いで大いに飲んだ。そして人間の胃袋におさまる限界まで飲んだ。それでも、顔が濃い赤褐色になり、舌が少しもつれたほかは、ほとんど酔った様子を見せなかった。片腕の姿が目を引くウッディーが、椅子の上に立って叫んだ。「みんな、〈カウボーイの哀歌〉を歌おう！」それからは、その歌のもの悲しい情緒を伝えようとする、荒々しいしゃがれ声が夜をつんざいた。ダニエル・ブーンはその歌の悲しさにすっかり打ちのめされ、床にくずおれて苦い涙を流した。新聞記者たちのほとんどは静かに飲んでいた。

エラリーはまだ歩きまわっていた。

真夜中を過ぎると、小さなグループがいくつかできた。エラリーが見ていると、まったく素面《しらふ》のキットが苛立《いらだ》たしげに妙なしぐさをしながら立ちあがって、カーリーに何か言い、クロークのほうへ向かった。カーリーがおとなしくそのあとに従う。エラリーはそれきりふたりの姿を見なかった。

ブラックはトレーニングの重圧から解放され、マネージャーである小柄で太った汗っかきの男の制止もかまわず、上等のシャンパンをがぶ飲みした。驚いたことに、ほんの少しの酒がこのスポーツ選手の頭にたちまちまわり、十分後には、ブラックはへべれけになっていた。そのころにはもう、賛美者のだれもが三十分以上前のことは何ひとつ覚えていないというすてきな理由によって、ブラックはその夜の獅子《しし》ではなくなっていた。トミー・ブラックのマネージャーはチャンピオンを素面でいさせることをあきらめたらしく、小さな黒い瓶を脇にかかえて、ひとりで静かに酔おうと部屋の隅へ引っこんだ。

そこでエラリーはブラックのテーブルへ行って腰かけた。マーズもそこにいて、じっくりと飲んでいた。ひどい騒音がまわりに渦を巻いている。

「だれかと思ったら」ブラックは定まらぬ凶暴な目つきでエラリーをにらみ据えながら言った。「小さいおまわりか。親父に言ってくれ。口を慎め、慎めってな。だが、このトミー・ブラックは恨んだりしない。さあ、飲めよ、坊や。飲め」

エラリーは微笑した。「ありがとう、もうじゅうぶん飲んだよ。ところで、世界チャンピオンになった気分はどうだ」

「なかなかだ」ブラックは熱っぽくわめいた。「ああ、いい気分だ。おい、きみ！」声を張りあげる。その声は、それを上まわるにぎやかな騒ぎに掻《か》き消された。「ええい、ちくしょう。ここじゃ話もできねえ。どこかへ行こう、おれの生い立ちを話してやる」

「喜んで」エラリーは愛想よく言った。そして周囲を見まわした。ハンターとマラ・ゲイはすでにどこかへ姿を消していた。どこへ行ったのか、見当はついた。「隅にいくつか小部屋があるんだ、トミー。あそこで、名声を得るまでの苦労や波乱を聞かせてもらおう。いっしょに来ませんか、マーズさん」

「行こう」マーズはぼんやりと言った。声にどこかためらうような響きがあるのを除けば、素面と言ってもいい。

三人は人混みを苦労して掻き分けながら左側の壁際へ進んだ。そこに少人数用の小部屋が並んでいた。エラリーはその小部屋のひとつへ連れのふたりを巧みに導いた。そろって腰をおろしたとき、エラリーは案の定だったと確信した。隣の小部屋から幾人かの耳慣れた声が聞こえてきた。

ブラックが話しはじめた。「親父はパサデナでブリキ職人をしてた。で、おふくろは——」急に口をつぐむ。隣の小部屋から聞こえる話のなかに、自分の名前が出てきたからだ。「おい、だれなんだ——」怒鳴りかけて、また口をつぐんだ。こんどは目つきを険しくして、息をひそめている。酒で赤くなっていた頰から一気に血の気が引いた。

マーズは張りつめた顔をして背筋を伸ばした。エラリーは筋肉ひとつ動かさなかった。検証する科学者は平静を保たなくてはならない。

「そうとも、何度でも言ってやる。おまえは最低だ！」ジュリアン・ハンターの声が小さく聞こえる。「おまえと、あのブラックのゴリラ。このわたしを虚仮《こけ》にしやがって。おまえみたいなあばずれと結婚して、玉の輿《こし》に乗せてやったんだぞ——おい、わかるか。おまえがゴリラの肉なんかをほしがったせいで、わたしの名前がタブロイド紙のゴシップにまみれるなんてご免なんだよ——わかるか。ライオンズがおまえとブラックの浮気をほのめかしたんだ。そうだ、あの卑劣な悪党の言うとおりにちがいない！」

「でたらめよ」マラ・ゲイが甲高い声で言う。「ジュリアン、誓ってもいい——そんなこと、ぜったいにしてない。あの人はただあたしに親切なだけで……」

「〝親切〟なんて、うまいことを言うじゃないか」ハンターは冷たく言った。

「ジュリアン、そんなふうにあたしを見ないで。だって、ぜったいにそんなことしない……。考えもしないって……」

「嘘だ、マラ」ハンターは感情を表さずに言った。「おまえはブラックのことで嘘をついてる。ほかのことで何年もわたしを欺いてきたように。おまえはただの薄汚くて安っぽい——」

テーブルクロスの上で、ブラックの大きなこぶしが握りしめられた。浅黒い肌が激情によって石のごとくこわばる。

エラリーは体を硬くし、同時に胸のなかで計算を立てていた。ジュリアン・ハンターの抑揚のないゆっくりした声がつづく。女優がいくら訴えても取り合わず、相手のヒステリーがひどくなっても意に介さず、ハンターは濁った空気のなかで燃え立つことばを使って、相手を非難し、罵倒《ばとう》している。だが、ハンターはさらにこう言った……。

「知ってるのはそれだけじゃないぞ、マラ。わたしを裏切り、胸毛を生やした獣たちと不貞を働いただけじゃない」ハンターは静かに言った。「ほかにもたっぷりある。そうそう、男遊びをばらされたって、おまえにはたいして痛手じゃないのはわかってる。そういう評判は、おまえのご立派で繊細な女優としての〝キャリア〟に役立つはず――」

「くだらない！」マラが叫んだ。

「――だが、おまえにはほかにも問題がある。映画界での名声すら失いかねない問題がな。万一……。そう、もしわたしがいまこの瞬間にフロアの真ん中へ出ていって、あそこにいる記者たちに、ハリウッドの蘭《らん》、マラ・ゲイはただの――」

「お願い、やめて！」マラが金切り声をあげた。そのときトミー・ブラックが筋肉に力をこめてつぎの動きを知らせることもなく、椅子から突然立ちあがり、隣の小部屋へと駆けだそうとした。

エラリーとマーズも急いで立ちあがって、ブラックのあとを追い、引きしまった腕をつかんで引き止めた。ブラックは振り向きもせずにふたりを振り払った。そのあまりの勢いに、マーズは後ろへよろめいて倒れ、床でしたたか頭を打った。エラリーははね飛ばされて柱にぶつかり、気が遠くなりかけた。

めまいを覚えつつ、エラリーが見ると、ボクサーはリング上でするように前傾し、広い背中に黒い夜会服の布が鎖帷子《かたびら》のように張りついていた。ブラックはハンターの喉《のど》をつかんで、椅子から引っ張り立たせ、子供を相手にするように体を揺すぶったあと、そっとおろした。マラ・ゲイは蒼白《そうはく》になって口をあけたが、体が麻痺《まひ》して叫び声をあげることすらできない。ハンターは放心しているようだった。

そのとき、ブラックの巨大な右のこぶしがうなりを立ててハンターの顎《あご》の先端を直撃した。ハンターは音もなく床に倒れた。

おそらくそれが炎を熾《おこ》すのに必要な火花だったのだろう。エラリーが気づいたときには、〈クラブ・マラ〉は阿鼻叫喚《あびきょうかん》の巷《ちまた》となり、渦巻く人々がよろめいたり殴り合ったりするなかで、陶器が飛び交い椅子が投げられる悪夢の場と化していた。

エラリーはなんとかその混乱のなかをすり抜け、怯《おび》えるクローク係の女からコートを受けとって、かぐわしく新鮮な外気のなかへ出た。

エラリーはいやなにおいがまだ鼻孔に残っているかのように、鼻に皺《しわ》を寄せた。深く考えこむような目をしていた。

16　借用証書

〝……そして、その夜二度目のKO勝ちをした。こんどの強敵は偉大なるろくでなしのジュリアン・ハンターその人だ。実に愉快ではないか！　シャンパンの大瓶が……〟。

翌朝、エラリー・クイーン氏は朝食の卓につき、テッド・ライオンズの記事にだまって目を通した。昨夜〈クラブ・マラ〉でその記者を見かけた記憶はなかったが、ライオンズが〈内幕〉というそのコラムでいま爆発させた内容を考えれば、あの場にいたのは明らかだった。ライオンズは浮かれ騒ぎの様子と、登場人物の配役、そして前夜のドラマの山場をいくつか選んで描写していた。有名人たちを相応に評価し、扱いがむずかしいところでは解説を加えることも怠っていない。エラリーのことは〝新チャンピオンの被害者となったお偉方のひとり〟と説明している。そのうちに、エラリーの目が険しくなった。記事の最後に、注目すべきほのめかしがあったからだ――その出所を思うと、なおさら驚きだった。

いかなる枷《かせ》によって、ハンターは有名人の妻マラ・ゲイをつなぎ留めているのか――

どう想像をたくましくしても、その枷は単なる夫婦関係ではない——と、ライオンズは贅言《ぜいげん》を費やすことなく疑問を投げていた。〝噂によると（読者はすでによくご存じかもしれないが）このご立派な夫婦は、犬と猫のように仲が悪く、犬の夫はひどく見《み》栄《え》を張り、猫の妻は雌猫のなかの雌猫のごとき鳴き声をあげる〟。マラが神経質で興奮しやすく、目が輝いたり曇ったりと落ち着きなく変わるのは、不幸な結婚生活だけが原因だろうか、とライオンズは問うていた。〝その小さな巣には、ト《T》リニト《N》ロト《T》ルエンがある。夫はそれに気づいているのか。妻のほうも、それが露見したら自分の地位がどうなるのかわかっているのか。むろん、ともに承知のはずだ！〟

エラリーは新聞を置いて、コーヒーのお代わりをついだ。

「おい、それについてどう思う」警視が尋ねた。

「ぼくはばかだったよ」エラリーは言った。「むろん、ネズミ野郎の例に漏れず、ライオンズも鋭い目を持ってる。あの女は麻薬中毒だ」

「真っ先にそれを疑うべきだったな」警視はぼやくように言った。「あの女、見るたびにどこか変な気がしていたんだ。気味が悪いところがあってな。コカイン中毒か。すると、ハンターはゆうべ、それをねたに脅していたのか！——何をにやにやしている」

「にやにや？　しかめ面だよ。可能性を考えてるところだ」

「なんの可能性だ。ああ、あの女が逃亡を図るということか。そうだ、おまえに知らせがある」

「知らせ？」

「朝刊の遅版に出ることになっている。けさトニーが電話で内密に知らせてきたんだ。なんだかわかるか」

「さっぱり見当もつかないね。いったい、なんだい」

警視は悠々とこの朝最初の嗅《か》ぎ煙草を吸った。そして、いつもどおり三度くしゃみをして、小さい鼻を強くぬぐった。「ぎりぎりになって決まったそうだ。ワイルド・ビル・グラントのショーに新顔が出る」

「今夜の二度目の開幕に？」

「そうだ……。だれだと思う？」

「ぼくは推理が世界一苦手でね」

「キット・ホーンだ」

「まさか！」エラリーは目を瞠《みは》った。「ほんとうにロデオ一座に加わるのか」

「トニー・マーズが電話でそう言っていた。新たな宣伝になる——殺しを種にして金を儲《もう》けるってところだな。信じられない話だ」

「同感だな」エラリーは眉《まゆ》をひそめた。

「思うに」警視は微笑んだ。「あの気の毒な娘は――なんと言うか――復讐《ふくしゅう》心に取り憑《つ》かれている。でなければ、わざわざ映画スターの地位を捨てて、なぜロデオなんかに出たがる？　そんなことは火を見るよりも明らかだ。それに、きっと映画の契約の件で厄介なことになる」

「ぼくの目が正しければ、あの人はただ契約の件だけを気にして思いとどまったりはしないだろうね。すると……」

「だが、ひょっとするとグラントの息子のせいかもな」警視は言った。「あのふたりには仕事での結びつき以上の関係がありそうだ。というのは――」

呼び鈴が鳴った。ジューナが玄関へ飛んでいった。それからふたたび姿を見せ、当のキット・ホーンをクイーン家の居間へ招き入れた。

エラリーははじかれたように立ちあがった。「おや、ホーンさん！」大声で言う。「驚いたな。さあ、どうぞ、コーヒーをいかがです」

「けっこうです、どうも」キットは低い声で言った。「おはようございます、警視さん。ちょっとお邪魔しただけなんです。わたし――あることを……あの、お話ししたくて」

「ほう、それはありがたい」警視は心底うれしそうに言い、椅子を勧めた。キットがぐったりと腰をおろす。エラリーが煙草を勧めたが、キットはことわった。エラリーは煙草に火をつけ、窓際で立って吸った。下の通りへちらりと目をやり、尾行役の刑事が任務を果たしているかをたしかめた。刑事は通りの向かいの鉄柵《てっさく》に寄りかかっている。警視はつづけた。「どんなことかね、ホーンさん」

「妙な話なんですが」キットは手袋をよじってまるめた。落ち着きがなく、目のまわりに大きな弧を描いて紫色の影ができていて、どこかやつれて見える。「バックと関係のあることです」

「バック・ホーンさんに？」警視はいたわるように言った。「ああ、なるほど、それならどんな小さな情報でも参考になりますよ、ホーンさん。どういうことでしょうか」小さな輝く目でしっかりとキットを観察する。エラリーは窓のそばでだまって煙草を吹かしていた。自分の立場を心得ているジューナはすでに台所へ姿を消している――もっとも、最初に尊敬の一瞥《いちべつ》を投げていたが。

「正直に言って」キットは手袋にさわりながら話しはじめた。「その――どこからお話ししたらいいかわかりません。とてもむずかしくて」そして手を動かすのをやめ、顔をあげて臆《おく》せずに警視を見た。「コップのなかで嵐を起こそうとしているだけなのかもしれません。でも、たとえ意味はなかったとしても、わたしには重要なことに思えるんです」

「それで？」

「つまり——ジュリアン・ハンターさんのことです」ことばを切る。

「ほう」

「つい先日、ハンターさんに会いにいきました——〈クラブ・マラ〉へ、ひとりで」

「なるほど、つづけてください」警視は言った。

「来てくれと言われたんです。わたし——」

「電話か手紙をよこしたんですね？」警視は部下の怠慢を疑って、鋭い口調で言った。

「いいえ」キットは意味のわからぬ質問をされて驚いた顔をした。「ある晩、〈クラブ・マラ〉で、わたしをうまく脇へ連れ出して、翌日の夜にひとりで来てくれと言ってきたんです。なんの用かは教えてくれませんでした。だからもちろん、わたしは行きました」

「それから？」

「ハンターさんは私室にいました。はじめはとても礼儀正しかったんです。ところが、そのうちに仮面が剝《は》がれて。わたしに恐ろしいことを言いました。あの人が賭博《とばく》場を経営しているのはご存じですね、警視さん」

「ほんとうかね」警視は言った。「それがこの話とどう関係するのか」

「あの、たしか一週間ほど前——父が亡くなる一週間ほど前、わたしたちが東部に来てまもなくのことです。トニー・マーズさんがわたしたちをハンターさんに紹介したんです。父はハンターさんの賭博場へ行きました——〈クラブ・マラ〉の上です。そして賭《か》け事をした」

「ポーカーかな。それともクラップス?」

「ファロです。それで大金をすりました」

「なるほど」警視は穏やかに言った。「あなたのお養父《とう》さんの預金を調べあげたんですよ、ホーンさん。ここのじゃなくて、ワイオミングのほうのね。すると、一セント残らず引き出されていた——ニューヨークへ来る前に」

「ぼくははじめて聞くけど」エラリーが窓際から鋭い声で言った。

「おまえが尋ねなかったからだ。で、ホーンさんはいくらすったんですか」

「四万二千ドルです」

警視とエラリーは口笛を吹いた。「ずいぶんな大金だ」警視がつぶやく。「というより、多すぎる」

「どういう意味だい」エラリーがすかさず尋ねた。

「ワイオミングのシャイアンの銀行には、全部で一万一千ドル余りしか預金がなかったんだよ、エラリー」

「それを全部引き出した?」

「一セント残らずな。あとは牧場が残るだけで、それがホーンの全財産だった。多くはあるまい？　それなのに四万ドル以上も負けたんですね、ホーンさん！　そのあとのことは察しがつく気がする」

「ええ」キットは目を伏せて言った。「全部をひと晩で失ったわけではありません。ハンターさんが言うには、四日間でそれだけ負けたとか。そこで父はハンターさんに借用書を渡しました」

「現金はまったく払わなかったんですか」警視は眉をひそめた。

「ハンターさんはそう言っていました」

「それはおかしい！　チップを買ったはずでは？」

キットは肩をすくめた。「ハンターさんの話では、ほんの二、三百ドルぶんだけだったそうです。あとは信用貸しした、と。金の持ち合わせがないと父から頼まれたそうで」

「ふむ、どうも変だな」警視はつぶやいた。「ホーンさんは一万一千ドルを持ってニューヨークへやってきて、五千ドルを銀行に預け、二、三日のうちに三千ドルを引き出した――ハンターに現金を渡さなかったのなら、いったい金をどうしたんだ。例の訪問客に渡したんだろうか、エラリー」

エラリーはだまって煙草を見つめていた。キットは身じろぎもしない。警視は室内をひとまわりした。

「それで、ハンターさんはあなたにどうしろと言ったんですか」警視はだしぬけに尋ねた。

「バックが死んで借金が回収できなくなったから、わたしが肩代わりすべきだと言ったんです！」

「まったく、意地汚い男だ」警視は小声で言った。「失《う》せろと言ってやったんだろうね」

「ええ、もちろん」キットはふたたび顔をあげた。その目が一瞬、青灰色の稲妻のように光る。「わたし、かっとなってしまって。あの人の話が信じられなかったので、借用書を見せてくれと言いました。すると、金庫から出してきて見せたんです。なんと、本物でした。それで、勝負に不正があったにちがいない、まともな勝負なら父が得意のファロでそんな大負けをするはずがないと言ったら、あの人は怒って、わたしを脅しはじめました」

「脅した？　どんなふうに？」

「金はきっと払わせてやるからな、と言ったんです」

「どうするつもりだったんでしょうか」

キットは肩をすくめた。「わかりません」

「で、あなたはその場を去ったんですね」

キットは意気ごんで言った「その前に言ってやりました。あなたがどんな人間かわかったって。そのあと、父の借金を払う約束をして引きあげました」

「約束した？」警視は唖然《あぜん》とした。「しかし、お嬢さん、そんな必要は――」

「借りは借りですもの」キットは言った。「だけど、わたしもポーカーをやるんですよ、警視さん。そのときはちょっとした奥の手があって。わたしは言いました、〝ハンターさん、養父の負債はわたしが責任をもってお返しします〟って。あの人、とたんに愛想がよくなって。つづけてわたしは〝でも、バックの殺人事件が解決して、あなたがいっさいかかわっていないと証明されるまでは払いません〟と言って、すぐに飛び出しました」

警視は咳払《せきばら》いをした。「無茶な話だ、ホーンさん。その約束を果たせるだけの財力があるんですか。大金に思えますが」

キットはため息を漏らした。「たしかに大金です。約束を果たすことはとうていできないはずです――父の保険金がなかったら。受取人はわたしひとりですから。父は何年も前から多額の保険をかけていました――十万ドルです。」

「ハンターはそのことを知っているのかどうか――」警視が小声で言いかけた。

「あなたがたがニューヨークに来てから、バック・ホーンさんにいつもとちがう出費はありませんでしたか――賭け事のほかに」エラリーが尋ねた。

「ないと思います」

「ふむ」エラリーは前かがみになって考えていたが、急に胸を張った。「まあいい、さて」快活に言う。「それもこれも、真相がすっかり明らかになったら、おのずとわかるにちがいない。話題を変えましょう。グラントのショーに出るそうですね、ホーンさん。急に決めたんですか」

「ああ、そのこと」キットは日に焼けた小さな顎《あご》を引きしめた。「そういうわけでもないんです。父が撃たれた夜から心の奥にずっとあった気がします。だけど、客寄せのために父の代役をするのではありませんよ、クイーンさん。その件は公表してもらいたくなかったんですけど、グラントさんがどういうわけかそう言い張って、マーズさんもそれに賛成なさったものだから。わたしは一座の一員にすぎません」

「あなたの目的をお尋ねしていいですか」エラリーはやさしく問いかけた。

キットは立ちあがって、手袋をはめはじめた。「クイーンさん」きっぱりと言う。「わたしは父を殺した人間を探しつづけます。メロドラマみたいに聞こえるでしょうけど、それがわたしの気持ちです」

「そうですか。では、犯人はロデオとコロシアムの関係者の周辺にいると信じていらっしゃるんですね」

「そんな感じがしませんか」キットはきびしい顔にかすかに笑みを浮かべて言った。

「さあ、もうおいとましないと」玄関のほうへ歩きだす。「あ、そうそう」急に言って、玄関広間のアーチの下で立ち止まった。「うっかり忘れるところでした。一座の者がきょうの午後、ささやかなお祝いをすることになっています。今夜の開演の少し前です。あなたも出席なさるべきだと思うの、クイーンさん」

「お祝い？」エラリーは心底驚いた。「それはちょっと――なんというか――不謹慎じゃありませんか」

「そうね」キットは深く息をついた。「今回はほんとうに特別なんです。きょうはカーリーの三十歳の誕生日で、お母さまからの遺贈によって、かなりのお金を相続することになっています。カーリーはこういうときに派手なことはしたくないと言ったんです。でも、ワイルド・ビルが差し支えないかとわたしに尋ねたので、もちろんかまわないと答えました。水を差したくなくて――何より、カーリーのお祝いですから」

エラリーは咳払いをした。「それなら、喜んでお邪魔します。会場はコロシアムですか」

「はい。アリーナにテーブルやなんかを出して準備しているところです。では、お待ちしています」

キットは男がするように手を差し出した。エラリーは元気づけようと微笑んで、その手をとった。それからキットはにっこり笑って警視と握手を交わし、クイーン家のアパートメントから出ていった。警視とクイーンは、キットが軽い足どりで階段を駆けおりるのを見守った。

「いい娘さんだ」警視はドアを閉めながら言った。

警視がコートを着て、まさにセンター街へ出かけようとしていたとき、また呼び鈴が鳴った。ジューナが走って応対に出る。

「こんどはいったいだれだ」警視はこぼした。キット・ホーンがブロードウェイのほうへ向かい、すぐにそのあとを刑事が追う様子を、エラリーは窓辺に立ってながめていたが、すばやく振り返った。

カービー少佐が玄関広間のアーチの下で微笑していた。

「おや、おはいりください、少佐」エラリーは言った。

「いつもまずいときに人を訪ねる才能があるらしいね」少佐が言った。プレスしたての服を着て、粋《いき》なステッキを持ち、きれいにブラシをかけたベロア帽をかぶって、折り襟にクチナシの花を挿している。輝かしいほどだ。「すみません、警視――お出かけになるところですね。すぐに失礼します」

「かまいませんよ」警視は言った。「葉巻はいかがです」

「いや、けっこうです」カービー少佐は椅子に腰かけて、ズボンの膝《ひざ》をていねいに引きあげた。「来る途中、階段でホーン嬢とすれちがいました。ちょっとした社交上の訪問ですかな……。わたしはまたお役に立てることがないかと思って立ち寄っただけでしてね。どうやら警察に協力するのが癖になってしまったらしい。悪い気がするものではありませんから」

「善良なる良心を持った人にとってはね」エラリーはにやりとした。

「今夜またコロシアムで仕事をすることになりました」カービーは言った。「例によってニュースの撮影隊を指揮します。きみと警視がわたしに何か特別な用があるかどうか、それを訊《き》きにきたんです」

「特別な用？」警視は眉根《まゆね》を寄せた。「どういう意味ですか」

「いや、それはわかりません。まあ、なんというか——妙な話だが、一か月前と同じようなことになるとか」

「何か起こるとお考えですか」警視はきびしい口調で言った。「現場では、いたるところに部下を配置します。しかし——」

「いや、いや、ちがう。そんな考えはまったくありません。ただ、そう、わたしは特別なものを撮影することができるから、万一のときは——」

警視がとまどい顔になる。エラリーは微笑んで小声で言った。「ご親切にありがとうございます、少佐。でも、今夜は何事もなく楽しい集まりになると思いますよ。ともかく、あとでまた競技場で会いましょう」

「そうですね」少佐は立ちあがり、ネクタイを直して、クチナシのにおいを嗅《か》いだのち、握手をした。帰り際にジューナの頭をなでた。ドアが閉まって、こざっぱりした小柄な姿が消えるときも、少佐はまだ微笑んでいた。

「おい、いったいぜんたい」警視はうなった。「いまのはどういうつもりだ？」

エラリーは小さく笑い、熾《おこ》しはじめの火の前の肘掛《ひじか》け椅子にそっとすわった。

「〝そんなガレー船のなかで悪魔が何を企みおるのか《ク・ディアーブル・アレティル・フェール・ダン・セット・ガレール》〟ってやつだな（モリエール『スカパンの悪だくみ』の一節）」エラリーがフランス語で言い、警視が鼻を鳴らす。「父さんはひどく疑《うたぐ》り深いな。〝フンフンフン、イギリス人の血のにおいがするぞ（『ジャックと豆の木』の一節）〟と言って、恐ろしげに怒鳴り散らすんだから。さっさと自分のバスティーユ監獄へ行くんだね。あの人は親切に言ってくれただけだよ」

「それをお節介と言う」警視は顎を鳴らして言い放ち、ドアを勢いよく閉めて出ていった。

17　祝宴

その日の午後遅く、エラリー・クイーン氏はコロシアムの楕円《だえん》形のアリーナをふちどるコンクリートの壁に寄りかかって、人の悲しみの移ろいやすさについて思索していた。苦《く》悶《もん》は鈍り、記憶はかすむ。もとのまま残っているのは舞台だけであり、過去と現在は不確定の未来とはほど遠いものであることを忌まわしくも無言のうちに思い出させる。二十フィートも離れていないトラック上のまさにその地点《スポット》に、ほんの数週間前、ひとりの男がねじ曲がった四肢を投げ出して地にひれ伏すように倒れていた。いまはその場所を、給仕服の男たちが料理の大皿を持って足早に歩きまわっている。

「〝消えよ、忌まわしいこの染み《スポット》（シェイクスピア『マクベス』より）〟」エラリーはため息を漏らし、人が集まっているほうへ歩み寄った。

土のアリーナの真ん中に長いテーブルが置かれていた。木の架台をいくつも並べ、その上に板を渡して布をかけたものだ。テーブルの上には銀器やガラスの器がきらめき、サラダとオードブルとつややかなハムがふんだんに盛られている……。エラリーはあたりを見まわした。昨夜の痕跡《こんせき》は微塵《みじん》もない。リングとリングサイド席は片づけられ、低い位置に吊《つ》りさげられていたアーク灯も、新聞記者や放送関係者たちの電気設備もなかった。

配膳《はいぜん》が終わった。ワイルド・ビル・グラントが手を息子の広い肩にまわして現れた。

「みんなそろったか」グラントは声を張りあげた。

夜の興行のためにきらびやかな衣装を身につけた一座の者たちが、盛大に拍手をした。

「では、はじめよう！」グラントが大声で言った。「この炊事車から食い物はじゃんじゃん出てくる！」みずから率先して、長いテーブルの上座の椅子に腰かけ、こんがり焼けた腿《もも》の骨つき肉に取りかかった。

グラントの右側に息子のカーリーが、左側にキットがすわった。エラリーはテーブルのキットの側に数席ぶん離れて腰をおろしていた。トニー・マーズがエラリーの向かいの席についた。カーリーの隣には長身で赤ら顔の老紳士がいて、小ぶりのステットソン帽と弁護士用のブリーフケースを椅子の下に置いていた。

一座の者たちは、言われたとおりに料理を食べはじめた。ひ弱な東部育ちのエラリーは、みなの食欲にびっくりした。料理が驚くべき速さで消えていく。物をいっぱい頬張った口や力強く嚙《か》む顎《あご》から、冗談や遠慮のない意見がひっきりなしに飛び出した。

ただし、上座の席だけは静かだった。しだいに死の帳《とばり》がテーブルを覆い、座員たちの騒ぎも小さくなった。それはワイルド・ビルの沈んで不機嫌な態度のせいかもしれないし、あるいは、愛想よく応対しようとつとめても粛として寡黙なキットの存在自体のせいかもしれない。料理がなくなると、会話も途絶えた。最後のひと切れが消えたとき、しんとした沈黙が支配し、言ってみれば、バック・ホーンの幽霊が陰鬱《いんうつ》にその場を取り仕切っているかのようだった。

グラントがナプキンを投げ捨てて立ちあがった。がに股《また》の脚をかすかに震わせ、がっちりした顔を濃い赤褐色に染めている。「みんな!」つとめて明るく叫ぶ。「このバーベキュー・パーティーを開いた理由は知っているな。きょう、せがれのカーリーが三十歳になった」軽い声援が響く。「一人前の男になったわけだから(笑い声)当然受けるべきものを受ける。こいつの母親が死んで——神よ、その魂に祝福を——墓にはいってから十九年になるが、この世を去る前に遺言書を作り、息子に遺産を与えると定めた。息子が三十歳になったら、一万ドルを渡せと指示したんだ。息子はきょう三十になったから、その金を手にする。カマーフォードさんは、何世紀も前のあのインディアンがらみの戦争があった時代から、代々わが家の顧問弁護士をつとめてきた人で、きょうは法律上の手続きを進め、表敬のためにはるばるシャイアンから足を運んでくれた。もっとも、西部から現金を携えてきたわけじゃない。ギャングやら何やらがいたら大変だからな。最後にひとつだけ言わせてくれ」グラントが口をつぐむと、下手なユーモアにお義理の笑みを浮かべていた面々は、つぎのことばを緊張して無言で待ち受けた。突然、動きのないさざめきが長いテーブルを一気によぎって、いっそう不気味さを募らせ、あとはただだれもが目を大きく見開いた。「最後にひとつだけ言わせてくれ」グラントが繰り返した。その声は震えていた。「古くからの大切な相棒バック・ホーンがここに――いまここにいてくれたらと心から願う」

グラントは腰をおろし、しかめ面でテーブルクロスをにらんだ。

キットは身をこわばらせ、テーブルの向こうのカーリーを見つめている。

長身で年嵩《としかさ》の西部男が立ちあがり、かがんでブリーフケースをつかんだあと、体を起こした。留め金をいじる。「ここに」男は言った。「千ドル紙幣で合わせて一万ドルあります」ブリーフケースをあけて中に手を入れ、ていねいにそろえてゴムバンドで留めた紙幣の束を取り出した。「カーリー、母上の最後の願いを果たす手伝いができてとても名誉に思います。母上のご遺志どおり、有意義に使ってください」

カーリーは立ちあがってそっけなく札束を受けとった。「カマーフォードさん、ありがとう。それから、親父も。ぼくは――ああもう――なんて言えばいいのかわからないや！」そして唐突に腰をおろした。

一同がそれを見て、含み笑いをしたり声高に笑い声をあげたりして、その場の呪縛が解けた。

だが、それもつかの間だった。ワイルド・ビル・グラントが言った。「みんな、最後にもう一度、馬具を点検してくれ。今夜は手ちがいがあっては困る」そして給仕長に静かにうなずいた。たちまち椅子が運び去られて、カウボーイたちが席を離れ、給仕係の男たちが食器の片づけに取りかかった……。

すべて何事もなく簡単に終わった。しかしエラリーは、亡霊が浮かんでいるのか、あるいは単に集合意識の表れなのか、実体のない不気味な何かの存在を感じていた。周囲の人々の正直そうな浅黒い顔を見て、みな同じように感じているのだとわかった。迷信深く、感受性の強い風変わりなこの男女の一団は、空中に漂う不吉で恐ろしい予感についてささやき合いながら、不機嫌な一本腕のウッディーを先頭にして楽屋へ引きあげていった。多くの者が廏舎《きゅうしゃ》へ行って愛馬に慰めを見いだしたり、馬具を点検したりし、それ以外の者は自分のお守りにこっそりさわった。

テーブルはすばやく片づけられ、祝宴の痕跡は残らず取り払われて、見る間にアリーナにはパン屑《くず》ひとつなくなった。ほうぼうの入口から作業員たちが群れをなして流れこみ、夜の興行の準備を仕上げにかかった。

エラリーは片隅にひとり離れて、だまって見守っていた。

ほんの十フィートほど先で、グラントが息子とキットに明るく話しかけようとしていた。キットの顔は青白いものの、微笑みをたたえている。カーリーはやけに静かだ。老弁護士はそのそばで笑いかけている。グラントはずっと朗らかだった……。ところが、話しているさなか、かつてインディアンと戦った名高い勇者にして元連邦保安官は急に口をつぐみ、蒼白《そうはく》な顔で唾《つば》を強く飲みこんだのち、何やらぶつぶつ言いながら小走りでアリーナを突っ切って、自分の部屋にいちばん近い出口へ向かった。

カーリーとキットはその場に立ちつくし、カマーフォードはぼんやりと顔をなでていた。

エラリーは獲物に狙いを定めた猟犬よろしく警戒した。何かが起こったにちがいない。だが、何が？　グラントが急に話すのをやめたとき、どこに立っていたのかを正確に思い出そうとしたが、なんの準備もなく無心にながめていたから、ひどくあいまいだった。ようやく思い起こしたのは、グラントがあの瞬間、カーリーの肩越しに目を注いでいたことだ。そう、東のメインゲートを見つめていた。少し前に一座の者たちがぞろぞろと引きあげていった出入口を。

数分後、忙しく働く作業員たちのなかで、ほっそりした体でひとり困惑の表情を浮かべながら、エラリーは思った。グラントはまるで、あの暗いゲートの奥に驚くべき顔でも見たようだった、と。

18　死の騎乗ふたたび

〝歴史は膨大な巻あれど、ただ一ページを持つのみ〟とバイロンが何かに記している(『チャイルド・ハロルドの巡礼』)。歴史には繰り返す傾向があることを高尚に表現したものだ。古代の人々が歴史をつかさどる神を女の姿に象《かたど》ったのは、そんなことを考えたからかもしれない。

その土曜の夜、エラリー・クイーンと警視があの日とまったく同じボックス席で、まったく同じ顔ぶれのなかで——ただし、ひとりを除く——ほとんど同じショーを見ていたとき、エラリーの頭に浮かんだのは、歴史という女は同じことを繰り返すうえに、意地が悪いということだった。人間の性質の普遍性を知る者は、つづく時代の人類の生み出すものも多かれ少なかれ同じような性質を帯びると予想する。とはいえ、石膏《せっこう》のごとく忠実に再現されるとまでは思うまい。

そしてワイルド・ビル・グラント・ロデオが、ふだんのショーに少し改善を加えて再開されることになったその夜、まさにそのような歴史の繰り返しが起ころうとしているように思われた……。

そう感じられたのは、舞台が同じだというのが大きかった。コロシアムは好奇心に駆られた無秩序な観客でいっぱいだった。キット・ホーンを除いて、マーズのボックス席の顔ぶれが一か月前と同じだということも、その思いこみを少なからず助けた。カービー少佐が以前とまったく同じ場所に撮影台を組み立てて、部下とともにそこに陣どり、まったく同じ準備をしていたのも、意外ではないものの、注目に値する事実である。グラントの口上の前に、カウボーイたちが前回と同じように喚声をあげながら馬を駆り、おおぜいの観衆を喜ばせたのは、まったくいつもの手順どおりで、発射器と小さなガラス玉を使ってカーリーが射撃術を披露したのも同じだった。カウボーイたちが姿を消したのち、ビル・グラントが馬を疾走させて登場し、アリーナの中央へ進み出て、注意を引くためにリボルバーを天へ向けて発射し、声高らかに口上を述べる――それで一気に会場の雰囲気が華やぎ、緊張が高まった。

だが、肝心なのは、そのあとに起こる出来事を予告するものが何ひとつなく、かすかな兆候さえなかったことだ。そして、ここでふたたび歴史は繰り返された。

警察は悲劇の完全な繰り返しにひと役買った。バック・ホーン事件のあとで押収された武器は、しかるべくして持ち主に返却されていた。それゆえ、二度目のショーがはじまったとき、まったく同じリボルバーがまったく同じ助演者たちの手にあった。ただ、バック・ホーンの象牙《ぞうげ》の握りのついたひと組の四五口径拳銃《けんじゅう》だけが、この舞台にもどっていなかった。その二挺《ちょう》は執拗《しつよう》な要求によってキット・ホーンに返され、〈ホテル・バークレイ〉に置かれたトランクにしまいこまれていたからだ。そして言うまでもなく、テッド・ライオンズのオートマチック拳銃も、テッド・ライオンズ本人と同様、その場になかった。神出鬼没との評判をとるこの記者も、今回ばかりは形なしだったらしい。警察とワイルド・ビル・グラントが許さなかったからだ。

マーズのボックス席の面々は、ひどく感情を高ぶらせていた。トニー・マーズは一か月前のあの日よりいっそう落ち着きがなく、火の消えた葉巻をさらに強く嚙《か》んでいた。マラ・ゲイは変わらずきらびやかで華々しく、移り気で、その目はまさにピン先のように鋭かった。いまやヘビー級の世界チャンピオンになったかたわらのたくましい男に、またささやきかけている。そして、ジュリアン・ハンターがボックス席の後方の前回と同じ席にひとりですわり、妻とトミー・ブラックを蔑《さげす》むように見ているのは、奇妙な光景だった……。強烈なパンチを食らって意識を失ったことも、自分の腫《は》れあがった目の前でいまもささやきを交わす獣との不貞を疑い、妻をなじったことも、すっかりなかったかのようだ。

そして、いよいよはじまった！　グラントが号砲を撃ち、東ゲートが老いた警備員の手で大きくあけ放たれ――こんどはバック・ホーンではなく、ロデオのベテラン、一本腕のウッディーが斑《まだら》の馬にまたがって登場した……。遠目にも意気揚々として得意げなのがわかる。そのあとにカーリー・グラントと――あの悲劇の天馬ローハイドに乗ったキット・ホーン、さらに、地響きをあげる騎馬の一団がつづいた。けたたましい音楽と鋭い銃声に似た蹄《ひづめ》の音を伴奏に一団がトラックをまわりはじめると、観衆は古代ローマ人の歓声をもって迎えた。やがて一団は競技場の南側で止まった。ウッディーだけがマーズのボックス席からほんの二、三ヤードのところにいて、あとの連中はいきり立つ馬の背に乗って西のコーナーのほうまで長い二列縦隊を作った。ワイルド・ビル・グラントの二度目の口上！　腕を失った戦士といった風情のウッディーがはやし立てるような声をあげ、グラントの銃身の長いリボルバーから最後の合図の銃声がとどろく。すると、ウッディーのたくましい右腕が下へおりて銃をつかみ、天井へ向けて一発放ったのち、敬意を示すようにまたホルスターのほうへおろされた……。うねるような激しいさざ波が四十一人の騎手のあいだを走る――ウッディーと、その何十フィートも後方にいる四十人だ。そして、ウッディーが長く尾を引く掛け声を満場に響かせると同時に、その馬が前へ跳び出し、つぎの瞬間、騎馬の列は猛烈な勢いで駆けだした。

ウッディーの馬は全速力で風のように東のコーナーをまわった。

あとにつづく一団は、マーズのボックス席のほうへ疾駆した。

カメラがその動きを追う。

観衆が叫ぶ。

クイーン父子は無言ですわったまま、恐ろしい予感に襲われていた。その予感にはなんの根拠もなかったが、同時に何よりたしかな根拠があった。そして予想外だったが、同時に必然でもあった。

そのとき二万の観衆を茫然《ぼうぜん》自失させ、その体を石に変え、心臓を止め、目をビー玉のごとく見開かせる出来事が起こった……。騎馬の一団が轟音《ごうおん》を立ててマーズのボックス席の下を通過しながら、ウッディーの発砲に呼応してリボルバーを振りあげ、一斉に発射したとき、ウッディーが——アリーナのちょうど向かい側にいた——体をいきなり大きく痙攣《けいれん》させて、鞍《くら》の上でくずおれ、おがくずを詰めた人形のごとくトラックへ転げ落ちたあと、馬の蹄につぎつぎと踏みつけられた。それは一か月前に、バック・ホーンが撃たれて転落した地点とほぼ同じ場所だった！

19　同前

かなりあとになって、すべてが終わり、心因性の吐き気がやや薄らいだとき、エラリー・クイーンは告白した。何もかもを考え合わせると、あれは自分の犯罪捜査歴においての最大の試練の瞬間だった、と。数週間前に、エラリーは凶器が魔法のように消え、犯人が見えないマントに覆われたかのように思われたその驚くべき犯罪で、最初の犠牲者を殺したのはだれかわかっていると――扱いのむずかしいある理由のために謎めかして――公言したために、試練は二倍になったのだった。

衝撃を受けた人々の心に譴責《けんせき》の念が生じたのは、無理もないことだった。たとえば、カービー少佐の胸中には、たしかにその思いがあった。そして当然、いきり立つクイーン警視の胸に真っ先に浮かんだ。「わかっていたなら」すわったまま呆然《ぼうぜん》としていたクイーン父子が、渦を巻く馬の群れから視線をはずして互いに顔を見合わせたとき、驚愕《きょうがく》に大きく見開かれた警視の目はそう語ったように見えた。「なぜそのときに打ち明けて、この二度目の殺人を食い止めなかった?」

エラリーはその場で答をことばにできなかった。それでも心のなかでは、ウッディーの事件が予測も回避もできないものだったとわかっていた。このさらなる流血を阻止する術《すべ》はなかった。そして、是が非でも沈黙を守らなくてはならないじゅうぶんな理由があった……いまは以前にもまして。

そういった考えが脳内を駆けめぐり、エラリーはみずから課した殉教者の苦渋をほんの少し味わった。そして、敏感な脳に宿る冷静な居住者が――騒然とする灰色の細胞の奥底に、釈迦牟尼《しゃかむに》の静穏さで坐《ざ》する非情な観察者が――エラリーにはっきりと告げた。「待て。この男の死はおまえの責任ではない。待つんだ」

一時間後、一か月前にバック・ホーンの死体を取り囲んだのと同じ一団が、一本腕のカウボーイの死体を取り囲んだ――ずたずたになり、押しつぶされ、血まみれになり、手脚のねじ曲がった遺体は、慈悲深くもブランケットで覆い隠されていた。

警官と刑事たちが群衆を押しとどめていた。

競技場には厳重警戒が敷かれた。

カービー少佐の部下たちは、小柄な上司の指揮のもと、夢中で撮影に励んだ。

ロデオ一座の者たちは落ち着きなく動きまわっていた。座員たちの馬はブーンに託され、水飲み桶《おけ》で静かに水を飲んでいる。

だれも口をきかなかった。キット・ホーンは困惑のあまり麻痺《まひ》したように立ちつくしている。グラント父子は蒼白《そうはく》な顔で身動きもしない。トニー・マーズはいまにもヒステリーを起こしそうだ。マーズのボックス席では、ハンターとチャンピオンのブラックが、手すり越しに競技場をのぞきこんでいた。

ニューヨーク郡の検死官補サミュエル・プラウティ医師は、膝《ひざ》を突いていた姿勢から立ちあがり、ブランケットをもとどおり遺体にかけた。「心臓を撃たれたよ、警視」

「同じ部位なのか」警視がしゃがれ声で尋ねた。恐ろしい場面がつづく信じがたい悪夢を見たような顔をしている。

「この前の件と？　かなり近いな」プラウティ医師は鞄《かばん》を閉じた。「弾は失われた左腕の付け根の肉づきのいい部分を貫通して、心臓で止まっている。腕があったら、おそらくいまも生きていただろうな。この腕でも、もう少し運がよければ死なずにすんだ。一インチ上へずれていたら、弾は腕の付け根で止まっていたと思う」

「一発か」警視は震える声で尋ねた。以前エラリーが犯人は射撃の名手だと弁舌を振るっていたのを、急に思い出したらしい。

「一発だ」プラウティ医師は言った。

型どおりの作業が終わった。不幸な経験に鑑《かんが》み、クイーン警視は犯人の逃亡と凶器の消失に備えてあらゆる措置を講じた。

「こんどもやはり二五口径なのかね」

プラウティ医師は銃弾を手探りし、すぐさま取り出した――ほぼ原形を保っている小さな弾は、血にまみれていた。二五口径オートマチック拳銃《けんじゅう》の弾であることは疑う余地がない。

「角度はどうだ、サム」警視は低い声で言った。

プラウティ医師は苦笑いをした。「驚異と言うほかないな。ホーンを撃った弾とほぼ同じ角度だ」

カウボーイたちは隔離され、武器が押収された。そして身体検査がおこなわれた。全員が受けた。ヴェリー部長刑事がふたたびアリーナを隅から隅まで捜索し、また薬莢《やっ》きょう》を見つけた――薬莢はつぶれ、やはり人や馬に蹴飛《けと》ばされたらしく、前回の薬莢が発見された場所からほんの数ヤードしか離れていない地点にあった。

だが、二五口径オートマチック拳銃は、依然として単なる空想の産物のままだった。

警察の弾道学の専門家ノールズ警部補は、今回は現場に居合わせた。またしても、二万の観衆の身体検査をするという退屈でぞっとする仕事がはじまった。数挺《ちょう》の二五口径が――これまた前の事件の繰り返しだ！――見つかった。アリーナから少し離れた細長い部屋に、ノールズは臨時の実験室を設置した。そして強引にカービー少佐を引き入れ、脱脂綿をゆるくまるめた即席の標的に、ふたりで時間をかけて弾を撃ちこんだ。警部補が持参した顕微鏡を使って、発見された二五口径オートマチックの弾と、死体から摘出した弾との比較をおこなっていく……。一方、捜索もつづけられた。クイーン警視は憤怒《ふんぬ》に駆られて歩きまわり、どこにでも出没した。警察委員長がじきじきに姿を現し、市長の側近もやってきた。

手はすべて尽くした。成果はまったくなかった。

作業がすべて終わった時点でたしかなことは、殺人がおこなわれたという事実を除けば、たったひとつだと思われた。

疲れ果てて肩を落としたノールズ警部補が、報告を持って現れた。カービー少佐が無言でそばに従っていた。

「銃をすべて調べたのか」警視が険しい口調で尋ねた。

「はい、警視。被害者を撃ったオートマチックはここにはありません」

警視は何も言わなかった。あまりに信じがたいことで、ことばが出なかった。

「しかし、はっきり言えることがひとつあります。自分の実験室へもどって汎用《はんよう》の顕微鏡で調べるつもりですが」ノールズ警部補がつづけた。「カービー少佐もまったく同意見です。ウッディーを殺した弾は、ホーンを殺した弾と同じ線条痕を示しています」

「つまり、ふたりは同じオートマチック拳銃で撃たれたということかね」警察委員長が質問した。

「そのとおりです、委員長。まちがいありません」

エラリー・クイーンはそばに立って、屈辱を覚えながら、右手の人差し指の爪を噛《か》んで考えこんでいた。その様子に、だれもまったく注意を払わなかった。

忌まわしい喜劇はなおもつづいた。観客は徐々に引き抜かれ、帰されていった。競技場はくまなく捜索された。上司にきびしく急《せ》かされ、いくつもの目と指が、客席、事務室、厩舎《きゅうしゃ》と、コロシアムの迷路全体を調べた。

それでもオートマチック拳銃は見つからないままだった。完全にお手あげで、失敗だと認めるしかなさそうに感じられた……。

警察委員長、市長の代理、警視、ノールズ警部補、カービー少佐が、不愉快な真実に直面するのを恐れつつ、妙に緊張した様子で互いの顔色をうかがっていたそのとき、カーリー・グラントが事態の転換をもたらした――ここまでのウッディーの事件において、ホーンのときの再現ではない唯一の重要な出来事だったから、極端な転換と言ってよかった。

カーリーが血走った目で髪を振り乱して東ゲートから現れ、アリーナでひとり自分のブーツを見つめている父親のほうへ、野生馬のごとく軽やかな足どりでトラックを突っ切って進んだ。

異変を察し、全員が一斉にさっとそちらを向いた。

カーリー・グラントのことばは、だれの耳にもきわめて明瞭《めいりょう》に届いた。困惑と恨みと怒りでむせぶような声だった。

「親父！　金が消えた！」

ワイルド・ビル・グラントがゆっくりと顔をあげた。「なんだって？　何を言ってるんだ。いったい――」

「金だよ！　一万ドル！　午後に楽屋の金庫に入れたのに、なくなってるんだ！」

20　緑色の金庫

カーリー・グラントの楽屋は物置とたいして変わらない広さだった。テーブルと鏡とクロゼットと椅子があった。テーブルの上に、どこにでもある緑色の金属製手提げ金庫が載っている。金庫はあいていて、中は空っぽだ。

警視はおそらく、いつもより神経をとがらせていた。アリーナから出る前に、警察委員長と市長の代理から脇へ呼び出されたせいだ。三人でしばらく〝雑談〟をした。それから警察委員長と代理は足音高く去った。そのため警視はひどく苛立《いらだ》っていた。

「この金庫に金を入れていたのかね」警視がきびしい口調で言った。

カーリーがぶっきらぼうにうなずいた。「きょうの午後、アリーナでの祝いの席で、父の弁護士のカマーフォードさんから手渡されました。そのことはお聞きですよね。あのあと、ここへ来てこの金庫に金をしまい、錠をおろしました。そして金庫をこの抽斗《ひきだし》に入れた。ところが帰ってきたら、抽斗があいていて、金庫がこういうありさまだったんです」

「金庫にまちがいなく金がはいっているのを最後に見たのはいつだね、グラントくん」警視はきしるような声で言った。

「午後、金をしまったときです」

「今夜のショーの前に、またここへ来たのかね」

「いいえ。必要がありませんでしたから。午後のうちに、身支度をすませてたもので」

「ドアに鍵《かぎ》はかけなかったのか」

カーリーの顎《あご》がこわばった。「いいえ。鍵なんてかけませんよ。知った者ばかりですから。みんな仲間なんだ。ぼくの金を盗むなんて卑怯《ひきょう》な真似はしない」

「ここはニューヨークだ」警視はそっけなく言った。「この場所に出入りするのは、きみの仲間ばかりじゃない。ドアに鍵もかけないで一万ドルをほうっておいたのでは、盗まれたって仕方ない!」テーブルの上の金庫をつかみ、念入りに調べる。

さて、エラリー・クイーン氏はここに至るまでずっと、かすかに驚いたタラのような顔をしていた。殺人が起こり、オートマチック拳銃《けんじゅう》の捜索が徒労に終わったあと、こんどはカーリー・グラントが遺産を盗まれたことに——とりわけ、この遺産の盗難には——呆然《ぼうぜん》とするばかりで、あいた口がふさがらずにいた。そのさまは、まるで脳みそに深刻な衝撃を受けたようでもあり、まったく予想外の出来事によって、飾り立てた仮説の正確さが揺らいでしまったと言わんばかりだった。

だが、習慣とある種の回復力がエラリーを救い、より強い理性の光が目にもどった。

エラリーは進み出て、こじあけられた金庫を父の肩の上から見つめた。

実のところ、それはごくありふれた小型の金庫にすぎなかった。蓋《ふた》が上側にあけ放たれ、後面に蝶番《ちょうつがい》がふたつある。ふつうの金庫は前面に掛け金錠がついているものだが、この金庫には掛け金錠がふたつあって、左右両面にひとつずつついていた。金庫の蓋をおろすと、掛け金の蓋のほうが、本体側に固定された受け具の環にぴったり重なり、そのうえでその環に錠を通す。それぞれの側に錠がおりるため、防御が二倍になる仕組みだ。

いま、この金庫のふたつの掛け金の環には、どちらも錠がはまっていて、施錠されたままの状態だった。錠を壊すどころか、金庫はもっとずっと乱暴な方法でこじあけられていた。金を盗んだ者は、ふたつの錠を握ってねじり、受け具が吹き飛ぶまで力を加えたのだ。受け具の環はテーブルの上に転がり、掛かったままの錠の輪の部分がねじ曲がってついていた。金属のねじれ具合から見て、どちらの受け具も金庫の後ろ側へ向かってひねられたのは明らかだった。

警視は金庫を置き、ヴェリー部長刑事に険しい声で言った。「トマス、前に拳銃を探したとき、ほかの楽屋も調べたんだったな」

「はい、調べました、警視」

「では、もう一度、だれかに調べさせろ――こんどは銃ではなく、現金を見つけるんだ。今夜の身体検査で一万ドルを持っていた者はいなかったか」

ヴェリーはうなるように言った。「いませんでした」

「いいか、その金まで二五口径オートマチックのように消えてなくなったとは言わせないぞ、トマス！ 楽屋を片っ端から洗え！」

ヴェリー部長刑事はだまって出ていった。エラリーはクロゼットに寄りかかって、深く考えこんでいた。混乱と麻《ま》痺《ひ》から脱し、新たな考えに活気づいているようだ。

「時間の無駄ですよ」カーリーが挑むように言った。「どの楽屋を探したってぼくの一万ドルは見つかりっこない。ぜったいにね！」

警視は返事をしなかった。そして一同は待った。ひとつしかない椅子にキットが腰かけていて、膝《ひざ》に肘《ひじ》をあてて頬杖《ほおづえ》を突き、無表情に床を見つめていた。

やがてヴェリー部長刑事が大きな体を戸口に現し、勝ち誇ったように部屋に足を踏み入れて、テーブルに何かをほうり投げた。かすかな鈍い音とともにテーブルに落ちる。

だれもがそれを見て、仰天した。ゴムバンドで留めた紙幣の束だった。

「ほう！」警視は辛辣《しんらつ》さの混じった満足の声をあげた。「ともかく、これで謎はひと、つ解決した。どこで見つけたんだ、トマス」

「ある楽屋です」

「行くぞ」警視が言った。一同はだまってついていった。だれの目にも驚きの色があったが、エラリーだけは例外だった。

ヴェリー部長刑事があけ放たれたドアの前で足を止めた。

「ここですよ」ヴェリーは言った。「この部屋です」小さなテーブルを指さす。抽斗があいていて、中に男性のものと思《おぼ》しきがらくたが雑然とはいっていた。「その抽斗に、鍵もかけずに入れてあったんです、いちばん上に。図太い悪党で、盗んだ品を隠す手間もかけなかった」ヴェリーはうなった。

「ふむ」警視が言った。「ここはだれの楽屋だね、グラントくん」

クイーン父子が驚いたことに、カーリーはかすれた声で低く笑い、ワイルド・ビルまでが短く不快な笑い声をあげた。キットはもううんざりだというふうに首を振った。

「泥棒を見つけるのは無理だよ」カーリーが間延びした口調で言った。「もういないんだから」

「もういない？　いったいどういう意味だ」

「この楽屋は一本腕のウッディーの部屋なんですよ！」

「ウッディー!」警視は叫んだ。「そうか、そういうことか。一本腕のウッディーが金を盗み、それを持って逃げる前に殺されたというわけだ。だが、妙じゃないか? どうもわからないな……。殺しと盗みのあいだに関連があったとはどうしても思えない! まいったな、お手あげだ!」うめくように言ってかぶりを振る。「では、グラントさん、これはきょうの午後、弁護士が息子さんに渡したのと同じ紙幣ですか」

ビル・グラントは札束を受けとって数えた。十枚あった。「同じもののようだな。たしかなところはわからんがね。カマーフォードはシャイアンから現金を持ってきたわけじゃない。おれが銀行に預けていた金で、マーズが現金を立て替えて——銀行へ行く手間を省いてくれたんだよ。それで、おれが小切手を書いてマーズに渡した」

「トマス、トニー・マーズを連れてきてくれ」

ヴェリー部長刑事はすぐさま、やつれたトニー・マーズを連れてもどった。マーズは札束を調べた。「すぐにわかりますよ」小声で言う。「わたしはいつも階上の金庫にかなりの現金を用意しているんですが、どこかに札の記番号を控えてあるはず……」財布のなかを探る。「これだ! 確認してくれ、ビル」番号をゆっくりと読みあげる。

ビル・グラントはどの番号にもうなずいた。

「けっこう!」警視は言った。「いや——困ったな。ますますわからなくなった。カーリー・グラントくん、これはきみの金だ。しっかりしまっておくんだな」

真夜中を過ぎてまもなく夜が明けるころ、クイーン父子は――ふだんから愛情深い父と息子は――八十七丁目通りのアパートメントに帰った。ジューナはぐっすり眠っていたので、起こさなかった。警視は台所へ足を運び、コーヒーを淹《い》れた。そしてふたりでだまって飲んだ。それからエラリーは居間の敷物の上を歩きまわり、警視は青白い顔をして暖炉の前に腰かけた。長いあいだ、ふたりはそうしていた――日がのぼり、下の通りから朝の往来の音が聞こえるようになってからもしばらく。

薄暗い路地の果てで行きあたった、何もない壁……。コロシアムじゅうのすべての人間が身体検査を受け、建物内はインチ刻みで捜索した。にもかかわらず、なんの成果もなかった。凶器のオートマチック拳銃も見つかっていない。ウッディーの体に弾を撃ちこんだのち、それを使った者が魔術師マーリンのごとく、願っただけでそれを消し去ったかのように。

そんなわけで、警視はじっとすわり、エラリーは室内を行き来した。何も話すことはないようだった。

だが、衝撃から脱していつもの知性がもどるにつれ、エラリーのげっそり疲れた顔にしだいに安堵《あんど》の色がひろがった。そして一度などは、何かわからぬ引用句を口にして、ひとり小さく笑いさえした。

やがてジューナが現れ、ふたりをベッドへ追いやった。

21　スクリーンの上に

エラリーは激しい震動とともに目を覚ました。

「起きてください」ジューナが耳もとで叫んだ。「お客さんです」

エラリーは瞬《まばた》きをして眠気を払い、部屋着を手探りした。

訪ねてきたのは、大判のマニラ封筒を持った無作法な青年だった。

「カービー少佐の使いで来ました、クイーンさん。焼きつけたばかりだと伝えろって」

青年は封筒をテーブルにほうり、口笛を吹きながら出ていった。

エラリーはその茶色い封筒を破りあけた。生乾きで反り返った写真が十二枚はいっていた。死んでも悲しむ者のない一本腕のウッディーの、最期の瞬間を写したものだ。

「へえ」エラリーは満足そうに言った。「あの少佐はいい人だよ、ジューナ。実に得がたい人物でね。こっちの望みを何もかも先まわりして察してくれる。ふむ」エラリーはほんの少しずつちがう連続写真を、細心の注意を払って調べた……。この前バック・ホーンが殺されたときの写真と驚くほどよく似ていた。ウッディーの外見、すなわち左腕がないという目立った特徴を除けば、一か月前にクィーン父子が少佐の試写室で見た写真と同じと言ってよい。

またしてもカメラは、銃弾があたった瞬間の馬と乗り手をとらえていた。やはり馬の屈強な胴体はトラックと平行で、今回も連続写真は馬が競技場の北東のコーナーをじりじりとまわるにつれて、ウッディーの体が左へ傾いていくさまを示していた。

「不思議《ヴァンダリヒ》なところは何もない」エラリーはドイツ語混じりにつぶやいた。「状況の正確な反復だよ。だから当然、同じ現象が繰り返される。騎乗者は自然の法則に従うものだ――と思うよ」エラリーは時間をかけて、特に重要な写真――まちがいなくウッディーの死の瞬間をとらえた写真――を調べた。真正面から撮ったその写真を見ると、一本腕の騎乗者の体は三十度の鋭角でアリーナの南側へ傾いていた。バック・ホーンのときとまったく同じだ。ウッディーのポニー革のヴェストの斑《まだら》模様と、左腕の付け根が邪魔で、銃創を見分けるのは困難だった。しかし、顔に浮かんだ表情を見れば、ウッディーが死んだ瞬間の写真なのは明らかだった。

エラリーは考えこみながら、写真の束を書き物机にしまい、ジューナの作った朝食を淡々と口に運んだ。

「警視殿はいつ出かけた」卵焼きを頬張りつつ尋ねた。

「うんと前です」ジューナはぴしゃりと言った。「ところで、いつつかまえるんです

「だれをつかまえるんだ」

「人殺しですよ！　人を殺してまわってるなんて」ジューナは暗い声で言う。「フライにすべきだと思います」

「フライ？」

「電気椅子です！　野放しにするつもりですか」

「ぼくのことを神だとでも思ってるのかい」エラリーは訊《き》いた。「ジューナ、おまえはぼくの痩《や》せた肩に恐ろしい責任を負わせるんだな。だけど、ぼくは思う――いや、知ってるんだよ――レースは終わったも同然だ。さあ、コーヒーを頼む。父さんは午後に試写室へ行くと言ってただろうか」


その日の昼さがり、エラリーはカービー少佐のニュース映画会社の試写室にすわっていた。その横には、少なくとも五、六本は新しい皺《しわ》を増やし、目に隈《くま》を作った警視が肩を落としてすわっている。カービー少佐は少し前に席をはずしていた。

「ゆうべ撮影されたニュース映画を見れば、何かわかるかもしれない」警視はひどく気落ちした様子でぼそりと言った。

「二五口径はまだ見つからない？」

警視は白いスクリーンを見つめた。「だめだな……。見つかりそうもない」

「いまとなっては、それがいちばんの難問であることは認めるよ」エラリーはつぶやいた。「きっと簡単に説明がつくはずだ。ぼくはそう信じてる。人知の及ぶかぎりのことはすべてやったようだけど、それでも……。プラウティ先生はもう、ウッディーを撃った弾の角度について、現場での見立てを確認したんだろうか」

「けさ報告があった。きのうの見立てどおりだ。下向きの角度で、ホーンのときとほとんど同じだそうだ」

カービー少佐が微笑をたたえてはいってきた。「準備はいいですか、おふたりとも」

警視は不機嫌にうなずいた。

「ジョー、映してくれ」少佐が言って、エラリーの隣に腰かけた。

すぐに部屋が暗くなり、スクリーンのそばのスピーカーから音が発された。スクリーンに少佐のニュース映画会社の標章が映し出され、ついで最初の字幕が、コロシアムの〝正確に同じ状況のもと〟で、四週間で二度目の殺人事件があった、と告げた。

三人は無言で見守った。映像と音楽がつぎつぎと流れていく。三人はグラントが登場するのを目にし、口上を述べるのを聞き、さまざまな映像を見た。東ゲートが開く、ウッディーとカウボーイたちが入場する、しばらくトラックをまわる、停止する、もう一度グラントの口上と合図の発砲がとどろく、ウッディーがそれに応《こた》えて銃を撃つ、突進がはじまる……。すべてがあまりにも明瞭で、あまりにも退屈だった。ウッディーがトラックに転がり落ちる場面も、馬の群れに踏みつけられる混乱の場面も、それにつづく騒然とした場面の数々も、三人の無気力を払いのけることはできなかった。

映写が終わり、ふたたび明かりがついても、一同はぼんやりとすわったまま、何も映っていないスクリーンを見つめていた。

「ああ」警視がうなり声で言った。「無駄骨だった！　やはりな。お手間をとらせてすみませんでした、少佐。もうあきらめるしかあるまい……」

けれども、エラリーの目に突然激しい興奮の色が浮かんだ。すばやくカービーのほうを向く。「少佐、ぼくの気のせいかもしれませんが、この映画はホーン事件のものより長いですよね」

「えっ？」少佐は目を見開いた。「そうだ！　ずっと長いよ、クイーンくん。二倍以上の長さだ」

「どういうことですか」

「ああ、そう、一か月前にここでホーン事件の試写をしたときは、劇場で流す完成したニュース映画だったんだ。つまり、カットし、編集して、タイトルをつけ、整理したりしたものだ。ところがこれは試写用のフィルムでね。カットしていないんだよ」

エラリーは背筋を伸ばした。「くわしく説明してもらえますか。そのちがいの細かいところが、ぼくにはよく呑《の》みこめないんです」

「そんなことを訊いて、いったいなんになる？」警視が不服そうに尋ねた。「もうそんな——」

「頼むよ、父さん。どうなんです、少佐」

「それは」少佐は言った。「ある出来事を撮影するときは、起こっていることをほぼすべてフィルムにおさめるんだ。だから大量のフィルムを使う——とうてい一巻のニュース映画にはおさまらない量をね。当然ながら、その一巻のニュース映画には、六つから八つぐらいの項目がはいる。フィルムを現像して乾かしたら、編集者は忙しくなる。編集者はフィルムをひとこまずつ調べて、不必要と思うもの、ほかと比べて必要でないと思うものを削っていく。よけいな映像を切りとるわけだね。そして残った部分——映画の肉の部分——をつなぎ合わせて、実際の出来事を、いくつかのエピソードから成る短くて気のきいたニュース映画にまとめあげるわけだ」

エラリーは白いスクリーンに目をやった。「ということは」妙に落ち着かない声で言う。「この部屋で見たホーンのニュース映画は、ホーンが殺された夜にあなたの部下が撮影したフィルムのすべてではなかったということですね」

「ああ、そう、一部だよ」少佐は意外そうに言った。

「まいったな！」エラリーは頭をかかえてうなった。「科学に疎いとそういうことになるんだ。まったく、技術者信奉に宗旨変えしたいところだよ。そうなれば、フィルム編集の意味だとかやり方は、機械のごく基礎の知識としてだれもが知るようになるんだからね……。父さん、いいかい——！　少佐、編集者が切り捨てた余分のフィルムは、いったいどうなるんですか」

「そうだな」カービー少佐は困惑して顔をしかめた。「質問の意味がどうも——〝編集室の床に残される〟と昔から言われるが、実際にとっておくんだ。何マイルにも及ぶ、カットしたファイルを資料室に詰めこんでいる。われわれは——」

「じゅうぶんです、すばらしい！」エラリーは立ちあがりながら叫んだ。「ぼくはなんて無知だったんだ……。少佐、その削除された場面を見せてもらえませんか」

「お安いご用だ」少佐は言った。「ただし、少し時間をもらわないとな。場面をつなぎ合わせるから。つなぎがぎくしゃくするかもしれないが……」

「必要なら、ひと晩じゅうでも待ちます」エラリーは断固として言った。

しかし、試写室で待たなくてはならなかったのは一時間そこそこだった。警察本部にいくつも仕事を残してきた警視は、その待ち時間をほとんど電話口で費やした。エラリーはそのあいだ煙草を吸い、速まる鼓動を忍耐強く抑えこんだ。やがて少佐がもどってきて、映写技師に合図を送り、せまい試写室がふたたび暗くなった。

こんどは音がついていなかった。少佐の予告どおり、つながりが悪くてとびとびだった。けれども、警視とエラリーはこの風変わりなフィルムを、映画芸術の最高傑作であるかのように観た。

冒頭はひどく混乱していて、異常者が場面をつなぎ合わせたかのようで、脈絡がないのは編集者の脳みその無秩序ぶりが表れているからなのかと感じるほどだった。騒然とした競技場がちらちら映る……それがたびたび繰り返され、客席であわてふためくおおぜいの観衆や、秩序の維持につとめる遠写しの警官たちの姿、人々が首を伸ばして目を瞠《みは》るさまが見える。てんでんばらばらに動く大群衆は、頭のいかれた監督が、膨大な数のエキストラを使って悪夢のごとき混沌《こんとん》を演出しようとしているかのようだった。削った部分のなかには、カーリー・グラントが銃の腕前を披露する長いシーンもあった。それから不意に、遠景撮影によるマーズのボックス席が映った――人物がかなり鮮明に見えることから、どうやら望遠レンズで撮影したものらしい。エラリーと警視は、スクリーン上で自分たちが静かにすわっている図を目にした。ジューナ、キット・ホーン、マラ・ゲイ、トミー・ブラック、トニー・マーズ、そして後ろの席にジュリアン・ハンターがいる。ホーンが死ぬ前だから画面は穏やかだ……。しばらくして、また同じ場面が映り、こんどはおそらく凶弾が発射される直前の自分たちの姿が見えた。興奮のせいだろう、トニー・マーズが立ちあがっていて、そのほんの一、二秒のあいだ、着席しているジュリアン・ハンターの姿が隠れる。すぐにマーズが動き、ハンターが静かに坐《ざ》する姿がまた見えてくる……。これらの一部は〝雰囲気を出す〟ためのシーンだ――ほかと比べて重要ではないと編集者が判断して削ったのだろう。また、大草原の輝かしき息子、がに股《また》のハンク・ブーンが、事件直後に暴れる馬たちを追いかける場面もあった。ブーンが一頭ずつ馬を水飲み桶《おけ》へ連れていくと、馬は水のおかげで魔法をかけられたようにおとなしくなる。だが、一頭はどうしても言うことを聞かず、水を飲むのをいやがった。後ろ肢《あし》で立ちあがったり、奔放に跳ねまわったりして、ちょっとした見物だった。利口そうな目をした堂々たる雄の老馬で、ブーンが馬の横腹を鞭《むち》で強く叩《たた》くと、突然カメラのフレームに飛びこんできたひとりのカウボーイが、ブーンの手から鞭を奪いとり、馬をやさしくなでて、あっという間におとなしくさせる。その場に刑事がひとりやってきて、カウボーイに――その身ぶりから察するに――仲間といっしょにいろとそっけなく命じたが、ブーンは少しふらつきながら、自分の仕事をつづけた……。そのあと、注目すべきワイルド・ビル・グラントのショットがあった。おそらく事件が起こった瞬間かその直後だろう、ビル・グラントの半身をカメラがとらえていた。グラントは猛然と馬を駆り、アリーナの中央から土の上を突っ切って、トラックのほう、つまり後ろ肢で立ったり走りまわったりする幾頭もの馬が転落した男を踏みつぶす現場へ急いでいる……。〝重要人物〟たちの短いカットもいくつかあった。〝公開は不適切であり、望ましくない〟とニュース映画会社に訴え、自分たちの顔がわかる場面を削除させたのだ。その後の捜査段階についても、混乱のさまが大量に映し出された。

クイーン父子は四十五分近く試写室にすわっていた。急に明かりがついて、スクリーンが白くなっても、警視もエラリーも少佐も何も言わなかった。どうやらエラリーの霊感はまちがっていたらしい。貴重な一時間をすっかり無駄にしてしまったと考えた警視は、立ちあがり、とんでもない量の嗅《か》ぎ煙草を鼻に詰めたため、くしゃみの発作に襲われ、顔を真っ赤にして涙を浮かべた。

「くしょん！」と、最後にひとつくしゃみを爆発させてから、警視は激しく鼻をこすった。それから、エラリーをにらみつけた。「まあ、これでおしまいだ。エラリー、わたしは帰る」

エラリーは目を閉じ、長く引きしまった脚を前の座席の下にゆったりと伸ばしていた。

「おい、帰るぞ」警視はむっとして繰り返した。

「一回で聞こえたよ、ご立派な先祖さま」エラリーははっきりした声で言い、目をあけた。それからゆっくり立ちあがって、夢から覚めようとするかのように体を震わせた。警視と少佐がじっと目を注ぐ。

エラリーは微笑を浮かべ、カービーに手を差し出した。「ご自分がきょう何をしたか、おわかりですか、少佐」

カービーは当惑しつつエラリーの手を握った。「わたしが何をしたか？」

「映画というものへのぼくの信頼を取りもどしてくださったんです。きょうは何曜日ですか。日曜？　奇《く》しくも、信仰の復活した日だ！　これなら、モーセの神ヤハウェを信じたくもなりますね。いや、それは土曜の安息日でしたっけ？　どうやら、すっかり混乱してる。まあ、無理もない！」エラリーは満面の笑みを浮かべ、驚く少佐の手をとってまるで何かの柄でも動かすように上下に振った。「少佐、失礼します。映画を発明した人の頭に祝福あれ。大いに恵みがあらんことを……。父さん、ぼんやり突っ立ってないで！　やるべき仕事があるんだ。それもすばらしい仕事がね！」

22　消えたアメリカ人

「どこへ行くんだ」警視が息をあえがせて言った。エラリーにせき立てられ、ブロードウェイを横切って西へ向かっている。

「コロシアムだよ……。いや、まったく、おとぎ話みたいだ……。やっとわかったよ！」

しかし、警視は先を急ぐエラリーに合わせて小刻みに跳ぶように歩を進めるのが精いっぱいで、何がわかったのかと尋ねるどころではなかった。

コロシアムはふたつの理由から――日曜日であることと、警察から命令が出ていることだが――閉鎖されていたにもかかわらず、活気があった。厳命を受けた刑事たちが見張りに立っていたものの、立入禁止令は出ていなかった。ロデオ一座の連中の大半はコロシアム内のどこかにいること、グラントも一時間弱前に来ていることが、すぐにクイーン父子の耳にはいった。エラリーは警視を誘って地下室のほうへ行った。

そのあと、ふたりで巨大な円形競技場を訪れた。だれもいなかった。

連れ立って楽屋をまわった。一座のおもだった者たちはそこにいて、所在がはっきりしていた。ぶらついたり、煙草を吸ったり、雑談したりしていた。

紫煙が立ちこめ、ウィスキーの芳香が漂う楽屋で、エラリー・クイーンはハンク（ダニエル）・ブーンを見つけた。

「ブーン！」エラリーは戸口から大声で呼んだ。「話があるんだ！」

「なんだ？」小柄なカウボーイはしゃがれ声で言い、大儀そうに振り向いた「おや。え——ええと、保安官か。ど、どうぞはいって、保安官。ひと口やるかい？」

「行ってこい、ダニエル」カウボーイのひとりが叫んだ。「そんで、これ以上酔っ払うな」

ブーンは言われたとおり、ふらりと立ちあがって、よろめきながら戸口へ出てきた。

「保安官、なんなりと」真面目くさって言う。「大事な用かい」

「たぶんね」エラリーは微笑した。「いっしょに来てくれ、ブーン。いくつか、なかなかおもしろい質問をしたい」

ブーンは頭を振り、千鳥足でエラリーについて歩いた。廊下の角を曲がったところで、警視が待ち構えていた。

「どのくらい覚えてるかな」エラリーが穏やかに尋ねた。「バック・ホーンが撃たれた夜のことを」

「勘弁してくれ！」ブーンが叫んだ。「あれをまたおっぱじめようっていうんですか。

生きてるかぎり忘れやしねえ！」

「あ、いや、一か月も覚えてればじゅうぶんだよ。ホーンが撃たれたあと、クイーン警視から馬の世話を命じられたのを覚えてるかい？——ほら、アリーナで」

「覚えてるとも」ブーンは慎重になり、血走った小さな目をエラリーから警視へ移して、またエラリーにもどした。やけにそわそわしている。

「何があったか、正確に覚えてるかな」

ブーンは震える顎《あご》先をおぼつかない指でさすった。「たぶん覚えてる」ぼそりと言う。「馬を水飲み場へ連れてって、それで——それで——」

「それで、どうした」

「ええ、ただ水場み場へ連れてっただけです」

「いや、ちがうね」エラリーはにやりとした。「それ以外に何かあったはずだ」

「あったっけな」ブーンは顎を掻《か》いた。「ええっと——おお、そうだ、そうだ！　馬の一頭が——斑《まだら》の雄馬だったな——言うことを聞かなくてな。水を飲もうとしねえんだ。仕方ないから横っ腹に一発食らわせたんです」

「なるほど。それからどうなった」

「ワディーがひとり飛んできて、おれから鞭を取りあげた」

「なぜ？」

「おれがちょっとばかり酔ってたもんでな」ブーンはぼそぼそと言った。「けっして馬を殴っちゃいけねえんだよ、旦那《だんな》。それにあいつは立派な馬でね――名前はインジャン。昔、バック・ホーンが映画で使った芸達者な馬なんだ。ミラーが――」

「すると、鞭を取りあげたカウボーイはミラーなんだな」

「ああ、ベンジー・ミラーだ。新入りで――ほっぺたにひでえ火傷《やけど》の痕《あと》がある男さ。あの夜はミラーがインジャンに乗ってた。バックはキット・ホーンのローハイドに乗った。あのときのおれはまともじゃなかったよ。たとえて言うなら、牧場でふたつのクローバー畑を前にして、どっちがうまそうか迷ってる、やぶにらみの牛よりひでえありさまだった」ブーンは嘆いた。「あんなこと、いままで一度もしなかったのに。立派な馬を殴るなんて……」

「わかった、わかった」エラリーは気のないていで言った。「そのときは動揺してたんだろう。生き物はやさしく扱うことだ。ロデオの馬は、いつもこの建物内の厩舎《きゅうしゃ》に入れておくのかい」

「へっ？　ちがいますよ。ここの厩舎はショーのときだけ。蹄鉄《ていてつ》を打ったり、ブラシをかけたりなんかするために、ショーの最中と前後だけここに置く」ブーンが言う。

「ショーがすんだら、十番街の大きな馬預かり所へ連れてって寝かせるんだ」

「そうか。ところで、ミラーはどこかな。きょう見かけたかい」

「どっかそこらへんにいるだろ。つい二時間ほど前に見たから。おれが——」

「いや、けっこう。いろいろありがとう。行こう、父さん」エラリーは警視とともに急いでその場を離れ、あとに残ったダニエル・ブーンはことばもなくふたりを見送った。

一座の何人もがその日ミラーの姿を見たり、話をしたりしたことがわかったが、当人は結局見つからなかった。ほかの連中といっしょにコロシアムへやってきたのはまちがいないが、しばらくして姿が見えなくなっていた。

警視とエラリーが上階にあるワイルド・ビル・グラントの事務室へ行くと、座長は机の上にあげた足をしかめ面で見つめていた。ふたりが中へはいっていくと、グラントは不機嫌そうに目を向けた。

「それで?」グラントはうなった。「こんどは何でお困りなんだね」

「どうしてもお尋ねしたいことがあるんですよ、グラントさん」エラリーが愛想よく言った。「いましがた、あのミラーって男を見ませんでしたか」

グラントは目を見開き、それからまた椅子に身を沈めて葉巻を吸った。「だれだって?」

「ミラー、ベンシー・ミラーです。顔に火傷の痕のある男」

「ああ、あの男」グラントは太い腕をゆっくりと伸ばした。「きょう、そこらで見たな」無関心な口調で言う。「なぜそんなことを？」

「いまどこにいるか心あたりはありませんか」エラリーが尋ねた。

グラントは無関心な態度をやめた。両脚を床におろして、眉根《まゆね》を深く寄せる。「いったいどういうつもりだ。なぜ急にわが一座に関心を示すんだね、クイーンさん」

「ミラーのことだけですよ、ほんとうに」エラリーは微笑を浮かべた。「で、その男はどこにいるんです」

グラントはためらった。目が泳ぐ。「知らん」ようやく言った。

エラリーは興味を持ちはじめた様子の父をちらりと見た。「実はですね」くつろいで椅子に身を預けて脚を組みながら、低い声で言う。「ずっと前からあることを訊《き》きたいと思っていました。ところが、つい数分前まで忘れていたんです。グラントさん、ミラーとバック・ホーンはどの程度の知り合いだったんですか」

「どの程度？　どの程度だと？」グラントはうなるように言った。「なぜそんなことが、このおれにわかる？　あんな野郎には一度も会ったことがなかったんだ。バックの推薦だよ。おれに言えるのはそれだけだ」

「どうしてバックの推薦だとわかるんです。ミラーがそう言ったからですか」

グラントは突然、粗野な含み笑いをした。「いやいや、ちがう。おれはそんなにまぬけじゃない。あいつがバックからの手紙を持ってきた、それでわかったんだ」

警視が目をまるくした。「ホーンからの手紙！」鋭い声をあげる。「おいおい、なぜそれを一か月間に言わなかったんだね。そんなこと――」

「なぜ話さなかったかって？」グラントは藪《やぶ》のような眉に力をこめた。「訊かれなかったからさ。バックの紹介で来たって、おれはたしかに言ったよな。嘘はついてない。手紙のことは訊かなかっただろ、え？　おれは――」

「まあ、まあ」エラリーはあわてて言った。「そんなことで言い争うのはやめましょう。グラントさん、その手紙はまだどこかにありますか」

「どっか服に入れたんだが」グラントはそう言いながら、ポケットを掻きまわした。「たしか――あった！　ほら、これ。読んでみろ」皺《しわ》くちゃの紙を机にほうる。「おれがあんたらをごまかそうとしたかどうかわかるぞ」

警視とエラリーは手紙を読んだ。〈ホテル・バークレイ〉の便箋《びんせん》に、インクのにじんだ文字でこう殴り書きされていた。

親愛なるビル

この男はヘンジー・ミラー　古い友達だ、どうしても仕事が要る――南西部のどこかでえらい目にあったらしい。町へ流れ着いて、わたしを探しあてた。仕事をやってもらえないか。投げ縄の名人で、まともな人間だし、馬に乗るのもうまい。

二ドルばかり金を渡すつもりだが、ほんとうに必要なのは仕事だ。馬は持ってないから、わたしがハリウッドで使ってたインジャンを貸してやるといい。わたしは幸運を祈ってキットの馬を使う。よろしく――

バック

「これはホーンの筆跡ですか、グラントさん」警視が疑うように尋ねた。

「もちろんだとも」

「誓えますか」

「なら、自分の口で誓わせてやろう」グラントは冷たく言った。そして立ちあがって、書類整理棚の前へ行き、書類を持ってもどった。それはグラントとホーンが交わした契約書で、最後のページのいちばん下に両者の署名があった。警視は、契約書の走り書きの〝バック・ホーン〟の文字と、手紙の筆跡を見比べた。

それから、何も言わずに契約書を返した。

「まちがいない？」エラリーが尋ねた。

警視はうなずいた。

「では、ミラーがいまどこにいるのかをご存じないんですね、グラントさん」エラリーが快活に訊いた。

グラントは立ちあがって椅子を蹴飛《けと》ばした。「知ったことか！」声を荒らげる。「あんたらは、おれのことを従業員のなんだと思ってるんだ——乳母か何かかね。おれにあいつの居所がわかるわけないだろう？」

「ほら、ほら」エラリーは小声で言った。「そんなに怒らないで」そして立ちあがり、ふらりと部屋から出ていった。警視はしばらく残り、ワイルド・ビル・グラントと話をした。何を話したかわからないが、警視は満足したようだった。というのも、出てきたとき、なんと——ここ何日かぶりに——にっこりと笑っていたからだ。同時に、室内からワイルド・ビル・グラントがトニー・マーズの部屋の家具を蹴る音がエラリーの耳に届いた。

警視とエラリーは勤務中の刑事たちに質問した。顔にひどい火傷《やけど》の痕《あと》のあるカウボーイがコロシアムから出ていくのをだれか見なかったか、と。ひとりの刑事が見たらしい。ミラーは二時間ほど前に出ていったという。どちらへ向かったのか、その刑事は気づかなかった。

クイーン父子は、一座の投宿先である〈ホテル・バークレイ〉へ急いだ。そこにミラーはいなかった。その日の午後にミラーがホテルへはいるのを見た者もいなかった。

このころには、警視は動揺し、エラリーも不安な様子を見せはじめていた。「これはそろそろ」ふたりでなすすべなくロビーに立ちつくしていたとき、警視がつぶやいた。「どうやら……」

エラリーは神経質そうに口笛を吹いた。「ああ、そう、わかるよ。どうやらミラーはわれわれの手からすり抜けたようだ、と言いたいんだろ。妙だな、実に妙なんだ。まさか――。うん、こうしよう！　父さんはこれからどうするつもりかな」

「警察本部へもどる」警視はいかめしい顔で言った。「そして捜査にかかるよ。ミラーを見つけ出して、何がなんでも絞りあげてやる。ただのカウボーイなら逃げ出すはずがないからな」

「まあそう早まらないで。ひとりの男の姿が三時間ばかり見えないからといって、猟犬を駆り出す理由にはならない。抜け出して、もぐりの酒場か映画館に行ってるのかもしれない。でも、まあ、父さんは自分がいいと思うようにやるといい。ぼくはここにとどまって……。いや、やっぱりコロシアムへ引き返すよ」

そして六時、陰りつつある日差しのなか、警視とエラリーはふたたびコロシアムで会った。

「父さん、ここへ何をしにきたんだ」エラリーは強い口調で訊いた。

「おまえと同じことだ」

「でも、ぼくはあたりをぶらついてるだけで……。何かわかったかな」

「まあな」警視は慎重に言った。「どうやらやられたらしい」

「そんな！」

「ミラーは逃げた」

「まちがいないのか」

「いまのところは、どうやらそのようだ。ミラーがニューヨークへ来て以来、出入りしていた場所は――あまり多くないんだが――全部調べさせた。一座の連中は、ミラー以外、所在がはっきりしている。だれひとり、ミラーの居所を知らないんだよ。最後に姿を目撃されたのは、二時か三時ごろ。ここから出ていくところだった。それきり行方がわからない」

「何か持ってた？」

「身につけていた服ぐらいのものだ。テレタイプで通達したよ。手配をかけて、捜査網を敷いた。だから、じきにつかまるだろう」

エラリーは口を開いたが、何も言わずにまた閉じた。

「ミラーの過去を少し調べてみた」警視は言った。「何がわかったと思う？」

「なんだい」エラリーは目を見開いて尋ねた。

「何もないってことだ。痕跡《こんせき》ひとつない。ミラーについては何ひとつわからない。謎の男だ。しかし、それも長くはあるまい。捜査は正しい方向に進んでいるはずだからな」低く笑う。「ミラーめ！　それに、グラントもどこかできっとかかわっているはずだ。わたしの言ったことを忘れるなよ」

「自分の言ったことを覚えとくので精いっぱいだよ」エラリーは妙な笑いを浮かべた。「ふたりを殺した弾が下向きに進んだという点については？」

警視の笑いは消え、ふたたび不機嫌な顔になった。「そのことか。たしかに、筋は通らないが……」あきらめて両手をあげた。「まず橋に着いてから渡ることを考えよう。わたしはセンター街の本部へもどる」

23　奇跡

エラリーは引きつづき、コロシアムを歩きまわっていた。さしあたってなんの目的もなくさまよううちに――ただひたすら動物としての精力を消耗させながら、脳ではブロブディンナグ国（スウィフトの『ガリバー旅行記』に出てくる巨人国）のジグソーパズルを忙しく解くうちに――クイーン警視の右腕である寡黙な鉄の大男を見つけた。ヴェリー部長刑事は持ち前の頑固さで、まだ鉱脈掘りをつづけていた。まやかしの鉱山から真実の塊を掘り出すつもりらしい。部長刑事が発掘した事実は、どれも事実などではなく、ただの空想だった。地下に事実があるとしても、それらはとてつもなく巧妙に隠されていた。

　ワイルド・ビル・グラント一座の者たちはしかつめらしい顔ですわり、ひとことひとことに従順にうなずいている。

「芸を仕込まれたアザラシだな！」しまいにヴェリーは表情を変えずにつぶやいた。「自分の考えってものはないのか。親分の許しがないと、口もきけないのか。空いばりで虚仮《こけ》威《おど》しばかりの西部のがに股《また》男ども、ミラーって野郎はどこだ」

みなの目がぎらつきはじめた。

エラリーは興味を引かれて足を止め、この一幕を見守った。前兆の吐息が漏れた。噴火しようとする火山の陣痛にも似たかすかなとどろきだ。

ヴェリー部長刑事は冷ややかな笑みをたたえて、演説をつづけた。

ヴェリーは一座の者たちの独特の言いまわしをあざけった。素性を疑い、母親の不貞の子ではないかと挑発した。カウボーイの道義を鼻であしらい、あからさまに愛馬を笑った。〝胸くその悪くなる男色の羊飼い〟などと、最低のことばで謗《そし》った。社交の作法を非難した。そのうえ、カウボーイには男らしさが、カウガールには女らしさが欠けているのではないかとほのめかしもした。

そのあげくに沸き起こった大混乱のなかで、エラリーはヴェリーに浴びせられたさまざまな雑言を聞いた。たとえば、ヴェリーは際立って悪臭の強いコヨーテであり、ガラガラヘビの毒液がいっぱいに詰まった男であり、シラミだらけの混血男と雌ヤギのあいだに生まれた雑《まじ》り種であり、泉に毒を盛ってまわる者とされた。また、その心臓にはサボテンの棘《とげ》が一面に生え、口は砂漠並みに乾き、牛の舌の動きより狡猾《こうかつ》で、蛇の腹より下等な人間で、〝野ざらし〟にされるのがふさわしい者だということだった──この〝野ざらし〟というのは、西部独特のお楽しみのひとつで、顕著な特徴としては、相手のまぶたを取り除き、手首と足を地面に杭《くい》で留め、その残骸《ざんがい》は顔を灼《しゃく》熱《ねっ》の太陽へ向けて巨大な蟻塚に載せて放置するらしい。

エラリーは楽しげな笑みを浮かべながら耳を傾けていた。

ヴェリー部長刑事の微動だにしない顔に浴びせかけられる度を超した非難のことばの数々から、エラリーはまたほかの情報も得た。みなベンジー・ミラーをあまり知らず、ミラーは〝付き合いの悪いやつ〟で、だれもミラーには関心がない。そして、別々であれ、もろともであれ、ヴェリー部長刑事とベンジー・ミラーがどちらも地獄へ落ちればいいと一同は思っていた。

エラリーは大きく息を吐いて、廊下を進んだ。


静かに歩きまわりながらも、いくつかの問いかけをうまく浴びせ、エラリーは姿を消したミラーの楽屋を探りあてた。ほかの楽屋と特に変わったところはなく、壁に穴をあけて、テーブルと鏡と椅子とクロゼットを備えつけただけの代物だ。エラリーは椅子に腰をおろして、煙草入れをテーブルの手近なところに置き、一本取り出して火をつけたあと、物思いにふけった。

六本吸ったあと、小声で言った。「わかってきたぞ。そうだ……。あの特殊な心理と矛盾しない……」唇をなめる。「だが、これほど探しても……」

エラリーは急に立ちあがり、煙草を踏み消して戸口へ行った。あたりを見まわす。

十フィート先に長身のカウボーイがいて、怒気を含んだ低い声でひとりごとをつぶやきながら、重い足音を立てて歩いていた。

「やあ、そこの人！」エラリーは声をかけた。

カウボーイは首をねじり、むっつりと横目でエラリーを見た。ダウンズという男だった。

「なんだ？」

「ちょっと訊《き》くけど」エラリーは言った。「ミラーという男はこの楽屋をひとりで使ってたのかい」

ダウンズは間延びした口調で答えた。「とんでもねえ。あの男を何様だと思ってんだ――ワイルド・ビルだとでも？　ダニエル・ブーンと相部屋だったよ」

エラリーは目をしばたたかせた。「なるほど、ブーンか。あの小男は運命の寵児《ちょうじ》らしい。悪いけど、ブーンを呼んできてもらえないかな」

「自分で行けよ」ダウンズは言い置いて、歩き去った。

「薄情だな」エラリーはつぶやいて、ブーンを探しにいった。ブーンはだれもいない部屋でひとり、短い脚をインディアンの酋長《しゅうちょう》よろしく折りたたんで悲しそうに床に坐《ざ》し、〝嘆きの壁〟の前の賢人のごとく体を自然と前後に揺り動かしながらひとりごとを言っていた。手には、石の矢じりの破片のようなものを持っている。

「ずっと言ってきたのに」小声でうめく。「あのパロミノがおれのインディアンの矢じりを踏んづけたのが、この騒ぎのはじまりなんだ……。おや？」視線をあげる。そのさまはさながら、まぶしがる小さなフクロウだ。

エラリーは室内に駆けこんで、小柄なブーンを引っ張って立たせ、さっき自分が考え事をしていた部屋まで廊下をせき立てた。

「なんだ——なんだよ——」ブーンがあわてて言った。

エラリーはひとつしかない椅子にブーンを押しこみ、縮みあがる男に長い人差し指を突きつけた。「ミラーと同室だったんだな？」

「え？　ああ、そうだとも、クイーンさん」

「きょう、ミラーを見ただろう、ブーン」

「え？　ああ、見た。言わなかったか——」ブーンはサボテンのこぶのように目をまるくし、金魚のように口をぱくつかせた。

エラリーは満足げに唇を鳴らした。「ミラーはきょうこの部屋にはいったのか」

「ああ、はいったとも、クイーンさん」

「ひとりで？」

「そうだ！」

エラリーは口笛で歌劇〈ラクメ〉の一節を吹きはじめたが、複雑な旋律だったため、しばらくそちらに注意を奪われた。そのあいだも、考えこむように室内へ視線を走らせる。そしてなおも口笛を吹きながら、テーブルへ近づき、勢いよく抽斗《ひきだし》をあけた。がらくたが雑然とあるだけで、ざっと調べたかぎりでは、興味を引くものはなさそうだった。ブーンは困惑顔で見守っている。

エラリーはクロゼットまで行ってドアをあけた。色とりどりの衣装が掛かっていた。どれも小さなサイズで、ブーンのものらしい。だが、戸棚のなかを調べるうちに、大きさからして、ミラーがロデオのショーに出たとき着用したと思われる服を一着見つけた。

「服も置いていったのか」エラリーはそのジーンズのポケットのなかを探りながら言った。

「ミラーのじゃねえ」ブーンが熱っぽく言った。「ロデオ一座のもんだ」

エラリーは身をこわばらせた。ポケットのなかで硬いものに手がふれたのだ。まぎれもない知性の輝きが顔に浮かんだが、それが消えるとともにエラリーはすばやく振り向き、ブーンにそこから動くなと命じて、戸口へ走った。

「部長刑事！」エラリーは叫んだ。「ヴェリー部長刑事！」その声が廊下に響き渡る。「な忠実なる部長刑事が楽屋のひとつから緊張した鋭い面持ちで飛び出してきた。「何かあったんですか、クイーンさん」重い足音を立てながら、大声で言う。「何かあったんです？」

ら、廊下を急いでやってくる。そこかしこの部屋から顔がのぞいた。エラリーはヴェリーをすばやくブーンとミラーの楽屋へ引き入れ、ドアを閉めた。

ヴェリーは愕然《がくぜん》としたブーンの姿から、開いたままのクロゼットへと目を移した。

「何か問題でも？」

「ゆうべこの部屋を捜索したのかな、部長刑事」エラリーは穏やかに尋ねた。

「しましたよ」

「クロゼットも、中の服も？」

「はい」

「きょうの午後にもまた捜索したのか」

ヴェリーの眉間《みけん》に皺《しわ》が寄った。「いいえ。あとでやるつもりでした。時間がなかったんです」

エラリーはだまってクロゼットの前へ行き、ついさっきポケットを探ったジーンズを手にとった。そして高く掲げる。「きのうの夜、これを調べたかな」

ヴェリーは瞬《まばた》きをした。「いいえ。そんなものはここにありませんでした」

「ゆうべ、ミラーがそいつを穿《は》いてたよ！」ブーンがいきなり叫んだ。

「そうか」エラリーは腕をおろしながら言った。「それですっかり説明がつく。ゆうべまだれがミラーの身体検査をしたのかな、部長刑事」

―わたしです、ほかの連中もわたしがやりました」部長刑事が爬虫類を思わせる目を険しくする。「なぜそんなことを？」

「ミラーを調べたとき、何も見つからなかったんだな」エラリーが静かにつづけた。

「ええ、何もね！」

「そんなに喧嘩腰《けんかごし》になるなよ」エラリーは小声で言った。「捜索の手腕には大いに信を置いているんだ。ゆうべミラーを調べて何も見つからなかったのなら、見つけるべきものがそこになかったということだ。けっこう！　すると、それはきょうこの部屋に持ちこまれ、ミラーの脱ぎ捨てたジーンズに入れられたというわけだ」

「何をミラーのズボンに入れたんです？」ヴェリーがうなるように言った。

エラリーは全知全能の確信をもって、落ち着いて右手にハンカチを巻き、その手をミラーのズボンのポケットに滑りこませた。しかし、すぐにはその手を引き出さなかった。鋭い声で言う。「グラントと一座の人間以外で、きょうコロシアムにいたのはだれだろう」

ヴェリーは唇をなめた。「グラントの息子。キット・ホーン。マーズとボクサーのブラックも見かけた気がします」

「ハンターやマラ・ゲイはいなかった？」

「いません」

エラリーはミラーのジーンズのポケットから手を引き出した。

すると、真の奇跡が起こった。現れた手が、見まがいようのない小さな物体を握っていた——それはエラリー自身とヴェリー部長刑事とクイーン警視をはじめ、ニューヨーク市警じゅうの刑事が何週間も探しつづけていたものだった。そして、以前の捜索のときはブーンの部屋になかったというきわめて単純な理由で、いままで見つからなかったものだ。だとしたら、この前の徹底した捜索のあとにブーンの部屋へ持ちこまれ、ミラーのズボンに入れられたのは明らかだ。

そしてヴェリー部長刑事の指揮のもと、最後に徹底した捜索がおこなわれたのは、前夜、ウッディーが殺された直後だった。

少なくとも、そこまではまちがいない。

ダニエル・ブーンがあえぐような小さな叫び声を漏らした。ヴェリー部長刑事は体を硬くした。

エラリーの手に軽く握られていたのは、薄くて小さく、恐ろしさを感じさせない、ちゃちな二五口径オートマチック拳銃《けんじゅう》だった。

24　判断

「いや、これは——まいったな」ヴェリー部長刑事は息をはずませた。「いったいどうしてわかったんです！」

「楽観しすぎるのはよそう」エラリーは小さな武器に慈しむような目を注ぎながら言った。「これが凶器じゃない可能性も数学上はまだある。一方では……」だまりこみ、細心の注意を払ってオートマチック拳銃をハンカチで包みはじめた。そして自分のポケットにおさめた。

「さて、ふたりに」エラリーは無言のブーンのほうをちらりと見て、にこやかに言った。「この場でひとつわかってもらいたいことがある」

「へっ？」ブーンは唇をなめながら小声で言った。ヴェリー部長刑事は何も言わなかった。

「ブーン、きみは馬の面倒を見ているけど」エラリーは言った。「自分の面倒を見るのはだいじょうぶかい」

「はあ?」

エラリーはブーンに近づき、小さな肩に手を置いた。「口をぴったり閉じていることができるかな」

「おれは――まあ――できると思うよ、クイーンさん」

「やってみせてくれ」

ブーンは目をむいたのち、ゆっくりと口を閉じた。

「はじめにしては上出来だ」エラリーは歯切れよく言った。その目には浮かれたところがいっさいなかった。「ブーン、誓って言う。もしこのことを――このオートマチック拳銃を見つけたことを――ひとことでも漏らしたら、鉄格子の向こうへ送ることになる。わかったな」

ブーンはまた唇をなめた。「わかったよ、クイーンさん」

「よし」エラリーは体をまっすぐに伸ばした。「もう仲間のところへもどっていい」

ブーンは立ちあがり、ふらつきながら戸口へ向かった。

「いま言ったことを忘れるなよ、ブーン」エラリーは声をかけた。

小柄なカウボーイはもう一度うなずき、姿を消した。

「部長刑事、言うまでもないけど」エラリーは早口でつづけた。「このことは人に知られたくないんだ」

ヴェリーは傷ついた顔をした。

「だれにもね」

「警視にもですか」

「ああ、だめだ」エラリーは眉間に皺を寄せた。「そうするのがいちばんいいと思う。ぼくから話をする。このことは、ぼくたちふたりだけの秘密だ。ブーンはきっとだまっているはずだから……。ところで、きょうコロシアムに来た人たちにはどんな措置をとったんだ。入場するときは身体検査をしなかったのかな」

「出るときだけです」

「なるほど。まあ、当然か。たしかに、ごく妥当な措置だ」エラリーは親しみをこめてヴェリー部長刑事のあばら骨のあたりを肘《ひじ》で軽く突《つ》き、鼻歌を歌いながら楽屋を出た。

エラリーは急いでグラントの事務室へ行った。老座長はまだそこにいて、深まりつつある薄闇のなかで壁を見つめていた。

グラントが視線をあげた。「おや。また来たのか」

「また来ましたよ、正面切ってね」エラリーは含み笑いをした。「お邪魔してすみません。電話を借りてもいいですか」

「いいよ」

エラリーは電話帳を調べて、番号を呼び出した。「カービー少佐につないでくれ……。少佐ですか。またエラリー・クイーンです……。いえ、こんどは試写じゃありません、少佐……。ハ、ハ、ハ――そうです……。ええと――少佐、いまお忙しいですか……。わかりました。では、都合はつきそうですね。三十分後に警察本部のロビーでお会いできれば……。ありがとうございます。急いでください！」

エラリーは笑みを漂わせて電話を切った。ワイルド・ビル・グラントの椅子がきしんで小さな音を立てる。

「ありがとうございました、グラントさん」エラリーはこの上なく上機嫌で言い、事務室から去った。


三十分後、エラリーは警察本部の弾道鑑定室で、無言の男ふたりと向かい合っていた。カービー少佐は急いで歩いてきたため、荒い息をしていた。ノールズ警部補は物問いたげな顔をしている。

「来てもらえてよかった」エラリーは少佐に言った。「ほんとうはお越しいただくまでもありませんでしたが、はじめからお世話になっているんで、不義理をしたくなかったんです。このお楽しみのクライマックスは、まさしく少佐のおかげですからね」

ハンカチにくるんだ品をポケットから取り出す。そして注意深く包みを開いた。

「例の二五口径か！」少佐が叫び、はっと息を呑《の》んだ。

「ただの二五口径です」エラリーはやんわりと訂正した。「この秘密会議の目的は、これが〝例の〟なのか〝ただの〟なのかを見きわめることなんですよ」

「驚いたな」ノールズ警部補はにやりとした。「どこで見つけたんですか」

「最もありそうもないところでね」エラリーは小さく笑った。「さわってもだいじょうぶですよ。指紋の検査はすんでいますから。ひとつも付着していませんでした」肩をすくめる。「ではお願いします、友よ《メザミ》。線条痕《せんじょうこん》を調べてください。そして、この耐えがたい緊張に早くけりをつけましょう」エラリー自身も必要以上に呼吸が速くなっていた。

ノールズ警部補が拳銃を持ちあげ、何かを考えながら手で重さを量るようにして、それから弾倉を引き抜いた。用心しすぎる必要はなかった。この小型コルトには〝解除装置〟が装備されていて、弾倉を引き抜くと引き金と歯止めの連動が自動的に断たれる仕組みになっている。弾倉は空だった。薬室にも弾薬はない。ノールズは問いかけるように視線をあげた。

「そうなんです」エラリーは小声で言った。「見つけた当初から、装塡《そうてん》されていませんでした。牙《きば》は抜いてあった。まあ、たいして重要なことではありませんよ」

ノールズ警部補はそのオートマチック拳銃に弾を装塡し、標的を調整して、無造作に引き金を引いた。エラリーはエジェクターから蹴《け》り出された薬莢《やっきょう》を避け、ノールズは弾を標的から取りはずす。どの弾にも焦げた火薬と油脂がべっとりとついていた。ノールズは発射した七発の弾を調べて一発を選び出し、実験台へ運んで、弾の汚れをていねいに落とした。それから保管棚の前へ行き、しばらく探したあと、二発の弾を持ってもどった。

「ホーンとウッディーの体から摘出したものです」ノールズが告げ、比較顕微鏡の前にすわった。「このふたつの弾が同じ銃から発射されたものだというのは、少佐の手を借りて立証ずみです。だから、どちらも比較に使えます。さあ、まもなくはっきりしますよ」

カービー少佐が実験台に近寄った。

ノールズ警部補は保管棚から持ってきた銃弾のひとつを顕微鏡の一方の載物台に置き、いま発射したなかから選んだ一発をもう一方の載物台に置いた。そして顕微鏡をいじりはじめた。ふたつの弾の焦点をうまくひとつに合わせたあと、ハンドルを操作してふたつの弾の像を一致させた。その操作がすむと、像を顕微鏡の接眼レンズで見た。欠けたところのない完全な銃弾の像だが、実はふたつの弾の左側だけを合わせたもので、ぴったりくっつけてあるため、ひとつの弾に見えているのだった。

ノールズはじっとのぞきこんでいたが、やがて目を離して少佐を手ぶりで呼んだ。少佐が熱心に接眼レンズをのぞく。

エラリーは心配そうな表情でふたりを見守った。

「ほら、自分で見てみたまえ」カービー少佐がようやく顔をあげて言った。エラリーが代わって顕微鏡の前にすわる。

拡大された銃弾を見て、エラリーは顕微鏡によってもたらされた細部の豊かさに気づき、驚いた。まるで高性能の天体望遠鏡でティコ（月面の南部にあるクレーター）を見ているようだ。実際に谷があり、丘があり、クレーターがあって――月の景色とそっくりだった。しかし、真に驚くべき特徴は、像の右と左がまったく同じに見えることだ。右のクレーターと左のクレーター、谷と谷、丘と丘が相似している。仮に弾の輪郭の微妙なちがいや発射条件によるごくわずかな差異があっても、肉眼では見分けがつかない。

エラリーは体を起こした。「例の二五口径ですね」ゆっくりと言った。

「まずまちがいありません」ノールズ警部補が言った。「というより、確信しています。異なる銃身を通ったふたつの弾がこれほど酷似しているとしたら、それは恐るべき偶然の一致だ。そんなことはありえない！」

「測微顕微鏡で調べてみたらどうかな」カービー少佐が提案した。

「そのつもりです。汎用《はんよう》の測微顕微鏡なら」ノールズはエラリーに説明した。「同じ銃かどうかが疑いの余地なくわかるでしょう。副尺がついていて——顕微鏡による測定ができる。すぐにすみますよ」

ノールズは比較顕微鏡の載物台上の銃弾を手にとり、測微顕微鏡の台に置いた。接眼レンズをのぞいて条痕を調べ、傾斜角——弾の軸に対する条痕の角度——を計算して、その結果を度と分の単位で記録する。それから谷、すなわち掻《か》き傷の深さを計測した。弾についている傷と傷の距離を副尺で測る……。ひとつ目の弾を調べ終わると、それを脇にのけて、メモを目の前の手近なところに置き、ふたつ目の弾でもまったく同じ手順を繰り返した。

すぐにすむはずが、ずいぶん長くなり、一時間以上かかった。エラリーは微に入り細を穿《うが》つ科学の手法に苛立《いらだ》ち、煙草を吸いながら室内を歩きまわったり、ひとりごとを言ったりした。そのうちにすっかり物思いにふけってしまい、カービー少佐に呼びかけられたときには、ひどく驚いた。

エラリーがわれに返ると、ふたりの専門家が微笑みかけていた。

「成功だよ」カービー少佐が静かに言った。「世界じゅうの弾道の専門家に尋ねても、この事実を否定できる者はいないよ、クイーンくん——いまとなってはね。きみが見つけたこのオートマチック拳銃から発射された弾が、ホーンとウッディーを殺した」

エラリーはしばらく無言でふたりを見つめた。それから、長々と息をついた。「旅路の終わりだ」ようやく言う。「あるいは、旅が終わるひとつ前の停車場と言うべきかな。それでは……」足早にテーブルへ歩み寄り、オートマチック拳銃を手にとる。そしてしばし惚《ほ》れ惚《ぼ》れと調べていたが、やがて表情も変えずポケットにしまった。ノールズ警部補が少し驚いた顔をした。

「おふたりに」エラリーは落ち着いて言った。「異例のお願いがあります。非常に重要なことなので、だれにも――ことばどおり、だれにも――このささやかな実験の結果を漏らさないでいただきたい」

ノールズ警部補が咳払《せきばら》いをした。「ううむ！　よくわからないんだが――わたしには警察本部に対する義務があるんですよ、クイーンさん。あなたはつまり――」

「つまり、この銃がホーンとウッディーを殺した弾を発射したということを、だれにも知られたくないばかりでなく」エラリーは言った。「この銃を発見したことも伏せておきたいんです。わかりますか、警部補」

ノールズは顎《あご》をこすった。「では、言うとおりにしましょう。あなたはこれまでもおかしなことを成しとげていますからね。ただ、わたしとしても記録をしないと……」

「ああ、記録はもちろんとってください」エラリーは早口で言った。「さて――少佐、あなたにもお願いできますね」

「もちろん口外はしない、まかせてくれ」カービー少佐が答えた。

「いっしょに仕事ができて光栄です、少佐」エラリーは微笑んだ。そしてすばやく実験室から出ていった。

読者への挑戦状

さて、またしてもわが小説の〝第七イニングの前のひと息〟とも称すべき個所に差しかかった。小休止だ、読者諸氏。

四年間、何度も奏でてきたテーマを、ここでまたちがった形で問おう。だれがコロシアムのアリーナでふたりの騎手を殺したのか。

わからない？　いや、当然わかるはずだ。いまや物語のすべてが読者の前に提示された。手がかりは豊富にあることを保証しよう。正しい順序で並べ、しかるべく推論すれば、それらの手がかりは考えうる唯一の犯人をはっきりと指し示す。

掟《おきて》の厳守は、わたしの名誉にかかわる問題である。掟とは、読者にすべての手がかりを与え、何ひとつ隠すことなくフェアプレイに徹することだ。手がかりはすべて読者の手中にある。繰り返して言うが、それらは犯罪の重要な型紙をなすものだ。

読者諸氏は、その型紙の断片をつなぎ合わせ、目に映るものを解釈することができるだろうか。

作者が嬉々《きき》として挑戦状を提示するたびに、執拗《しつよう》に作者を責め立てる少数の善意の人々にひとこと申しあげよう。作中で、わたしがハリウッドへ送った電報の内容とそれに対する返電の内容は、論理による解決に不可欠なものではない。このあと明らかになるとおり、どちらも知らなくても、問題の解決は可能だ。二通の電報の内容は、分析したすえにたどり着いた論理による結論を確認するものにすぎない。したがって、実は読者諸氏がわたしの電報の内容を、このわたしに話して聞かせることさえできるはずだ！

エラリー・クイーン

25　真相の前に

クイーン家の日曜の夜は、たいがい静穏としている。警視が完全に気持ちをゆるめるのは日曜の夜であり、暗黙の決まりとして、仕事の話をしたり、犯罪論にふけったり、実際の事件について考えたり、探偵小説を読んだり、ほかにものどかな雰囲気を壊すようなことはいっさい禁じられている。

だから、その夜エラリーは夕食後に寝室に閉じこもり、そっと内線電話を取りあげた。〈ホテル・バークレイ〉の番号を呼び出し、キット・ホーンにつないでくれと言った。

「エラリー・クイーンです。ええ、はい……。今夜は何か予定がありますか、ホーンさん」

キットは少し笑った。「これはお誘いなの？」

「それもいいですね」エラリーは調子を合わせた。「ぼくの正式な質問にははっきり答えていただけますか」

「わかりました」キットは断固とした声で言った。「今夜はふさがっています」

「というと、つまり――」

「ある紳士から今夜お誘いを受けているの」

「巻き毛の紳士ですね？」

「察しがいいわね、クイーンさん。そのとおり、巻き毛の紳士です。たいして推理の必要はなかったでしょうけど」そこで声の調子が少し変わった。「そろそろ――何か動きでも？　もう待ちくたびれてしまって……。で、今夜わたしに会いたいというのは、重要なことだったんですか、クイーンさん」

「あなたにお会いするのは、どんな夜でもぼくには重要なことですよ」エラリーは礼儀正しく言った。「しかし、あんな神々しい巻き髪とみごとな射撃の腕を持つ男性が競争相手とあっては、仮に候補に入れていただいても、無駄で無謀というものでしょうね。いえ、たいして重要なことじゃありませんよ。また後日でけっこうです」

「あの」キットは言って、しばし黙した。「ええと、カーリーは今夜、映画に連れていってくれるんです。あの人、映画が好きで。それにわたし――あれ以来、とても心細くて……わかってくださるわね」

「わかりますとも」エラリーはやさしく言った。「ワイルド・ビルもいっしょに行くんですか」

「そんな得にもならないことをする人じゃない」キットは笑った。「今夜はマーズさんやほかの興行主さんたちと食事にお出かけとか。何かこっそり新しいことを企《たくら》んでいるんでしょう。まったくビルったら！　わたしにはとても——」

「どうもぼくは今夜とことん運がいいらしい」エラリーは悲しそうに言い、しばらくして電話を切った。

エラリーは寝室にたたずみ、考えをめぐらせながら鼻眼鏡のレンズを磨いた。それから室内を歩きまわりはじめた。

五分後、エラリーはすっかり外出の身支度をして、居間に顔を出した。

「どこへ行くんだ」警視が日曜新聞の漫画欄から顔をあげて尋ねた。

「散歩だよ」エラリーは明るく言った。「少し運動が必要でね。腹まわりにちょっと肉がついてきた気がするんだ。すぐにもどる」

クイーン警視は見えすいた嘘を聞いて鼻を鳴らし、また漫画欄に目をもどした。エラリーはすれちがいざまにジューナの髪を掻《か》き乱し、すばやく姿を消した。

一時間後、エラリーがもどった。顔を紅潮させて、やや落ち着きがない。寝室にはいったが、まもなくコートを脱いで出てきて、警視のそばの肘掛《ひじか》け椅子に腰をおろした。そして暖炉の火を見つめた。

科学欄を読んでいた警視が新聞を下に置いた。「散歩はどうだった」

「ああ、快適だったよ」

クイーン警視は室内履きに包まれた足を暖炉のほうへ伸ばし、嗅《か》ぎ煙草を一服して、振り向きもせずに言った。「この事件をどう考えたらいいのか、さっぱりわからない。ほんとうに――」

「事件の話はいけません」椅子のてっぺんに猿のように乗っかっていたジューナがひどく驚いて言った。

「ジューナ、言いたいことはよくわかるよ」エラリーは言った。「ありがとう」

「言いたいことは」警視が小声で言う。「わたしが途方に暮れているということだ。おい、頼むよ――おまえは何を知っている」

エラリーは煙草の吸いさしを暖炉に投げ入れ、両手を静かに腹の上で組んで言った。

「何もかもだ」

「なんだと？」警視は啞然《あぜん》として言った。

「何もかもわかってると言ったんだ」

「そうか」警視は緊張を解いた。「また冗談か。そうとも、いつだっておまえは何もかもについて、何もかもわかっているわけだ。神に選ばれた四百人のひとりだからな。おまえはなんにでも精通している――推理小説の探偵のように――すべてを見て、すべてわかっている……。ばかばかしい！」

「ぼくはすべてを知ってる」エラリーは静かに言った。「ホーンとウッディーの事件について」

警視はとたんに不平をこぼすのをやめた。すわったまま身じろぎもしない。やがて口ひげをいじりはじめた。「おまえ——本気で言っているのか」

「神にかけて誓うよ、嘘だったら死んでもいい。事件は終わった。完結だ。もう何もない。忌々しいことに、われわれはしてやられたんだ、父さん……。真実は」エラリーはため息をついて言った。「あまりにも単純で、きっとびっくりするよ」

クイーン警視はしばし息子に目を注いだ。エラリーの鋭い顔立ちにからかいの色はなかった。それどころか、緊張して興奮をきびしく抑制している様子がうかがえ、それが警視の血を無性に掻き乱しはじめた。われ知らず、警視の目が輝きを帯びる。

「では」警視は唐突に言った。「決着はいつだ」

「いつでも、父さんの好きなときに」エラリーはゆっくりと言った。「なんなら、いまからでもいい。秘密にしておくのに、つくづくうんざりしてるんだ。早く吐き出したいものだよ——胸のなかから」

「それなら、その減らず口をやめて出かけるぞ」警視はそう言って、寝室へはいっていった。

エラリーはだまってそのあとを追い、父が室内履きから靴に替えるのを見守った。

エラリーはのんびりとコートを着た。目が輝いている。

「行き先は？」警視はクロゼットへ帽子とコートを取りにいきながら、低い声で言った。

「〈ホテル・バークレイ〉」

警視は目を見開いた。エラリーはていねいに襟巻をなおした。

「〈ホテル・バークレイ〉のどこだ」

「客室のひとつ」

「なるほど！　親切なことだな」

ふたりはアパートメントを出て、八十七丁目通りをブロードウェイのほうへ足早に歩いた。

ブロードウェイの角で、信号が青に変わるのを待った。警視は両手をポケットに突っこんでいた。「ところで」皮肉な口調で言う。「よかったら教えていただけませんかね――ホテルの一室でいったい何をすることになるのか」

「捜索だよ。つまり」エラリーは言った。「これまでにひとつ見落としていたものがある」

「〈バークレイ〉の捜索で見落としていたもの？」警視が険しい声で言った。「何を言っている」

「まあ、あのときは意味がないように思えたんだ。われわれはホーンの部屋も、ウッディーの部屋も、どの部屋も探した……。ところが――」エラリーは時計を見た。深夜十二時を数分過ぎている。「ふむ。父さん、応援が必要だと思う。ヴェリーがいいか。頼りになるからな、ヴェリーは。ちょっと待って、電話をするから」父をせき立てて通りを渡り、ドラッグストアに駆けこんだのち、五分後に笑顔で出てきた。「ヴェリーはあっちで待ってるって。さあ、行こう、不満屋の父さん」

警視はあとに従った。

十五分後、ふたりは〈ホテル・バークレイ〉のロビーに足を踏み入れた。かなり混雑していた。エレベーターに乗ると、エラリーが言った。「三階へ行って」三階でエレベーターをおりてから、エラリーは父の腕をとって長い廊下を進み、あるドアの前で立ち止まった。暗がりからヴェリー部長刑事が進み出た。三人とも何も言わなかった。

エラリーは手をあげて、軽くノックをした。ドアの向こうでくぐもった小さな声が聞こえ、手がドアノブをまわす音がした。すぐにドアが開き、顔が現れた――不機嫌なその顔に、一瞬驚きの表情が浮かぶ――ワイルド・ビル・グラントの顔だった。

26 真相

三人はだまってグラントの部屋へはいった。グラントは三人を通し、少しためらってドアを閉めた。

カーリー・グラントとキット・ホーンがそれぞれ椅子に腰かけていて、蒼白《そうはく》な顔で一同を凝視した。

「それで」グラントが仏頂面で言った。「こんどはなんだ」

テーブルに、黒い瓶が一本と濡《ぬ》れたグラスが三つある。

「寝酒の最中でしたか」エラリーが愉快そうに言った。「それが、実は少し厄介なんです。警視があることを思いついたんですが、ぼくには思いとどまらせることができなくて」エラリーは臆面《おくめん》もなくにやにやし、警視が顔をきつくしかめて額に新たな皺《しわ》を一本加える。「ええ、警視があなたの部屋を捜索したいと言うんです」

警視の顔が赤くなった。ヴェリーがたくましい体軀《たいく》の座長のほうへにじり寄る。

「この部屋を捜索する?」グラントは当惑顔になり、かすれた声で繰り返した。「いったいなんのために」

「はじめろ、トマス」警視はうんざりした声で言った。部長刑事はなんの感情も表さず、作業に取りかかった。グラントが褐色の大きなこぶしを握りしめ、一瞬力ずくで抵抗するかに見えたが、やがて肩をすくめて、動かなくなった。

「このことは忘れんぞ、警視」グラントはゆっくりと言った。

カーリーが急に立ちあがり、ヴェリーが机のいちばん上の抽斗《ひきだし》をあけようとするのを荒々しく押しのけた。「さわるな」鋭く言い、警視に詰め寄ってにらみつける。「ここはいったい――ロシアか何かですか。令状はどこにある？　なんの権利があって人の部屋へずかずか――」

ワイルド・ビルがそっと息子の腕をとり、部屋の反対側へと促した。「落ち着け、カーリー」そして警視に言った。「つづけるといい」勝手になんなりと探すんだな」

ヴェリー部長刑事はカーリーを気にしながらも無視し、警視がうなずいたのを見てふたたび机へ近寄った。

カーリーは叱られた子供のようにキットのそばに腰をおろした。キットはひとことも発することなく、ショックを受けた様子でただエラリーを見つめている。

エラリーはいつも以上に力をこめて鼻眼鏡を磨いた。

ヴェリー部長刑事は手荒ながら徹底していた。せっかちな泥棒のように机を調べた。

ひとつひとつ抽斗をあけ、整頓《せいとん》された中身を混沌《こんとん》に陥らせたあと、音を立てて閉めた。つぎに衣装トランクへ注意を向けた。それにともなって荒廃も移動する。さらにベッドを攻め、戦場に変えた。

そのあいだ、グラント父子とキットとクイーン父子は、無言の傍観者だった。

クロゼット……。部長刑事はドアを引きあけ、硬い手のひらを擦り合わせたのち、衣装へ飛びかかった。手で押しつぶし、握り、叩《たた》きつけ、服という服をもみくちゃにした。何も出てこない……。しゃがんで靴に取りかかった。

部長刑事が立ちあがったとき、表情にはほんの少し苦々しげなものがあった。不安そうな目でエラリーを一瞥《いちべつ》した。当の紳士は眼鏡を磨きつづけていたが、目は明らかに鋭さを増していた。エラリーは体をグラントのほうへわずかに寄せた。

ヴェリーが棚を探った。手が大きな円形の白い箱にあたる。その箱をおろして、蓋《ふた》をはずした。鍔広《つばびろ》で灰褐色の、見るからに新品の立派なステットソン帽が現れた。ヴェリーはそれを持ちあげて……一驚した。

それから箱をかかえてゆっくりクロゼットから出てきて、それを警視の前のテーブルに置いた。奇妙な目でちらりとエラリーを見た。

ステットソンがはいっていた箱の底に、鈍く光る、平たい小ぶりの銃器が静かに横たわっていた——二五口径のオートマチック拳銃《けんじゅう》だ。

グラントの体が震え、岩のような顔から血の気が引いて、色といい硬さといい、土で汚れた大理石そっくりになった。キットは息が詰まったような低い叫び声をあげ、あわてて口に手をあてて、老いた西部人を慄然《りつぜん》と見据えた。カーリーはその場で石と化し、信じられずに呆然《ぼうぜん》としている。

警視はほんの一瞬、その銃を凝視したのち、箱からつまみ出してポケットにおさめ、驚くべき速さでズボンの尻《しり》ポケットから三八口径コルトの制式リボルバーを取り出した。それを無造作にぶらさげて持つ。

「さて」警視は穏やかに言った。「申し開くことがあるかね、グラントさん」

グラントはぼんやりとリボルバーを見つめた。「何が――どうなってんだ、おれは――」自分を奮起させ、乱れる息でひとつ深呼吸をした。死人のような目をしている。

「おれは――」

「たしか、こう言わなかったかな」警視が落ち着いた声で告げる。「二五口径オートマチックは持っていないと」

「ああ、持ってない」グラントが間延びした声で困惑したように答えた。

「すると、このちっぽけな代物は」警視がポケットを叩く。「自分のものではないと言うんだな」

「おれのじゃない」グラントは力なく言った。「見たこともない」

カーリーが父に視線を据えたまま、不安そうに立ちあがった。そして体をかすかに左右に揺らした。カーリーをヴェリー部長刑事が静かに椅子へ押しもどし、のしかかるように立った。

何が起こっているのかにみなが気づく前に、椅子にすわっていたキットが雌虎さながらすごみのある、押し殺した叫び声をあげ、グラントに飛びかかった。グラントの喉《のど》に爪を食いこませる。グラントは逃げもせず、抵抗しようともしなかった。エラリーはふたりのあいだに割ってはいり、叫んだ。「ホーンさん！　やめなさい！」

キットは後ろへさがって、ぴんと身をこわばらせ、日焼けした顔に言いようのない憎悪を浮かべた。

キットはひどく静かな声で言った。「何がなんでも殺してやる。あなたはふたつの顔を持つユダよ！」

グラントがふたたび身を震わせた。

「トマス」警視の声が少し活気を帯びる。「この人たちはわたしが引き受ける。おまえはこのポケットの豆鉄砲を持って、急いで警察本部へ行ってくれ。ノールズをつかまえて、検査を頼むんだ。われわれはここで待つ……。言っておくが」警視はヴェリー部長刑事が出ていくのを見ながら、みなに鋭い声で告げた。「だれもおかしな真似をするんじゃないぞ。グラントさん、すわって。ホーンさん、あなたも。それから、きみ、若いの。きみはそこから動くな」制式のリボルバーの銃口が小さな弧を描いた。

エラリーは深く息をついた。

それから一世紀が経ち、室内に電話のベルが鳴り響いた。グラント父子もキットも思わず目を見開いた。

「全員、動かないで」警視は穏やかに言った。「エラリー、出てくれ。ノールズかトマスのどちらかだ」

エラリーは電話に出た。しばらくぼんやりと耳を傾けたのち、受話器を置いた。
「それで？」警視はグラントの両手から目を離さずに尋ねた。

グラントは筋肉ひとつ動かさなかった。苦悶《くもん》に近い表情を浮かべ、エラリーに目を据えている。そのさまは、陪審員が列をなして法廷にはいり、被告が生か死かの評決を待って陪審長の唇を見据える場面を思わせた。

エラリーは低い声で言った。「部長刑事の報告によると、バック・ホーンとウッディーを殺したオートマチックと同じものだそうだ」

キットが身震いをした。その目には、野性の情動を帯びた荒々しさとともに、突然の明かりに目がくらみ、危険を察知して身をこわばらせる動物に似た動揺があった。

「両手を出すんだ、グラント」警視がきびしく言った。「あなたをバック・ホーンならびに一本腕のウッディー殺害容疑で逮捕する。こちらの義務として警告するが、あなたがこれから口にすることはすべて、あなたに不利な証拠として使われる場合が……」

27　アキレスの踵

紳士エラリー・クイーンは、けっして報道というものの熱心な支持者ではなかった。新聞はできるだけ読まないようにしている。保守的な記事は退屈だし、扇情的な記事は閉口するというのが、本人の言い分だ。

ところが、月曜日の朝、エラリーは警察本部前の歩道で四種の朝刊を買った。売り子がいぶかしげに硬貨を受けとった。

習慣を急に覆したわけを売り子に説明する必要もないので、エラリーはただうなずいて、灰色の大きな建物のなかへ足早にはいっていった。

そこでは、クイーン警視が電話の列に向かって怒鳴っていた。その声を伴奏に、エラリーは買ってきた新聞を読んだ。むろん、ワイルド・ビル・グラントの逮捕がけさの最重要記事《ピエス・ド・レジスタンス》だった。タブロイド新聞二紙の第一面から、座長の皺《しわ》深い顔がエラリーを凝視し、それより大判の標準サイズの新聞二紙からも偏狭そうな顔がにらんでいた。全段抜きの大見出しに、グラントのことが〝悪鬼〟〝友人殺し〟〝西部の悪人〟そしてもちろん〝ロデオの興行主〟とさまざまに書き立てられていた。

奇妙なことに、エラリーは見出しと冒頭の部分しか読まなかった。新聞を脇へほうり、穏やかに腕を組んで、父親を見つめた。

「ところで、けさは何かあったかい」元気よく尋ねる。

「いろいろとな。グラントはだんまりだ――話そうとしない。肯定も否定もしないんだ」警視がきびしい口調で言った。「だが、落とせるさ。何しろ、あの銃があるからな。ノールズの報告によると、グラントの部屋で見つけたオートマチックは、まちがいなく二件の殺人に使われたものだ」警視が口をつぐみ、鋭い目に思案の色を浮かべた。「おかしな話だが」ゆっくりと言う。「ノールズはわたしに何か隠している気がするんだ。あのノールズが！」肩をすくめた。「いや、きっと気のせいだな。あの男は宝だよ。おい、いつになったら説明してもらえるんだ。けさは警察委員長からひっきりなしに電話がかかっていてね」

「委員長は理由に関心があるわけじゃないだろう？」エラリーはぼそりと言った。「答を知りたくてわめいてるだけのはずだ。それなら、父さんはもう答を伝えたわけだ。ニューヨーク本船積み渡し《F.O.B.》で殺人犯を証拠とともに引き渡したんだろう？　委員長はそれ以上の何を求めているんだ」

「しかし」警視は言った。「委員長だって人間だよ。いきさつと理由を知りたいんだ。

それに、考えてみれば」疑うような目をエラリーへ向けながらつづける。「わたし自身、少々興味がある。なぜグラントはあの銃をあんなふうに置きっぱなしにしたのか。狡猾《こうかつ》な殺人犯にしては、ずいぶん間が抜けているように思えてな。しかも、二度もわれわれの鼻先をかすめてこっそりコロシアムから持ち出した経験があるというのに。わたしの考えでは——」

「話さなくていいよ」エラリーは言った。「カーリーは来たのかな」

「市拘置所のハートが三度も電話をよこした。あの若造、面倒を起こしているそうだ。グラントの親父のほうは、弁護士に会おうともしない——断固として拒んでいるらしい。わけがわからんな。あの若造も取り乱しているんだろう。そしてキットが——」

「そうそう、キットはどうしてる」エラリーは急に真剣な声で尋ねた。

警視は肩をすくめた。「けさ早くわたしに会いにきたよ。グラントを極刑にしてくれと言って」

「無理もない」エラリーは小声で言い、煙草に苦みか何かを感じたような顔をした。

エラリーは一日じゅう警察本部をうろついていた。何かを待っている様子で、殺人捜査課の面々が警視に報告を持って現れるたびに、すばやく顔をあげてドアを見た。数えきれないほど煙草を吸い、一階のメインロビーにある公衆電話室から幾度も電話をかけた。

午後のあいだに三度、事件解決について説明を求められたが、笑顔でことわった。地方検事のサンプソンにも、通信社の三人の記者にも、警察委員長本人にも首を横に振った。何かを心待ちにしている様子は終始変わらなかった。

しかし、一日じゅう、特別なことは何も起こらなかった。

六時になると、エラリーと警視は警察本部を出て、地下鉄で自宅へ向かった。

六時半、ふたりは無言の食卓についた。いつもの旺盛《おうせい》な食欲はないようだった。

七時に呼び鈴が鳴り、エラリーはあわてて立ちあがった。訪ねてきたのはキット・ホーンだった――青い顔で放心し、ひどくそわそわしていた。

「どうぞはいって」エラリーはやさしく言った。「おかけください、ホーンさん。訪ねてくださってうれしいですよ」

「わたし――わたし、どうしたらいいのか、どう考えていいのか、よくわからなくて」肘掛《ひじか》け椅子にのろのろと腰をおろしながら、低い声で言う。「だれを頼っていいのかもわからないし。わたし、すっかり――すっかり……」

「自分を責めてはいけません」警視が思いやりをこめて言った。「友人に見える相手でも、本性を知るのはむずかしいものだ。しかし、もしわたしがあなたの立場にあったら、今回の一件のせいで、その、つまり――ほかの人への感情を変えたりはしませんよ」

「カーリーのことですか」キットは首を左右に振った。「無理です。たしかにあの人に罪はありません。だけど――」

ふたたび呼び鈴が鳴り、ジューナが玄関広間へ飛んでいった。まもなく、カーリー・グラントの長身が戸口に現れた。

「ぼくになんの用が――」言いかけて、キットの姿に気づいた。ふたりはことばもなく見つめ合った。やがてキットが顔を赤くして、立ちあがりかけた。カーリーが苦しげな顔で頭《こうべ》を垂れる。

「だめです」エラリーが鋭くささやき、キットが驚いてエラリーを見た。「あなたには、ここにいていただきたい。なんとしてもお願いします。気の毒なカーリーさんに八つあたりしてはいけません。さあ、すわってください、ホーンさん」

キットは腰をおろした。

ジューナが事前の言いつけどおりトレイを持って現れた。氷がガラスにあたる軽やかな音が、気詰まりな瞬間を埋めた。暗黙の合意があったかのように、肩の凝らない話題に移り、十分後、エラリーはふたりから微笑を引き出していた。

けれども、数分が過ぎて一時間に延び、それが二時間になると、会話の勢いが失われ、警視まで落ち着きがなくなってきた。エラリーは興奮していた。早口で語り、笑みを浮かべ、顔をしかめ、煙草を吸い、それを人にも勧め、一度にあちらこちらにいるかのようだった――ふだんのエラリーからは想像もできない姿だ。こうした努力にもかかわらず――かえってそのせいかもしれないが――陰鬱《いんうつ》さが増した。いまや、過ぎゆく一瞬が一年に思えた。しまいには、エラリーも陽気さを振りまこうとする健気《けなげ》な努力をやめ、だれも口をきかなくなった。

きっかり九時に、三度目の呼び鈴が鳴った。

なんの前ぶれもない、重苦しい沈黙のさなかの出来事だった。その音を聞いて、警視は口ひげをぴくりと動かし、キットとカールは驚いて体をこわばらせ、エラリーはロープで引かれたように椅子から立ちあがった。

「いや、ジューナ」エラリーは、いつものようにドアへ向かったジューナにすばやく声をかけた。「ぼくが出る。ちょっと失礼します」そして玄関広間へ突進した。

ドアの開く音が一同の耳に届いた。男の太い声が聞こえる。それからエラリーが落ち着いた不穏な声で言った。「さあ、はいって、はいって。ずっと待ってたんだ」

エラリーが玄関広間からアーチ形の戸口に姿を現した。顔が自分のシャツのように白い。そのすぐあとに、背の高い――エラリーより高い――男が、並んで敷居に立った。

永遠の瞬間があった。ふつうの時の流れのなかでは人がめったに経験しない瞬間だ。その刹那《せつな》、時がエネルギーを凝縮し、爆発して人々の脳へ飛びこんだ。

だれもが戸口の男を凝視し、男のほうも視線を返した。

それは、頬に恐ろしい火傷《やけど》の痕《あと》があるみすぼらしい服装の西部者で、前の日にコロシアムから謎の失踪《しっそう》をした男だった……。ベンジー・ミラー。傷のない右頬の褐色の肌の下にあるのは、死を思わせる蒼白《そうはく》だった。脇柱をつかむ荒れた指の関節の白さと変わらない。

「ミラー」警視は当惑して言った。「ミラーだ」そしてぎこちなく椅子から立ちあがった。

キット・ホーンが息の詰まったようななんとも言いがたい声をあげ、みなの視線を集めた。キットはミラーを見つめていた。戸口の男はほんの一瞬キットと目を合わせ、それから視線をそらして、すばやく室内へ一歩踏み入った。キットが唇を噛《か》み、左右を見まわして、急に息を呑《の》んだ。目には抑えきれない恐怖がみなぎっている。

「でも、いったいこれは――」カーリーが驚いた声でつぶやいた。

エラリーはほとんど聞きとれないほどの声で言った。「みんなに話すんだ」

ミラーが戸口から一ヤードのところで立ち止まった。大きな手を強く握りしめている。そして唇をなめて言った。「クイーン警視、殺したのは――殺したのはおれで

「――」

「なんだと！」警視が叫んで立ちあがった。怒りの目でエラリーを見やる。「いま――なんと言った？　おまえがバック・ホーンとウッディーを殺したのか？」

カーリー・グラントが小声で悪態をついた。

ミラーのこぶしがほどけ、また強く握られる。

キットが静かにすすり泣きをはじめる。

そしてエラリーが言った。「この男はウッディーを殺した。でも、バック・ホーンは殺していない！」

警視が激怒してテーブルを叩《たた》いた。「おい、ばかげた話はやめて、頼むから真相を教えてくれ！　どういう意味だ――ミラーはウッディーを殺したが、ホーンは殺していない？　同じ銃が使われたんだぞ！」

「そして、同じ手がその銃を使った」エラリーは疲れた声で言った。「しかし、ミラーにはバック・ホーンを殺せたはずがない。見てのとおり、ミラーとバック・ホーンは同一人物だからだ！」

終章　スペクトル分析

「つまるところ」エラリー・クイーンは言った。「主要でない色は、われわれの想像上の色の車輪から消え去る――そして、あとに何が残ったか。まごうかたなきスペクトル線の虹《にじ》であり、それが全貌《ぜんぼう》をはっきりと物語る」

「きみの不可解なたとえ話を聞くと」わたしはいくぶん苛立《いらだ》ちながら言った。「かえってわからなくなる。白状すると、わたしのつたない頭脳にとっては、いまなお深い暗い謎のままなんだ。事実をすべて知ったいまでも、どんな意味があるのかとても理解できそうにない」

エラリーは微笑んだ。ホーン事件が解決してから数週間後のことだった。事件の反響は、忘れられた過去の犯罪の淵《ふち》にすでに消え去り、驚きと悲しみに満ちた大団円《デヌモン》は、単に職業上の興味の対象でしかなくなっていた。わたしには想像もつかないなんらかの理由によって、ふだんは貪欲《どんよく》なマスコミが、納得できる記事をほとんど書かなかった。バック・ホーンがきわめて巧妙に二件の殺人を犯したことを伝えただけで、いきさつの大半も、理由も、謎のままだった。事件を解決に導いた捜査についてもやはり何も報じられず、わたしにはそのわけもわからなかった。

「いったい何が」エラリーが小声で言った。「きみの頭を迷わせてるのかな」

「忌々しい何もかもだ！　しかし特に、きみがどうやって問題を解決したかってことだな。そして、加えて言うなら」わたしはやや意地悪くつづけた。「きみがわからないと言っていたふたつの些細《ささい》な問題を解いたのかどうかということもね。たとえば、両方の犯行に使われたオートマチック拳銃《けんじゅう》はどうなったんだ」

エラリーは小さく笑って、煙草の煙を吐き出した。「おいおい、頼むよ、J・J。きみにかぎって、まさかいまさらぼくの捜査に手抜かりがあったなんて責めたりしないだろうね。むろん、肝心の答は——人間がすり替わったことは——第一の遺体を見た数時間後にはわかっていて……」

「なんだと！」

「そりゃそうさ。実のところ、それは一連の初歩の推理の結果だ。いっしょに捜査していた人たちのまぬけぶりに愕然《がくぜん》としたね」深く息をつく。「気の毒な父さん！　優秀な警察官だが、洞察力も想像力もない。この仕事に想像力は欠かせないものなんだが」エラリーは肩をすくめ、椅子に心地よく身を預けた。ジューナがコーヒー沸かしと皿に盛った上等のブリオッシュを持ってはいってきた。「じゃあ」エラリーは言った。「はじめから話そう。

　犯行現場に二万の人間がいて、その全員に犯人である可能性があるにもかかわらず――しかも、ほかに例のない不可解な状況で起こった犯罪であるにもかかわらず――ああ、いま話しているのは〝ホーン〟殺害事件についてなんだが――六つの顕著な事実があって――」

「六つの事実だって？」わたしは言った。「ずいぶん多いように思えるな、エラリー」

「そう、この事件はぼくにあり余るほどの手がかりを与えてくれたんだよ、J・J。いま言ったとおり、これら六つの事実は、最初の夜の捜査で、重要な手がかりとして著しく目を引いた。そのうちふたつを――ひとつは物質的なもの、ひとつは心理的なものを――考え合わせると、あることがわかった。それは捜査のはじめから、ぼくだけが知っていたことだ。これらの事実を順に取りあげて、推理を引き出していこう――その推理を煉瓦《れんが》のように積みあげれば、すべての事実にあてはまりうる唯一の仮説ができる」

　エラリーは奇妙な薄笑いを唇に浮かべて、暖炉の火を見つめた。「第一は」ぼそりと言う。「死んだ男の腰に巻かれていたズボンのベルトだ。驚くべきものだったよ、J・J。実にはっきりと語っていたんだ！　ベルトには穴が五つあり、外側から二番目と三番目の穴に近い革の部分に深い縦皺《たてじわ》ができているのが目についた――明らかに、その位置で繰り返し留め金を締めたためにできた跡だ。ところで、ぼくはキット・ホーンから――かわいそうな娘さんだ！――バックがここしばらく体調がすぐれず、実際に体重が減っていたことを聞いていた。そこに注目してくれ！ 体重の減少――ベルトの留め金の跡。興味深い事実の並置だろう？ ぼくはすぐにその重要性に気づいた。最近になってホーンの体重が減っていたことと、ベルトに残されたふたつの締め跡とのあいだに、どんな関係があるのか。二番目の穴に跡が残っていたことからして、ふだんホーンが二番目の穴でベルトを留めていたのは確実だ。その後、体重が減って、三番目の穴で留めざるをえなくなった――つまり、胴まわりが細くなったから、ベルトをきつく締めたわけだね。ところが、バック・ホーンとされていた男が殺害された夜、われわれは何を見たか。被害者はベルトをはめていたが、ぴったり巻かれたそれは、一番目の穴で留められていた！」

エラリーがことばを切って新しい煙草に火をつけたとき、わたしはまたしても――これまで何度もあったように――エラリーの卓越した観察眼に舌を巻いた。かくも取るに足りない細かな点に気づくとは！ そのような内容のことを、わたしは口に出して言った。

「ふむ」エラリーは眉根《まゆね》を寄せて言った。「ベルトの穴の件が些細だというのは、まったくそのとおりだ。見た目もそうだし、意味としてもつまらない。ただの示唆だ。

何も証明しない。だが、それが道を示したんだよ。さていま、ホーンがふだんはズボンのベルトを二番目の穴で留め、その後、体重が減ってからは三番目の穴を使っていたと説明した。ところが、死体となった男はベルトをいちばん外側の穴で留めていた。これは通常の位置じゃない。皺、つまり留め跡があったのは、二番目と三番目の穴の位置だけだったという単純な理由からだ。言い換えれば、死んだ男が実際にベルトを留めていた一番目の穴の位置には、まったく跡がついていなかった。ここが不可解なところでね。ふだんは二番目の穴でベルトを留め、少し前から三番目の穴で締めなくてはならなかったホーンが、殺された夜にかぎって急に一番目の穴で締めていた――つまり、ベルトの穴を一気にまるふたつぶんゆるめたという事実は、どう説明したらいいのか。ところで、ふつう、人はどういうときにベルトをゆるめる？　腹いっぱい食べたときだろう？」

「たしかに、それが頭に浮かんだ」わたしは認めた。「だが、激しいショーの前にそんなにたらふく食べるとは思えないな。仮に食べたとしても、ベルトの穴をふたつもゆるめなくてはならないほど暴食することはあるまい」

「同感だ。でも、論理上はありうる。そこで、ぼくは論理にかなった手順を踏んだ。検死解剖をおこなったプラウティ先生に遺体の胃の内容物を確認してもらったんだ。胃はすっかり空だったと、その後報告があった。先生の話では、被害者は死の六時間以上前から何も食べていなかったらしい。つまり、暴食は、突然一番目の穴までベルトをゆるめた理由ではありえないということだ。

そこで、残る可能性は？　ひとつしかない。否定できるものならしてみたまえ。ぼくとしては、死んだ男があの夜、身につけていたベルトはあの男のものではないと結論せざるをえなかった。ところが、あれはバック・ホーンのベルトにまちがいなかった。イニシャルの飾り文字が施されていたし、親友のグラントがホーンのものだと証言したからね。すると、どういうことになるか！　ベルトが、それを身につけていた男のものではなく、バック・ホーンのものだとしたら、締めていたのはバック・ホーンではなかったということになる。しかし、それを身につけていた男は死んだ。となると、死んだ男はバック・ホーンではない！　これ以上簡単な話はないだろう、J・J」

「それだけで、全貌がわかったのか」わたしは小声で言った。「恐ろしく根拠薄弱で、説得力に欠ける気がするんだが」

「根拠薄弱のほうは、ちがうな」エラリーは微笑した。「説得力に欠けるほうは、そのとおりだ。人の心というのは、小さな事例から引き出される広範な解釈を受け入れたがらないのが当然だからね。だけど、科学の進歩の大半は、まさにこうした帰納の過程でもたらされる瑣末《さまつ》な観察の結果なんじゃないかな。あのとき自分が衆愚の臆《おく》病な心理から脱していなかったのは認めよう。自分の出した結論が信じられない気がしてね。目をそらしたんだ。信じなかった。常識に反した結論だったから。だが、ほかにどんな説明もつかなかった」

エラリーは考えこむように炎を見つめた。「それに、ほかにも疑いを強くする理由があったんだ。死んだ男は、ロデオ一座の連中と接触していた——ただし、証言によると、〝ホーン〟は遅れてコロシアムへ駆けこんだということだから、つかの間の接触だったはずだけどね。そして、ホーンと思われていた騎手の死後、キットが——そう、ホーンの養女が——死体にかかっていたブランケットをめくって、実際に被害者の顔を見ているんだ。それに、ホーンの終生の友だったグラントも確認している。しかも顔自体は無傷だったんだよ、J・J——損傷したのは、頭蓋《ずがい》と体だけだった。こうした事実があったから、死んだ男はホーンではないという結論がひどく説得力のないものに思えたものだ。それでもぼくは、自分の出した結論を捨て去らなかった。ほかの人ならあの状況では捨てたくなるだろうけどね。ぼくはむしろ、自分にこう言ったんだ。〝説得力があろうがなかろうが、最初の推論どおり、死んだ男がホーンではないとしたら、顔も体つきもホーンにきわめてよく似ているにちがいない〟とね。最初の前提を認めるとすると、避けられない推論なんだよ、J・J。いずれにしても、ぼくとしては満足できなかったし、心理的にまったく納得できなかった。そこで自分の結論の裏づけを探した。ほとんどすぐに見つかったよ。そしてそれが、さっき言っ六つの手がかりの二番目にあたる」

「死んだ男がホーンでないという結論を裏づけるって？」わたしは呆気《あっけ》にとられて言ったった。「命を懸けてもいいが――」

「そう軽々しく命を懸けるものじゃないよ、J・J」エラリーは含み笑いをした。

「信じられないほど簡単な話だ。死んだ男が右手に持っていたリボルバーの象牙《ぞうげ》の握りから思いついたんだよ――右手だってことを覚えておいてくれ――その後ホテルのホーンの部屋で見つかったものと対になっている銃のことだ。

ところで、この二挺《ちょう》の対の銃は、ホーンが長年使っていたもので、キットによると、愛用のものだという話だ。グラントとカーリーも同様の証言をしている。ここでもやはり、持ち主については疑問の余地がなかったことを心に留めてもらいたい。台尻《だいじり》にイニシャルがはいっていたうえ、キットとグラントが即座に認めたからね。よって、その二挺の銃はホーンのものだ。それについては、じゅうぶん確信を持っている。

では、新たな手がかりは何か。最初の銃は死んだ男の手――右手――に落馬後も握られていた。その男が馬を疾走させて楕円《だえん》の競技場をまわりながら、右のホルスターからその銃を抜き、右手で高く振りまわすのを、ぼくはこの目で見ていた。ニュース映画の映像がこれらを裏づけている。ところが、そのリボルバーを調べたときに、ぼくはひどく奇妙なことに気づいたんだ」軽く頭を振る。「注意して聞いてくれ。柄というか、台尻というか、握りの――専門家がどう呼ぶにせよ――左右の平らな部分に、象牙のはめこみ細工が施されていて、象牙の細工が長年の使用によって摩耗し、黄ばんでいたが、台尻の右側のごく一部だけは変色を免れていた。ぼくが左手でその銃を持つと、象牙がもとの白さを保っているその部分が、曲げた指の先と手のひらのふくらみとの隙間にあたった。その夜、あとになって、対のもう一挺を右手で握り、またも一部だけ変色が少ないところがあったが――こんどは台尻の左側の、曲げた指の先と手のひらのふくらみとのあいだに来ていた。これはいったい何を意味するのか。二挺目の銃――ホテルの部屋で見つけたもの――は、バック・ホーンがいつも右手で握っていた銃だった。ぼくが右手で握ると、象牙の変色が少ない部分が台尻の左側に来たが、これは右手で握れば当然そうなる位置だ。もう一方の銃、つまり、死んだ男が右手で握っていた一挺目の銃は、明らかにホーンが長年左手で握っていたものだ。象牙の変色が少ない部分が台尻の右側に来て、それは左手で握れば当然そうなる位置にあたる」エラリーは深く息を吸った。「つまり、簡潔にまとめると、二挺拳銃《けんじゅう》使いのバック・ホーンは、いつでも一挺を右手に、もう一挺を左手に持ち、左右を入れ替えることはけっしてなかった。もし二挺を左右の区別なく使っていたのだとしたら、すり減っていない部分などできなかったはずだからね。このことを頭に入れておいてくれ。

しかも、ホーンはまちがいなく、両手利きの射撃の名手だった。銃身、照準器、台尻が二挺とも同じようにすり減っているところから判断すると、銃を撃つとき、バック・ホーンは左右の手を同等の頻度で使い、さらに言えば、左右同等のうまさだったと考えられる。左右それぞれにかならず決まった銃を使う習慣があったことは、のちに小さなことから確認できた。ノールズ警部補に二挺の銃の重さを量ってもらい、一方がもう一方より二オンスばかり軽いことが判明した。いつもそれを持つ左右の手の力加減、握り具合、そして感触について、完璧《かんぺき》にバランスを整えて作ってあったんだ。

では、重大な食いちがいに話をもどそう。バック・ホーンがいつも左手で握っていた銃を、殺された男は右手で握っていたという点だ。ホーンならぜったいに逆の手であの銃を使ったりしないはずだと、ぼくはすぐに思った。そこで――」

「しかしね」わたしは異議を唱えた。「あの夜、たまたま左手用の銃を持ってコロシアムへ行ったのかもしれないだろう?」

「だとしても、ぼくの推理にまったく影響はないよ。習慣、重さ、感触から、ホーンは持ちあげた瞬間に左手用の銃だとわかったはずで、特に意識もせずにそれを左のホルスターへ入れて、左手で握って使っただろう。いいかい、あの夜、宙に空包を発射するにあたって右手を使うことを強制されてはいなかったんだよ。左手を使ったのは、手綱を持ったり、一度帽子を振ったりするときだけなんだから、あのとき演じることになっていた通常の動きには、どちらの手を使ってもよかった。そうだ！　死んだ男はホーンの左手用の銃を右手で握り、しかも右のホルスターを使った。ホーンなら左手で銃を握って、左のホルスターを使うはずの場面でね——これこそが、あの夜殺されたのがバック・ホーンではなかったという、驚くべき裏づけなんだ！」

エラリーは口をつぐみ、コーヒーを飲んだ。たしかに、説明を聞けば——エラリーの言ったとおり——実に単純な話だった。

「いまぼくには」エラリーは穏やかにつづけた。「被害者の正体を疑うだけのふたつの理由があり、それらは互いに完全に相関し合い、相補うわけだ。片方だけでは、有力な仮定の土台にしかならないが、ふたつを考え合わせることで、心のなかのすべての疑問が払拭《ふっしょく》されたんだよ。死んだ男はバック・ホーンではなかった。この奇妙な結論に、ぼくは当惑したものの、認めざるをえなかった。

だが、あの夜トラックに転落したのがバック・ホーンでなかったのなら、いったいだれの死体だったのか、とぼくは自問した。ところで、さっき述べたとおり、その死体は胴まわりが大きい点を除けば、ほとんど見分けがつかないくらい体つきがホーンにそっくりの人間のものらしい。顔立ちがホーンと驚くほど似て、乗馬と射撃が達者で、おそらく声の質もホーンのものとよく似ただれかだ。最後の点、つまり声に関しては、あの夜、重要な意味はなかったと言える。というのも、バック・ホーンと思われていた男は、遅くコロシアムへ行き、グラントの言によると、グラントに手を振って挨拶《あいさつ》しただけですぐに楽屋へ行き、まもなくローハイドに乗って競技場に姿を見せたからだ。実のところ、だれとも口をきいてないんじゃないかな。たとえしゃべっていたとしても、ほんの数語だろう」

「そこまでは」わたしは認めた。「わかったよ、エラリー。しかし、さっきも言ったが、腑《ふ》に落ちない点がいくつかある。たとえば、わたしは新聞を読んで、あの第一の事件で殺された男の正体を知ったわけだが、いったいどうして、きみにはそんなに早くわかったのか」

「それは」エラリーは小声で言い、さらに深く肘掛《ひじか》け椅子に身を沈めた。「痛いところを突かれたな。実はわからなかったんだ。正確にはってことだけどね。ただ、自分の仮説を解決へと進められるだけのことは大まかにわかっていた。まあ、説明しよう。当然ながら、ぼくはこう自問した。この男はだれだろう――この死んだ男――顔も体つきもバック・ホーンにそっくりのこの男は？　まずは直感で、双子の兄弟じゃないかと思った。でも、バックにはこの世に血縁者はいないと、キット・ホーンとグラントがそろって断言した。その後、バックの経歴について考えているうちに、答がひらめいたんだ。それは経歴から導き出した申し分のない推論で、元映画スターのバック・ホーンと名無しの男とが似ている事実を完璧かつ決定的に説明する答だった。バックは西部劇専門の役者で、あらゆる種類の激しい動きを必要とされ、ときにはアクロバットのような離れ業も演じなくてはならなかった。西部劇の映画を観たことがある者ならだれでも知っているとおり、主人公が窓から飛んで、走る馬に乗ったり、断《だん》崖《がい》から馬で駆けおりたり、よくあるばかげたシーンだ。しかし、スターがそういう向こう見ずな曲芸をやれないとき、映画会社はどうするか。もっとわかりやすく言えば、西部劇のスターの――要するに大切な宝物の――体を危険にさらさぬよう、万一の怪我や命の危険を避けるために、プロデューサーはどうするか。それについては、最近は映画雑誌や新聞の娯楽欄を通じてだれもが知っている。代役を使うんだ」

わたしが思わずあえいだので、エラリーはまた小さく笑った。「口を閉じろよ、J・J――水からあがった魚みたいにみっともないぞ……。そんなにびっくりすることかい？　申し分なく筋の通った推理じゃないか。事実とみごとに符合する。プロデューサーは無謀な曲芸に代役を使う。こういう代役に選ばれるには、おもにふたつの適性を具《そな》えていなくてはいけない。ひとつは、代役をするスターに体格が似ていること。もうひとつは、スターができる曲芸だけではなく、それ以上のことができること。

ほんとうに危険な離れ業をやるのが代役の役目だからね。西部劇のスターの代役の場合は、まちがいなく乗馬と投げ縄が達者で、おそらく射撃の名手でもあるんだろう。ところで、多くの場合、顔が似ているかどうかは絶対不可欠な条件ではない。アクションの場面だけ、代役の顔が映らないよう撮影すればいいんだからね。ところが、スターと同じ動きができるだけでなく、見かけも驚くほど似ているという特筆すべき例もある……。そう、考えれば考えるほど、競技場で殺された男は、かつてバック・ホーンの映画で代役をしていた男にちがいないと思う気持ちが強くなった。それを確認するために、ぼくはロサンゼルスの内密の情報提供者に電報を打ち、そういう代役がいたかどうかを撮影所で調べてくれと頼んだ。数日後に返事が来た。思ったとおりだったよ。*たしかに該当する代役は存在したが、三、四年前にバックが最後に映画に出て以来、連絡をとっていない、いまはどこにいるかわからないという話だった。電報からわかった男の名前は明らかに芸名で、ぼくの役には立たなかった。しかし、たとえハリウッドに確認をとらなかったとしても、映画の代役という説が被害者の素性の正解だとぼくはほぼ確信していた」

わたしは両手をあげた。

「もうやめたほうがいいかな」

「おい、何を言う！　わたしはいま、ただ推理の神にひれ伏すのみだ。ここでやめたら、頭を殴るからな。さあ頼む、つづけてくれ」

エラリーはきまり悪そうな顔をした。「そんなつまらないことをまた口にするようなら」きっぱりと告げる。「すぐに終わりにするぞ……。どこまで話したっけ？　そうそう！　つぎに浮かぶ疑問は不可避のものだった。なぜバック・ホーンはグラントにもキットにも言わず、昔の代役をまたひそかに雇い、自分の代わりにロデオに出演させたのか――ホーンと思われていた男の遺体を見たときのふたりの狼狽《ろうばい》と悲しみは、どう見たって本物だったからね。さて、善意に解釈すれば、ふたつの理由が考えられる。ひとつは、バックが急病になったか、体調が悪化したから。観客をがっかりさせたくなかったし、キットや親友のグラントや興行主のマーズに打ち明けるのは自尊心が許さなかったのかもしれない。もうひとつ考えられるのは、予定していた演目のなかに、バックにはできない曲芸がひとつ、あるいはそれ以上あったから。しかし、バックは急に体調を崩したりしていない。開幕当日、ロデオ一座付きの医師が診察して、どこもなんともないと請け合った。それはキット・ホーンと医師本人が証言している。では、医師の診察からショーに出演するまでのあいだに具合が悪くなったのだろうか。この場合、バックは出演までのごく短い時間で、とっさに偽者を手配しなくてはならなかったはずだ。けれども、偽者の手配は出演当日ではなく、前日におこなわれたことをあらゆる事実が示している。たとえば、前日の夜、バックのホテルの部屋に謎の訪問者があったのがそのひとつだ。ほかにも、前日にバックが預金の大半を銀行から引き出していたという事実がある。開幕前夜に代役をホテルへ呼び出し、その男に対の拳銃《けんじゅう》の一挺《ちょう》と、そして報酬を——まさにその日に銀行から引き出した三千ドルの全部もしくは一部を——渡したのは、まずまちがいないだろう。おそらく衣装も渡したはずだ——というのも、開幕前の最後のリハーサルのとき、ほかの連中はみな衣装を身につけていたのに、バックだけはちがっていたとグラントが言ってたじゃないか……。医師の診察の少なくとも一日前にすべてが計画されていたという事実から見て、代役を雇ったのはホーンが診察後に急病になったからだという説は除外される」

「筋が通っている気がするな」わたしはつぶやいた。

「ほんとうに通ってるんだ。さて、ショーの演目のなかにバックにはむずかしすぎる芸があったというほうの理由だが——これも成り立たない。最後のリハーサルは開幕の日の午後おこなわれたが、それにはまちがいなくバック本人が現れた。なぜリハーサルに出たのがバック本人であって、代役ではないと言いきれるのか。それは、その日の午後、バックが何人もの親しい者たちと実際にことばを交わしているからだ。ウッディー、グラント、キット——いくら代役がそっくりだったとしても、長い時間差し向かい《テート・ア・テート》で話せば、だまされるわけがない。それに、リハーサルの直後に、グラントの目の前でたしかに小切手を書いていて、グラントがそれを現金化している。ぼくはその小切手が銀行で承認されたのをたしかめた。その事実から《イプソ・ファクト》、署名はまちがいなく真筆であり、こうしたことすべてから判断すると、リハーサルをやったのがバック本人だったのは明らかだ。さて、リハーサルは本番とまったく同じ内容のものであり、グラントとカーリーのふたりが証言しているとおり、バックは滞りなくリハーサルをすませたわけだから、バックにできない芸がなかったのは明白だ。では、バックが急病になったわけでもなく、ロデオの演目のなかにできない芸、あるいはできるかどうか不安な芸があったわけでもないのなら――なぜ昔の映画の代役を過去から呼び寄せ、金を払って自分の代わりを演じさせたのか。それはさておくとしても――代役が殺されたときに、なぜバックは名乗り出て正体を明かし、警察に説明して協力しなかったのか。もし事件に関与していないなら、みずから名乗り出る義務があると感じたはずだ。

ホーンが名乗り出なかったことについて、二通りの解釈が考えられる――ただし、ホーンが潔白だったとしての話だがね。第一は、ホーンには敵がいたが、その敵の計画に事前に気づき、自分の命が狙われていることを知ったため、替え玉を雇って自分の代わりをさせ、その男を一種の生贄《いけにえ》として差し出したというもの。事件後も、引きつづき身の安全のために名乗り出るのを控えた。死んだと思われているうちは、危険はないからね。だが、この場合、ただひとりの家族キットか、親友のグラントにひそかに知らせるんじゃないだろうか。グラントとキットから片時も目を離さず、手紙は開封して読み、電話は盗聴するよう、ぼくが言い張ったのは、そういう理由もあってのことだ。でも、何もつかめなかった――人の力で見つけうるかぎりで、ホーンからの連絡はなかった。ホーンが養女とも友人とも連絡を断っているらしいとわかって、ぼくはホーンが敵の存在ゆえにみずから姿を隠したという説を捨てた。そして、ホーンの失踪《しっそう》と、ホーンと思われていた男の死との両方を説明する、善意に解釈できる説がほかにもひとつだけあると気づいた。それは開幕の夜、ホーンが敵に誘拐され、目的は不明ながら替え玉がホーンの役をつとめたというものだ。その替え玉は、自身の仲間か、あるいは何かの拍子に偽者であることを見破ったホーンの友人に殺された。しかし、これはあまりに漠然として不十分な仮説であり、裏づけるものもほとんどなかった――たとえば、誘拐犯からの連絡も、はっきりした動機もなかった（ホーンの娘や友人から金を巻きあげる目的なら、連絡があるはずだろう？）。ありえない説だときっぱり捨てることはできなかったものの、ひどく薄弱な説だったので、ぼくはいったんその説を忘れ、もっと有望な方向に切り替えた。その一方で、この説にしても、もうひとつの説にしても、まだあいまいなところがあったから、ぼくは死んだ男について知っていることを打ち明けずにいた。事実について確実な決定がないまま、早まってそんなことをしたら、場合によっては自分がまちがっていて、ホーンに死をもたらす可能性もあるとわかっていたからね。当然ながら、ぼくにはウッディーが殺されることは予期できなかった」

エラリーは長々とだまりこんだ。わたしはその渋面から、ウッディー事件がエラリーにとって後味の悪いものだったことを見てとった。登場人物がつぎつぎと死んでいくのに、探偵が優雅に手をこまぬいて冗談を飛ばすような推理小説があるが、そういう軽率なやり方にエラリーがいつもどれほど憤慨しているか、わたしは知っていた。

エラリーはため息をついた。「ところで、その段階で、ぼくはもっともな疑問を提起した。ホーンの失踪と代役殺害について善意に解釈するのが無理なのだから、ホーン自身があの夜、代役を殺した可能性はないだろうか、と。ここで、最初の夜の捜査でつかんだ六つの重要な手がかりのうち、残りの四つが出てくる。候補者の範囲をせばめるばかりか、殺人犯にふたつの決定的な条件を課す手がかりであり、もしホーンが犯人なら、それらの条件にあてはまるはずなんだ。

そのうちまずふたつの手がかりは、コロシアムという円形競技場の形状と、致命傷の性質に関係する。競技場のアリーナは、言うまでもなく椀《わん》形の最も低い部分だ。客席のいちばん前のボックス席でも、アリーナの地面より十フィート高い。さて、プラウティ医師によると、二件の殺人事件において、銃弾はどちらも被害者の胴体をはっきりと下向きに貫いていた。一見したところ、これはどちらの場合も弾が上方から発射されたことを示すものだろう——すなわち、観客のいる座席からだ。関係者はみなその説を受け入れたが、ぼくは犯人が上から発射したと断定する前に、解決しなくてはならない問題がひとつあると考えた。それは銃弾が体にはいった瞬間、被害者の体勢は正確にどうなっていたかという問題だ。上方から発射されたという結論が正しいのは、弾があたった瞬間に被害者の上体が垂直に立っている場合にかぎられる。つまり、地面に対して直角——馬の背の上で上体を直立させている場合だけであり、前方に傾いていたり、後方や横に傾いていたりしたら正しくないと言うことだ」

わたしは眉《まゆ》をひそめた。「待ってくれ。ちょっとついていけないな」

「じゃあ、図を描こう。ジューナ、紙と鉛筆を持ってきてくれ」このやりとりのあいだずっと目を見開いておとなしくすわっていたジューナが、勢いよく立ちあがり、命じられたものをすぐに持ってきた。エラリーはしばし紙の上にすばやく筆を走らせた。それから顔をあげた。「さっきも言ったとおり、弾がはいった瞬間の被害者の正確な体勢がわからないかぎり、発射の角度を特定することはできない。個々の場合を考えれば、明らかになるだろう。弾があたった瞬間の両被害者の体勢を撮ったフィルムを拡大してみると、ふたりとも鞍《くら》から右のほうへ、垂直線に対して三十度ほどの角度で横に傾いているのがわかった（被害者自身から見れば左だが、見ている者、つまりカメラから見れば右に傾いている。ここでは混乱を避けるため、右で通すことにする）。

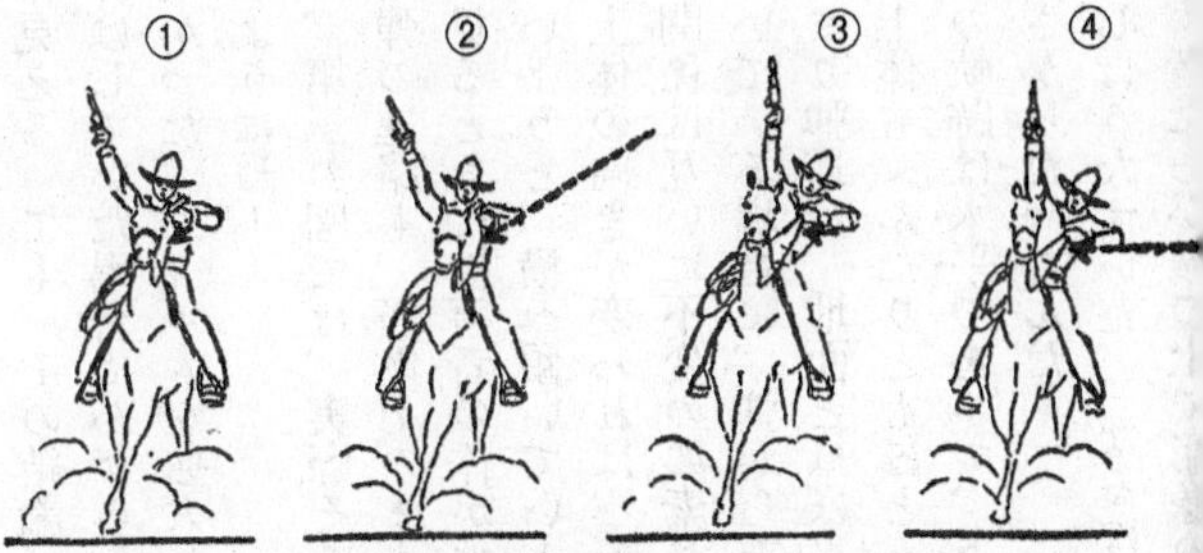

では、この図を見てくれ」
わたしは立ちあがり、歩み寄った。エラリーはつぎのような四つの小さな絵を描いていた。
「第一の図では」エラリーは言った。「被害者の上体は直立している。プラウティ医師の頭にあったのはこの図だ。人物の心臓の上にある小さな矢印は、体にはいった銃弾の進路を表している。プラウティ医師のことばを使えば、下向きに、地面に対して三十度の角度だ。第二の図では、人物の姿勢は変わらない。つまり、上体が馬の背に対してぴったり直角になっている場合であり、矢印を延ばして点線を描けば、発射の角度がよりわかりやすくなる。この線は見てのとおり、明らかに下向きで、上方から弾が発射されたという結論を裏づけているように見える。でも、その結論が正しいのは、唯一この図のように被害者が上体を垂直に伸ばしていた場合にかぎられる。しかし、実際には、被害者は鞍上《あんじょう》で垂直の姿勢ではなかった。フィルムを拡大したものを見ると、右に三十度傾いていたんだ。第三の図のようにね！

さて、第三の図では、実際そうであったとおりに、人物を右に傾けてある。体にはいった弾の進路も、当然そのままだ。というのも、弾がいったん体にはいれば、われわれが見るときに被害者の体が地面に転がっていようと、すわっていようと、後ろへ反っていようと、横へ傾いていようと、上体との関係における弾道はつねに一定だからだ。上体の向きが変われば、それにともなって弾の向きも変わる。つまり、上体と弾道の関係は互いに不変の要素だというわけだ……。そこで、第四の図では、上体が右に傾いている場合に、弾から方向線を延ばしてみた。はたして何がわかるか。方向線、つまり弾道は、地面とほぼ平行だ！　言い方を換えれば、代役の上体も、ウッディーの上体も（ふたりともほとんど同じような姿勢だった）右へ三十度傾いているとき、弾の軌跡は水平であって、下降線ではない！　発砲は上方からではなく、ほぼ水平の高さからだったんだ！」

わたしはうなずいた。「なるほど、プラウティ医師が三十度の下降線だと言ったのは、被害者らが鞍の上で彫像のように上体を直立させていたと想定したからなのか。

言ってみれば、弾道が三十度傾いていたのは、上体が三十度傾いていたせいだったわけだ」

「なかなかややこしい言い方だが」エラリーは笑い声をあげた。「つまりそういうことだ。さあ、ここまでわかったところで、ぼくは容疑者のうち、ふたつの集団をすぐに排除した――それで一挙におおぜい除外できたんだ！　ひとつは、観客席にいた者全員だ。ここには、いちばん前の特別席にいた者たちを含む。これはボックス席の床はアリーナの地面より十フィート高く、したがってボックス席にいた者はすべて、地面から十三フィート以上高いところにいたことになるからだ。その高さから、馬上で三十度傾いている男を撃てば、もっとずっと急な下降線になる。数字で言えば六十度以上の角度で射入するわけだから、一見すると、まるで天井から撃たれたようになるだろう！　ふたつ目に除外した集団は――アリーナのニュース映画撮影台にいた連中だ。撮影台もアリーナの地面から十フィートの高さがあったからね。その台からだと、向かって右からというより、正面から撃つ形になる――それは、カメラが正面から被写体をとらえていることからわかる。それに、下降線も三十度よりきつくなるはずだ。しかし、すでに説明したとおり、弾の軌跡は地面に平行だった。となると、馬に乗っている人間の胸を地面に平行な弾道で撃ったはずで、そのためには犯人自身が馬に乗っていたにちがいない！　それはわかるかい？」

「ばかにするな」わたしは言い返した。

エラリーはにやりと笑った。「そう向きになるな。すぐに理解できる話かどうか心配だっただけだよ。とはいえ、明快な推理だ。もし犯人がアリーナの地面に立っていたら、弾道はわずかに上向きになっていただろう。そしてもし犯人が観客席にいたら、弾道は急な下向きになったはずだ。だから弾が完全な直線を描いて被害者の体にはいるためには、いま言ったとおり、犯人も被害者と同じ高さにいて、水平に撃たなくてはならない。ところで、被害者は馬に乗っていたのだから、犯人も馬に乗っていたはずであり、拳銃《けんじゅう》を自分の心臓の高さで持って撃ったにちがいない。

そこでぼくは、容疑者として唯一ありうるのは、アリーナにいて馬に乗っていた者、つまりどちらの事件でも被害者のあとを走っていた騎馬の一団だと気づいた。その一団以外で馬に乗っていたのはただひとり、ワイルド・ビル・グラントだけだ。しかし、グラントが凶弾を撃つことはぜったい不可能だった。どちらの事件でも、殺人が起こったその瞬間、グラントはアリーナの真ん中にいた。カメラはどちらの被害者も正面から撮っていた。それは、向かって右側から被害者たちの体にはいった銃弾は、被害者とほぼ直角の位置にあるマーズのボックス席のある方向から発射されたはずだということを意味する。ところが、グラントはカメラと同じように、被害者と向かい合う位置にいたと言っていい。そういうわけで、グラントが凶弾を撃つことは不可能だったんだ。一方、騎馬の一団に凶弾が発射された瞬間、マーズのボックス席のすぐ下にいた。これは、犯人が馬に乗っていたという推理とも一致する。銃弾のはいった方向と角度という観点から、いまや自信をもって推理を主張できるようになったわけだ」

「なるほど、それはわかる」わたしは言った。「でも、理解できないのは、二万人の無実の観客が足止めされ、凶器を持っていないか身体検査を受けて迷惑し、困り果てているのに、なぜきみはそれをだまって許していたのかということだ。観客のなかに殺人犯がいないことが完全にわかっていたのに」

エラリーはからかうように横目で怒りの炎を見た。「おいおい、J・J、きみは定義の混同というありがちな過ちを犯している。凶器の所持者がかならずしも犯人というわけではないんだ。知ってのとおり、共犯者というものがあってね。どちらの場合でも、殺しのあとの混乱のなかで、犯人の騎手が観客席にいるだれかに向けて――手すり越しに――凶器を投げこむことは比較的たやすかっただろう。そしてむろん、凶器の銃を発見することは、われわれにとって不可避だった。それゆえ《エルゴ》の、思いきった措置さ。

さて、殺人犯がアリーナにいた騎手のひとりだったとすると、ホーンは――犯人だと仮定しての話だが――一座の一員として行動していたにちがいない！　では、どうすればそんなことができたのか。実に簡単だ。ぼくは自分にこう言った。当然、ホーンはバック・ホーンではなく、別の人間になっているはずだ。変装して別人になりすましている。元俳優にとっては少しもむずかしい仕事じゃない。ホーンはどんな姿をしていただろうか。たしか、白髪だった。すると、変装する気なら、きっと髪を染める。それから服を着替え、姿勢や歩き方、声を少し変えれば、バック・ホーンを深く知らない人間なら簡単にだますことができただろう。それに、ひどい火傷《やけど》の痕《あと》を装うという心理作戦の巧妙さを考えるといい。何しろ、そういう傷があると、人はすべての注意をそっちに奪われ、ほかの特徴を見落としがちだ。しかも、ぼく自身もそうだけど不幸な目に遭った人にいやな思いをさせてはまずいと、傷のある顔をなるべく見ないようにするものだ。ホーンの明敏さには大いに感心するよ」

「ちょっと待て」わたしはすばやく言った。「きみの論理の重大な欠点を指摘できると思う。もっとも、きみが故意にそうしたのでなければだがね。ホーンがロデオの一員になりすましていると確信していたなら、きみはなぜみんなを並ばせて、さっさと調べなかったんだ」

「理にかなった質問だ」エラリーは認めた。「でも、理にかなった答がある。ぼくはたしかに、みんなを並べて詐欺師を暴いたりはしなかったが、それはホーンがある種のゲームをしているとわかっていたからだ。殺人犯がみずから進んで犯行現場をうろつくことはまずない。それなのに、なぜホーンまでそうしたのか。なぜ人を殺すのに、こうも複雑で危険な方法を選んだのか。薄暗い通り、一発撃つ、すばやく逃げる――そういうありふれたやり方のほうが簡単だったはずだ。それなのに、あえてむずかしい方法を選んだ。なぜだ？　ぼくはそれを突き止めようと思ったんだ。それで、自由に泳がせて、相手が自分の首を絞めるのを待った。実のところ、ホーンとしても待たなくてはいけなかったんだ。ホーンにはまだすべきことがあった。ウッディーの殺害だ。これから説明するよ。

それに加えて」エラリーは少し顔をしかめてつづけた。「ぼくの好奇心と、まあ、知性を刺激するさまざまな要素もあってね。さっぱり見当がつかない動機の問題はさておき――オートマチック拳銃はいったいどうなったのか。これが実に難問だった。それに、事件の全貌《ぜんぼう》が明らかにならなければ――仮にぼくがバックの仮面を剝《は》いでも、本人が頑《かたく》なに口を割らなければ――有罪に持ちこむことはまず不可能だ。だから、バックの正体を暴くのを引き延ばしたんだが、また殺人が起こるとはまったく予期していなかった――予期する理由も何ひとつなかったからね」ため息を漏らす。「しばらく気詰まりな時間を過ごしたよ、J・J。それと同時に、できるだけ何食わぬ顔で一座のまわりをうろつきはじめた――怪しまれずにバックを見つけようと思ったんだ。でも、うまくいかなかった。警戒心の強い連中だから、何も探り出せなくてね。おおぜいの一座のなかに没して見えなくなっていた。ぼくがキット・ホーンに近づいたのは、バックが連絡してくるかもしれないという望みがあったからだが、空振りに終わった。

ところが、ウッディーが殺されたあと――すぐあと、つまり翌日のことだが――座員のひとりが姿を消した。ベンジー・ミラーと名乗っていた男だ。さらに言えば、一か月前、もともとの開幕の日の夕方に、ホーン自身の紹介状のおかげで雇われた男でもある。髪の色と火傷の痕を除けば、ともかく外見上はホーンであってもおかしくない男。そして紹介状のなかで、ホーンの愛馬インジャンに乗ることを〝許可〟された男――その点が決め手になったことは、あとで説明しよう。しかも、開幕の夜に〝ホーン〟が愛馬に乗らない正当な理由はなかったんだからね。ぼくはこれらの事実から、姿を消したミラーこそが、実はバック・ホーンだと確信した。そしてその結果、バック・ホーンはこの事件の犯人としての第一の条件を満たすことになった。つまり、いずれの事件でも、アリーナにいて馬に乗っていたという点だ」

わたしは大きく息を吐いた。

「犯人の第二の条件は、ぼくのつかんだ六つの重要な手がかりのうち、五番目と六番目から導き出せる。五番目の手がかりは、ぼくが見物人として気づいたもので、カービー少佐の部下たちが撮影したニュース映画の音つきの映像と、ノールズ警部補の報告によって確認できた。グラントが発進の合図の一発を撃ったあと、ホーンと思われていた男の後続の騎馬隊による一斉射撃があったのは、ぼくの記憶では一度だけだった。騎馬隊の一斉射撃から、死んだ男がトラックに転落するまでのあいだは、たった二、三秒だ――ごく短い時間だったから、わずかにばらついた一斉射撃をするのがせいぜいで、騎馬が混乱をきたしてそれ以上撃つことはできなかった。斉射が一度だけだった点に疑問の余地はない。ロデオ一座の連中のリボルバーがどれも一度だけしか発射されていなかったのを確認したからね。

そして、六番目にして最後の手がかりは、一座の連中のリボルバーも、ホーンやグラントやあのいかれたテッド・ライオンズのものも、どれも凶弾を発射できたはずがないということだ。ノールズ警部補は、その弾を発射できたのは二五口径オートマチック拳銃だけだと断言した。一座の者たちから押収した銃は、一挺《ちょう》を除いてすべて三八口径かそれ以上の大きさだった。そして、その例外だったライオンズの二五口径にしても、弾道実験の結果、殺人に使われた凶器ではありえないと判明した。

ここに並べたふたつの事実は、何を意味するのか。まあ、わかりきったことだが、もし犯人が座員のひとりであり、しかも座員の銃を調べても凶弾を発射できたものがひとつもなかったとしたら、それはぼくたちがまだ調べていない銃を犯人が使ったということだ。しかし、そんなことがありうるのか、ときみは訊《き》くだろうね。全員が徹底した身体検査を受け、それでも凶器は見つからなかったのに、と。それにはこう答えよう。犯人がどこかに凶器を隠したんだ。でも、このことはちょっと置いておく。さしあたって肝心なのは、犯人が二五口径オートマチックを使ったこと、そして一斉射撃は一度きりだったのだから、犯人は騎手の一団が発射したのと同時にそれを使ったにちがいないということだ。言い換えれば、犯人は実弾を装塡《そうてん》した第二の銃を持っていて、空包をこめたリボルバーを撃つのと同時に、第二の銃を発射した。つまり、両手で撃った。これは犯人が両手利きだったことを示すのではないか、とぼくは自問した」

「どうも」わたしは異議を唱えた。「犯人が二挺の銃を一度に発射したという考えが正しいのかどうか、わたしにはよくわからない。さっききみは、一斉射撃にはばらつきがあったと言ったじゃないか」

「ああ、言った。だが、ロデオ一座の連中が片手を上にあげていたのを思い出してくれ——連中は屋根に向けて空包を撃っていた。犯人は当然、目立たないようにしなくてはならなかっただろう。だから、まわりに合わせ、天井へ向けて空包を撃たざるをえなかったはずであり、知ってのとおり実際に撃ったんだ。でも、一斉射撃のあとはまったく発砲がなかったのだから、犯人がもう一方の手に実弾をこめた銃を持っていて、ほぼ同時にそれを撃ったものと考えてまちがいないだろう。

さてここで、両手利きという非常に珍しい些細《ささい》な問題にもどろう。両手利きだった可能性はあるのか。かならずしもそうだとは言えないが、その可能性は高い。だが、そうだとすると、道筋はやはりバック・ホーンへもどる。何しろ、長年にわたって左右が対の銃を使っていたからね。二挺拳銃《けんじゅう》を使う者は、射撃に関するかぎり両手利きだ。バックはほかの点でも理にかなった容疑者であり、また新たなふたつの点でも犯人の条件を満たしていた。二挺拳銃使いで、しかも驚くべき射撃の名手だった——ちゃんと証言がある。凶弾を撃った人物も、驚くべき射撃の名手だった——それどころか、斉射の反響が消え去る前にオートマチックの弾倉を連射で空にするぐらいはたやすいはずなのに、弾は一発と決めていた。これもやはり合点がいく。

しかし、どれほど綿密に捜索しても見つからないほど巧妙に第二の銃を始末するのに、どんな手を使ったのだろう。凶器が消えた件は、ふたつの事件に共通する最も不可解な特徴だった」間を置いて言う。「ぼくがようやくその謎を解いたのは、一本腕の自慢屋ウッディーが殺されたあとだ」

「たしかに、それはずっと不思議だった」わたしは熱をこめて言った。「わたしの知るかぎり、新聞にもひとことも説明がなかった。いったいどんな手を使ったんだ？　きみも最後にようやく気づいたのか」

「答がわかったのは、ウッディーが死んだ翌日だ」エラリーはしかめ面で答えた。「ちょっと話をもどそう。ふたつの殺しが同じ犯人のしわざであることは明らかだった。まず状況が同じだったからね。それに、やはり徹底した捜索をおこなったにもかかわらず、第二の殺人でも凶器がなぜか見つからなかったという事実は、銃の始末の方法が第一の殺人と同じだということを物語っていた。ウッディーの事件で銃が消えたことこそが、両事件でわれわれが追うべきは同じ犯人であることの合理的な証拠だった。

ところで、なぜホーンは姿を消す前に、〝一番手〟のウッディーを殺したのか。程度はともかく、仕事上の競争相手だったのはたしかだが、殺す理由としては弱すぎる。実際には、ホーンがウッディーを殺すより、ウッディーがホーンを殺す動機のほうが——一見すると——多かった。というのは、主役の座を横どりされて不満に思っていたのはウッディーのほうだったからね。だとすると、考えられる解釈はただひとつ。それは、ウッディーがなんらかの方法でホーンの欺瞞《ぎまん》を知り、第一の事件の犯人がホーンだと感づいたということだ。ウッディーが〝ミラー〟に対し、正体を知っていると迫ったとしたら、ホーンはわが身を守るためにウッディーを殺すしかなかっただろう」

「可能性について理論を述べるのはけっこうだが」わたしはきびしい口調で言った。

「きみは明確な証拠にのみ基づいて推理するものだと思っていたよ」

「いまもそうつとめてるさ」エラリーはささやくように言った。「そして、きみのような疑り深い両替商でも納得できるよう、推理の裏づけを示せると思う。その裏づけをどこに見いだすか。カーリー・グラントの緑色の金庫から盗まれて、そのあとすぐウッディーの部屋で発見された一万ドルだ」

「それのどこが裏づけなんだ」わたしはわけがわからず尋ねた。

「こういう具合さ。こじあけられた金庫を調べたところ、ウッディーはあの金を盗んでいないことがわかった。おや、突飛な結論だと言いたそうだな。でも、そうじゃない。金庫のふたつの掛け金錠がねじ曲げられて、受け具がちぎれていた。ふたつとも同じ方向へねじられていたんだ。正確に言うと、金庫の後ろ側へ向かってね。掛け金錠は金庫の左右についていて、前面にはなかった。もうわかっただろう?」

「いや、わからない」わたしは正直に言った。

「きわめて筋の通った話なんだ」エラリーはどことなく悲しげに言った。「人は習慣によって、同じ手、つまり利き手のほうを使ってつねに一方向に物をねじる。力が要る場合は特にそうだ。ねじろうとする掛け金錠がふたつあるとき、まず右手(利き手が右手の場合)で右側の掛け金錠をひねり、それから金庫の向きを変えて左側の掛け金錠をねじる。金庫の向きを変えれば、自然にさっきと同じように右手で右側の掛け金錠をひねる形になるわけだ。この場合、左右の金属のねじれは、カーリーの金庫で見られたような同じ向きではなく、反対を向く。だがこれは、手がふたつあって、たいていの人がそうであるように片方が利き手であるふつうの人の話だ。では、ウッディーの場合を考えてみよう。そう、あの男には腕が一本しかない！　となると、まず右側の掛け金をひねり、それから金庫の向きを変えて、左側の掛け金をねじるしかない。この場合、ねじれの向きは逆になっているはずだ。ところが、実際の金庫の場合は、同じ方向にひねられていた。つまり、掛け金をねじったのはウッディーではない。したがって、ウッディーは金を盗んでいないんだよ。

さらに言えば、仮にウッディーが盗んだとして、少し探しただけで見つかるような自分の楽屋のテーブルの抽斗《ひきだし》に、鍵《かぎ》もかけずにそれを隠すだろうか。現にウッディーの楽屋の抽斗に鍵もかけず無防備に現金がほうりこまれていたという事実は、もしウッディーが自分で置いたのだとしたら、金が盗まれたものだと知らなかったことを示している。自分で置いたものでないとしたら、ウッディーはそもそも何も知らず、その金はウッディーが盗んだように見せかけるべく何者かが抽斗に仕込んだものということになる。

ところで、こじあけられた金庫に話をもどそう。ふたつの掛け金が反対ではなく、同じ方向へねじ曲げられていた事実は、ふたつが同時にひねられたことを示すものだろう――つまり、金を盗んだ者は、両手にひとつずつ掛け金を握り、どちらも金庫の後ろ側へ向かってひねったんだ。だが、これで何がわかるのか。力強い手をふたつ持っていたらしいということだ！　それは金属でできていた――強度の劣る貧弱なものだったが、ともかく金属だ。利き手、すなわち力の強いほうの手を使っても、掛け金を曲げるには力が要る。ところが、金を盗んだ者は、両方の手で等しい力を加えた。これは何を示唆するか。むろん、両手利きの人間だということだ。ああ、うん、わかってる」エラリーはわたしの口にのぼりかけた異論を制し、急いでつづけた。「確実な結論じゃないと言うつもりだね。きみの言うとおりかもしれない。だが、ぼくは示唆と言っただけだから、そこはきみにも否定できまい。盗んだ者が両手利きで、殺人犯であるバック・ホーンも両手利きなのだから――これは注目すべき一致だよ。カーリー・グラントの金を盗んだのはホーンだったというぼくの推論は、完全に理にかなったものだ。

だが、ホーンでもミラーでも呼び名はなんでもいいが、その男はなぜカーリーの金を盗んだのか――なぜ親友の息子から金を？　破れかぶれだったのか。何か必要に迫られたのか。欲望が友情に勝ったのか。しかし、ホーンがあの金を盗んだのなら、どういういきさつで、その日のうちにウッディーの部屋で見つかるようなことになる？　どとなると、どう説明するかは別にして、ホーンは欲に目がくらんで金を盗んだわけではなかった。その状況はたやすく再現できる。ミラーの正体がホーンであることにウッディーがなんらかの方法で気づき――たぶん、変装を見抜いたんだろう――そのことをホーンに突きつけた。こういう場合、ウッディーのような人間はどんな行動をとるものだろうか」

「もちろん、ゆすりだ――口止め料を要求したんだな」わたしはつぶやいた。

「そのとおり。ホーンは永久にウッディーをだまらせることができるまで、要求に応《こた》えなくてはならなかった。そして、グラントがカーリーに遺贈金を贈与する機会に乗じることにした。ホーンはその金を盗んでウッディーに渡し、ウッディーは――カーリーの金だと疑う間もなく、隠す理由もなかったから――金を楽屋の抽斗にしまった。ホーンとしては、盗みが発覚したときにはウッディーは死んでいるはずで、金は発見されてカーリーに返されるから、だれにも――むろん、ウッディーは除いて――迷惑がかからないとわかっていた。ホーンは実に頭のいい男だ！　もし自分の金で支払っていたとしたら、あとでウッディーの抽斗から金が見つかっても、その金がホーンのもとにもどることはけっしてない。ミラーとして請求するわけにはいかないからね。でも、カーリーの金を一時的に拝借すれば、自分の金は手つかずのままだし、金はカーリーのもとに返される……。バック・ホーンが犯人だとすると、何もかもがぴたりとおさまるんだ。もっともらしく感じられるだけでなく、ホーンは論理上の犯人の条件をすべて満たしている」

「しかし、恐ろしい危険を冒していたものだな」わたしは身震いしながら言った。

「もし正体を見破られたら、どうするつもりだったんだろう」

「わからないな」エラリーは考えながら答えた。「とはいえ、きみが考えるほど危険は大きくなかったはずだ。実際には、ウッディーを除けば、ホーンをよく知っていて正体に気づきそうな人間は、ふたりしかいなかった。キットとワイルド・ビル・グラントだ。そのキットですら、近年はごくたまにしか養父に会っていなかった。本人がそう言ってたよ。しかも、ミラーに変装していることに偶然気づいても、キットなら義理を立ててだまっているだろうとホーンは踏んでいた。ホーンの子供のころからの親友、グラントについても、まちがいなく同じことが言える。グラントは第一の事件のあとですぐ真相に気づいたんじゃないかと、ぼくはずっと思っていたんだ。グラントはひどく神経質だったからね。ウッディーが殺された日の午後、グラントはだれかの姿を目にしたらしく、幽霊のように蒼白《そうはく》になった。あのとき、きっとミラーの顔を見たんだ――そしてミラーがホーンであると思い至った」

エラリーは新しい煙草に火をつけて、ゆっくりと吸った。「ミラーに化けて消えたホーンを引きもどすためには、まさにこのグラント――ホーンが信頼していた相手――に対する友情を利用して罠《わな》にかけるしかなかった。ホーンを引きもどすことができるのは、親友のグラントか実の娘も同然のキットに、自分のせいで罪が着せられる恐れが生じたときだけだと、ぼくにはわかっていた」間をとってつづける。「卑劣なやり方だと思うが、もうそうするしかなかった。グラントを生き餌《え》として選んだのは自明の理由からだ。ホーンは昔気質《かたぎ》の人間の最大の美徳、友への誠実さを具《そな》えていたから、親友が無実の罪を着せられるのをだまって見過ごせるわけがない。しかし、逮捕のためにグラントにどう濡《ぬ》れ衣《ぎぬ》を着せればいいのか。迅速な逮捕を余儀なくするのは、ただひとつ、具体的な証拠だけだと言っていい——当然ながら、どんな場合であれ最良の証拠は、容疑者のものと思われる凶器を所持していることだ。事件の瞬間にグラントがいた位置を考えれば、グラントに犯行が不可能なのはすぐにわかるが、この際それは問題ではなかった。弾の方向や角度を正しく分析していたのは、どうやらぼくだけのようだったからね。グラントを逮捕すれば、あとはすみやかに進むとわかっていたんだ。

ともかく、凶器のオートマチック拳銃《けんじゅう》を見つけなくてはならなかった。そして見つけたんだ——偶然だと言いたいのか？　かならずしも偶然とは言えまい。こんなふうに考えてみるといい。そもそもなぜミラーは姿を消したのか。そう、ミラーは犯罪に手を染め、やりとげ、あとはその後の身の安全を守る必要があった。とはいえ、ミラーはミラーではなかった。ミラーはバック・ホーンだったんだ。そしてミラーというのは、一時的なある特定の目的のためにでっちあげた名であり、身分だった。父さんも気の毒に——このベンジーって男の過去がさっぱりつかめないのはなぜなのかと、首をひねっていたんだからね！ そんなものは存在しなかったんだ。そこで、ぼくはホーンの立場になって考えた。もしミラーが失踪《しっそう》したら、警察はだれを探すだろう。もちろん、ミラーに決まっている。だとしたら、つぎになすべきは、ミラーとして姿を消し、ただちにミラーの扮装《ふんそう》と身分を永久に捨て去ることだ。そうすれば、警察はわずかな成果さえつかめずに、永久にミラーを探しつづけるだろう。だが、存在しない人間を永久に探して、誤った道を永久に進ませようと思うなら、姿をくらましたミラーがバック・ホーンとウッディーを殺した犯人だと警察に思わせておくのも悪くない――いや、むしろ、得策だ。凶器と失踪のふたつがあれば、警察にはじゅうぶんだろう。そこでぼくは、ミラーすなわちホーンは、姿をくらましたあとで警察に見つかるように、どこかに凶器を残したにちがいないと考えた。では、それはどこか。ふたつのうちどちらかだろう。ホテルの部屋か、コロシアムの楽屋だ。ぼくはまず楽屋を調べた。案の定、オートマチック拳銃があった。

拳銃を見つけると、ぼくはその夜のうちに、グラントが外出することを事前にたしかめたうえで、みずから――おい、そんな目で見るなよ！ ――グラントの部屋にオートマチック拳銃を仕込んだ。あとはきみも知ってのとおりだ。警視をそこへ連れていき、凶器が見つかり、グラントが逮捕され、新聞が親切にもぼくのためにニュースを報じ――そして狙いどおりホーンが、無実の罪を着せられる友人を見過ごせずに姿を現した。ついでながら、その際ホーンはミラーの扮装をしていた。おそらく、自分がミラーだったことを示すつもりでね。というわけで」エラリーは苦笑しながら言った。「一件落着だ。みごとなものだろう?」

ジューナがカップにコーヒーのお代わりを注ぎ、わたしたちはしばらく無言で飲んだ。「実にみごとだ」しばらくしてわたしは言った。「たしかにみごとだよ。だが、完結ではない。そもそもホーンがどうやってあんなにうまく武器を隠したのか、その謎をまだ解いていないからね」

エラリーは物思いから覚めた。「ああ、それか!」詫びるかのようにかすかに手を振って言う。「あとまわしにしたまま、説明するのをすっかり忘れていたよ。むろん、興味深い話だ。でも、これもほんとうに簡単だ」そう言われて、わたしが鼻を鳴らすと、エラリーはつづけた。「おいおい、J・J、ひどく単純なんだって――わかってしまえばね。最もむずかしそうに見える謎ほど最も簡単だと決まっている。われらが古き友、かの作家チェスタトンは、単純な謎の心理を実にうまく使っているよ! 残念だな――ブラウン神父がここにいなかったのは……」笑い声をあげ、椅子の上で体を揺らす。「さて、問題はなんだっけ。そう、第一の殺人のあと、また第二の殺人のあとも、オートマチック拳銃がずっとどこにあったのかということだったね。ミラーすなわちホーンはどうやって、数十人の刑事たちが徹底して捜索しても見つからないほど、一見きれいさっぱりとそれを消し去ったのか。

二度目にカービー少佐の試写室へ行ったとき――そう、ウッディー事件のあとだ――一度目に見たホーン殺しのニュース映像が、事件の夜にコロシアムで撮影したフィルムのすべてではなく、劇場配給用に短くしたものだと知った。

少佐に頼んで、削除した場面を映してもらったとき、ぼくたちはその当日でなければ確認できなかったはずのさまざまな出来事を見た。もちろん、会場を物理的にも心理的にも隅々まで見渡すことはできなかったけどね。ホーンが殺されたあと、カメラは酒好きの小柄なカウボーイのブーンが人の乗っていない馬の群れをアリーナの端にある水飲み場へ連れていく場面をとらえていた。そのなかの一頭が言うことを聞かず、水を飲むのをいやがった。いつもよりかなり酔った様子のブーンが、馬を鞭《むち》で叩《たた》くという許されぬ罪を犯した。すると、突然カメラのフレームにひとりのカウボーイが飛びこんできて、ブーンの手から鞭を奪いとり、暴れる馬をあっという間におとなしくさせた。ブーンから聞いて知ったんだが、アリーナから飛んできて馬をなだめたこの怒れる男は、だれあろう、われらが友ミラーだったんだ！　では馬は？　そいつはインジャンという賢く体の大きい名馬だった。そして、そのインジャンはだれの馬か。インジャンはバック・ホーンの馬なんだよ！　これが何を意味するかわかるかい？そう、ひとつは、ミラーがホーンの馬をおとなしくさせたことだ。これは、ミラーがホーンであるという説を裏づける。もうひとつは、馬の奇妙な反応だ。ほかの馬が機嫌よく水を飲んだのに、その馬だけがいやがったというのも、ぼくには妙に思えてね。さらにおかしいなと思ったのは、〝ミラー〟がアリーナをあわててやってきて、ブーンを制止したことだ――何を止めたと思う、J・J？」

「馬を鞭で叩くことだ」わたしは言った。

「そうじゃない。馬に無理やり水を飲ませようとするのを止めたんだ」わたしが息を呑《の》むのを見て、エラリーは含み笑いをした。「オートマチック拳銃が競技場のどこからも発見されていなかったのを思い出してくれ。あの建物は天井から地下室までくまなく捜索され、人間は全員がいやというほど身体検査をされた。馬具まで細かくあらためられた。奇妙に聞こえるかもしれないが、それでも調べられていないものがひとつだけあったんだ」いったん口を閉じる。「馬そのものだ」また口をつぐんだ。

わたしは頭を悩ませた。「残念ながら」ついに認める。「なんのことだかわからない」

エラリーは朗らかに手を振った。「奇想天外だからね。だけど、考えてみてくれ。オートマチック拳銃を馬の上ではなく、馬のなかに隠した可能性はなかったか」

わたしは信じられずに目を瞠《みは》った。

「そう」エラリーは満面の笑みをたたえた。「ご推察のとおりだ。ぼくはインジャンがふつうの馬ではないことを思い出した。いやあ、たいした馬なんだよ。インジャンはバック・ホーンが昔、映画で使った芸達者な馬だと、ブーンが──それにキットも──言っていた。そういうことさ。インジャンはまた、水を飲むのをいやがったことでぼくに教えてくれたんだ。まさにその瞬間、困ったことにずっと見つからなかったオートマチック拳銃が──そう、長さわずか四インチ半で、おまけに薄っぺらい小型の銃が──口のなかにはいっていたことを」

「いや、驚いたな」わたしは息を呑んだ。

「無理もない」エラリーは小声で言った。「その結論からいきさつを再構築するのは簡単だった。自身の代役を撃ったあと、ホーンはただ前へ体を傾けて、インジャンの口にオートマチック拳銃を滑りこませるだけでよかった。もちろん、インジャンのほうはだれが背に乗っているかを知っていた！──頬に少しばかり色を塗って、髪を染めても、馬の鋭い感覚を持った老探偵をだませるものじゃない。あとはもう、ホーンとしては捜索がすべて終わるまで待つだけだった。インジャンは銃を口に入れたままぜったいにあけないとわかっていたからね。そして、夜に寝かせるために馬の群れが十番街の厩舎《きゅうしゃ》へ連れていかれたあと、ホーンはインジャンの口から拳銃を取り出した。この計略がうまくいったものだから、ホーンはためらうことなく第二の犯罪でも同じ手を繰り返した。むろん、使ったのは同じ拳銃《けんじゅう》だ」

「だが、インジャンが銃を口に入れているのがいやになって」わたしは言った。「犯行現場で落としてしまう危険はなかったのかい？　そうなったらおしまいじゃないか！」

「それはなかったと思う。そういう方法で凶器を処分しようと決めたのは、手ちがいは起こらないと確信していたからにちがいない。そこからおのずと推論できるのは、インジャンは子馬のころからホーンに芸を仕込まれていて、口に何を入れられたとしても、ホーン本人からあけていいと命じられるまで、閉じているように訓練されていたはずだということだ。ほら、犬に教える芸当そのものだよ。きっと馬だって同じくらいの知能はある、犬以上でないにしてもね……。ついでに言うと、なぜホーンがいつもの習慣にそむいて、二五口径オートマチックを殺人の道具に使ったのか、いまになってわかった。人を殺せる最小の武器が必要だったんだ。隠し場所を考えて、最もかさばらず、最も軽い武器がね」

エラリーは立ちあがって、体を伸ばし、あくびをした。しかし、わたしは依然として困惑したまま、暖炉のそばにすわっていた。エラリーがわたしに目を向け、からかうようににやりと笑った。「どうかしたのか、憂い顔の酋長《しゅうちょう》」エラリーは尋ねた。「まだ何か気になることでも？」

「あるとも。この一件は、何もかもがずっと謎ばかりだ」わたしはこぼした。「というのは――新聞は詳細をほとんど報じていないし、だれもたいしたことは知らないように見える。思い出すのは、何週間か前、ホーンが拳銃自殺したあと、その知らせが――」

「この部屋だったな」エラリーは軽い口調でつぶやいた。だが、目には苦痛の色があった。「たしかに、あのときは大変だった！　かわいそうに、ジューナは気を失って。もう血や銃声のことはあまり考えないことだよ、ジューナ」

ジューナの頬のあたりがやや青ざめた。弱々しく微笑んで、ジューナはのろのろと部屋から出ていった。

「さっき言おうとしたのは」わたしは苛々《いらいら》とつづけた。「ニューヨークのあらゆる新聞を読み漁《あさ》ったが、動機についてはひとことも見あたらなかったってことだ」

「ああ、動機ね」エラリーは何かを考えながら言った。それから、ひどく足早に書き物机へ歩み寄り、急に立ち止まってしかめ面で机を見おろした。

「そう、動機だ」わたしは断固として繰り返した。「いったいなぜ秘密ばかりなんだ。なぜホーンは、はるか昔に映画で自分の代役をつとめた男を殺したのか。理由があるはずだ。人はただおもしろさを求めて、複雑な犯罪を計画し、本来の身分を永遠に失う危険を冒したりはしない。それに、ホーンが精神に異常をきたしていなかったのはたしかだ」

「精神に異常？　いや、もちろんそんなことはなかった」エラリーは珍しく、思うところを説明しあぐねているようだった。「そうだな――たとえば、だれかを殺さずにはいられなくなったとき、手段や方法に関する疑問が生じたわけだ。公然と代役を殺して、逮捕され、裁かれて刑を受けるべきだろうか。自衛本能が働き、またキットがこうむるであろう恥辱を考え、ホーンはその道を選ばないことにした。では、代役を殺して、自殺するべきだろうか。同じ理由でそれもやめた。そこでホーンは、自分の考えに従って、手はこんでいるものの現実には唯一の解決策を選んだ。ばかげた話だと――」

「ああ、ばかげている」わたしはきびしい口調で言った。

「思われるかもしれないな、ホーンとしての身分を失うような計画を立てるなんて。でも、ほんとうにそれほど愚かだろうか。ホーンは何を失うことになるんだろう――金か？　それならすでにほとんどを持ち出している！　では地位か？　そんなものは心地よい虚構にすぎず、ホーン自身がようやくそのことに気づいていたはずだ。長年、〝時〟に屈服しまいと頑《かたく》なに拒み、避けられぬものに抵抗を試みてきたが、ついにいま、この先映画界での成功はないこと、自分が役立たずの老いぼれであること、復帰話にグラントが金銭の援助を申し出たのは単に友情の表れにすぎないことを悟った。もう一度言う。最後に世間の注目を浴びながら、バック・ホーンとして死ぬことで、ホーンは何を失う？」

「それはそうだが、では得るものはあるとでも？」わたしはそっけなく尋ねた。

「ホーンにしてみれば、いくつもあったさ。心の平和を得て、独自の倫理観を満足させ、キットのために自身を犠牲にすることができる。キットが警視とぼくに話してくれたんだが、ホーンはキットを唯一の受取人にして、十万ドルの生命保険にはいっていたそうだ。そう、ここが肝心だ。四万二千ドルだ！　ホーンはジュリアン・ハンターの賭博《とばく》場で負けて、莫大《ばくだい》な借金を作っていた。どうやって支払うつもりだったんだろうか。しかも、ホーン自身の信条に従えば、なんとしても返さなくてはいけない。映画界での地位を失い、自身の持つ資産では借金の返済には足りなかった──牧場を売らないかぎりはね。そしておそらく、売り払う気にはなれなかったんだろう。キットに残してやりたかったんだ。では、どうやってハンターに支払うつもりだったのか。文字どおり、生きるより死ぬほうが価値があったんだよ。だからホーンとして死ぬことで、十万ドルの現金を手に入れた──それで賭博の借金を清算し（キットのことがよくわかっていて、借金を肩代わりしようとすると見通していたわけだ）、残りの金でキットの将来を守ってやれると考えた。仮にホーンがこれらを成しとげたうえで、たとえ名を変えてでも、なお人生の残りの数年を生きながらえたいと望んだなら、ホーンをホーンとして死なせる必要があった──つまり、代役を殺すにあたって、自分自身が死んだと思われるような複雑な計画を立て、それをやりおおせなくてはいけなかったんだ」

「わかった、わかった」わたしは苛立って言った。「たしかにそのとおりかもしれない。だが、きみは肝心なところを避けている。わざと横道へそらしているんだ！ さっききみは〝たとえば、だれかを殺さずにはいられなくなったとき〟と言った。〝たとえば〟というのはどういうことだ？ 腑《ふ》に落ちないのはそこだよ。なぜホーンは実際にだれかを殺さなくてはならなかったのか。正確に言うと、なぜ代役を殺さなくてはならなかったのか」

「まあ、理由はあったと思う」エラリーはわたしを見もせずにつぶやいた。

「思う？」わたしは声を張りあげた。「わからないのか？」

エラリーは振り向いた。その目からはひどく重々しい決意のようなものが感じとれた。「いや、J・J。理由はわかってる。バック・ホーン自身の口から聞いて知った。ぼくと警視に話したんだ……」

「しかし、あの夜、ここにはたしかキット・ホーンとグラントの息子もいたんじゃなかったかな」わたしは言った。

「ホーンがふたりを帰した」エラリーはまたことばを切った。「そして、拳銃で自殺する前に、父とぼくに打ち明けた」

「グラントは知っているのか？」わたしは思わず尋ねた。「父親のほうは？」
エラリーは煙草で親指の爪を軽く叩《たた》いた。「グラントは知ってる」
わたしはつぶやき声で言った。「ホーンは娘を帰した……。ふむ。おそらくキット
はホーンにとってすべてであり、娘を――自分の養女を――守り、その安全と名誉を
守るためなら、ホーンはどんなことでもした……。もし何か――そう、娘の血筋に何
か疑わしいことがあって、代役がそれを知り、キットにばらすと脅していたとしたら
……。たしかキットは孤児だったときみは言っていたな」
エラリーは何も言わなかった。その時間があまりに長かったので、わたしの話を聞
いていなかったのかと思ったほどだ。やがてエラリーはひどく険のある口調で言った。
「こんどのノーベル文学賞について、きみはどう思う、J・J。ぼくに言わせると――」
しかし、わたしのあいまいで下世話な推測に対して、エラリーは厳として雄弁な沈
黙を守った。
沈黙。いみじくも、それこそがバック・ホーンの墓碑銘だった。

（原注）
＊　クイーン氏はこの点をもう一度強調した。ハリウッドへ電報を打とうとひらめいたのは、氏の思

考の直接の結果だった。だから、「読者への挑戦状」のなかで、電報は確認のためであって、不可欠なものではないと述べているのは正しい。――J・J・マック

解説　アメリカの女王《クイーン》

飯城勇三

——Ellery Queen *is* the American detective story.
（エラリー・クイーンこそが、アメリカの探偵小説なのだ）
（A・バウチャーによるクイーン長篇25作目記念パンフレット
「Ellery Queen: a double profile（1951）」より）

その刊行——伝説の雑誌《レジェンド・マガジン》創刊！

一九三二年に第二の筆名「バーナビー・ロス」を生み出したクイーン（マンフレッド・リーとフレデリック・ダネイ）は、一九三三年にも新たな世界に挑みました。それはなんと、「雑誌の編集者」。四年前にデビューしたばかりの二十代の青年が、ミステリ専門誌「ミステリ・リーグ」の創刊号から編集長を務めることになったのです。

この手の〝有名作家編集長〟は、名前を貸すだけの場合が多いのですが、クイーンは違いました。リーのエッセイによると、「スタッフといえば、私たちだけ——本当の話ですよ——たった二人しかいなかったのです。秘書さえも付いていなかったのです。私たちだけで作品を選び、複写を準備し、校正を行い、束《つか》見本を作り、汗を流し、他にもいろいろとやりました。なんと、オフィスの掃除までしたのですよ」（「アームチェア・ディテクティブ」誌一九六九年二月発行号）とのこと。

その努力の結晶である創刊号には、ダシール・ハメットとD・L・セイヤーズという、当時の米英の大人気作家の新作が並んでいます。しかし、何よりも驚かされるのが、クイーン作品の多さ。短篇「ガラスの丸天井付き時計の冒険」とバーナビー・ロス名義の長篇『レーン最後の事件』に加え、編集前記や長文のエッセイやクイズや作者紹介まで書いているのですよ。特に、作者紹介の中で、ロスを他人のように紹介しているのが笑えますね。もっとも、ロスとクイーンが同一人物だと知らない当時の読者は、何とも思わなかったはずですが……。

驚くほどの質の高さにもかかわらず、この雑誌はわずか四号で休刊となり、伝説となってしまいました。ただし、日本では『ミステリ・リーグ傑作選』（全二巻／論創社）が刊行されているので、その全貌《ぜんぼう》をうかがうことは可能です。興味のある方には、一読を勧めておきましょう。

こんな年に刊行された本作『アメリカ銃の秘密』は、前年の『ギリシャ棺の秘密』

<第1号>

<第2号>

<第3号>

<第4号>

「ミステリ・リーグ」誌

や『エジプト十字架の秘密』ほど評価は高くありません。しかし、凡作でも駄作でもないのです。本作は、実験作と呼ぶべき作品であり、本格ミステリの読者にとって、無視できない存在なのです。

その魅力――踊るクイーン捜査班2／コロシアムを封鎖せよ！

本作の本格ミステリとしての最大の魅力は、作者自身が93pで「百を二百倍した数の人々全員に、バック・ホーン殺しの犯人である可能性がある！」と語っているように、〝二万人の容疑者〟という設定。〝二万人の目撃者〟ではありませんよ。探偵エラリーが――そして読者のみなさんも――推理の際に犯人候補に含めなければならない人々が二万人もいる、という意味なのです。

単に容疑者の数ならば、五万人の観客がいる野球場での殺人を描いたクイーンの短篇「人間が犬をかむ」（『エラリー・クイーンの新冒険』収録）の方が上でしょう。しかし、こちらでは、エラリーは最初から「犯人は被害者の関係者の中にいる」と決めつけて推理を進めているのです。つまり、名も無き観客を除外する推理は描かれていないことになります。

ところが本作では、この推理が描かれているのです。二万人の容疑者を、たった一

『アメリカ銃の秘密』初刊本の表紙

人に絞り込む推理——これこそが、『アメリカ銃』の魅力と言えるでしょう。

しかし、本作の魅力はそれだけではありません。仮に、読者が「この作は本格ミステリなのだから、犯人は名も有る関係者の中にいるに違いない」と決めつけて読み進めたとしましょう。驚くべきことに、それでも意外な犯人を導き出すエラリーの推理を楽しめるのです。これもまた、『アメリカ銃』の魅力に他なりません。そして、本作が本格ミステリの実験作だというのも、まさにこの点にあります。ただし、これ以上は真相に触れなければ語れないので、後ろにまわすことにしましょう。

もちろん本作には、別の魅力もあります。それは、封鎖されたコロシアムから消えた凶器の謎——いわゆる不可能興味。『ローマ帽子の秘密』も、見方によっては不可能犯罪なのですが、それほど強調されているわけではありません。本作で初めて、不可能性が前面に押し出されたわけです。しかも、そのトリックは、単純でありながら盲点を突いた巧妙なもの。その上、トリックを解明するための手がかりと伏線もまた、作中に巧妙に埋め込まれているのです。

一方、ミステリ以外での魅力は、なんと言っても、クイーン警視とその部下たちの活躍でしょう。前作『エジプト十字架』で活躍できなかった鬱憤《うっぷん》を晴らすかのように、出番もセリフも増量。ヴェリー部長などは、拳銃《けんじゅう》を振り回すテッドを素手で制圧するという荒技も披露してくれます。加えて、『フランス白粉《おしろい》の秘密』で圧倒的な存在感を示した「事件は現場で起きていることを知らない」警察委員長ウェルズも再登場。244pの映画会社の責任者の評を読む限りでは、相変わらずのようですねえ。

では、いつものファン向けの小ネタを。

〔その1〕103pに登場する「ファルコナーの子牛革の装丁本」とは、間違いなく、エラリーが『ローマ帽子』で買いそびれたものでしょう。どうやら、その後、手に入れることができたようですね。

〔その2〕134pに〈ベン・ハー〉の名前が出てきます。私たちが思い浮かべるのはウィリアム・ワイラー監督／チャールトン・ヘストン主演の映画ですが、これは一九五九年公開。クイーンの頭にあったのは、一九二五年公開版──こちらも迫力満点の戦車レースが描かれています──の方でしょう。ちなみに、ルー・ウォーレスの原作小説は一八八〇年の出版です。

〔その3〕289pの「デンプシー流を髣髴《ほうふつ》させるウィービング」というのは、ボクシング・ファンならご存じの〝デンプシー・ロール〟のこと。漫画『はじめの一歩』（森川《もりかわ》ジョージ）の主人公の得意技として知っている人も多いでしょうね。

〔その4〕そのボクシングの実況やロデオの口上の文章では、クイーンは悪のりしすぎの感もあります。例えば、290pの原文を見てみると、

（訳文）「ノックアウトです。世界ヘビー級の新チャンピオンだ」

(原文) "He'soutandthere'sanewheavyweightchampionoftheworldtheworld"
アナウンサーが息もつかずにまくしたてる様《さま》を表現しているようですが……。

その少年――ジューナの冒険、スピンオフ！

このシリーズの愛読者ならば、ジューナ少年は、もうおなじみになっているはずです。エラリーの大学時代に一人暮らしを強《し》いられた警視が引き取ったロマ（旧訳では「ジプシー」）の孤児で、有能な執事にして名料理人。しかも、クイーン・パパのような警察官を目指すという、いささか盛りすぎのキャラ設定の持ち主です。おまけに、『オランダ靴の秘密』では、エラリーにあばら骨をまさぐられるという、女子の妄想をかきたてるシーンも提供。さらに、事件と関わり合うことも少なくありません。本作では特に出番が多く、クイーン父子が殺人を目撃するきっかけを作ったり、有名人に会って舞い上がったり、「41人いる！」と騒ぐエラリーを黙らせたり、殺人を目撃したり、ある光景を見て失神したり、と大活躍です。

ただし、本作以降はどんどん出番が減り、一九三六年の『中途の家』以降は、出番すらなくなってしまいました。理由はおそらく、（『エジプト十字架』の解説に書いたように）「一九二九年以前の事件だけを描く」という設定を破棄したためでしょう。

『ローマ帽子』で十九歳だったジューナを、それより後の事件である本作で十六歳に戻したのも、この仕切り直しのためだと思われます。それでも、シリーズが続くにつれて整合性がとれなくなり、フェードアウトさせたのではないでしょうか。

しかし、作者はジューナを忘れてはいませんでした。クイーンは、一九四一年から「エラリー・クイーン・ジュニア」名義でジュニア向けのミステリ・シリーズを開始したのですが、この主人公探偵にジューナを抜擢《ばってき》したのです。彼が警視に引き取られる前の物語という設定で、銀行強盗を追ったり、宝を探したり、暗号を解いたり、サーカスに行ったり、キャディーのバイトをしたりと、九つの長篇で活躍しています。

残念ながら他作家による代作ですが、クイーンがプロットをチェックし、文章に手を入れているため、かなりクイーンらしさが感じられます。また、シリーズ設定もクイーン自身が考えたらしく、エラリー・クイーンズ・ミステリマガジン本国版一九四六年七月号掲載のエッセイでは、「このシリーズの探偵役はなんでも屋の少年ジューナで、彼は『ローマ帽子の秘密』において、〝新世代の万能執事〟としてデビューしています」と語っています。

邦訳は、一九五七年に講談社が三作、一九五七～八年に早川書房が八作を刊行。後者は一九七八～九年に文庫化もされました。この早川版は、西脇順三郎《にしわきじゅんざぶろう》、福原麟太郎《ふくはらりんたろう》、石井桃子《いしいももこ》といった豪華な翻訳陣を揃え、『赤毛のアン』で有名な村岡花子《むらおかはなこ》氏も『黄色い猫の秘密』を担当。しかも、この本の「まえがき」では、自身のミステリ好きを明かし、「ミステリものを訳《やく》したのは今度が初めてですが、これは実にたのしい仕事」と述べているのです。

その来日——「エラリー・クイーン作品集」

国名シリーズの中では、本作のみ、戦前の訳がありません。本邦初紹介は一九五七年で、東京創元社の「エラリー・クイーン作品集」の第六巻（第四回配本）として出ました。この作品集は、当初は国名シリーズ全九作だけを刊行する予定でしたが、好評により、『ニッポン樫鳥《かしどり》の謎』と短篇集二作を増巻。全十二巻が、井上勇《いのうえいさむ》氏の訳により、十五ヶ月かけて刊行されました。

国名シリーズ全作品を系統的に、しかも、一人の訳者によって統一された文体で訳したこの作品集は、日本におけるクイーンの評価を大いに高めてくれました。翻訳の質も、インターネットなどで容易に情報が入手できる現在から見ると不満もありますが、当時としては、最高の訳だと言えるでしょう——何せ、半世紀後もこの訳で出ているのですから。あえて欠点を挙げるとすれば、原書のバージョンがバラバラなので、まえがきや見取図があったりなかったりすること（本作などは、本文のカットまで存

上：ジュニアもの第一作
『The Black Dog Mystery』
表紙見返しの地図
右下：同書の挿絵
左下：日本版エラリイ・クイーン
ミステリマガジン（早川書
1958年10月号の広告

在します)。それと、「The Door Between」という題名の作を『ニッポン樫鳥の謎』と訳し、国名シリーズに見せかけたことでしょうか。

この作品集については、企画と編集を担当した厚木淳《あつぎじゅん》氏に、一九八八年に話をうかがったことがあります。以下にその一部を紹介しましょう。

〔きっかけ〕(東京創元社が一九五六年から刊行を開始した)「世界推理小説全集」に『Xの悲劇』『Yの悲劇』『Zの悲劇』『レーン最後の事件』と入れたんだけど、そうすると、どうしても国名シリーズが入らないわけですよ。あの全集の中にむりやり割り込ませて、クイーンだけで十何冊というのも、バランス欠いちゃいますしね。それで始めたわけですよ。もちろん、ぼくがクイーン好きというのもありましたが。

〔増巻〕全九巻を全十二巻に増やしたのは、評判が良かったというのもありますけど……。当時の翻訳出版は、原書が手に入るか入らないかによって企画が決まることがあるわけです。アメリカではまめに増刷しないし、この時代はあまりコレクターもいないし……。江戸川乱歩《えどがわらんぽ》さんのコレクションが頼りで、何度も池袋のお宅の書庫へ行って……その中にない原書は探すのにひと苦労でした。増補、増補で巻数を増やしたのは、それもあるんですよ。しかし、原書の都合には、ずいぶん振り回されたなあ。

〔実績〕売れ行きは、J・D・カーやアルセーヌ・リュパンの作品集よりは、はるある原書はみんな持ってるけど、ない原書はどこにもなくて。

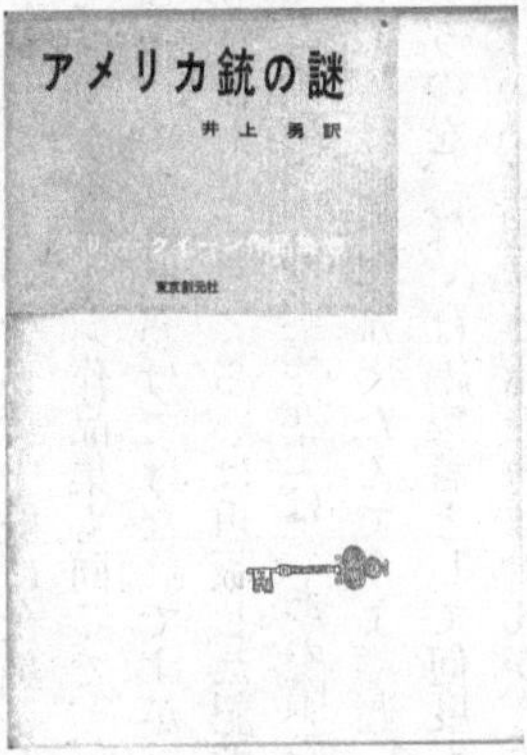

「エラリー・クイーン作品集」版『アメリカ銃の謎』

かに良かったですね。一般に全集とか作品集の売れ行きは、だんだん下降していくのですが、クイーン作品集も同じで、一万部スタートの最後七千部くらいでしたか。とび抜けて売れたわけではないですが、当時は三〜四千部で採算がとれましたから。最初に出した三巻くらいは重版した記憶があるなあ。

〔翻訳者〕井上勇先生は、あの頃の翻訳家の中では無難だったというのと、それからね、仕事が早かったんですよ。遅い人に頼んで、一年たってから持って来られるというのを、ぼくは編集者として何度も経験してますからね。じゃあ、何人かで分担すればいいと思うかもしれませんが、クイーンの場合は、エラリーとか父親の警視とか、全巻通して登場するわけですよ。すると、口調とか会話とか、統一したいでしょう。日本語にする場合、こういった点は大事ですから。

その実験——クイーン氏の逆説

※注意‼　ここから先は本篇読了後に読んでください。

前述の〝本作における実験〟とは、何でしょうか？　一つめは、「本格ミステリにおけるルール破り」です。

この作に対して、「バックにそっくりな人物がいるというデータが問題篇で提示されていないからアンフェアだ」と批判するミステリ・ファンは、少なくありません。確かに、探偵小説のルールを定めた〈ノックスの十戒〉にも、「双生児および瓜二《うりふた》つの他人は、読者が事前にその存在を予想できる場合以外は、登場させてはならない」とあります。読者はバックにスタントマンがいることは予想できても、瓜二つであることまでは想像できないので、ルール違反だというわけですね。

しかし、作中探偵エラリーの立場から見ると、このルールには何の意味もありません。そもそも犯人は、自分に瓜二つの人物が存在することを知られていないからこそ、入れ替わりトリックを実行したのですから。

これがクイーンの実験でした。従来のミステリのように、作者が与えたデータから、読者に「バックには瓜二つの人物がいると書いてあるので、入れ替わりトリックを使ったのではないか？」と考えてほしくなかったのです。ベルトや銃の推理から、読者に「被害者はバックではないので、瓜二つの人物と入れ替わったのではないか？」と考えてほしかったのです。

そして、この狙いを実現するために、作者は様々な工夫をこらしました。「バックには血縁者はいない（＝瓜二つの血縁者はいない）」という設定。「バックは映画界から忘れ去られている（＝スタントマンの存在を知る者は周囲にいない）」という設定。「入れ替わりを見抜く可能性の高いキットとグラントは、仮に気づいても告発したりはしない」という設定。「だれがコロシアムのアリーナでふたりの騎手を殺したのか」という挑戦文(「だれがバックを殺したのか」と書くとアンフェアになりますね。しかし、作者はこの文のために第二の殺人を追加したのかもしれません)などなど。

何よりも巧妙なのは、ロデオの最中の殺人という設定です。撃たれた被害者が馬から落ちた場合、後続の馬群に踏みつぶされることは避けられません。普通なら、顔は見分けがつきにくくなるはずですし、バックもそれを期待していたはずです。――ところが、そうはなりませんでした。エラリーが101pで語った「第一の奇跡。恐ろしい蹄がまわりをそこらじゅう踏みつけたのに、この男の顔には傷がない」が起こったのです。このため、読者が入れ替わりトリックに気づく可能性は、限りなく小さくなってしまいました。もちろん、作者はそのために、〝奇跡〟を起こしたわけです。

本作では、もう一つの実験もなされています。それは、「論理的推理と(G・K・チェスタトンの)ブラウン神父シリーズのような逆説の結びつけ」。作者が本作の最初と最後にブラウン神父の名前を挙げているのも、そのためでしょうね。

例えば、ベルトの推理。ある人物が体に合わないベルトを締めている場合、ベルトが別人のものだと考えるのが普通でしょう。しかし本作では、人間の方が別人だという、逆転の発想が描かれているのです。

あるいは、弾道をめぐる推理。被害者の斜め上から弾丸が撃ち込まれていた場合、犯人が斜め上から撃ったと考えるのが普通でしょう。しかし本作では、被害者の方が斜めだったという、逆転の発想が描かれているのです（余談ですが、このアイデアは他の作家によって様々なバリエーションが生み出され、中には被害者を180度回転させたものもあります）。

また、馬という生き物を、拳銃《けんじゅう》を隠す〝容器〟として扱うアイデアも、チェスタトン的と言えるでしょう。

本作では、あまりにも推理が論理的すぎるためか、逆説が読者に伝わりにくくなっていることは事実です。しかし、この後の作品のいくつかでは、こういった逆説が鮮やかな実を結んでいることもまた、事実なのです。

その新訳――消えた〝登場人物表〟

本作の初刊本には、これまでの五作にあった登場人物表が存在しません（本書の冒頭に添えられているのは、読者の便宜のために訳者が追加したものです）。作者が本作に人物表を入れなかった理由は、おそらく、ミラーの扱いに困ったからでしょう。ミラーはバックの変装なので、すでにバックが出ている表に載せるわけにはいきません。しかし、出番の多いミラーを外しておきながら残りのカウボーイを載せるというのも、おかしな話です。そこで作者は人物表をカットし、代わりにエラリーが人物評を語る「スペクトル」の章を追加したのでしょう。

ただし、私はもう一つの理由もあると考えています。それは、本作で使われている「容疑者枠の錯覚トリック」によるものです。

本作の容疑者はコロシアムにいた全員ですが、さらに二つのグループに分けられます。被害者より高い位置にある観客席にいた者と、同じ高さのアリーナにいた者です。そして、挑戦状の前では、弾道により、犯人は観客席にいたと見なされていました。ところが、解決篇ではこれが逆転し、犯人はアリーナにいたことになるのです。『ローマ帽子』『フランス白粉』『オランダ靴』の三作では見られなかったこの容疑者枠の逆転こそが、本作のトリックに他なりません。

しかし、このトリックを使うと、登場人物表が邪魔になります。読者に「作中に『犯人は観客席にいた』と書いてあるのに、なぜアリーナの連中が表に載っているんだ？」と怪しまれてしまうからですね。

さて、クイーンはどこまで考えて登場人物表を外したのでしょうか？　このテーマについては、人物表のないもう一作の巻で、もう一度解説しましょう。

角川文庫発刊に際して

角川源義

第二次世界大戦の敗北は、軍事力の敗北であった以上に、私たちの若い文化力の敗退であった。私たちの文化が戦争に対して如何に無力であり、単なるあだ花に過ぎなかったかを、私たちは身を以て体験し痛感した。西洋近代文化の摂取にとって、明治以後八十年の歳月は決して短かすぎたとは言えない。にもかかわらず、近代文化の伝統を確立し、自由な批判と柔軟な良識に富む文化層として自らを形成することに私たちは失敗して来た。そしてこれは、各層への文化の普及滲透を任務とする出版人の責任でもあった。

一九四五年以来、私たちは再び振出しに戻り、第一歩から踏み出すことを余儀なくされた。これは大きな不幸ではあるが、反面、これまでの混沌・未熟・歪曲の中にあった我が国の文化に秩序と確たる基礎を齎らすためには絶好の機会でもある。角川書店は、このような祖国の文化的危機にあたり、微力をも顧みず再建の礎石たるべき抱負と決意とをもって出発したが、ここに創立以来の念願を果すべく角川文庫を発刊する。これまで刊行されたあらゆる全集叢書文庫類の長所と短所とを検討し、古今東西の不朽の典籍を、良心的編集のもとに、廉価に、そして書架にふさわしい美本として、多くのひとびとに提供しようとする。しかし私たちは徒らに百科全書的な知識のジレッタントを作ることを目的とせず、あくまで祖国の文化に秩序と再建への道を示し、この文庫を角川書店の栄ある事業として、今後永久に継続発展せしめ、学芸と教養との殿堂として大成せんことを期したい。多くの読書子の愛情ある忠言と支持とによって、この希望と抱負とを完遂せしめられんことを願う。

一九四九年五月三日

アメリカ銃《じゅう》の秘《ひ》密《みつ》

エラリー・クイーン　越前《えちぜん》敏弥《としや》・国弘《くにひろ》喜《き》美《み》代《よ》＝訳

平成26年 6月25日　初版発行
令和7年 9月30日　10版発行

発行者●山下直久

発行●株式会社KADOKAWA
〒102-8177　東京都千代田区富士見2-13-3
電話　0570-002-301（ナビダイヤル）

角川文庫 18622

印刷所●株式会社KADOKAWA
製本所●株式会社KADOKAWA

表紙画●和田三造

ISBN978-4-04-101454-7　C0197

角川文庫海外作品

ダ・ヴィンチ・コード (上)(中)(下)
ダン・ブラウン
越前敏弥＝訳

ルーヴル美術館のソニエール館長が館内のグランド・ギャラリーで異様な死体で発見された。殺害当夜、館長と会う約束をしていたハーヴァード大学教授ラングドンは、警察より捜査協力を求められる。

天使と悪魔 (上)(中)(下)
ダン・ブラウン
越前敏弥＝訳

ハーヴァード大の図像学者ラングドンはスイスの科学研究所長からある紋章について説明を求められる。それは十七世紀にガリレオが創設した科学者たちの秘密結社〈イルミナティ〉のものだった。

デセプション・ポイント (上)(下)
ダン・ブラウン
越前敏弥＝訳

国家偵察局員レイチェルの仕事は、大統領へ提出する機密情報の分析。大統領選の最中、レイチェルは大統領から直々に呼び出される。NASAが大発見をしたので、彼女の目で確かめてほしいというのだが……。

パズル・パレス (上)(下)
ダン・ブラウン
越前敏弥・熊谷千寿＝訳

史上最大の諜報機関にして暗号学の最高峰・米国家安全保障局のスーパーコンピュータが狙われる。対テロ対策として開発されたが、全通信を傍受・解読できるこのコンピュータの存在は、国家機密だった……。

ロスト・シンボル (上)(中)(下)
ダン・ブラウン
越前敏弥＝訳

キリストの聖杯を巡る事件から数年後。ラングドンは旧友でフリーメイソン最高幹部ピーターから急遽講演を依頼される。会場に駆けつけた彼を待ち受けていたのは、切断されたピーターの右手首だった！